破碎的星球

II

The Broken Earth

方尖碑之门

[美] N. K. 杰米辛——著
N. K. Jemisin
雒城——译

U0525595

天地出版社 | TIANDI PRESS

图书在版编目（CIP）数据

方尖碑之门 /（美）N. K. 杰米辛著；雏城译. —成都：天地出版社，2018.3（2018年重印）
ISBN 978-7-5455-3296-8

Ⅰ.①方… Ⅱ.①N… ②雏… Ⅲ.①长篇小说—美国—现代 Ⅳ.①I712.45

中国版本图书馆CIP数据核字（2017）第256254号

Copyright © 2016 by N.K. Jemisin
Published in arrangement with The Fielding Agency, LLC. through The Grayhawk Agency.

著作权登记号 图字：21-2017-539

方尖碑之门

出 品 人	杨 政
著 者	[美] N. K.杰米辛
译 者	雏 城
责任编辑	杨永龙　聂俊珍
封面设计	思想工社
电脑制作	尚上文化
责任印制	葛红梅

出版发行	天地出版社 （成都市槐树街2号　邮政编码：610014）
网　　址	http://www.tiandiph.com http://www.天地出版社.com
电子邮箱	tiandicbs@vip.163.com
经　　销	新华文轩出版传媒股份有限公司
印　　刷	河北鹏润印刷有限公司
版　　次	2018年3月第1版
印　　次	2018年9月第2次印刷
成品尺寸	145mm×210mm　1/32
印　　张	11.25
字　　数	281千字
定　　价	36.00元
书　　号	ISBN 978-7-5455-3296-8

版权所有◆违者必究

咨询电话：（028）87734639（总编室）
购书热线：（010）67693207（市场部）

本版图书凡印刷、装订错误，可及时向我社发行部调换

给那些别无选择，
只能让他们的孩子为战场做好准备的人。

目录
CONTENTS

第一章　奈松，石头的故事 / 001

第二章　你，继续 / 010

第三章　沙法，被遗忘的人 / 032

第四章　你遇到挑战 / 048

第五章　奈松接管局面 / 068

第六章　你下定决心 / 077

第七章　奈松找到了月亮 / 095

第八章　你们受到警告 / 109

第九章　奈松，被需要 / 125

第十章　你被委以重任 / 138

第十一章　沙法，潜踪遁迹 / 152

第十二章　奈松，跃升 / 158

第十三章　你，在老古董之间 / 174

第十四章　你们收到邀请 / 204

第十五章　奈松，叛逆时代　/ 224

第十六章　老友重逢，又一遭　/ 242

第十七章　奈松，被厌弃　/ 257

第十八章　你，倒数计时　/ 274

第十九章　你，撼天动地　/ 292

第二十章　奈松，棱角分明　/ 331

附录一　/ 339

附录二　/ 344

致　谢　/ 353

第一章

奈松，石头的故事

唔。不是吧。我把故事讲错了。

毕竟，一个人不能只是她自己，还得是其他人。人际关系会雕琢一个人的最终面貌。我是我，也是你。达玛亚是她本人，也是曾经抛弃她的家人们，还是支点学院那些塑造了她最终个性的人。茜奈特是埃勒巴斯特和艾诺恩，以及不幸被毁灭的埃利亚城和喵坞居民。现在你是特雷诺和积满尘土道路上的旅人，以及你死去的孩子们……还有仅剩的在世的那一个。你终将回到她身旁。

这不是提前剧透。说到底，你毕竟还是伊松。你已经知道这些了。不是吗？

那就讲讲奈松吧。奈松，世界终结时，她还只有八岁。

没人知道小奈松脑子里想过什么。那天下午，她从当学徒的地方回家，却看到自己的小弟躺在客厅地板上，死了，而她的父亲站在尸体旁边。我们可以想象她的所想，所感，所为。我们可以猜测。但我们不会真正了解。也许这样最好。

下面是我能确定的情况：我不是刚说过当学徒吗？奈松在接受训练，要成为一名讲经人。

安宁洲跟那个自命为《石经》传承者的群体之间，关系很是怪异。有记录表明，早在长期传言中的蛋壳季，世上就已经有讲经人存在。那次第五季期间有某种气体泄露，导致北极区几年内出生的孩子们都骨骼脆弱，一碰即断，还会随他们的成长而变弯——假如他们能长大。（尤迈尼斯城的考古学家们已经争论多年，致病的到底是锶还是砷，以及这个时期是否应该算作灾季，因为受影响的仅有数十万虚弱、苍白的小小野蛮人，集中于贫瘠的北方苔原。但那次，其实才是北极人开始被认为虚弱的时期。）时间是大约二万五千年前，根据讲经人群体自己的记述，多数外人都认为这是无耻的谎言。事实上，讲经人在安宁洲的生活，真正的历史要更加久远。二万五千年前，只是他们的角色开始被扭曲到近乎无用的时间点。

他们还在，尽管已经忘记他们遗失了多少记忆。他们这个团体——假如能称作团体的话，还是存续了下来，尽管从第一到第七大学都曾谴责他们的工作，称其真实性存疑，很可能也不准确，尽管所有时代的政府都用官方宣传打击他们传承的知识体系。当然，还经受了众多灾季考验。曾经，讲经人全部来自一个称为雷格沃的种族——西海岸居民中的一支，有土红色皮肤和天生的黑嘴唇，他们崇拜历史记录，就像不那么艰难时代的人崇信神明。他们曾经把《石经》刻在山崖上，版面高耸入云，以便所有人都能看到，并以此了解生存所需的智慧。但是在安宁洲，摧毁一座山，简直像原基人小孩发脾气一样容易。灭绝一个种族，难度也就比那大一点点。

于是讲经人不再是雷格沃人种，但多数还是会把嘴唇染黑，以纪念雷格沃人。现在，他们连这样做的原因都已经忘记。只是人们辨识讲经人的方式：看嘴唇，他们携带的整沓塑料板，以及通常破破烂烂的衣服，还有他们通常没有真正社群名的事实。请注意，他们不是无社群者。理论上，灾季发生时，他们可以返回各自的社群，尽管由于职业关系，他们常常流浪得太远，以至于返乡变得很不现实。事实上，就算是灾季，也有很多社群愿意接收他们，因为在漫长阴冷的长夜里,即便是最坚忍的社群也需要娱乐。为此,多数讲经人都会学习才艺——音乐、喜剧表演之类。他们也可以充当老师和小孩保姆,当没有其他人能抽空承担此类义务时,最重要的是,他们是活生生的证明,表明历史上还有其他人撑过了更艰难的考验。每个社群都需要这个。

那个来到特雷诺的讲经人名叫石城的讲经人伦斯莉。(所有讲经人的社群名都叫石城,职阶名都叫讲经人,这个职阶比较少见。)总体来说,她无关紧要,但有个原因,让你必须了解她。她曾经叫作腾提克的繁育者伦斯莉,那是在她爱上一名到访腾提克的讲经人之前,后者把当时还年轻的伦斯莉诱拐走,离开了充当玻璃匠的无趣生活。要是她私奔之前能发生一次灾季,她的生活还能更有趣一点儿,因为那种时候,繁育者的职责非常明确——而且有可能就是因为这个,促使她更想离开。或者就是恋爱中的年轻人常规性犯傻?很难说。伦斯莉的讲经情人最终在赤道城市贡费恩郊外抛弃了她,带着一颗破碎的心,满脑子传说故事,一个装满碎翡翠和半珠币的钱包,还有被脚踩过的一枚祖母绿徽章。伦斯莉变卖了祖母绿,让一名工匠打造了她自己的经板套件,用翡翠片购买了旅行物资,在工匠忙碌期间住在旅店里,用半珠币买了很多烈酒喝光。然后,有了新装束,治好了旧伤口,她独自继续前行。这职业,就是这样子生生不息。

当奈松出现在她开业的路边摊,伦斯莉可能想起了她自己成为学徒的过程。(不是引诱那部分——显然伦斯莉喜欢更成熟一点儿的女人,重点是女人;是愚蠢的梦想家那部分。)之前那天,伦斯莉途经特雷诺小镇,在市场摊位购物,裂开黑嘴唇友好又欢快地笑,宣示她在本地区的存在。她当时没注意奈松,小女孩在从童园回家的路上,站住了盯着她崇敬地看,心中突然涌起不理智的希望。

奈松今天逃了童园的课,特地跑来找她,还带来敬献的物品。这是传统——献礼那部分,老师家的女儿逃课不是传统。城里还有另外两个成年人已经在路边摊上,坐在一张长凳上听伦斯莉讲述,而伦斯莉的献礼杯中装满了彩色宝石碎币,上有本方镇的标记。伦斯莉看到奈松,吃惊地眨眨眼:一个瘦长女孩,腿特长,眼睛特大,在不是收获季节的现在,她离开童园的时间显然过早。

奈松停在路边屋的门槛上,喘着气,努力平息呼吸,这出场还挺夸张。另外两名来客转身瞪她,杰嘎通常沉默寡言的头生女儿,而这两个人的存在,让奈松没有马上说出自己的意图。她妈妈教过她,做事一定要谨慎。(妈妈会听说她逃课的事,但奈松不在乎。)她咽下口水,还是马上走到伦斯莉面前,奉上一件东西:一块黑色石头,里面可以看到一枚小小的,几乎是立方体的钻石。

你看,奈松只有那么一点儿零花钱,而且在听说有讲经人来镇上时,都已经花掉,买书买糖果了。但特雷诺没有人知道,该地区有一片潜力巨大的钻石矿场——"没有人"的意思,是原基人除外。而且原基人也要去找,才能发现。奈松是数千年来唯一花时间做了这件事的人。她知道自己本不应该找到这枚钻石。妈妈教过她,绝不能展示原基力,除了每隔几周在附近一座山谷做谨慎小心的练习之外,也不能使用它。没人带钻石充当货币,因为它无法轻易被敲碎找零,但在工业、采矿之类的场合还是很有用。奈松知道它有些价值,但她完全不知道,自己刚刚交给伦斯莉的这块漂亮石头,能买下一两座房子了。她毕竟只有八岁。

而且奈松感到兴奋,当她看到伦斯莉眼睛瞪大,看到那小块闪亮的东西从黑石头里冒出来。小女孩兴奋得无视其他人的在场,张嘴就说:"我也想成为讲经人哪!"

当然,奈松完全不清楚讲经人具体做什么。她只知道,自己非常非常想要离开特雷诺。

我们以后再细说这个。

伦斯莉当然不会傻到拒绝这样的献礼，她实际上也没拒绝。但她没有马上给奈松回答，部分因为她感觉奈松很可爱，她的宣言跟其他孩子们的一时冲动没什么两样。（她是对的，在一定程度上；上个月，奈松还想当地工师来着。）相反，她要奈松坐下，然后用下午剩下的时间，给这一小批听众讲故事，直到夕阳西下，将山岭树木的影子拖得好长。等到另外两名来访者起身回家，他们看着奈松，暗示她也应该走了，直到她不情愿地跟他们一起离开，因为特雷诺镇的人可不想被人指责，说他们把一个小屁孩留在讲经人那里，整晚说话，把人烦得要死。

来客离开以后，伦斯莉生起篝火，开始做晚饭，食材有一点儿猪肚肉，绿色蔬菜，还有一点儿玉米粉，都是她前一天从特雷诺买来的。在吃着苹果等着晚饭做熟时，伦斯莉在手指间摆弄奈松给她的那块石头，沉思。并开始担心。

第二天早上伦斯莉进入特雷诺镇。悄悄询问过几个人之后，她来到奈松的家。这时伊松已经离开，去讲她作为童园老师的最后一堂课。奈松也去了童园，尽管她在等待时机，打算趁中午饭时间开溜，再去找她的讲经人。杰嘎在他的"工作间"，其实就是地下的一间侧室，他白天在那里，用噪声巨大的工具完成别人委托的订单。小仔睡在同一个房间的小床上。他什么环境下都能睡着，大地之歌一直是他的催眠曲。

伦斯莉敲门后，杰嘎来应门，有一瞬间她感到害怕。杰嘎是个中纬度混血种人，跟伊松一样，尽管他的遗传特征更偏向桑泽人；他身形高大，棕色皮肤，肌肉发达，还剃了光头。有点儿吓人。尽管他脸上表示欢迎的笑容完全真诚，这让伦斯莉为自己的决断感到高兴。这是个好人。她不能骗好人。

"这个给你。"她说着,把带有钻石的石块交给他。她不能从一个小孩手里接受如此贵重的礼物,不能以此交换几个故事和收徒待遇,奈松很可能几个月后就会改变主意。杰嘎困惑地皱眉,接过那块石头,听完她的解释之后,热烈地表示感谢。他承诺要传扬伦斯莉慷慨又正直的美名,逢人就说,这很可能会让她在离开本镇之前,有更多的机会展示自己的技艺。

伦斯莉离开。她在这个故事中的角色也就到此为止。不过这是个重要角色,所以我才向你们讲到了她。

要知道,让杰嘎与儿子为敌的,并不是简单一件事。多年来,他就发现过很多不正常的现象,跟他的妻子和孩子们有关,这在他心灵深处埋下了猜疑。这种躁动变成一份刺激,在这个故事开始时,真的变成了困扰,但他还在极力否认,所以不去多想这个问题。他毕竟爱着自己的家人,而事实真相就是……无法想象。字面意义上的无法想象。

他早晚都会发现的,不管是用什么方式。我重说一遍:他迟早都会发现真相。这件事怪不得任何其他人,只怪他自己。

但如果你想要一个简单的解释,如果能有单独一件事充当转折点,压倒骆驼的最后一根稻草,岩浆区最后坏掉的堵塞物……那就是这块石头。因为你知道,杰嘎了解石头。他是一名优秀的工匠。他了解石材,也了解特雷诺。他知道,有一座古老火山造成的火成岩脉经过附近地区。多数都没有冲破地面,但完全有可能,奈松就是偶然发现了一块钻石出现在地面上,任谁都能捡到。可能性不大,但的确有。

伦斯莉离开以后,杰嘎心头一直飘浮着这番解释。真相就在水面之下,有如利维坦巨兽,等着舒展身躯,但暂时,他的思想水面依然平和。否认依然有力。

但之后，小仔就醒了。杰嘎带他去了客厅，问他是否肚子饿；小仔说他不饿。然后他对杰嘎微笑，凭借能力强大的原基人小孩准确的感知力，他盯着杰嘎的衣兜说："那里为什么亮闪闪啊，爸爸？"

这句话用他清脆的童声讲出来，很可爱。但他掌握的知识——因为岩石的确在杰嘎衣兜里，而小仔正常来说根本不可能知道，让他丧了命。

奈松不知道一切都因那块石头而起。等你见到她，也别告诉她。

那天下午，当奈松回到家，小仔已经死了。杰嘎站在客厅，小孩正在变冷的尸体旁边。要打死一个学步期的幼儿，其实花不了太多力气，但他还是在此过程中换气过度。当奈松进门时，杰嘎血液中仍没有足够的二氧化碳；他感到头晕，身体摇晃，恶寒。不理智。所以，当奈松突兀地停在客厅门口，盯着眼前这一幕，缓缓明白自己看到了什么的期间，杰嘎不假思索地问："你也是吗？"

他是个健壮的男人。这是个响亮、尖刻的问题，奈松被吓了一跳。她的眼睛本能地盯住他，而不再紧盯小仔的尸体，这救了她的命。她的眼睛是灰色的，跟妈妈一样，但脸形是杰嘎的。看她一眼，就让父亲从原始的恐惧中退了一步。

她也说了实话。这有帮助，因为他不会相信任何谎言。"是的。"她说。

她当时那个瞬间并没有真的害怕。看到弟弟的尸体，还有她的脑子拒绝解析眼前场景的事实，让她所有的认知力全部停滞。她甚至没完全清楚杰嘎在问什么，因为要搞清楚父亲问题的背景，就要求她承认父亲拳头上是血迹，而且她弟弟也不是趴在地板上睡着了。她不能。当时不能马上做到。但在没有连续思路的情况下，像孩子们在极端情形中常见的那样，奈松……退化了。尽管她不知为什么，眼前所见却让她感到恐惧。而在她父母二人之中，杰嘎一直是她较为亲近的一个。她也是父亲的宠儿:长女,他出乎意料的福分,脸像他,幽默感也像他。她喜欢父亲爱吃的食品。他曾有过模糊的希望,想让她追随自己的足迹,以后也当工匠。

所以当奈松哭泣时,她并不清楚自己在哭什么。而就在她头脑一片混乱,内心尖叫的同时,她向父亲跨近了一步。他的双拳紧握,但女儿还是无法把他看作威胁。他是她的父亲。她想要得到安慰。"爸爸。"她叫道。

杰嘎畏缩。眨眨眼。瞪视,就像之前从未见过她一样。

认识到。他不能杀死她。即便她是……那也不行。她是他的小丫头。

她再次向前一步,伸出双手。他无法让自己也伸出双手迎接,但的确站定了没动。女孩抓住了他较为靠近的那只手腕。他站在那里,跨着小仔的尸体。奈松没办法像她想要的那样,抱住父亲的腰,但她的确把脸贴在他的二头肌上,那么强壮,那么让人安心。她没有发抖,而杰嘎也没有感觉到她的眼泪沿着他的皮肤流下。

他站在那里,呼吸渐渐平缓,拳头渐渐张开,而她一直哭泣。过了一会儿,他转身,正面对着她。而她两臂抱住父亲的腰。转身面对女儿,就需要转身,不再看他对小仔做过的事。这动作很容易。

他轻声对女儿说:"带上你的东西,就像你要去奶奶家住段时间一样。"杰嘎的母亲几年前改嫁,目前住在苏姆镇,下一座山谷里的小城,那儿很快将被完全摧毁。

"我们是要去那里吗?"奈松靠在父亲肚子上问。

他抚摩女儿的后脑。杰嘎总习惯这样做,因为女儿总喜欢这样表示亲昵。当她还是小婴儿时,父亲的手放在她的后脑,她就会哼哼得更响亮一些。这是因为隐知盘在脑子的那个区域,他触摸那位置,能被她更充分感知,原基人都这样。但两人谁也不知道这件事的缘由。

"我们要去一个能让你好起来的地方。"杰嘎轻声说,"我听说过的一个地方,那里的人能帮你。"把她再变成一个小女孩,而不是……他避开这个思路。

女儿吞咽口水,然后点头,后退,仰头看他:"妈妈也一起去吗?"

某种表情掠过杰嘎的脸,像地震一样隐蔽地经过:"不去。"

然后奈松,这个为了摆脱自己妈妈,甚至想要跟某个讲经人浪迹天涯的小女孩,闻言终于放松下来。"好的,爸爸。"她说完就回自己房间收拾东西了。

杰嘎长时间盯着她离开的方向,屏住呼吸。他再次从小仔那里转开身,收拾自己的行李,然后出去,把马套上马车。一小时内他们就已经出发,向南行进。世界末日接踵而至。

杰马里亚(此人死于湮沙季)时代的人们曾以为:如果把家中幼子献祭给大海,它就不会再次涌上岸边,淹死其他人。

——选自讲经人故事《坚强的繁育者》,流传于西海岸靠近布罗克夫半岛的罕勒方镇。未经证实。

第二章

你，继续

"一个什么？"你问。

"月亮。"埃勒巴斯特——你钟爱的怪物，清醒的疯子，整个安宁洲最强大的原基人，食岩人零食半成品，他盯着你这样说。这眼神还像从前一样犀利，你感觉到他强大的意志力，这个让他拥有移山倒海之力的缘由，还有那目光里几乎可以成形的骑士热忱。守护者真可谓愚不可及，居然会把他当成驯顺的绵羊。"就是一颗卫星。"

"一颗什么？"

他沮丧地轻轻哼了一声。他完全就是原来的样子，除了身体有一部分变成石头以外。你们之间，曾经比恋人差一点儿，比朋友多很多，那是十年前，那生活属于另外一个自我。"天文学并非痴人说梦。"他说，"我知道，别人曾经教你藐视它，安宁洲的几乎所有人都认为研究天空是浪费时间，因为大地才真正致命。但是地火啊，茜因。我以为事到如今，你应该已经学会对主流意见持怀疑态度了。"

"我还有别的事要忙。"你抢白说，跟你以前总是打断他一样。但想起过往，也让你同时想起现在的打算。这又让你想到自己活着的女儿，死去的儿子，和你的……很快就前任到夸张程度的前夫，你因而明显畏缩。"而且我现在叫伊松，都跟你说过了。"

"随便了。"伴着一声痛苦的叹息，埃勒巴斯特小心翼翼靠墙坐起。"他们说,你跟一名测地学家一起来到这里。让她给你解释吧。我这段时间体力没那么好。"因为正在被吃掉,很可能会有点儿不舒服。"你还没回答我的第一个问题。你还能做到那件事吗?"

你还能否召唤方尖碑到你身边?他刚刚提出这个问题的时候,感觉有些莫名其妙,很可能你有点儿直眉瞪眼,因为发现他1)还活着,2)正在变成石头,以及3)就是那个把整块大陆撕成两半,触发一次可能持续到永远的灾季的人。

"方尖碑吗?"你摇头,更大程度上是困惑,而不是急于否定。你的视线偏移到他床边那个古怪的东西上,它看起来像是特别长的一把粉红色玻钢剑,感觉却像是方尖碑,虽然它不可能是方尖碑了。"这有——不,我不知道。喵坞之后,我就再也没有尝试过了。"

他轻声呻吟,闭上眼睛:"可恶,你还真是没用啊,茜因。伊松。对我们的技能,从来就没有过一丝尊重。"

"我挺尊重它的,我只是——"

"只够勉强度日,足够超过凡夫俗子,但仅仅为了利益。别人告诉你需要跳多高,你就跳到刚好的高度,只为得到更好的住房,还有多得一枚戒指——"

"那是为了得到隐私权,你这混蛋,还有对自己生活的更大控制力,还有一点儿该死的尊重——"

"而且你竟然真的听从你那个守护者说的话,尽管把所有其他人的话当成耳旁风——"

"嘿。"长达十年的教师生涯,让你的声音带有一份黑曜石一样的锋芒。埃勒巴斯特果真停止抱怨,眨着眼睛看你。你很平静地说:"我为什么会听从他的话,你心知肚明。"

当时有片刻宁静。你们两个都利用这点儿时间重整旗鼓。

"你是对的。"他终于说,"对不起。"因为每一个帝国原基人,都会一直听从（至少曾经听从）他们被指定的守护者的命令。那些不听话的人都死掉了，或者沦落到维护站。唯一的例外，又是埃勒巴斯特。你一直都没查明他到底对自己的守护者做了什么。

你态度生硬地点头，表示和解："我接受你的道歉。"

他小心翼翼吸了一口气，看似疲惫不堪："试一下，伊松。试试联系一座方尖碑。今天就试。我需要知道答案。"

"为什么，这个伪-青又是怎么回事？到底——"

"是卫星。而如果你控制不了方尖碑的话，这一切都不重要。"他的眼睛真的开始闭合。这很可能是好事。如果他要活着熬过这番变化，很可能就需要养精蓄锐。假如这种情况还能活命。"比不重要还糟糕。你记得我最初为什么不肯告诉你方尖碑的事，对吧？"

是的。曾经，在你从未在意过空中飘浮的、巨大的、半真实半虚幻的晶体柱之前，你曾要求埃勒巴斯特解释，为什么他能用原基力做出那么令人惊叹的事情。他不肯告诉你，你因此恨他，但现在你已经知道，他的那些知识有多么危险。如果你不知道方尖碑是放大器，原基力放大器，你就不会借助榴石色方尖碑，在守护者的攻击下保命。但如果那块榴石碑本身不是半死不活，碑体开裂，中间还冻了一名食岩人，那次就会要了你的命。你当时没有那么强大的力量，自制力也不够，无力阻止那能量把你从脑子向下全身烤焦。

而现在，埃勒巴斯特却让你有意召唤一块石碑，看看会有什么后果。

埃勒巴斯特熟知你的各种表情。"去试试看。"他说，然后完全闭上双眼。你听出他的呼吸声略带战栗，就像有砂石灌入他的肺泡里。"黄玉碑就在附近某处飘浮。今晚呼叫它，到早上再看……"他突然看似衰弱了下去，气息急促。"看它能否前来。如果它没来，告诉我，我再去找其他人。或者尽我所能去做。"

找谁，做什么，你完全无从猜想："你还想跟我说说到底怎么回事吗？"

"不想。因为无论如何，伊松，我还是不想让你死。"他深吸一口气，然后缓缓嘘出。下面的话要比平时更小声："见到你真好。"

你不得不绷紧下巴回答："是啊。"

他没有再说一句话，对你俩来说，这已经足够当作告别。

你起身，扫了一眼站在近处的食岩人。埃勒巴斯特称她为安提莫妮。她以同类惯常的、雕像一般的方式站立，过于浓黑的眼睛，过度沉稳地看着你，尽管她的姿势完全是古典风范，但你还是觉得，那造型透着一点儿讽刺。她头部优雅地侧向一边，一只手叉腰，另一只手举起，手指放松，像在朝着不确定的方向挥手。也许是叫人靠近，因为手的方向跟告别相反；也许这种姿势的意味，是某些人知晓某种秘密，想让你知道他们知道，却不肯告诉你具体内容。

"请好好照顾他。"你对她说。

"我会，像对所有宝贵的东西一样。"她回答，嘴巴没有动。

你才不会费心去解读这句话。你回到病房门口，霍亚站着等你的地方。霍亚看似一个非常古怪的人类小孩，实际却是个食岩人，他把你看成他专有的宝贵物品。

他看着你，闷闷不乐，从你得知他的真实身份以来一直如此。你摇摇头，经过他身边出门。他随后跟上，保持一步距离。

这是凯斯特瑞玛社群的前半夜。时间很难说清，因为这座巨型晶体球内的光线从来不会变，难以置信地从粗大晶体柱中持续放射出来。人们在周围忙碌，搬运东西，对同伴大声喊叫，继续他们平时的工作，不必像其他社群一样，因为天黑就放慢节奏。你怀疑，在这里的前几天会比较难睡着，至少要到你适应了这里的状况才行。这不重要。方尖碑也不在乎时辰。

你和霍亚面见埃勒巴斯特和安提莫妮期间,勒拿一直礼貌地等在外面。你们出来后,他跟在一旁,很期待的样子。"我需要去一下地面。"

勒拿面露难色:"守卫不会放你上去的,伊松。新加入社群的人得不到信任。凯斯特瑞玛要存续,就要保持秘密状态。"

跟埃勒巴斯特重逢带回一些旧日回忆,也带来了以往的坏脾气:"他们可以试试阻止我。"

勒拿停住脚步:"然后你就要做之前对付特雷诺的那些事吗?"

可恶。你也站住,因为刚才的打击,身体略有点儿摇晃。霍亚也停住,若有所思地看着勒拿。勒拿并没有怒目而视。他脸上的表情太平静,算不上愤怒。真烦。好吧。

过了一会儿,勒拿叹了口气,靠近过来。"我们去找依卡。"他说,"告诉她我们需要什么。我们要求去地面——如果她想要,可以派人守着。这样可以吗?"

这听起来那么合情合理,你都不知道自己为什么不曾这样想过。好吧。你知道为什么。依卡或许跟你一样,也是原基人,但你有太多年持续遭受支点学院原基人的阻挠和背叛;你已经不会因为她跟你是同类就相信她。不过,你还是应该给她个机会,她毕竟跟你是一类人。

"好吧。"你说,然后跟他去了依卡那里。

依卡的住所并不比你的更大,尽管是社群女首领的住宅,却也没有任何特别之处。只是又一套住房,在一根闪亮的白色晶体柱侧面,用未知的方法掏挖了出来。不过,房门外倒是有两个人在等,一个靠在晶体柱上,一个在栏杆旁,探身俯视凯斯特瑞玛。勒拿在他们后面排队,示意你也这样做。正常排队是应该的,方尖碑反正也不会跑掉。

那个看风景的女人回头扫了一眼，然后上下打量你。她稍微年长一些，桑泽样貌，尽管比常人皮肤偏黑一点儿，而且她茂密的灰吹发也略微有些打卷，像是一团卷云，而不是爆炸形。有些东海岸血统。也有西海岸的：她眼睛有内眦褶，目光像是在品量，有点儿警觉，也带点儿轻蔑。"你是新来的。"她说。不是疑问语气。

你点头回应："我叫伊松。"

她撇嘴一笑，你吃惊地眨眼。她的牙齿被磨尖过，尽管早在几世纪之前，桑泽人应该就已经放弃了这种习俗。獠牙季之后，这种形象有损他们的声誉。"加卡，凯斯特瑞玛的领导者。欢迎来到我们的地下蜗居。"她的笑容更爽朗了些。你听出她的言外之意，忍住了没有皱眉。通常来说，社群里有个没掌权的领导者职阶成员，都不是什么好事。不满足现状的领导者们，在危急时刻往往喜欢煽动政变。但这是依卡的问题，不是你的。

另一个在等的人，那个背靠晶体柱的男子，看上去没有观察你——但你发觉他的眼珠没有移动，并未追踪他正在观看的远方景物。他比较瘦，比你矮，须发茂密，颜色让你想起干草丛中长起的草莓。你想象他那份间接注意带来的压力。你没有去想象那份本能，告诉你他也是你的同类。因为他没有对你的存在做出反应，你也就没对他说话。

"他是几个月之前来的。"勒拿说，让你把注意力从身边新人那里撤回。有一会儿，你以为他是在说干草混草莓色毛发的男人，然后才意识到他在说埃勒巴斯特。"直接出现在晶体球里边相当于镇广场的地方——平顶柱。"他点首向你身后示意，你回头，想搞清楚他的意思。啊：那儿，凯斯特瑞玛众多尖锥晶体之间，有一根像是被从中截断，留下一片宽阔的六角形平台，位置和高度都接近晶体球中央。有几座梯桥通向那座平台，上面有椅子，周围还有护栏。那就是平顶柱。

勒拿继续说:"之前没有征兆。看起来,原基人没有隐知到任何东西,当值的哑炮也什么都没看到。他和他的那个食岩人,突然就那样……冒了出来。"

他没看到你吃惊地蹙眉。你之前从未听过有哑炮用哑炮这个词。

"也许食岩人知道他要来,但他们很少跟选中对象之外的人谈话。而那一次,甚至连被选中的人也没得到消息。"勒拿的视线移向霍亚,后者刻意在这个瞬间无视他。勒拿摇摇头。"依卡试图把他赶走,这是自然,尽管如果他愿意,她也乐于为他施行安乐死。他的病况结局显而易见;性质温和的药物加上一张床,就此结束,也是一片好心。当她叫来壮工时,他却做了某些事。灯盏全部熄灭,空气和水流停止。只有一分钟,但感觉像是一年。等他让一切恢复运转,所有人都非常惊慌。于是依卡说他可以留下,我们要帮他处理伤口。"

听起来差不多属实。"他是个十戒高手。"你说,"还是头犟驴。他想要什么都给他,而且对他态度好点儿。"

"他是支点学院来的?"勒拿倒吸凉气,貌似崇敬。"地火啊。我都不知道还有帝国原基人幸免于难。"

你看着他,吃惊得无法感觉到好笑。但话说回来,他又怎会知晓这种事?另一个想法让你清醒起来。"他正在变成石头。"你轻声说。

"是啊。"勒拿听起来很遗憾,"我从未见过类似病例。而且越来越严重。来这里的第一天,还只有他的手指已经……才刚被食岩人……取走。我没明白病况怎样发展的。他很小心,只在我和助手不在场时才做。我也不知道是她对他用了某种邪法,还是他在自残,或者……"他摇头。"我问过他,他只是微笑着说,'拜托,耐心再等一小段时间。我在等某个人。'"勒拿冲你皱眉,若有所思。

诡异的就是这个:不知为何,埃勒巴斯特早知道你要来。或许

第二章 你，继续

他并不知道。也许他只是寄希望于有人来，任何人，只要有必要的技能。这里机会较大，因为有依卡，她用了某种方法吸引到数英里内的所有原基人。只有在你能召来方尖碑的情况下，你才会是他在等待的人。

过了一会儿，依卡从门帘一侧探出头来。她对加卡点头，瞪着草莓－干草发色的男子，直到他叹口气，转身面对她，然后她发现了你和勒拿还有霍亚。"哦。嘿。很好，你们都进来吧。"

你想要抗议："我需要私下跟你一个人谈。"

她的回应是瞪着你看。你眨眨眼，觉得困惑，意外，厌烦。她继续盯着你。你身边的勒拿在两脚之间倒换重心，静默地施加压力。霍亚只是在看，跟你差不多。终于你领会到对方的用意：她的社群，照她的规矩办事，而且如果你想住在这里……你叹口气，跟在其他人身后进屋。

房间里，温度要高于社群内大多数其他地方，也更黑一些，是门帘导致了光线上的区别，尽管墙面也泛着微光。感觉像是深夜，实际也很可能已经是深夜，地面时间。这时候偷偷溜走，去你想去的地方，应该是个好主意——但你随即制止了自己，因为你现在不应该想得太长远。然后你再次纠正自己，因为已经失去了奈松和杰嘎的踪迹，所以，你应该想长远一点儿。这么说来——

"好啦。"依卡说，听起来有些无聊，她走到一把简单、低矮的长沙发前，盘腿坐了上去，一拳支颐。其他人也都落座，但她看的是你。"我已经在考虑做些改变了。你们两个来得正好。"

有一会儿，你以为她说的"你们两个"包括勒拿，但他坐在了最靠近依卡的沙发上，而且有种感觉，举止轻松，面貌闲适，让你觉得他以前应该听过类似的话。那么，她意思指的是霍亚喽。霍亚坐在了地上，这让他更像个小孩……尽管他并不是。奇怪的是，你总是很难

017

记住这一点。

你警觉地坐下:"正好做什么?"

"我还是不认为那是个好主意。"草莓干草发男子说。他在看你,尽管脸还是侧向依卡那边。"我们对这些人一无所知,依克。"

"我们知道,他们在外面幸存到了昨天。"加卡说,她身体侧向一边,手肘放在沙发扶手上。"这也挺了不起的。"

"那不值一提。"草莓-干草男——你真想知道他的名字——下巴绷紧。"我们的猎人也能在外面存活。"

猎人。你眨眨眼。这是古老时代的职阶之一——已经被废弃的一种,根据帝国法律,所以现在没有人生来就是猎人。文明社会不需要狩猎-采集者。凯斯特瑞玛会有对这种职业的需求,深切地反映了这个社群的状况,超过依卡跟你说过的任何内容。

"我们的猎人了解附近地貌,我们的壮工也一样,是的。"加卡说,"但只限于近处。新来者更了解我们领地之外的情形——居民、风险,任何其他方面。"

"恐怕我并不了解什么有用的情报。"你开口说。但就在你说这番话的同时,自己就蹙起眉头,因为想起了几座驿站之前你就开始察觉的一件事。太多赤道人手腕上绑了饰带或丝绸布条。他们看你时候拒斥的眼神;他们的专注——在其他人惊慌失措的背景下。在每座营地,你都看到他们巡视所有幸存者,挑出任何装备较好、身体较健康,或者其他方面高于平均水平的桑泽人。低声跟那些被选中的人谈话。第二天一早离开,人群比到达时更加壮大。

这种事有没有任何意义?同族聚居是古老习俗,但人种和民族有好长时间都无关紧要了。目标一致,专长多样的社群更为高效,就像旧桑泽帝国证明的那样。但现在,尤迈尼斯成了一道裂谷深处的废墟,帝国律法和习俗不再有任何强制力。那么,也许这就是变化的最早迹象吧。也许再过几年,你就将不得不离开凯斯特瑞玛,找一个到处是跟你一样的中纬人组成的社群,他们的皮肤是棕色但并非深棕,高大又不过分高大,毛发带有小卷或大卷,但绝不会是灰吹型或者其他直发。那种情况下,奈松倒是可以跟你同行。

但你俩又能隐藏身份多久呢?没有社群想要基贼。除了这一个。

"你的了解总比我们要多。"依卡说,打断了你的神游天外,"反正呢,我也没空跟你争论这个。我现在要跟你说的,就是几周前跟他说过的那番话。"她用下巴示意勒拿。"我需要参谋——了解灾季的人,从大地到天空,一切。你现在就是这样的人,直到我找人把你取代。"

你的惊诧何止一星半点:"可恶,我对这个社群一点儿都不了解啊!"

"这就是我的工作了——也是他的,还有她的。"依卡向草莓-干草男和加卡方向点头。"反正,你也会学习的。"

你目瞪口呆。然后你才想起,她还把霍亚包含在了这次会议中,是吧?"地火啊,锈桶啊,你还想要一个食岩人做参谋?"

"为什么不呢?他们也住这儿。人数比我们想象的还要多。"依卡集中注意力在霍亚身上,后者也在看她,表情深不可测。"这可是你告诉我的。"

"的确如此。"他平静地说,"但我代表不了他们。而且我们不是你社群的一部分。"

依卡躬身,狠狠瞪了他一眼。她的表情介乎敌意和警觉之间。"你们对我们的社群有影响,哪怕只是作为潜在威胁。"她说。她的眼神扫向你。"而且你们,呃,追随的人,已经是社群一员。你们至少会关心他们的遭遇。对吧?"

你发觉这次没有看到依卡的食岩人,那个鲜红色头发的女人,已经几小时没见她了。但是,这并不意味着她不在附近。通过安提莫妮,你学会了不相信表面的不在场。霍亚说了句什么,回答依卡。你突然之间感到一份不理智的狂喜,因为他为了你,选择了保持可见状态。

"至于说为何选你,为何选医生,"依卡说着,挺直身体,尽管还看着霍亚,话却是说给你听,"这是因为我需要多种不同视角。一位领导者,尽管她并不愿意当领导。"她看看加卡。"另一位土生土长的基贼,他不屑于管住自己的舌头,经常宣扬我有多愚蠢。"她向草莓干草男点头,后者叹气。"一位抗灾者兼医生,了解外面的大路。一名食岩人。我,还有你,伊松,可能杀死我们所有人的人。"依卡微微苦笑,"的确应该给你个不杀我们的理由。"

对这句话,你还真是无言以对。有一会儿,你觉得依卡应该邀请埃勒巴斯特加入她的参谋圈子,假如破坏凯斯特瑞玛的能力就是入选标准的话。但这样一来,也会引出一些尴尬的问题。

你问加卡和草莓干草男:"你们两个都是本地人吗?"

"不是。"加卡说。

"你是。"依卡说。加卡瞪她。"你从小就住在这里,加尔。"

加卡耸耸肩:"但除了你之外,没人记得这件事,依克。"

草莓干草男说:"我是本地出生,本地成长。"

两个原基人,都活到成年,在一个不会杀死他们的社群。"你叫什么名字。"

"卡特,壮工。"你等着社群名。他干笑,笑容只涉及半边嘴巴,两眼都没有笑意。

"可以说,在我们成长的过程中,卡特的秘密并没有真正泄露。"依卡说。她现在倚靠在沙发后面的墙上,揉着两眼,似乎累了。"反正人们还是猜了出来。流言足以让他不能被社群正式接纳,在前任头

第二章 你，继续

领时代。当然，现在我已经有六次以上提出给他社群名了。"

"条件是我放弃'壮工'。"卡特回答。他还保持着薄纸风格的笑容。

依卡放下她的那只手，下颌绷紧："否认自己的实质，并不会阻止别人看透真实的你。"

"但你活下来，也不是靠炫耀这件事。"

依卡深吸一口气，她的下颌肌肉抽动，放松。"而这就是我要求你做这件事的原因，卡特。但我们还是继续说其他事吧。"

如此继续。

整个会议期间你都坐在那儿，试图理解你渐渐了解到的暗流，同时还不完全相信你在这里，与此同时，依卡摆出凯斯特瑞玛面临的种种问题。全是你以前无须考虑的事情：抱怨公共浴池水温不够高。陶工严重不足，而通晓缝纫技能的人又太多。一座谷物仓出现霉烂现象；数月分量的口粮不得不被烧掉，以免污染其他食物。肉食短缺。你从过度关注单独一个人，变成了不得不考虑很多人。这有些突然。

"我刚刚才洗过澡。"你不假思索地说，试图让自己从失神状态中恢复，"水挺好的。"

"你当然觉得水好啦。你刚过了好几个月的苦日子，就算洗澡，也只能用冰冷的溪水。但凯斯特瑞玛的很多居民在生活中，一直都有可靠的晶体球家园和能够调节的水龙头。"依卡揉揉双眼。会议才进行了一小时左右，但感觉更为漫长。"每个人都用自己的方式应对灾季。"

对你来说，没事就大惊小怪乱抱怨并不像是合理的应对方法；但是，好吧。

"肉食不足是真正的问题所在。"勒拿皱起眉头说，"我注意到之前几次社群分配都没有肉食，也没有蛋类。"

依卡的表情变得严峻起来。"是的,我说说原因。"她特地为你补充解释,"我们这个社群没有绿地,如果你之前还没察觉的话。附近的土壤很贫瘠,种点儿菜还行,但草料和干草都难有收获。然后在这个灾季来临之前,所有人都忙着争论要不要重建窒息季之前的旧城墙,以至于没人想到去跟一个农业社群谈判,换几车优质土壤回来。"她叹气,捏着鼻梁。"反正呢,大部分牲畜也没有办法牵下矿井和阶梯。我不知道我们当时在想什么,居然会指望生活在地下这里。这正是我需要帮助的原因。"

依卡的疲惫并不意外,她承认错误的意愿却是。这也让人担心。你说:"灾季期间,一个社群只能有一位领导者。"

"是啊,而且依然是我本人。你们不要忘了。"这可以是个警告,但听起来不像。你怀疑这只是对她本人在凯斯特瑞玛地位的客观承认:人们选择了她,暂时还信任她。他们不了解你、勒拿,还有霍亚,看来也不相信加卡和卡特。你们需要她,超过她需要你们中间的任何一个。不过,突然,依卡摇摇头。"我不能继续谈这些屁事了。"

好的,因为你脑子里一直有种断裂感——今天上午,你还在考虑赶路、活命和奈松,这感觉已经开始让你感到难以承受。"我需要去一下地面。"

这个话题转换得太突然,显然像是晴天霹雳,有一会儿,所有人都在盯着你。"我×,这是为什么呀?"依卡问。

"埃勒巴斯特。"依卡看上去一脸懵。"就是你们病房里的十戒高手,他让我去做件事。"

依卡一脸苦相:"哦,他呀。"看到这反应,你不禁微笑。"有趣。他来这儿之后,还没跟任何人谈过话。就坐在这儿,用光我们家的抗生素,吃掉我们家的粮食。"

"我刚做完一批盘尼西林,依卡。"勒拿翻了个白眼。

"这是原则问题。"

你怀疑埃勒巴斯特一直在消除本地微震,以及抵抗北方来的余震,这贡献远超过他的需求。但如果依卡本人隐知不到的话,解释也没有用——而且你也不确信自己对她足够信任,到了可以谈论埃勒巴斯特的程度。"他是我的老朋友了。"这句可以。这概括不错,尽管并不完整。

"他看上去不像是能有朋友的人。你,也一样。"依卡打量了你好久。"你也是十戒高手吗?"

你的手指不自觉地动起来。"我曾佩戴六枚戒指,以前。"勒拿的头猛转过来,死盯着你。好吧。卡特脸上肌肉抽动,含义你无法解读。你补充说:"在支点学院期间,埃勒巴斯特曾经是我的导师。"

"我知道了。那么,他让你上到地面做什么呢?"

你张开嘴,然后又闭上。你不由自主地看了一眼加卡,她哼了一声站起来,然后你看勒拿,他的表情也变难看了,意识到你不想在他面前说。他本不应该得到这种待遇,但是……他毕竟是个哑炮。最终你说:"原基人的事。"

这说法弱爆了。勒拿脸上没表情,但眼神很冷。加卡挥挥手,走向门帘。"那就不关我的事。走啦,卡特。因为你只是个壮工而已。"她刺耳地大笑。

卡特身体绷紧,但出乎你意料的是,他真的站起来,尾随加卡离开。你看了勒拿一会儿,但他双臂交叉,没有走的意思。好吧。这番折腾之后,依卡也已经是一脸狐疑。"这怎么回事?你以前的导师要传授最后一课?他显然活不了太久了。"

你来不及掩饰,就已经咬紧牙关:"这可不一定呢。"

依卡看似又考虑了片刻,然后她决绝地点头,站起来:"那好吧。就请等我叫上几名壮工,我们马上出发。"

"等等，你也去吗？为什么？"

"好奇喽。我想看看支点学院的六戒门生能做什么。"她对你坏笑，拿起那件毛皮长外套，你第一次见她时穿的那件。"也许试试我自己能否做到。"

想到一个自学成才的野生原基人想要联络方尖碑，你吓了一大跳："不行。"

依卡的表情冷下来。勒拿瞪着你，难以相信你刚刚达到目的，一下子就搞砸了。你迅速补充说明："即便对我来说，这东西也极为凶险，而且我以前还做过的。"

"'这东西'？"

好吧，事已至此。她不知道当然更安全一些，但勒拿的立场也对。如果你想在她的社群安身，就需要赢得这女人的认可。"如果我告诉你，请答应我务必不要亲自尝试。"

"嗬，我才不会许诺任何事，我又不了解你。"依卡两臂交叉。你已经是个高大的女人，但她还要更高大一些，而且发型也对你不利。很多桑泽人都喜欢把灰吹发型留成大大的、蓬松的鬣毛状，就跟她似的。这是一种动物性的恐吓伎俩，如果有信心支撑，效果还是很好的。依卡拥有的，可不只是信心而已。

但你有知识啊。你站起来，直视她的双眼。"你不能做那件事。"你说，用意志要她相信，"你没有受过那种训练。"

"你不了解我受过哪种训练。"

你眨眼，想起在地面上的瞬间，当你发觉失去了奈松的踪迹，几乎失控时，依卡发出的那股奇异的、奔涌而至的力量，像一记耳光，但是更温和，带有某种原基力特色。然后还有她的小花招儿，能把方圆多少英里内的原基人都吸引到凯斯特瑞玛。依卡或许并未佩戴戒指，但原基力与等级无关。

第二章 你，继续

所以说，这事没救啦。"一座方尖碑。"你说，说完马上后悔了。你看看勒拿。他眨眨眼，蹙起眉头。"埃勒巴斯特想让我召唤一块方尖碑。我要去试试自己能否做到。"

让你意外的是，依卡点头，眼里有了光彩："啊哈！我一直就觉得那东西有点儿怪异。那么，我们走吧。我绝对要去看看这个。"

哦，可恶。

依卡穿上皮大衣，耸肩："给我半小时，然后在观景平台跟我碰头。"那就是凯斯特瑞玛的入口了，那个小平台，新来的人无一例外都会张嘴傻看的地方，因为这个晶体球里的社群实在过于怪异。说完这个，她从你身边擦过，离开了房间。

你摇摇头，看勒拿。他坚决地点头；他也想要去。霍亚呢？他只是站到你身后，他习惯的位置，云淡风轻地看着你，似乎在说，这事还有疑问吗？所以，现在成了集体活动。

半小时后，依卡和你在观景平台碰头。她又带来四名凯斯特瑞玛人，都是全副武装，穿了褪色的灰色服装，为了在地面起到迷彩伪装作用。上去的路更难走些，比下来要难：很多段上坡，很多段阶梯。路程走完，你不像依卡的某些跟班那样气喘吁吁，但话说，你过去一段时间每天都要走很远，而他们却待在地下城镇里，安全又舒适。（依卡只是稍有点儿喘息，你发觉。她身体很棒。）不过，最终你们顺利到达地下室，属于地面伪装房舍中的一座。不是你进入时的同一间，这不应该让你觉得意外。当然，他们的"大门"应该有多个入口和出口。地下通道也比你开始想象的更加复杂——这件事很重要，需要谨记，假如你将来需要仓促离开的话。

那座伪装房舍也有壮工站岗，跟其他房子一样，有些守着地下室入口，有些在地面房子里，守望外面的道路。等到楼上岗哨宣告一切安全，你们走进深夜落灰的露天里。

过了……多久？不到一天吧，在凯斯特瑞玛的晶体球里。神奇的是，地表在你看来，已经显得那样怪异。数周来的第一次，你察觉到空气中的硫黄味，银白色的雾霭，还有羽毛状凝灰无休止的落地声，死叶簌簌声。这寂静，让你意识到地下的凯斯特瑞玛镇是多么吵闹，人声、滑轮嘎吱声、铁匠铺里的锤打声，还有晶体球内部机械结构时刻不停的嗡嗡声。地面这里什么都没有。树木已经落叶；干燥、杂乱的石堆里没有一丝动静。树枝间也没有鸟儿唱歌；灾季里，多数鸟类都不再标记领地，并且会停止求偶，而歌唱只会引来掠食者。也没有其他动物的声响。路上没有行人，尽管你能看出，那边落灰更薄一些。应该是最近有人经过。但除了那点儿迹象，连风都是静的。太阳已经落下，尽管天上还有足够的光亮。云层，即便在如此遥远的南方，也能映出那道裂谷中的红。

"有人经过吗？"依卡问一名哨兵。

"有一拨，像是一家人，大约四十分钟前经过。"他回答，他的声音压低，"装备良好。也许有二十个人，各年龄段，全是桑泽血统。向北旅行。"

这让所有人都看向他。依卡重复了一遍："向北？"

"是向北。"那哨兵，看上去有一双特漂亮的长睫毛眼睛，回看了依卡一眼，耸肩。"他们看似有明确的目的地。"

"噢。"她两臂交叉，微微战栗，尽管外面并没有特别冷；第五季的寒冷通常要几个月之后才会全面降临。凯斯特瑞玛－下城就是太暖和，让所有习惯了那里的人，都觉得凯斯特瑞玛－上城很冷。或者依卡只是在对社群地面的荒凉做出反应。那么多死寂的房屋，了无生气的菜园，还有覆满尘灰的小路，曾经也都是供人行走的。你曾把社群地面当成诱饵——它的确也是，像个蜜罐，引来社群想要的人，转移敌人的注意力。但它曾经也是个真正的社群，充满生机和光明，不像现在一样寂静。

"那么？"依卡深吸一口气，面露微笑，但你觉得她的笑容很紧张。她向低垂的尘云点头示意。"如果你需要看到这东西，我觉得短期之内都很难如愿啊。"

她说的没错；空气中布满灰尘，有如浓雾，而且除了饱含水汽、略微泛红的云层，你看不到更远处的任何东西。你还是走出门廊，抬头看天，不确信该如何开始。你也不知道自己是否应该开始。毕竟，你第一和第二次尝试跟方尖碑建立连接，都是险些死掉。然后还有个事实，想要这件事的是埃勒巴斯特，而他就是毁掉这个世界的人。也许你不应该做他想要的事。

不过他从未伤害过你。这世界伤过你，但他没有。也许这世界就该被毁灭。也许经过这么多年之后，他已经赢得了你的若干信赖。

于是你闭上眼睛，试图让内心宁静。周围的确有声音可听，你终于发觉。轻微的嘎吱声和啵啵声，那是凯斯特瑞玛－上城的木质部分对灰尘重量的反应，或者因空气温度变化引起。还有几个小东西在附近庭院绿地中的枯枝之间移动：鼠类或者其他小动物，无须担心。有一名凯斯特瑞玛人呼吸声音很响，不知为了什么。

你脚下有温暖的震颤。不。方向不对。

空气中有足够多真实存在的灰尘，你几乎可以用知觉感应到整个云层。毕竟，灰尘就是粉化的岩石。但你想要找的不是云层。你沿着云层摸索，就像对付地下岩层一样，并不确定自己在找什么——

"你们这事还要花好长时间吗？"有个凯斯特瑞玛人叹着气问。

"为什么问，你有个激情约会吗？"依卡拖着长腔反问。

他无关紧要。他只是个——

他只是个——

某种东西突然把你向西方猛扯。你身体一震，转而朝向那里，深深吸气，回想起漫漫长夜之前，一个名叫埃利亚的社群，还有另外一块方尖碑。紫石英碑。他当时并不需要看到石碑，但他需要面对它。视线，力线。是的。而且就在那里，你注意力延长线的极远处，你隐知到自己的意识，正被引向某个沉重而且……深黑的东西。

黑，那么黑。埃勒巴斯特说过，它应该是黄玉色，对吧？这块肯定不是。它感觉有些熟悉，近乎熟悉，让你想起榴石碑。而不是紫石英。为什么？榴石碑是破碎的，疯狂的（你不知道自己为什么会想到这个词），但除此之外，它还更强大，出于某种原因，但强大这词过于简单，不足以描述这些东西蕴藏的内容。博大。怪异。颜色更深，潜力就更大吗？但如果是这样……

"缟玛瑙。"你自言自语，睁开了眼睛。

其他方尖碑在你视线边缘嗡嗡来去，可能距离更近，但它们没有对你近乎本能的召唤做出反应。那座深色石碑距离那么远，远远超过西海岸，在未知海域上空的某处。就算是飞行，它可能都要花费几个月时间才能到达。但是。

但是，缟玛瑙碑听到了你的召唤。你知道这件事，就像你曾经知道自己家孩子听到自己说话时一样，即便他们装作没听到，无视你。它笨重又迟缓地转向，高级功能觉醒，一个地质纪元以来的第一次，在它转向的同时，发出极强的声音和波动冲击，摇撼了下方数英里的海面。（你是怎么知道这些的？你并没有隐知到这种情形。但你就是知道。）

然后它就开始飞来。邪恶的，吃人的大地啊。

你沿着通向你的那条线退缩。路上有东西扰动你的注意力，于是，几乎是亡羊补牢地，你把它也叫来了：黄玉碑。它更轻，更灵活，也靠近得多，而且从某种意义上说，反应更灵敏，也许因为你感应到埃勒巴斯特的一点儿气息，像是美食中加入一片柠檬。他为你准备好了它。

然后你折返回自身，转身面对依卡，她正在向你皱眉："那些，你都跟上了？"

她缓缓摇头，但不是表示否认。不知用什么办法，她跟上了一部分。你从她脸上的表情就能看出来。"我……那件事有点儿……某种感觉。我说不好是什么。"

"不要连接任何一个，等它们到达这里的时候。"因为你确定它们正在飞来。"不要试图连接它们中的任何一个。永远不要。"你不愿说方尖碑这个词。周围太多哑炮，即便他们当前还没有杀掉你，哑炮们最好还是永远不要知道世上有这种东西，能让原基人变得比当前更加危险。

"如果我做了，会发生什么事？"这是出于真诚好奇心的问题，并非挑衅，但有些问题就是很危险。

你决定实话实说。"你会死。我说不好具体是怎样的死法。"事实上你相当确定，她应该是瞬间起火，变成一根白亮的、尖叫着的火焰与力量之柱，很可能把整个凯斯特瑞玛跟她一起毁灭。但你并没有百分百的把握，所以只说自己知道的部分。"那些——那些东西就像有些赤道社群日常使用的电池一样。"可恶。"从前使用过的。你听说过那东西吗？电池可以储存能量，所以你能靠它供电，就算水电站停转，或者地热——"

依卡看似受到了冒犯。好吧。她是桑泽人；是她们发明了电池。"我他妈知道电池是什么玩意儿！刚有点儿地震迹象，那东西就会引发酸性灼伤来添乱，就为了存一点儿备用动力。"她摇头，"但你说的东西，并不是什么电池。"

"我离开尤迈尼斯时，他们已经在制造糖料电池了。"你说。她也没说方尖碑，很好。她明白了。"要比酸性物质加金属那种更安全。

电池可以有多种制造方法。但如果电池功率太强,超过你接入的电路能承受的范围……"你觉得,这应该能够传达意思了。

她再次摇头。但你感觉她应该是信了你。当她转身,开始来回踱步,你留意到勒拿。他这段时间一直保持沉默,听你和依卡对话。现在他看似陷入深思,这让你有点儿烦躁。你不喜欢哑炮深思这种问题。

但随后他让你吃了一惊:"依卡。你觉得,这个社群实际上已经有多长时间了?"

她停下脚步,皱眉看他。其他凯斯特瑞玛人躁动不安,似乎也很不舒服。也许这让他们很烦,被提醒自己住在一座死去文明的遗迹里。"没头绪。为什么问?"

他耸肩:"我只是在想相似之处。"

你当时明白了。凯斯特瑞玛-下城里闪耀光芒的晶体柱,发光的方式是你无法理解的。天上那些飘浮的晶体,飞行方式也同样无法理解。两种设备,都被设计成为原基人使用,其他人无能为力。

食岩人对使用两者的原基人,显示出异乎寻常的浓厚兴趣。你瞅了一眼霍亚。

但霍亚并没有看天空,也没看你。他已经走下门廊,蹲在过道旁边积满灰尘的地面上,瞪着某件东西。你沿着他的视线望去,看到一个小土堆,在隔壁房子以前的庭院中。它看似又一个灰堆而已,也许有三英尺高,但之后,你发觉那堆东西一侧,伸出一只动物的干枯脚掌。猫吧,也许是,或者兔子。这附近很可能有几十只小动物尸体,全都埋在灰尘下,如此规模的灾季开始,势必带来大规模的死亡。不过奇怪的是,这具尸体上积起的灰尘,要比周围的地面高出太多。

"死了太长时间,不能吃了,小孩。"一名男子说道,他也注意到了霍亚,但显然不清楚这"小孩"的真实身份。霍亚向他眨眨眼,带着恰如其分的紧张咬咬嘴唇。他扮演小孩还真是逼真。霍亚站起来回到你身边时，你才意识到他不是在演戏。的确有东西让他紧张了。

"其他东西将会吃掉它。"他很小声地对你说，"我们应该走了。"

什么。"你什么都不怕的。"

他的下颌紧绷起来。嘴里全是金刚石牙齿。肌肉也是长在金刚石上的吗？难怪他从来都不肯让你抱他起来；他一定有花岗岩那么重。但他说："我害怕那些能伤害到你的东西。"

然后……你就信了他。因为，你突然意识到，这就是他一直以来所有古怪行为的共性。他乐于面对克库萨，那家伙动作太敏捷，甚至连你都很难用原基力对抗。在你的一生中，太少人曾经尝试过保护你。出于一时冲动，你抬起一只手，抚摸他古怪的白色头发。他眨眼。某种神采出现在他眼睛里，绝对是特别人性的样子。你不知道该做何评价。不过这些，正是你对他言听计从的原因。

"我们走吧。"你对依卡及其他人说。你已经做完埃勒巴斯特要求的事。你猜想，等你告诉他额外多召来的那块方尖碑，他应该也不会生气——假如他不是已经知道的话。现在，或许，他终于会告诉你那可恶的真相了。

— ※ —

之前，在坚固的石造建筑中，为每一位民众储存一年物资：十儒勒谷物，五儒勒豆类，四分之一崔德水果干，半斯托雷兽脂、奶酪或肉干。乘以额外想要的年数。之后，在每座坚石建筑外，至少配备三名壮工看守：一人看护物资，两人监视看护者。

——第一板，《生存经》，第四节

第三章

沙法，被遗忘的人

是的。他也是你，或者说，是曾经的你，直到喵坞事件之后。但现在，他是另外一个人。

* ✺ *

击碎克拉尔苏号的力量，是运用到空气上的原基力。原基力本来不是特别针对空气，但也并没有特别的原因让它不起作用。茜奈特之前做过练习，可以对水运用原基力，在埃利亚，以及在那之后。水中有矿物，类似的，空气中也有尘埃。空气中还有热力、摩擦、质量和势能，跟大地一样；只不过，空气中的分子间距离更远，原子形状有差异。然而，有一面方尖碑被牵涉进来之后，这种细节都无关紧要了。

沙法刚一感觉到方尖碑的搏动，就知道下一步将会发生什么事。他已经非常非常老，茜奈特的这位守护者。那么老，他甚至知道食岩人一有机会，就会怎样对待强大的原基人，也知道原基人的视线为什么一定要朝向地面，而不是空中。他见证过当一名四戒者（他还是这样看待茜奈特）跟方尖碑建立连接后，会造成何种后果。你要知道，他的确真心在意她（她本人并不知道）。这份情感并不只是控制权。

第三章 沙法，被遗忘的人

她是沙法的小东西，而他曾在她不了解的很多方面保护过她。想到她痛苦的死亡过程，会让沙法难以承受。这很讽刺，考虑到随后发生的事情。

在那个瞬间，当茜奈特身体绷紧，全身充斥强光，而克拉尔苏号狭小前舱的空气开始战栗，并变成几乎凝固的厚墙，蕴含不可阻挡的力量时，沙法碰巧站在舱壁开裂处的侧面，而不是前方。他的同伴，那个刚刚杀死茜奈特野种情人的守护者，可就没有那么幸运了：当那股力量重击过来，令他向后飞出，从墙上突出来的那块船板正好在合适的高度和角度，一下子切掉了他的头，然后那块板子才被打飞。而沙法毫无阻碍地向后飞过克拉尔苏号宽大的船舱，这里是空的，因为海盗船有一段时间没有出海打劫了。这段空间足够让他的速度下降一些，并且让茜奈特攻击的大部分力量从他身旁偏出。当他最终碰到舱壁，力道仅仅足够导致骨折，而不是骨骼粉碎。而且等他撞上去，那块舱壁也已经开裂，正跟船体其他部分一起崩溃。这个也对他有利。

然后，当凹凸不平的、尖刀一样的石峰开始从海底穿刺上来，开始戳破爆裂开来的废墟时，沙法又一次交了好运：没有一根石柱刺穿他的身体。到这时，茜奈特已经迷失在那块方尖碑里，也迷失在疯狂的阵痛中，其余波甚至会影响伊松的生活。（沙法目睹了她的手按在小孩脸上，捂住了口鼻，向下按压。难以理解。她不知道沙法会像爱她一样爱她的孩子吗？他会把那小男孩温柔地放下，如此温柔地放在绳椅中。）她现在是巨大的，足以影响全球力量的一个部分，而沙法，她的世界里曾经最为重要的人物，现在已不值得她注意。在某种程度上他一直对此有感觉，即便是在顽石风暴中逃命的路上，而这份了悟留下深深的烧痕，伤到了他的心。然后他就落入水中，气息奄奄。

杀死一名守护者很难。沙法体内众多的骨折，还有脏器损伤，本身都不足以令他丧命。通常情况下，溺水也不会有问题。守护者不同于常人。但他们的确也有忍耐限度，而溺水加上脏器失常加上暴力损伤后遗症，还是足够冲破极限的。他在随水漂流，不断撞击石柱和船只残骸时意识到了这一点。他当时分不清上下，只觉得有一个方向看似比反方向稍微更亮一点儿，但他正被拖曳得远离那个方向，因为那条船的尾部在迅速下沉。他伸展身体，撞到一块岩石，蓄力，然后试图拨水对抗向下的海流，尽管他现在有一条手臂骨折。他的肺部已空。空气都被撞出体外，他正在努力避免吸入海水，因为那样一来，他就必死无疑。他不能死。他还有好多事情要做。

但他也只是人类，大部分是，而随着可怕的水压不断增长，眼中出现黑点，整个身体被水的重量压到麻木，他不由自主地吸了一肺的水。这真是痛啊：盐和酸充斥在他胸口，火在他喉咙里，而且还是没有空气。而最要命的是（他可以承认：在这漫长又可怕的生涯里，他曾经面临过比这更糟的状况）他突然无法再承受，有条不紊的、谨慎又理智的态度，至今一直引导并管理沙法头脑的那种东西，突然消失了。

他惊慌失措。

守护者永远不得惊慌。他知道这个。有很充足的原因这样。但他还是慌了，挣扎，尖叫，身体不断被拖入冰冷的黑暗里。他想要活命。对他这类人而言，这是首屈一指最恶劣的罪行。

他的恐惧突然消失。这是个坏兆头。片刻之后，它被一份极为强烈的愤恨取代，强到可以阻断一切其他。他不再号叫，而是被气得浑身发抖，但即便在这样做的同时，他心里也清楚：这愤恨并非来自他本人。当他惊慌失措时，他让自己暴露于危险中，而他最为惧怕的那种危险，如今正大摇大摆跨过城门，就像已经占领了他身体的庙堂一样。

第三章 沙法，被遗忘的人

它对他说：如果你想要活命，这事可以安排。

哦，邪恶的大地。

更多邀约，承诺，建议，还有事后的回报。沙法可以拥有更大力量——力量大到足以对抗海流、伤痛和缺氧。他可以存活……但要付出代价。

不。不。他了解那代价。宁愿死，也不能付出那种代价。但下定决心去死是一回事，实际上真的去死，却完全是另外一回事，尤其是在垂死状态下。

沙法颅骨后侧有东西在灼烧。那是一种冷燃，不像他鼻子、喉咙和胸部的灼烧感。那里的某种东西在觉醒，热启，整顿自身。准备好了应对他放弃抵抗的时刻。

我们每个人都是身不由己，那名引诱者的耳语声传来，而这正是数世纪以来，沙法多次用来说服自己的一句话。这句话，能为太多恶行开脱。人总是在形势逼迫下便宜行事，为了尽义务。为了活命。

这句就够了。那冷冷的存在物接管了他。

力量灌注到他的四肢。仅仅几次重启后的心跳之后，骨折之处就已经恢复原状，脏器也恢复了原有机能，尽管略微有些调整，用于应对当前的缺氧状况。他在水中扭身，开始游泳，感觉到他必须前去的方向。不是向上，现在无须向上；突然之间，他能从吸入的水中得到氧气。他没有鳃，但是突然间，他的肺泡吸气能力大大上升。不过，吸到的还只是一点点氧气——甚至不足以好好养护他的身体。有些细胞在死去，尤其是在他脑中的特定区域。他对此有知觉，很可怕。他感觉到那些部分在慢慢死亡，那些让他成为沙法的部分。但这是必须付出的代价。

他与之对抗，这是自然。那份愤怒试图驱使他继续向前，让他依旧待在水底，但他知道，如果这样做，他自己的一切都将死亡。于是他向前游，同时也向上，眯起眼睛，透过混浊的海水凝视光明。这花掉了好漫长的、死亡中的时间。但至少，他体内的一部分怒火还属于自己，狂怒，因为他不得不被逼迫到如此境地，气自己竟然屈服，这怒火让他坚持游动，尽管双手两脚都开始感到刺痛。但是——

他最终到达水面。冲破海水。集中精神让自己不再慌乱，同时呕吐出海水，咳出更多海水，最终吸入空气。那痛感无以复加。但毕竟，吸入第一口气之后，死亡过程随即停止。他的头脑和四肢都得到了它们需要的东西。他视野里有黑斑，脑后有可怕的凉意，但他还是沙法。沙法。他坚持住这个立场，像是用手爪刨挖，吼叫着驱赶那份寒意。地下的野火啊，他还是沙法，他不会允许自己忘记这一点。

（但，他还是失去了许多其他。请注意：我们迄今为止认识的沙法，那个达玛亚学会了惧怕，茜奈特学会了反抗的沙法，已经死了。现在剩下的，是个习惯微笑的男子，带着一份扭曲的父爱冲动，还有一份不完全属于他自己的怒火，自此驱使他从今以后的一切作为。

也许你将痛悼那个已经消失的沙法。你大可以这样做。曾经，他也是你的一部分。）

他重新开始游泳。大约七小时后——这是他用自己的记忆换来的力量——他看到仍在冒烟的埃利亚火山出现在地平线上。游向那里，要比直线靠近海岸更远，但他还是调整方向游向火山。那里会有帮手，他不知为什么有这种感觉。

现在太阳早已落山，周围一片黑暗。海水冰冷，他也口渴，浑身伤痛。还好，没有任何深海怪物来攻击他。他面临的唯一真正威胁是自己的意志力，它是否会在对抗海洋的过程中崩溃，或者输给吞噬他意志的那份寒冷。另一个不利因素，是他独自一人，只有冷漠的星光做伴……还有那座方尖碑。他看到过它，一次，在他回头张望时：如今它是映动的、无色的棱锥体，飞在洒满星辰的夜空中。它看上去并

第三章 沙法，被遗忘的人

不比第一次在船上看到时更远，当时他无视方尖碑，一心追捕自己的目标。他本应该更加小心的，应该好好观察，看它是否在接近中，应该记得，在特定情况下，即便是四戒者也会是个严重威胁，而且——

他蹙起眉头，暂时停止划水，仰面漂浮。（这很危险。他马上感觉到极度疲乏。那股支撑他的力量毕竟有限。）他盯着那座方尖碑。一名四戒者。谁？他试图想起。曾经有过某个人……非常重要的一个人。

不。他是沙法。重要的只有这一件事。他继续泅游。

临近黎明时，他脚下感觉到粗砾的黑沙。他摇摇晃晃从水中站立起来，不习惯这样支配自己的身体，也不习惯陆地行走，几乎是在爬行。海浪在他身后退开，前方有棵树。他倒在树根上，进入接近睡眠的状态。那其实更像是昏迷。

当他醒来，太阳已经升起，他浑身火辣辣的，同时感觉到各种疼痛：肺部肿痛，四肢酸痛，未恢复的小骨头阵阵抽痛，嗓子发干，皮肤皲裂。（还有一种，更深的痛。）他呻吟，某个东西把阴影投在他脸上。"你还好吧？"有个声音问，音质就像他的体感。粗糙，干涩，低迷。

他勉力睁眼，看到一个老人蹲在自己面前。那人是东海岸土著，瘦小枯干，卷曲的白发大部分脱落，只剩脑后一个半圆。当沙法环顾周围，他发现两人身处一片小小的、长满树木的海湾。老人的手划船停在沙滩上，离这儿不远。船上杵出一根钓竿。海湾里的树全都死了，沙法身下的沙子里面掺有灰烬；他们还是十分靠近埃利亚旧址的那座火山。

他是怎么来到这里的？他记得自己游泳。但他为什么落水呢？那部分记忆已经消失。

"我——"沙法开口说，却被自己干涩、肿大的喉咙哽住了。老人帮他坐起来，然后给他一个打开的水壶。略带盐味和皮革味的白水，感觉却是前所未有的甘甜。老人等他喝完几口，就把水壶拿走，沙法知道这是明智之举，但他还是呻吟着，向水壶方向伸了一次手。但只有一次。他仍旧坚强到不会乞求。

（他身体内的那份空虚，并不仅仅是饥渴。）

他试着集中精神。"我现在，"这次，感觉说话没那么艰难了，"我……不知道自己现在是否有事。"

"船沉了吗？"老人伸长脖子向周围观望。在近处，很显眼的地方，就是那条刀剑一样的石块组成的陆桥，茜奈特召唤出来的，从海盗岛屿直到大陆。"你之前是在海上吗？发生了什么？某种地震吗？"

看起来简直难以置信，这老人居然什么都不知道——但沙法一直都觉得吃惊，普通人对现实世界的了解那样贫乏。（一直？他一直都为此吃惊？真的吗？）"基贼。"他说，他太累，没力气说三个字组成的、更文明的称呼。这就够了。老人的面容严峻起来。

"肮脏的大地所生的孽种啊。所以他们才应该趁小溺死了事。"他摇头，注意力集中在沙法身上。"你块头太大，我背不动你，拖着走又会痛。你觉得自己能站起来吗？"

在老人的协助下，沙法的确努力站起身，跌跌撞撞走到手划船旁边。他战栗着坐在船头，老人划船带他们离开那片海湾，沿海岸线向南。他哆嗦的部分原因是冷——他躺倒休息时，浑身衣物还都是湿的——另一部分是惊魂未定。但还有一部分，是完全不同的另外一种原因。

（达玛亚！他花费了极大努力，回想起了这个名字，还有一个印象：一个小小的、被吓坏的中纬度女孩，跟一个高大、傲慢的中纬度女人的形象叠合在一起。她眼里有爱，也有恐惧，沙法心里却只有伤悲。他曾经伤害过这个人。他现在需要找到她，当他寻求自己那部分感知力,理应知道她所在地点的那部分,却一无所获。她已经跟其他一切同时消失。)

整个旅程中,老人一直对他喋喋不休。他是麦特镇的壮工利兹,而麦特是个打鱼小镇,就在埃利亚城以南数英里。埃利亚城那些破事发生以后,他们一直在讨论要不要集体搬迁,但突然之间,那座火山平静了下来,所以,现在看来,邪恶的大地并不打算灭绝他们,至少暂时不会。他有两个孩子,一个蠢,一个坏,还有三个孙子孙女,全是蠢的那个所生,希望他们自己没有那么蠢。他们日子过得并不宽裕,麦特只是个普通的沿海小社群,甚至没钱修建像样的城墙,而只是种了些树,立了些木桩,但普通人还是要过普通人的日子,你知道啦,所有人都会出力好好照顾你,所以你不用担心。

(你叫啥名字?老头儿没完没了的讲话期间问过,沙法告诉了他。老人问他名字的其他部分,但沙法只有这一个称呼。你出海干什么呀?沙法体内那种守口如瓶的倾向,让他打了个哈欠当作回答。)

这镇子特别容易受灾,它有一半在岸上,一半在水上,船屋和木屋之间,通过码头和防波堤通连。利兹帮沙法登上码头时,好多人围上来看。好多双手触摸他,他禁不住畏缩,但那些人只是想帮忙。贫穷并不是他们的错,他们只能提供很少的东西满足他的需求,还因此心怀愧疚。居民们推他,引导他。他洗了个冷水澡,水是干净的淡水;然后有人帮他穿上短裤和家织布的无袖上衣。他洗头时撩起头发,人们惊讶于他脖子上的伤痕,伤口宽大,经过缝合后,消失在头发下面。(他自己也为此感到惊讶。)他们对他原有的衣物也困惑不解,因为阳光和海水影响,现在几乎已经褪去了所有颜色。它们看起来是棕灰色。(他记得那些衣服本来是暗红色,但忘记了为什么是这种颜色。)

更多的水,好水。这次他能尽情喝够。他吃了点儿东西。然后睡了四小时，头脑深处总有愤怒的耳语声，一刻不停。

沙法醒来时是深夜，有个小男孩站在他床前。油灯的灯芯被拨得很短，但房间里还有足够的光线，沙法可以看到他的旧衣物，已经洗好晒干，捧在男孩手里。男孩把一个衣兜翻转了过来，整套衣服只有那里保持了原色。暗红。

沙法单肘撑起身体，这男孩有点儿……说不出的感觉。"你好。"

男孩看起来很像利兹，他只需要再老个几十年，褪掉些头发，就可以充当老头儿的孪生兄弟了。但这男孩的眼睛里带有一份决绝的希望，跟利兹完全不同。利兹清楚自己在这个世界里的位置。这男孩，应该有十一二岁，年龄足够得到他所在社群的承认……但有些东西，导致他躁动不安，而沙法感觉自己知道原因所在。"这是你的。"男孩说着，举起那套衣服。

"是。"

"你是个守护者吗？"

模糊的，几乎是记忆的印象。"那是什么？"

看起来，男孩的样子像沙法自己的感觉一样困惑。他向床前迈近一步，然后停下。（靠近一点儿，再近一点儿。）"他们说，你有很多事情都不记得了。你能活命就算幸运。"男孩舔舔嘴唇，忐忑不安，"守护者……是要守护的。"

"守护什么？"

惊诧把恐惧从男孩身上冲开，他更加靠近。"原基人啊。我是说……你守护原基人，让别人不去伤害他们。也让他们不能伤害其他人。故事里都是这样讲的。"

沙法爬起来，切换成坐姿，让两腿从床边垂下。他的伤痛几乎已经过去，在体内那股愤怒力量的协助下，他的恢复迅速加快了。他感觉很好，事实上，只有一方面不满足。

第三章 沙法,被遗忘的人

"守护原基人,"他若有所思地说,"我是这样吗?"

男孩轻笑了一下,尽管他的笑容很快褪去。他很害怕,出于某种原因,尽管他怕的并不是沙法。"人们会杀死原基人。"男孩小声说,"找到了就杀。除非原基人有守护者做伴。"

"他们这样吗?"听起来好不文明的样子。但随后,沙法想起海洋里那道枪矛形的突石组成的桥梁,还有他完全确信那是原基人的杰作。所以他们才应该趁小溺死了事,利兹曾说。

有个漏网的。沙法心里想,然后不得不抑制住歇斯底里的狂笑。

"我并不想伤害任何人。"男孩说,"但总有一天,我还是会的,如果没有……没有得到训练。那座火山活动的时候,我险些就做了。控制住自己真的好难。"

"如果你做了,它就会杀死你,可能还有很多其他人。"沙法说。然后他眨眨眼。他是怎么知道这个的?"岩浆热点太暴烈,根本就不是你能安全封闭的。"

男孩两眼放光。"你果然懂的。"他向前一步,蹲下来,靠在沙法膝前。他小声说:"求你帮帮我。我觉得我妈妈……她看出了我的底细,当那座火山……我想要装出正常的样子,但我做不到。我感觉她已经知道了。如果她告诉我爷爷……"他突然猛吸一口气,声音刺耳,就像喘不过气那样。他在忍住啜泣,但那动作看起来就像在哭。

沙法了解那种行将溺毙的感觉。他伸手抚摩男孩浓云一样的头发,从头顶到颈根,让他的手指停留在颈部。

"有件事我必须要做。"沙法说,因为的确有这样一件事。毕竟,他体内的愤怒和耳语都是有来由的,而这已经成了他的目标。收集他们,训练他们,把他们变成命中注定的那种武器。"如果我带你跟我走,我们必须旅行到离这儿很远的地方。你将再也无法见到自己的家人。"

那男孩望向别处，表情变得悽苦："如果他们知道了，就会杀死我。"

"是的。"沙法按压，很轻柔，从男孩体内吸取了第一份——某种东西。这是什么？他已经想不起这东西叫什么。也许它本来就没有名称。重要的是它存在，而且沙法本人需要它。不知道为什么，沙法心里知道，有了它，他就能更好的守护残留的那部分自我——以前的自我。于是他攫取，而第一份那种东西，就像是在无数加仑炽热的咸盐中，突然得到一波清新的淡水。他渴望喝尽所有，伸手探取剩余部分，就像他索要利兹的水壶时一样饥渴，尽管出于同样的原因，他迫使自己住手。他可以靠现在得到的东西坚持下去，而且如果他有耐心，这男孩以后还能为他提供更多。

是的。他的思路现在更加清晰。更容易无视那些耳语，自行思考。他需要这男孩，还有其他像他一样的人。他必须走出去寻找他们，有了这些人的帮助，他就可以——

——可以——

好吧。并不是一切都变清晰了。有些东西再也不能恢复。他只能将就。

男孩在他的脸上搜寻着什么。在沙法试图拼凑自身碎片的同时，男孩也在跟他的未来角力。他们是天生一对。"我会跟你走。"男孩说，过去的一分钟，他显然还以为自己有权选择，"去哪儿都行。我不想伤害任何人。我也不想死。"

几天以来，沙法头一次露出微笑；上次还是在一条船上，他还是另外一个人。他再次抚摸男孩的头。"你是个好心的孩子。我会尽我所能帮你。"男孩的紧张情绪马上缓解，泪水湿润了他的眼睛。"去吧，收拾些路上用的东西。我去跟你的父母谈谈。"

这些话从沙法嘴里说出来，感觉特别自然，轻易。他以前说过同

第三章｜沙法，被遗忘的人

样的话，尽管他已经不记得是在何时。但他的确记得，有时候事情并不会像自己答应的那样顺利。

男孩小声致谢，抱住沙法的膝盖，想要用拥抱传达那份感激，然后大步离开。沙法缓缓站起来。男孩把那套褪色的制服留下了，所以沙法再次穿上它，他的手指想起那些缝合线应该在什么位置。本来还有件斗篷的，但那个不见了。他不记得丢在了哪里。当他上前一步，房间一侧的镜子吸引了他的注意力，令他止住，全身颤抖，这次不是因为开心。

这形象不对。它完全不对。他的头发被阳光和盐水摧残之后，现在变得软垂，干涩；它本应该又黑又亮，现在却色泽暗淡，发丝纤弱，还有烧伤痕迹。制服松松垮垮地吊在他身上，因为在努力挣扎到海岸的过程中，他当作燃料消耗掉的，是自己的一部分身体。制服的颜色也是错的，完全无法提示他的身份，无法督促他成为自己应该是的那个人。而且他的眼睛……

邪恶的大地，沙法心里想，瞪着那冰冷的，几乎是白色的眼眸。他之前都不知道自己的眼睛是这副模样。

门口地板上传来嘎吱声，他怪异的眼睛转向一侧。男孩的母亲站在那里，在她手举的灯光下眨眼。"沙法，"她说，"我就觉得听到你起床了。埃兹呢？"

这一定是那男孩的名字了。"他给我送来这些。"沙法碰了下自己的衣服。

那女人进入房间。"噢，"她说，"洗晒完了之后，它看起来像一套制服。"

沙法点头："我刚刚对自己有了些新的了解。我是一名守护者。"

她两眼瞪大。"真的吗？"她的眼神里还有怀疑，"埃兹一直在烦你啊。"

"他并没有烦到我。"沙法微笑,为了安抚她。出于某种原因,那女人眉头抽动,皱得更夸张了。啊,原来如此;他已经忘记了如何用魅力控制他人。他转身,走向那女人。对方在他靠近时后退了一步。他停住,为她的恐惧感到好笑。"他呢,也对自己有了新的了解。我现在要带他一起离开。"

女人两眼又瞪大。她嘴巴抽动半晌,都没能出声,然后才咬紧牙关说:"我早知道。"

"是吗?"

"我也不想知道的。"她咽下口水,两手握紧,小小灯盏的火苗颤动,因为她内心涌动的随便什么情感。"不要带走他,求你。"

沙法侧着头问:"为什么?"

"这会害死他爸爸的。"

"但他祖父没事吗?"沙法逼近一步。(再近些。)"他的叔叔阿姨堂兄弟姐妹都没事?你也没事?"

她又一次在发抖。"我……现在说不清自己是什么感觉。"她摇头。

"可怜啊,可怜的东西。"沙法轻声说。这份同情也是自发做出的反应。他深深地感应到了那份哀戚。"但如果我不带他走,你能保护他不受其他人伤害吗?"

"什么?"她看着沙法,又惊又怕。她真的从来没想过这些?估计不可能。"保护……他?"沙法知道,她既然会问这样的问题,就证明她无法胜任保护儿子的职责。

所以他叹气,抬手,像是要把一只手按在她肩上,同时摇头,像是要传达同情。对方略微放松,并没发现他的手勾在她脑后。他的手指就位之后,那女人的身体马上变僵。"怎——"然后她倒地身亡。

沙法在她倒地时眨眨眼。有一会儿,他感到混乱。这个也是理应发生的事情吗？然后——他自己的思路进一步变得清晰，因为她也给了他一点点某物，跟埃兹提供的数量相比，小得不值一提——他明白了。这件事只能对原基人做，他们拥有的远远超过自身所需，可以分享。那女人一定是个哑炮。但沙法感觉好多了。事实上——

再吸取更多，他意识深处的愤怒对他说，吸取其他人。他们威胁了那个男孩，也就间接威胁到你。

是的，这貌似是明智之举。

于是沙法起身，穿过这座宁静、黑暗的房子，触碰埃兹所有的家人，吞噬他们身体的一小部分。他们多数人都没醒来。那个傻儿子给的，要比其他人更多；几乎就是个原基人。（几乎就是个守护者。）利兹给的最少，可能因为他太老了——也可能因为他醒着，在挣扎，反抗沙法捂在他嘴巴和鼻子上的那只手。他当时试图用一把杀鱼刀捅沙法，刀是从枕头底下抽出来的。真遗憾，让他不得不面对如此强烈的恐惧！沙法用力扭转利兹的头，以便触及他的后颈。他这样做的时候发出折断声，沙法几乎没听到这声音，直到从利兹身上流出的某物变软，消失，无用。啊，是了，沙法为时已晚地想起：这办法对死者无效。他以后还是要更加小心。

但现在真是好多了，他体内的剧痛已经完全消失。他感觉……也不能说完满吧。永远都不会再有，那种感觉。但当他体内有那么强大的敌对势力时，哪怕收复一点点失地，都是莫大安慰。

"我是沙法，守护者……来自沃伦？"他咕哝着，想起最后一部分的同时眨眨眼睛。沃伦是个怎样的社群？他想不起来。但还是很高兴有了这个名字。"我只做了必须要做的事。只做对世界最有利的事。"

这套词感觉不错。是的。他一直都需要这种目标明确的感觉，现在像是铅块一样，在他脑后坐镇；真神奇，他之前居然没有这个。但现在,怎样?"现在我有工作要忙。"

埃兹在客厅找到了他。男孩呼吸急促,很兴奋,背了一个小包:"我听见你跟妈妈谈话了。你……告诉她了吗?"

沙法蹲下来,为了平视他的眼睛,同时按住他的双肩:"是的。她说她当时不知道自己是什么感觉,然后就没再说别的。"

埃兹面露难色。他扫了一眼走廊,另一端是成年人们居住的房间。那个方向的所有人都死了。门全部关着,一片寂静。沙法留下了埃兹的兄弟姐妹和其他同辈,因为他并不完全是妖孽。

"我能向她告别吗?"埃兹小声问。

"我觉得,那样做会很危险。"沙法说。他是真心的。他还不想现在就杀死这男孩。"这事情咱最好做得干脆一些。来吧,你现在有了我,而我永远都不会丢下你。"

男孩闻言眨眨眼,身板挺直了一些,然后敬畏地点头。他已经这么大年龄,这番话本不应该对他有这么大影响力。它们管用的原因,沙法怀疑,是因为埃兹过去几个月都活在对家人的恐惧里。对这样一个孤独、疲惫的灵魂来说,骗过它简直易如反掌。这甚至不是谎言。

他们离开那座半死的房子。沙法知道他应该带这个男孩……去某个地方。某个有着黑曜石围墙、镀金门钉的地方,某个十年后将死于烈火的地方。所以,他脑子受损太重,想不起来目标地点,其实反倒是好事。无论如何,那愤怒的耳语已经开始操纵他去往另一个方向。南方某地。他在那里有工作要忙。

他把手放在埃兹肩上,为了抚慰男孩,或者也许是为了抚慰自己。他们一同步入黎明前的黑暗中。

不要被骗。守护者要比桑泽古国古老得多，而且他们并不为我们效力。

——穆萨蒂皇帝留下的最后遗言，记录于他被处死之前

第四章
你遇到挑战

召唤方尖碑之后，你觉得累。等你回到自己房间，在本来就有的光秃秃的床垫上躺过一会儿之后，你沉沉睡去，甚至没有意识到自己已经睡着。在深夜里——或者是你的生物钟这样说，因为墙面的闪光并无变化——你突然睁开眼睛，就像刚刚过去了一瞬间。但霍亚当时蜷在你身旁，像是终于有一次真正睡着，你还能听到汤基在隔壁房间里轻轻打鼾，你的身体感觉比以前好多了，尽管有些饿。休息得很好，这可能是几周来的第一次。

饥饿驱使你起身，走到客厅。桌上有个小小的麻布袋，一定是汤基搞到的，袋口略微张开，露出一些蘑菇，一小堆干豆子，还有其他库存食品。这是正常的：作为被凯斯特瑞玛社群接纳的成员，你现在有权分享社群物资储备。这些东西没有可以直接当作零食吃掉的，唯一可能的例外是蘑菇，但你从来没见过这种蘑菇，而有些种类的蘑菇是要做熟了才可以吃。你挺想吃的，但是……凯斯特瑞玛是不是那种会给新来者提供危险食品，却不警告他们的社群呢？

唔。对了。你找出你的逃生包，在里面翻找自己带到凯斯特瑞玛的剩余补给，吃了一顿，食物有橘子干、干面包片，还有一块味道很差的肉脯，那是在上个途经的社群换到的，你怀疑是下水道老鼠肉。有营养的东西就是食物，讲经人会这样说。

你把肉干硬吃下去,然后坐在那儿,睡意蒙眬地纳闷儿,为什么仅仅召唤了一块方尖碑,就让你如此疲惫——就好像跟方尖碑有关的任何事情可以用"仅仅"这个词形容似的——你开始察觉一种高亢的、有节奏的刺耳声音从外面传来。你马上选择不予理睬。这个社群的一切都毫无道理;你可能要花几星期,甚至几个月,才能习惯这儿的各种奇怪声响。(几个月,你那么容易就放弃奈松了吗?)于是你无视那声音,尽管它越来越响,越来越近,而你继续打哈欠,你正想站起来,回床上睡觉,然后才迟钝地想到,你听见的是尖叫声。

你皱着眉,来到套房门口,打开薄薄的门帘。你并不特别担心;你的隐知盘一点儿反应都没有,而且毕竟,如果凯斯特瑞玛-下城这里发生地震,所有人都是死路一条,不管多快逃出家门。外面有好多人起床活动。一名妇女走过你门口,带了一大篮子你险些吃掉的那种蘑菇;见你出门,她心不在焉地向你点头,然后转身看吵闹声传来的方向,险些丢掉手里的篮子,又险些撞上一个推着有盖小车的男子,那车子臭气熏天,很可能是大小便。在一个没有昼夜更替可以利用的社群,凯斯特瑞玛实际上永不睡眠,你知道他们有六个工作班次,而不是通常的三个,因为你已经被分配到其中一个。这班要到中午才开始——或者按照凯斯特瑞玛人的说法,十二点钟——届时你要去熔炉附近,找一个名叫阿提斯的女人。

现在这些都不重要,因为透过凯斯特瑞玛凌乱、突兀的晶体柱,你看到一小队人进入那个巨大的四边形隧道口,充当晶体球入口的地方。他们在跑,而且他们在搬运另外一个人,喊叫声全是他发出的。

即便那时,你也有意无视这个,回去睡觉。这是灾季。总有人会死;你也无能为力。他们甚至都跟你不是一伙的。你完全没理由在意。

然后有人大叫:"勒拿!"那声音如此惊慌,让你不禁心惊。从你的露台上，能看到那个矮阔的晶体柱，勒拿住处所在的地方，隔了三根晶体柱，高度更低一大截。他的门帘被甩开，他快步出来，一面套上衬衫，一面跑下最近处的阶梯。前往病房，那帮跑步赶路的人似乎也去向那里。

出于不确定的原因，你回头看了一眼自己住处的门口。汤基睡得跟木头化石一样，到现在也没有出来——但霍亚在门口，雕像一样看着你。他表情里的某种因素让你皱眉。他看上去好像没有办法摆出一副冷漠的石像脸来，也许因为他的脸不是真正的石头做成。无论如何，你对他表情的第一印象是……悲悯。

下一次呼吸，你就已经离开住处，跑向地面层，几乎没有来得及思考。（你一面跑一面想：一个伪装后的食岩人显出的悲悯刺激到了你，而你对人类同胞的尖叫却无动于衷。你还真是个怪物啊。）凯斯特瑞玛一如既往地混乱到让人抓狂，但这次环境对你有帮助，因为其他人也在沿着吊桥和步道跑向出事地点，你跟着别人跑就可以了。

等你到场，已经有一小群人集中在病房周围，多数只是胡乱走动，或好奇，或担心，或焦急。勒拿和那帮抬来伤员的人进了房间，那可怕的声响来源现在显而易见：某人正在扯破喉咙大叫，因为疼痛难当，痛得无法承受，而那人又不得不承受。

你并非有意，但已经在挤向前排，想要进入病房。你对医疗看护一无所知……但你了解痛苦。让你吃惊的是，人们一开始厌烦的看你——随后就会眯眯眼睛，让开通道。你发觉，那些眼神空洞的人被瞪大眼睛的人拖到一旁，而且会有人迅速小声提醒。哦－嚯。凯斯特瑞玛人在谈论你呢。

然后你就进了病房，差点儿被一名桑泽女人撞倒，她快速跑过，手里拿着某种注射剂。这样跑肯定不安全。你跟着她，去到一张病床前，六个人按着那个尖叫者。有人挪动身体时，你看到了那人的脸：

不是你认识的人。只是又一个中纬度男子，显然是去过地面，从他皮肤、衣物和毛发上的那层灰来判断。带来注射剂的女人挤开别人，小心翼翼注射了那东西。片刻之后，那男人全身颤抖，然后嘴巴开始闭合。他的尖叫声渐渐平息，慢慢，慢慢，慢慢平息。他抽搐过一次，很剧烈。按住他的人全都扭动身体跟他对抗。然后终于，谢天谢地，他失去了意识。

突然来临的寂静几乎能激荡人心。勒拿和那名桑泽人医者继续忙碌，尽管那些刚刚按住病人的人退开，面面相觑，似乎在问：现在该做什么。在当前寂静的忙乱中，你情不自禁望向病房远端，埃勒巴斯特毫不起眼地坐在新病人旁边。他的食岩人还站在你上次看到过她的地方，她的视线也集中在旁边的场景上。你可以看到埃勒巴斯特的脸，从床帮后面看过来；他的视线跟你的接触过一下，但马上移开了。

随着病人身旁的有些人后退，你的注意力又被他吸引。一开始，你看不出是哪里出了问题，只是他的裤子在有些位置过分潮湿，上面粘了肮脏的灰土。潮湿处不是红色，不是血，却有一种你不知该如何描述的气味。盐水腌肉。加热的脂肪。他的靴子被脱掉，裸露出的双脚时不时还会微微抽搐，即便在失去知觉之后，张开的脚趾也只是不情愿地放松了一点点。勒拿正在用一把剪刀破开一条裤腿。他揭开水湿的衣物，你最开始察觉的，是那人皮肤上分布的、小小的蓝色半球体，每个都有大约五厘米直径，球面高度大约二点五厘米，表面闪亮，跟皮肤质地完全不同。总共有十到十五个。每个都在一块浮肿的、粉红色皮肤中央。肿块都在那人腿上，大约有一掌大小。一开始，你还以为那些小块是珠宝。有种珠宝就是这样子，蓝色，泛着金属光泽，蛮好看的。

"我×！"有人说，震惊得不敢大声，还有其他人说，"怎么会这么倒霉。"另外有个人挤进病房，跟门口的人争执了几句。她站在你身旁，然后你就看到依卡，她的眼睛也困惑地瞪大，显出恶心的样子，然后才把表情调整成一片空白。接着她开口说话，声音刺耳到让人无法安静围观："出了什么事？"

（你这时发觉一件事，可能是晚了点儿，也可能刚刚好，房间里还有另外一名食岩人，就在现场后面不远处。她感觉眼熟——就是你刚到凯斯特瑞玛时，跟依卡一起欢迎你们的那个红发女。她此刻正观察依卡，很贪婪的样子，但她石像一样的眼睛有时也会朝向你。你突然特别痛切地感觉到，霍亚并没有跟着你从住处跑来。）

"外围巡逻兵。"另一个满身灰尘的中纬度男人对依卡说。他看上去不像壮工，块头太小。也许他是新兴的猎人之一吧。他绕过床边那帮人，盯着依卡，就好像只有看着她，这人才能忍住不去看床上那个人，一直看到自己崩溃。"我们去了盐——盐矿场附近，以为那里会是狩猎的好地方。有条小河沟旁边，像是有某种陷坑。贝莱德就——我说不好，他不见了。我一开始听到他们两人一起尖叫，但我不知道为什么。我当时在上游，追踪一些动物足迹。等我到了那儿，只剩下特忒斯一人，看似正在爬出灰堆。我帮他钻了出来，但它们已经攻击了他，更多的正在爬上他的鞋子，所以我不得不砍掉了它们——"

一声惨叫让你的眼睛离开讲话的男子。勒拿正在用力摇手，手指僵硬，貌似很痛。"我×，给我把镊子拿来！"他对另外一个男人说，那人吓了一跳，回身去取东西。你以前从未听过勒拿说脏话。

"这应该算是脓肿吧。"那个给病人注射过的桑泽女人说。她听起来并不相信自己的话；她对勒拿讲话，就像试图说服他，而不是说服自己。（勒拿只顾用自己没受伤的那只手试探烧伤边缘，一脸严肃，无视那女人。）"一定是的。他掉进了一个地热蒸汽喷射口，一眼天然地热泉，或者是老旧生锈的地热站管道口。"这样一来，虫子的出现就纯属偶然了。

"要不然它们也会爬到我身上的。"另外一名猎人还在用空洞的语调讲述,"我以为那个坑里只有松软的飞灰而已,但实际上……我说不好。可能像蚁丘一样吧。"那猎人咽下一口唾液,绷紧下颌。"我没有办法弄掉其他虫子,所以就把他带了回来。"

依卡的嘴唇抿紧,但她挽起衣袖,走到病床前,挤过附近其他震惊中的人。她叫嚷着:"退后!你们要不想帮忙处理这件事,就他妈的不要妨碍别人。"周围乱转的一些人开始拉着同伴后退。另有些人伸手抓住珠宝形的东西,想把它揪下来,然后就把手迅速拿开,像勒拿一样惨叫。那东西有了变化,闪亮的蓝色表面有两片翘起,抬升,然后又回归原位——突然之间,你脑子的印象完全翻转。这不是什么珠宝,这是只昆虫。某种硬壳甲虫,那层光彩夺目的表面就是它的外壳。当它抬起鞘翅时,你看到它圆滚滚的身体是透明状的,体内有某种跃动、翻腾的动作。即便从你站的位置,也能感觉到它发出的热力,热得几乎沸腾。在它周围,那人的肌肉几乎在冒蒸汽。

有人给勒拿取来镊子,他试图把一只甲虫夹掉。它的鞘翅再次抬起,某种细细的东西喷射到勒拿手指上。他惊叫一声,镊子脱手,向后跳开。"酸液!"有人说。另外有人抓住他的手,想要快速擦掉那些东西。但早在勒拿惨叫之前,你就已经知道那是什么了。"不是!只是水,滚烫的水。"

"小心啊。"另外一名猎人在提醒,太迟了。你注意到,他一只手上也有一条被烫伤的水疱。你也注意到,他没有再去看病床,或者现场的任何其他人。

场面惨不忍睹。那可恶的坏虫子正在把那个人活活蒸死。当你望向别处,却发现埃勒巴斯特又在看你。埃勒巴斯特,他本人也是全身烧伤,但他本应该已经死了。没有人可以站在撕裂大陆的裂口旁边,才只是零零星星有些部位遭到三度烧伤。他本应该被烧成灰，洒落到尤迈尼斯城被熔化的街道上才对。

他看着你的时候，你意识到这些，尽管他的表情本身，对另外一个人的浴火挣扎显然是无动于衷。这是一种熟悉的无动于衷——支点学院风格。这份无动于衷来自太多次背叛，太多朋友死去又没有像样的理由，目睹太多"惨不忍睹"的暴行。

但是，埃勒巴斯特原基力的回响，还是一如既往的强大，随性，钻石一样精致，又带着令人痛心的熟悉感，以至于你不得不闭上眼睛抵挡回忆，关于起伏不定的船甲板，孤独的高山小路，多风的岩石岛。他旋出的聚力螺旋小得难以置信，宽不盈寸，轻薄得让你找不到支点。他还是比你更强。

然后你听到一声惊叫。你睁开眼睛，看到其中一只甲虫身体发抖，像活体水壶一样嘶鸣——然后就整体结冰。它的腿，之前还钩在周围的皮肉里面，现在也已经弹开。它死了。

你听到一声轻柔的呻吟，那股原基力消散。你望过去，看到埃勒巴斯特垂下头，躬起身。他的食岩人慢动作下蹲在他身旁，她的姿势传达出某种关切，即便表情还是那样淡然。红头发的食岩人——你内心很绝望，决定暂时简称她为红发女——也在盯着他。

那么，原来如此。你回看那名男子——视线中也注意到勒拿，他正在着迷地观察那只被冰冻的甲虫。他抬起双眼环视整个房间，目光偶然与你相触，停住。你看出了他眼中的疑问，开始想要摇头：不，那虫子不是你冻住的。但这并不是正确的问题，或许甚至不是他正在提出的问题。他并不需要知道之前是不是你做的。他想知道的，是你*能不能做到*。

勒拿，霍亚，埃勒巴斯特。你今天好像总是被无声的、内涵丰富的眼神驱使，看起来就是这样。

第四章 你遇到挑战

当你上前一步，让隐知盘专注起来，那些小昆虫的热点感觉就像是地热喷射口。它们小小的身体里面，有好多被控制住的压力；这是它们让水沸腾的方法。你习惯性地举起一只手，好让人们知道你在做某件事，然后你听到一声咒骂，一声怒斥，还有杂沓的脚步声，人的身躯挨挤声，人们避开你，避开你可能唤出的聚力螺旋。一群白痴。他们难道不懂吗？你只有需要从环境中汲取能量时，才会造出聚力螺旋。那虫子身上已经有足够能量供你所需。难点将在于：把你吸取的范围仅仅限定在虫子身上，而不涉及下方那人过热的身体。

依卡的食岩人缓缓上前一步。你隐知到她的动作，而并没有看到；感觉就像有一座山向你逼近。然后红发女突然停步，因为另一座山同样突然地挡住了她的去路：霍亚，稳如磐石，平静又冷血。他从哪里冒出来的？但现在，你完全没心思去关注这些怪物。

你开始得很慢，用你的双眼，还有你的隐知盘来决定到哪里终止……但埃勒巴斯特已经向你演示过方法。你像他做过的那样，从它们小小的身体出发旋出聚力螺旋，一只一只处理。在你这样做的过程中，它们中有的爆开，发出响亮猛烈的嘶鸣声，其中一只甚至跳着避开，飞向房间一侧。（人们躲开它，甚至比躲你还快。）然后一切都结束了。

每个人都在盯着你。你看依卡。你呼吸粗重，因为这种精细控制，要比移动一座大山难太多太多。"有哪儿需要震一下吗？"

她眨眨眼，马上隐知到了你的用意。然后她抓住你的一只手臂。当时有——什么？一个消除过程。能量被引向别处，就像你处置方尖碑的办法一样，只不过这次没有方尖碑，尽管这是你的原基力，却不是你在做导引。突然之间，你听到外面有人惊叫。然后你透过病房门向外看，病房是个修造出来的建筑，而不是从晶体球的晶体柱中挖出，房间里只有电灯照明。不过在外面，透过有门帘的门口，你却能看到球体内的晶体柱全都明显变亮，遍及整个社群。

你瞪着依卡。她点头回应你，一副满不在乎、友好又轻松的派头，就像你应该懂得她刚刚做过的事，或者你应该对此表示习惯，即便是一个野生原基人刚刚做出了学院授予戒指的原基人做不到的事情。然后依卡上前一步，抓起另一把镊子帮忙。勒拿又在揪另外一只甲虫，无视自己手指上的烫伤，这次那东西可以被拔除。与它身体等长的尖嘴从烧坏的皮肉中滑出，而且——你看不下去了。

（你再次瞅见红发女，用眼角的余光。她在无视霍亚，男孩像一尊雕像，站在你俩之间。红发女在对着依卡微笑。她的嘴唇只张开一点点。你扫到一点儿牙齿的闪光。你刻意无视这些印象。）

于是你退到病房远端，坐在埃勒巴斯特那堆软垫旁边。他还在弓着腰，喘得跟风箱一样，尽管那名食岩人已经用钳子一样有力的手抓住他的肩膀，让他大致保持直立。你这才发现他把短小的手腕抱在腹部，而且——哦，大地。之前他的右腕只有顶端是灰棕色岩石，现在已经扩张到了手肘。

他抬起头；脸上全是汗珠。他很疲惫，就像刚刚封堵过一眼超级火山口，尽管这次他至少还清醒着，而且在微笑。

"你一直是个好学生，茜因，"他喃喃说道，"但是，可恶的大地，教你的代价好高。"

这份领悟在你心中回荡，像寂静一样慑心。埃勒巴斯特已经无法再使用原基力。用了就会付出……代价。你本能地去看安提莫妮，看到她，你更加火冒三丈，因为发现那个食岩人的眼神聚焦在他刚刚石化的胳膊上。但她并没有动。过了一会儿，埃勒巴斯特设法挺直身体，向她投去感激的一瞥，感谢刚才用手扶持他。"稍等等。"他轻声说。你知道这句话的意思是稍等等再吃我的胳膊。她调整手位，改为从背后支撑他。

你有一份特别强烈的冲动，要把她推开，用你自己的手扶起巴斯特，这愿望强烈得让你也无法直视这边的情景。

你吃力地站起来，从所有人身旁挤过，走出病房，然后坐在一根晶体柱低平的顶端——它才刚刚从晶体球墙面上长出来。没有人来打扰你，尽管你感觉到了旁人注视的压力，也听到耳语声在附近回荡。你并不想待太久，但你还是待了不短时间。你也不知道为什么。

最终，有个影子投在你脚上。你抬头看，是勒拿站在面前。在他身后，依卡正在走开，另有一名男子在追着她讲话；她看似很生气地无视那个人。人群中的其他人也终于散去，尽管你透过开着的门看到，病房里还是比平时人多，也许都是来看望被煮到半熟的猎人。

勒拿没有看你。他在凝视远端的晶体墙，它隐没在如雾的光影里，从这儿到那儿，中间有几十根晶体柱。他也在抽一支烟。烟臭味的特点，还有外层包装泛黄的颜色，让你知道那是老叶烟丝：熏制过的瓜叶和花苞，晒干后略有一点儿尼古丁成分。南中纬人以吸食这种烟丝闻名，足以达到南中纬人出名的最高程度。看到他抽烟，你还是很意外。他是位大夫。老叶烟丝也是有害健康的。

"你没事吧？"你问。

他最开始没有回答，又猛吸了一口烟。你开始觉得他不想说话了，他却又开口说道："我再进去的时候，就得杀死他。"

然后你明白了，那些甲虫烧透了皮肤，肌肉，甚至可以深入到骨头。如果有一队尤迈尼斯来的大夫，加上最先进的生物学药剂，或许这个人能活得足够久，最终得以康复——即便如此，他也可能永远无法行走。而仅靠凯斯特瑞玛现有的设备和药物，勒拿能做的最佳选择，也还是得截肢。那人或许能保住性命。但这是灾季，每一名社群成员都必须做出贡献，赢得避开寒冷和灰尘的安身之所。没有几个社群能用到无腿的猎人，而这个社群已经在供养一名被烧伤的残疾人了。

（依卡正在走开，无视一个看似在为人求命的男子。）

所以勒拿现在很不好。你决定改换话题，偏离一点点："我从没见过像这种虫子的东西。"

"当地人说，它们叫作煮水虫。尽管在此之前，没人知道这名字是怎么来的。它们在激流附近繁衍，肚子里装着水。旱灾时，有些动物会吃它们解渴。通常来说，它们只是食腐动物。完全无害。"勒拿从胳膊上掸掉烟灰。由于凯斯特瑞玛比较热，他只穿了件无袖衫。他的前臂上沾了些……东西。你看别处。"不过一到灾季，各种东西都会变。"

是啊。煮熟的腐尸，或许能保存得久一点儿。

"你本可以一走进那扇门，就把那些东西从他身上去掉的。"勒拿补充说。

你眨眨眼。然后脑子才反应过来，刚才这句断言，其实是对你个人的攻击。这指责方式太温和，又来自一个完全出乎预料的人，你吃惊得顾不上生气。"我当时做不到。"你说，"至少，我当时还不知道自己能做到。埃勒巴斯特——"

"我没指望过他做任何事情。他来这儿就是等死，而不是要在此生活。"勒拿缓缓转过头来，面对你，突然之间，你感觉到他那种若即若离的态度，一直都是在掩盖极度的愤怒。他的眼神冷静，但其他所有方面都泄露了真实感触：他煞白的嘴唇，下巴肌肉抽动的样子，张大的鼻翼。"你又为什么来这里，伊松？"

你畏缩着："你知道为什么的。我来找奈松。"

"你已经不可能找到奈松了。你的目标变了；现在，你在这里是为了生存，跟我们其他人一样。现在，你已经是我们中的一员。"他嘴角微弯，样子可能是轻蔑，"我说这些，是因为如果我不让你清醒过来,你他妈的或许会抽个风,把我们全部杀死。"

你张嘴想要回答。但他向你逼近一步,样子凶悍到让你真的坐直身体。"告诉我你不会这样做,伊松。告诉我,我不必在深夜逃离这个社群,希望那些被你惹怒的人不会割断我的喉咙。告诉我,我不必再到外面流浪,为自己的生存挣扎,眼看着我想帮助的人一次一次又一次地惨死,直到我被该死的虫子吃掉——"

他哽住了,不能继续再说,猛然转身看别处。你盯着他绷紧的后背,什么都没说,因为你无话可说。这是他第二次提及你在特雷诺杀人的事。这算意外吗?他出生在那里,在那里长大;你离开时,勒拿的妈妈还在那里生活。你记得是这样。也许在最后那天,她也死在了你手上。

你实际上什么都不能说,当负疚感让你满口酸涩,但你还是试着说了句:"对不起。"

他狂笑。这听起来甚至不像他,笑声如此丑陋,愤怒。然后他恢复之前的姿态,望着晶体球远端的墙。他现在更能控制住自己,下巴上的肌肉不再跳得那样剧烈。"证明一下你的歉意。"

你摇头,因为困惑,而不是想拒绝:"这怎么证明?"

"人们正在传播流言。你跟依卡见面时,全社群最碎嘴的几个人在场,看来,你是确认了之前那些基贼一起议论的那件事。"你听到"基贼"这个词,几乎是身体一震,他以前曾是个那样讲礼貌的孩子。"在地面,你说过这次灾季会绵延数千年才能终结。这是夸大呢,还是事实?"

你叹气,让手穿过自己的头发。发根那里浓密卷曲,乱成一团。你需要重新梳理下发卷,但你还没做,因为没时间,也因为感觉这样做没有意义。

"灾季总是会过去的。"你说,"大地父亲维持着他自己的平衡。

问题只是要花多长时间。"

"那是多长时间呢?"这几乎不算是问题。他的语调太平淡,太放松。他早就猜到了答案。

而且他理应得到你最诚实、最接近的猜想。"一万年?"要让尤迈尼斯裂谷停止喷涌,再让天空恢复洁净。从地质学的通常角度来看,这时间一点儿都不长,但真正的风险,来自飞灰可能导致的问题。如果有足够的火山灰覆盖温暖的海面,就会导致两极结冰区扩张。这将意味着海水盐度上升。气候更加干燥。永久霜冻。冰川移动、扩张。而一旦出现这种局面,全世界最宜居的赤道地区还将过于炎热、带毒。

在灾季里,真正杀人的是严寒。饥饿。风霜。不过,即便等到天空恢复洁净,那条裂谷也可能会导致一个延续数百万年的严冬。这些都不重要,因为在那之前很久,人类就将已经灭绝。到时候,无尽的白色冰原上空,将只有方尖碑飘浮来去,再没有人对它们好奇,或者无视它们。

他的眼皮眨动几下。"嗯。"让你意外的是,他转头面对你。更意外的,是他的怒火看似已经消失,尽管取而代之的是一份悽然,感觉很熟悉。但真正让你难办的,是他的问题。

"那么,你打算怎么解决这件事呢?"

你真的是目瞪口呆。过了一会儿,你才吃力地回答:"我没觉得自己能做任何事来解决问题。"就像你此前没觉得自己能做任何事来对付煮水虫一样。埃勒巴斯特才是幕后天才。你只是苦力而已。

"那么,你和埃勒巴斯特弄那些方尖碑干什么?"

"这是埃勒巴斯特一个人在做。"你纠正他,"他只是叫我召唤一块过来。也许因为——"这话说出来好痛心。"他自己已经不能那样使用原基力。"

"埃勒巴斯特造出了那道裂谷，对吧？"

你把嘴闭得特别严，以至于牙齿都挤到一起了。你刚刚说过埃勒巴斯特无法再使用原基力。足够多的凯斯特瑞玛人听说过，他们现在只能住在岩石花园里，都是拜他所赐，他们会设法杀死他，不管食岩人会不会干涉。

勒拿撇嘴冷笑。"这些不难猜到的，伊松。他的伤痕来自水蒸气、颗粒物磨蚀，还有腐蚀性气体，不是火——这些特点，对应的是过于靠近岩浆喷射口的那种灼伤。我不知道他是怎么活下来的，但这事的确在他身上留下了印迹。"他耸耸肩，"而且我也见过你在五分钟内摧毁一座城镇，甚至都没出汗，所以我能猜到一点儿十戒高手的可能威力。方尖碑是做什么用的？"

你咬紧牙关："你可以换六种不同方式盘问我，勒拿，我也只能给你六种不同版本的'不知道'。因为我实际上就是不知道。"

"我觉得，你至少应该有一点儿概念。但如果你愿意，尽管对我撒谎好了。"他摇摇头，"现在，这里也是你的社群。"

之后他沉默下来，就像还在等你回应。你太忙，一心拒斥给出回答的想法，但他太了解你了。他知道有些话是你不想听的。所以他又说了那个词。"伊松，凯斯特瑞玛的基贼。这是你现在的身份。"

"不是。"

"那就离开。每个人都知道，如果你一心想走，依卡并不真的能阻止你。我知道，如果你感觉有必要，会杀死我们所有人。所以，走吧。"

你坐在那里，看你自己的双手，它们悬在你两膝之间。你的脑子里一片空白。

勒拿侧头："你现在不走，因为你并不愚蠢。也许你在外面还能生存，但绝不会是奈松愿意见到的那种样子。即便再无其他原因，你还是想活下去,最终跟她重逢……不管希望有多渺茫。"

你的两只手抽动过一次。然后又软软垂下。

"当这个灾季总也不肯结束,"勒拿继续说,他还是那副没有抑扬顿挫的调子,跟刚才问你灾季会有多久一样,这样子反而更瘆人,就像他说的完全是事实,他了解也痛恨这个。"我们的食品将耗尽。吃人能延续一段时间,但不可持续。到那时,社群将变成掠夺者,或者直接解体,变成流浪的无社群者。但即便是那些,也救不了我们,长期而言。最终,凯斯特瑞玛的遗民也只能饿死。大地父亲终将大获全胜。"

这是事实,不管是否愿意面对。而这也是又一个证据,证明勒拿短暂的无社群生涯已经改变了他这个人。并不真的是变坏了。只是让他成了那种医生,他清楚在有些情况下,人只能给病人施加可怕的痛苦——打断已经愈合的骨头,截掉肢体,杀死弱者——为了让整体更强大。

"奈松也像你一样强壮。"他继续说,声音细小,但语调坦诚,"假设她比杰嘎命长。假设你找到了她,把她带到这里,或者其他看似安全的地方。等到存粮耗尽,她还是要跟其他人一样饿死,但凭借她的原基力,她很可能可以迫使别人交出食物。也许甚至杀死他们,把剩余的全部存粮留给自己。但最终,存粮还是会耗光。她将不得不离开社群,在灰烬之下寻找自己能发现的食物,寄希望于不被野生动物或其他风险害死。她将是最后死掉的人类之一:孤独,饥饿,寒冷,痛恨自己。痛恨你。或者到时候她已经精神崩溃。也许她变成了动物那样子,只受求生本能驱使,甚至求生不得。也许到最后,她将吞食自己的身体,就像任何一只野兽会做的那样——"

"住口。"你说。这声音很小。还好,他住了嘴。他又一次转移视线到别处,深吸一口他那半被遗忘的老叶烟。

"你来这里之后，跟人聊过天吗？"勒拿终于问。这并不是真正的转换话题。你也没有放松。他向病房方向点头。"任何人。除了埃勒巴斯特和跟你同行的那几只怪兽？不是开会，是真正的谈话。"

没有能算数的。你摇头。

"流言正在传播开来，伊松。现在每个人都在想，他们的孩子将会死得多么缓慢又痛苦。"他终于丢开那根老叶烟。它还在燃烧。"想他们自己怎样无能为力。"

但实际上你可以，他不需要补充这句。

你真的可以吗？

勒拿如此突兀地离开，突然得让你吃惊。你还没反应过来他就离开了。刻入内心的、对浪费行为的反感，让你捡起他丢弃的烟头。你花了一点儿时间，才搞清楚如何吸烟又不被呛到；你以前从未试过吸烟。原基人不应该摄入各类麻醉剂。

但原基人本来也不应该活着的，在灾季里。支点学院没有物资储备库。没人提到过这个，但你相当确定，如果灾季对尤迈尼斯的打击够严重，守护者们会清洗整个学院，屠杀掉你们中的每一个。你们这种人，在防止灾季来临方面有用，但如果支点学院没能尽到它的职责，如果黑星里的大人物和皇帝本人感觉到一丝地震，你和你的帝国原基人同僚就将失去生存权。

而且，你们又怎么活下去呢？基贼有什么生存技能呢？你们可以让人不死于地震，没错。但在没有食物的情况下，这又有什么意义？

"够了！"你听到依卡的声音，在短距离之外传来，尽管你看不到她，有底层的晶体柱遮挡。她在喊叫："事情已经这样！你们是要临场观看呢，还是继续跟我在这里浪费时间？"

你站起来，双膝疼痛。朝那方向走去。

路上，你经过一个年轻男子身边，他脸上全是愤怒的泪水和刚刚出现的悲哀。他急匆匆跑过你身旁，赶回病房。你继续走，最终看到依卡站在一根既高又窄的晶体柱旁。她一只手撑着柱子侧面，垂首而立，乱蓬蓬的头发散在脸部周围，所以你看不到她的脸。你觉得她在微微发抖。

也许这只是你的想象。她看上去是那么铁石心肠。但话说回来，你也一样。

"依卡。"

"你不要也来添乱。"她咕哝说，"我不想听这些，甲虫杀手。"

你为时已晚地想到：因为杀死了煮水虫，你让她的选择更为艰难了。之前，她本可以让人杀死那猎人，当是好心，让他死得痛快一点儿，而仅有的恶人就是虫子。现在却成了功利考虑，社群政策。责任在她。

你摇摇头，靠近几步。她挺直身体，瞬间转过身来，你隐知到她原基力的自卫倾向。她没有做任何事来催动它，没有启动聚力螺旋，也没有从周边环境中吸取能量，但话说回来，她本来就不会这样做，对吧？那些是学院技巧。你并不真的知道她会做什么，这个受过奇怪训练的野生原基人要怎样自卫。

你有一点儿好奇，心不在焉的那种好奇。更注重的，是她脸上的紧张情绪。所以你把仍在闷燃的老叶烟递给她。

她对烟卷眨眨眼。她的原基力再次隐没，但眼睛抬起来，打量你的眼神。然后她侧头，感到有趣，在思量。最终，她一只手放在腰间，另一只手把烟卷从你指尖抽走，长长地吸了一口。它很快起效；过了一会儿，她向后倚靠在晶体柱上，一面吐烟，脸上紧绷的线条变得疲惫起来。她把烟交回给你。你靠站在她身旁，接过烟头。

又花了十分钟才吸完那根烟，你们两个来回传递。不过，抽完之后，两人都多待了一段时间，这是一份无言的默契。直到听到病房里有人发出响亮的、崩溃的号哭声，你们才互相点头，分别离去。

※

无法想象，居然有任何有理智的文明如此浪费，放弃一整座洞窟的上等尸体！难怪这些人都死绝了，不管他们是什么人。我估计还需要一年时间，才能清空所有白骨、骨灰瓮和其他废弃物，然后或许还要花六个月来绘制完整地图，开始重建。除非你能答应我的请求，派那些黑衫客给我！我才不管他们要花多少钱，有些洞窟就是已经不稳定了。

不过这里还有些石板。有些韵文的东西，尽管我们读不出这种奇特的文字。像是《石经》。五板，而不是三板。你想怎样处理它们呢？我建议把这些丢给第四大学，免得他们整天哼哼唧唧，抱怨我们破坏历史遗迹。

——尤迈尼斯的创新者，女旅行家弗格莉德撰写的报告，发给赤道东区地工师认证部，《关于改造弗若威城地下墓窟的建议》，仅限大师级人员阅读。

插　曲

　　一个两难：有那么多你不想成为的人，都是你生命的一部分。包括我。

　　但你对我了解太少。我会试着解释一下我的背景，尽管不能太详尽。最开始——我的开始——是一场战争。

　　战争是个糟糕的词。当人们发现某种害虫出现在不受欢迎的地方，开始烧伤或毒杀那些生物，这算是战争吗？尽管这个，也是个差劲的类比，因为没有人痛恨某只特定的老鼠或者臭虫。没有人一定要找那只害虫报仇，就是那只，三条腿，背上有斑点纹的小杂种，也没有人一定要在有生之年追杀那只特定害虫的后代。而那只三条腿，背上有斑点纹的小杂种，除了有点儿讨厌之外，并没有太多机会惹到人类——但你和你的同类，却敲破了行星的外壳，还弄丢了月亮。如果在特雷诺生活时，你菜园里的老鼠曾帮助杰嘎杀害小仔，你将会在离开之前，把那地方摇成碎石堆，再把废墟点着。你反正也已经摧毁了特雷诺，但若是涉及个人恩怨，你会比当时过分得多。

　　尽管恨之入骨，你还是有可能没有杀死那只害虫。大难不死的家伙会发生巨大变化——被变得更结实，更强壮，背上更多斑点纹。也许你导致的种种困难，会让它们的后代分裂成众多派系，每个派系都有不同的利益。其中有些利益诉求将与你无关。有些会因为你的力量而崇拜你，或者谴责你。有些会一心想要毁灭你，就像你一心毁灭它们一样，尽管到它们有力量采取有意义的敌对行动时，你可能已经忘记了它们的存在。对它们来说,你的敌意将是传说。

而且有些个体会希望取悦你,或者说服你改变立场,至少保持一定程度的宽容跟和平。我就是其中一个。

我并非一直如此。有很长时间,我是主张复仇的一员……但无法回避的问题是:没有大地,生命就无法存续。还有一种不可忽视的可能,是生命赢得它的战争,毁灭大地。我们曾数次接近这个目标。

这不能发生。我们不能被允许获胜。

所以,这是一番忏悔,我的伊松。我已经背叛过你,将来还会这样做。你甚至还没有选出立场,而我一直都在阻止那些试图吸收你加入他们事业的人。我已经在密谋你的死亡。这是必须的。但我至少会尽我所能,给你的生命赋予意义,让它得以被传颂到世界末日。

第五章

奈松接管局面

是妈妈强迫我骗你的,奈松在想。她在看着父亲,到这时,后者已经驾车数小时之久。他的眼睛还是紧盯地面,但下巴上有块肌肉在颤动。一只手——最早开始打小仔,最终令他丧命的那只——握着缰绳的部位在哆嗦。奈松看得出,他沉浸在那份狂怒中,也许脑子里还在回想杀害小仔的过程。她并不理解这是为什么,而且她不喜欢这个。但她爱自己的父亲,爱他,崇拜他,因此,她有一部分的心思渴望取悦他。她自问:我做了什么,才导致这样可怕的事?而得出的答案是:撒谎。你撒谎了,而撒谎肯定是坏事。

但这谎言并非她的选择。那是妈妈的命令,跟其他事情一样。不要隐知,不要冰冻,我将会让大地震动,但你最好不要做反应,我不是跟你说过不要反应了吗,就连侦听都是反应,正常人是不那样听的,你在听我动作吗,可恶,马上停下,大地啊,你什么都做不对吗,不许哭,再做一遍。没完没了的强迫。没完没了的训斥。有时还威胁要把她冻住,时而耳光伺候,特别可恶地消除奈松的聚力螺旋,拉扯她的胳膊。妈妈有时也说她爱奈松,只是奈松从未看到过任何证据。

爸爸就不一样了,爸爸会送给她石刻的克库萨玩,还给她的逃生包准备急救工具,因为奈松跟她妈妈一样,是个抗灾者。爸爸没有订单赶制的时候,还会带她去特雷克河钓鱼。妈妈也从来不跟奈松一起躲在绿茵茵的房顶上,指着天上的星星说,有些已经灭亡的文明,据说还给星星命名,尽管现在没人记得了。爸爸工作再累,休息时也能陪她聊天儿;早上洗完澡之后,爸爸从来不像妈妈那样,检查耳朵后面有没有洗干净,床有没有铺好;奈松调皮捣蛋时,爸爸也只会叹气,摇头,告诉她:"小宝贝,你知道那样做不对。"因为奈松一直都知道。

奈松想要离家出走当讲经人,并不是因为爸爸的原因。她不喜欢爸爸现在怒气冲冲的样子。这看起来,又是妈妈在连累她。

于是她说:"我好早就想告诉你的。"

爸爸没反应。马还在继续朝前赶路。道路在马车前不断延伸,路边的树林和群山缓缓向后掠过,头顶是蔚蓝的天空。今天没有多少人驱马经过——只有几个车夫,用重型马车运送贸易物品,还有骑马的信使,几位巡逻的方镇民兵。有几位常去特雷诺的车夫,经过时点头或挥手打招呼,因为他们认识爸爸,爸爸却不予理会。奈松也不喜欢这个。她的爸爸是个友善的人。现在坐在她身边的这个,感觉像是陌生人。

他不回答,并不等于他听不到。奈松补充说:"我问过妈妈,什么时候才能告诉你。这件事我问过好多次。她说永远都不能说。她说你不会理解的。"

爸爸什么都没说。他的两只手还在发抖——现在减轻一点儿了吗?奈松看不出。她开始感觉不放心;他还在生气吗?他有没有为小仔感到难过。(她自己有没有为小仔难过?这事感觉不真实。当她想起自己的小弟,想到的是个爱嘟囔、爱傻笑的小宝宝,有时候会咬人,有时还会拉在自己的尿片里,他的原基力特强,感觉像一座方镇那样大。她家那个伤痕累累,一动不动的东西不可能是小仔,因为它太小太无聊。)奈松想要抚摸父亲颤抖的双手,但她发现自己同时有种奇怪的不情愿倾向。她不确定是为什么——害怕吗？也许只因为这人显得太陌生，而她一直都害怕陌生人。

但是。不会。他是爸爸。不管现在的他有什么不对劲，一定都是妈妈的错。

于是奈松伸出手，抓住爸爸较近处的那只手，抓得很紧，因为她想让他知道，自己并不害怕，也因为她现在很生气，尽管生气的对象不是父亲。"我早就想告诉你的！"

整个世界变得模糊起来。一开始，奈松不确定到底发生了什么，随后她闭目塞听。这是妈妈教她在面临意外或痛苦时要做的事：关闭她身体对恐惧的本能反应，关闭隐知盘本能摄取地下信息的反应。在任何情况下，奈松都不能用原基力做出反应，因为正常人不会那样做。你可以做其他任何事情，妈妈的声音在她的脑海中回响，尖叫，痛哭，用手丢东西，站起来惹事打架。但绝不能用原基力。

所以奈松掉到地上时，摔得比正常情况下更重，因为她还没有完全掌握不做反应的诀窍，她在不使用原基力做出反应的同时，全身变得僵硬。而且整个世界变模糊的原因，是她不只是从马车驾驶位置上跌下，还从皇家大道边缘滚落，滚下乱石密布的斜坡，跌向一片溪水汇集成的池塘。

（就是同一条小溪，在几天后，伊松将会让一个奇怪的白皮肤男孩去洗澡，他的表现，像是忘记了肥皂该如何使用。）

奈松趴倒在地，停止翻滚，头晕，气喘吁吁。还没有真正受伤。到这时，整个世界安定下来，她开始明白刚刚发生了什么——爸爸打了我，把我从车上推了下来——现在爸爸正爬下斜坡，正在叫她名字，一面跪在她身旁，扶她坐起。他真的在哭。就在奈松眨着眼睛，消除灰尘和视野中乱冒的星星，她混乱地伸出一只手，去触摸父亲的脸，发现上面有湿漉漉的痕迹。

"对不起。"他说,"真对不起,我的宝贝。我并不想伤害你,真的不想,我只剩下你一个——"他用力把她扯近,紧紧拥抱她,尽管这样很痛。她浑身都是青一块紫一块。"真的对不起,我是真——他妈的——抱歉!哦,地啊,哦,地啊,你这邪徒生养的混账东西!这个不行!你不能把这个也夺走!"

这是痛苦的啜泣声,漫长,撕扯着喉咙,歇斯底里那种。奈松将来会明白这个(而且不是很久以后的将来)。她将来会懂得,在这个瞬间,父亲的哭泣既是为了被他亲手杀死的儿子,也是为了被他伤害的女儿。不过在当时,她的想法却是,他还爱我,于是自己也开始哭。

所以说,就是在这种情况下,爸爸紧紧抱着奈松,奈松因为解脱感和惊魂未定身体发抖时,北方那个把大陆撕成两半的冲击波传递过来,到达他们的所在之地。

他们已经沿着帝国大道行进了一整天。在特雷诺,片刻之前,伊松刚刚击退冲击波,将其分为两股,绕过小镇——这意味着冲向奈松的波动更为剧烈。而且奈松刚刚被打得晕头转向,她本来就没有那么高技巧,经验也更欠缺。当她感知到地震波袭来,以及它的强大威力时,她选择了最不恰当的应对方式:再次闭目塞听。

她的父亲抬起头,吃惊于她的惊呼,还有身体突然变僵硬的迹象,而这正是重锤击落的时候,就连他都能隐知到的巨震的阴影,尽管这感觉太快大强,只能是一系列杂乱的 快跑快跑 快跑快跑,不断在他脑海中提示。现在逃跑毫无意义。这场地震的基本模式,就像洗衣服的人甩平床单上的皱褶,只不过扩大到了大陆范围,速度和力量跟随便一次小行星撞击相当。从一个渺小、静止、脆弱的人类角度看,就是地层在脚下起伏不定,树木摇晃,然后崩裂。他们身旁池塘里的水真有一会儿跃入空中,悬停,静止。父亲盯着它看,看似被这个单独的静止点吸引，在全世界其他所有地点都在不断颠簸起伏的瞬间。

但奈松毕竟还是个有技能的原基人，尽管处在半混乱状态。尽管她没能及时调整自己的状态，像伊松那样，抢在地震波来临之前将其分叉，她做了次佳选择。她将不可见的固定支柱锲入地层，深入到她能达到的最深程度，紧抓住岩石圈本身。等到地震波冲力袭来，地壳刚刚开始踊动的下一个瞬间，她从地表抓取热量、压力和摩擦力，用这些来加固自己的固定支柱，把岩层和表土死死固定于原处，像是用胶水粘住一样。

地下有足够多的能量可供吸取，但她还是旋出了放射状的聚力螺旋。她尽可能令其偏转速度够大，因为她爸爸就在圈子里，而她绝不能、绝不能伤害爸爸。而且她把聚力螺旋旋转得坚实又强势，尽管她并不需要这样做。本能告诉她要这样，而本能是对的。她聚力螺旋冰冷的旋转面，将任何接近其中心的物体击碎，正是它，让数十根弹射物没有导致父女两人丧命。

所有这一切的含义，就是当世界分崩离析，它只发生在其他地点。有一瞬间，周围的现实世界完全不见了，仅剩几团水珠浮在池塘表面，加上其他物体被击碎组成的旋转飓风，加上飓风中心绿洲一样的宁静点。

等到事件过去。池塘翻涌着平静下来，肮脏的雪花喷洒在两人身上。没有折断的树木恢复直立的原状，有些因为反弹，向相反方向弯出几乎同样的幅度，在此过程中折断。在远处——奈松的聚力螺旋之外——被抛入空中的人、畜、巨石和树木轰然落地。周围有尖叫声，人类和非人类的皆有。有木柴断折声、石块崩裂声，远处还有某种人造物品的剐蹭声、金属扭曲声。在他们身后，刚刚离开的山谷远端，有座山崖破碎，土方和石块像雪崩一样狂吼着冲下，释放出一块巨大的、冒着蒸汽的玉髓晶体球。

第五章 奈松接管局面

然后就是一片寂静。静寂中,奈松终于从父亲肩上抬起脸来四下张望。她并不知道该怎样想。父亲的胳膊在她的身体上放松下来——震惊——她不断挣扎,直到父亲放开她,让她能自己站定。父亲也站住了。有好长一段时间,两人只是呆呆环视周围,看他们曾经熟悉的世界如今一片狼藉的模样。

然后父亲转身看她,慢慢地转过身,在父亲脸上,她看到小仔生前最后那些瞬间一定曾经看到过的样子。"这是你做的吗?"

原基力已经让奈松头脑清醒,知道有什么必须要做。这是一种基于本能的求生机制;隐知盘的强烈刺激,通常伴有肾上腺素水平急剧上升,以及其他身体变化,让身体准备好逃生——或者持续使用原基力,如果需要这样做。在当前情况下,它带来的是更为清晰的思路,奈松就是这样终于明白,父亲因为她跌落的事情歇斯底里,并不完全因为她一个人。还有,她在父亲眼里看到的那种东西,完全与爱不同。

她的心在那一刻碎裂。又一个小小的,无声的悲剧,跟那么多其他悲剧同时上演。但她还能开口说话,因为说到底,她还是妈妈的女儿,即便伊松在其他方面一无是处,她至少教会了自己的女儿如何生存。

"那个太大,不可能是我。"奈松说。她的声音很平静,淡然。"我做的是这些——"她向两人周围示意,他们周围那片安全区域,跟外面的混乱完全不同。"对不起啊,爸爸,我没能全部阻止它。我努力试过了。"

那声爸爸起了作用,正如此前,她的眼泪曾救过自己一命那样。杰嘎脸上的杀意动摇,消退,扭曲。"我不能杀死你。"他轻声说,自言自语。

奈松看出他内心的动摇。同样在本能的驱使下,她上前一步握起他的手。他畏缩,也许又想一拳把她打开,但这次她坚持住了。"爸爸。"她又叫了一声,还在声调里加了些渴望关爱的长腔。就是这个,之前一直都能让他动摇,在他曾经想对女儿发脾气的时刻:让他想起,这是自己的小女儿。提醒他,直到今天之前,他一直都是个好父亲。

这是一种有心机的操纵手法。她内心的某种东西,在这一刻被扭曲,不复真诚,从现在起,她对父亲的感情展示都将是精心算计的结果,表演性极重。她的童年已死,一去不回。但这总胜过她的一切皆死,奈松明白这个。

而且这招儿管用。杰嘎快速眨眼,然后嘟囔了些什么,难以分辨,自说自话。他的手收紧握住女儿的手。"我们回大路上去吧。"他说。

(在奈松脑子里,他现在只是杰嘎。从此以后,他将永远都是杰嘎,再也不会是爸爸,除非是当作称呼,在奈松需要缰绳来驱使他的时候。)

于是他们再次上坡,奈松有点儿瘸,因为她后背痛,在柏油路面和乱石上跌得太重。整条路上都有裂缝,尽管在他们马车周围并不严重。马还在套上,有一匹跪倒,而且被索具套住。希望它没有断腿。另一匹被吓了。奈松开始抚慰马,哄着跪地那匹站起来,劝另外一匹克服紧张,而她的父亲去了其他旅行者那里,能看到他们趴在路面上。在奈松聚力螺旋范围内的人还好。没在环内的人……算了不说了。

等到惊魂未定的马已经可用,奈松去追杰嘎,发现他正试图救下一个被甩到树上的人。这下摔断了他的脊梁;他还有意识,正在咒骂,但奈松能看出他的两条腿已经软软垂下,全无用处。现在挪动他并不好,但杰嘎显然觉得,把他丢在树上不管更差。"奈松,"杰嘎说,一面喘息,一面试图抓牢那名男子,"清理下马车厢。甜水城有座真正的医院,只要一天路程。我觉得能赶到,如果我们——"

"爸爸,"她轻声说,"甜水城已经消失了。"

他住了手。(伤者在呻吟。)转身看她,蹙起眉头:"你说什么?"

"苏姆镇也消失了。"她说。她没有补充说,但特雷诺还在,因为妈妈在那里。她不想回去,即便是世界已经面临末日。杰嘎朝他们的来路回看一眼,但当然,眼里只有倒掉的树木和几块被翻起的柏油路面……还有死尸。很多死尸。一直延伸到特雷诺,至少眼前的景象给人这种感觉。

"真是可恶。"他感叹。

"遥远的北方,地面上出了个大洞。"奈松继续说,"非常大的洞。就是它导致了这场灾难。它还会导致更多地震,还有其他灾害。我能隐知到灰尘,还有毒气向这里飘来,爸爸……我觉得,应该是第五季到了。"

受伤的人倒吸凉气,不完全是因为伤痛。杰嘎眼睛瞪大,也受到了惊吓。但他还是问了句,因为这很重要:"你确定吗?"

这很重要,因为这意味着父亲将会听她的话。这是一定程度的信任。奈松因此感到强烈的成就感,尽管她并不真正明白为什么。

"是的。"她咬着嘴唇说,"情况会非常糟糕,爸爸。"

杰嘎的眼睛再次转向特雷诺方向。这是特定情况下的正常反应:第五季期间,社群成员知道,他们唯一确定受欢迎的地方,就是自己的社群。其他任何去向都是冒险。

但奈松并不想返回,既然现在她已经离家。杰嘎爱她——且不管是多么怪异的爱——带她离开了家,而且在听她的意见,理解她,尽管明知她是一名原基人。妈妈在这个问题上的看法是不对的。她曾说过,杰嘎不可能理解的。

他的确没能理解小仔。

奈松咬紧牙关，抵制这个想法。小仔太小了。奈松会比他精明。而且妈妈只说对一半。奈松也将比妈妈更精明。

于是她轻声说："妈妈知道了，爸爸。"

奈松自己都不是很清楚这句话想表达什么意思。知道小仔死了？知道谁把他打死的？妈妈会相信杰嘎对自己的亲生儿子做出这种事来吗？奈松自己都几乎难以相信。但杰嘎身体剧震，就像这句话是个诅咒。他瞪着奈松，好长时间，脸上的表情从惊吓变成恐惧再变成绝望……渐渐地，变成解脱。

他低头看看那个重伤的人。奈松并不认得他——不是特雷诺人，穿着实用的衣服，还有信使那种好鞋子。他不会再有机会出使，当然也不可能回到自己的社群，不管那是何地。

"抱歉。"杰嘎说。他弯腰扭断了那人的脖子，那人正在吸气，还想询问"为什么抱歉"。

然后杰嘎挺直身体。两只手再次发抖，但他转身伸出其中一只，奈松握住它。他们走回大车，继续向南旅行。

◆ · ✹ · ◆

第五季，永远会再次来临。

——第二板，《真理经，残篇》，第一节

第六章
你下定决心

"一个什么？"汤基隔着毛料门帘，眯起眼睛来问你。你刚回屋，花掉一天中的部分时间，帮一班工人给猎人用的弩箭粘羽毛，修理旧箭支。因为你当前不属于任何特定职阶，所以就轮流给每个职阶帮忙。这是依卡的建议，尽管她对你突然迸发的、融入当地社群的决心还抱持怀疑态度。不过至少，她欢迎你的尝试。

她的另一个建议，是让你鼓励汤基学你的样子，因为到现在为止，汤基整天无所事事，除了吃就是睡，然后就是在公共浴池洗澡。的确，最后一项活动很有必要，有利于社群稳定。当前，汤基正在她自己的房间，跪在一盆水前面，用刀斩断头发，去掉粘成团的部分。你躲得很远，因为房间里充斥着霉味和体臭，也因为你觉得水里除了她的头发，还有别的东西在动。汤基或许是为了伪装成无社群者，才故意把身上搞那么脏，但这并不意味着脏东西是假的。

"一个月亮。"你说。这是个奇怪的词，简短、圆润；你不确定中间的元音应该拉多长。埃勒巴斯特还说过什么来着。"那是一颗……卫星。他说测地学家应该知道的。"

汤基眉头皱得更紧，切割一团特别顽固的头发。"好吧，我并不清楚他在讲些什么。从没听说过什么'月亮'。我的专长是方尖碑，还记得吗？"然后她眨眨眼，停顿下来，任由切断一半的头发悬在空中。"不过,实际上,方尖碑们本身,也可以看作是卫星。"

"什么?"

"这样子,'卫星'这个词,就是指那些运动方式和位置由其他物体决定的东西。那个控制一切的东西被称作主星,处于附属地位的,就叫作它的卫星。明白了吗?"她耸肩,"这是天文学家们谈论的东西,假如你能搞明白他们的鬼话是什么含义。轨道动力学。"她翻了个白眼。

"啥?"

"反正也是胡扯。适用于天空的板块学说。"你瞪着看汤基,一脸怀疑,她甩手。"反正呢,我跟你说过方尖碑跟随你飞向特雷诺的事了。你去哪儿,它们都跟着。这就让它们成了你的卫星,你是主星。"

你打个哆嗦,并不喜欢自己脑子里自动涌现的念头——细细的、不可见的绳索把你跟紫石英碑,更近处的黄玉碑,还有现在更遥远的缟玛瑙色方尖碑连缀在一起,后者的存在在你的意识里越来越清晰。奇怪的是,你也想到了支点学院。还有把你跟它联系在一起的那种纽带,即便在你看似自由,能离开它去别处旅行时。你却总会返回,否则学院就会追踪你——派守护者施行这种追踪。

"锁链啊。"你轻声说。

"不,不。"汤基心不在焉地说。她又在继续切割那丛头发,进展相当不顺。她的刀已经变钝了。你离开一会儿,走进你和霍亚共用的房间,从背包里取出磨刀石。汤基看你把磨刀石递给她,眨眨眼,然后点头表示感谢,并开始磨刀。"如果你和一块方尖碑之间存在锁链,它跟随你的原因,就将是你让它跟随你。那就是控制力,而不是重力。我是说,如果你能让方尖碑按你自己的意愿行动的话。"你觉得有趣,嘘出一口气。"但卫星呢,总会对你做出反应,不管你有没有试图让它这样做。它被吸引到你所在的地方,听命于你对宇宙发出的引力。它之所以在你周围逡巡，是因为身不由己。"她心不在焉地挥挥湿淋淋的手，而你再次瞪大眼睛。"当然，我并不是要给方尖碑强加上动机、目的之类的概念；那就太傻了。"

你靠着远端墙壁蹲下，考虑这件事，而她继续忙。随着她剩余部分的头发变蓬松，你终于认出了它，因为它并不像你的头发那样，卷曲而且颜色深黑，而是灰吹型，并且是灰色。或许还是有一点点发卷。中纬度特质的毛发，可能是又一个令她家人不满的特质。考虑到她在其他方面堪称范本的桑泽外形——她或许有些偏矮，躯干也更接近梨形，但尤迈尼斯家族如果不用繁育者改善血统，难免就会这样——还真会让你回想起很久以前，她探访支点学院的那次历险。

你并不觉得埃勒巴斯特说到这个所谓"月亮"时，指的是这些方尖碑。但毕竟——"你曾说过，我们在支点学院找到的那件东西，那个接口，是他们建造方尖碑的地方。"

你马上就发觉，这次是回到了汤基真正感兴趣的领域。她把刀放下，身体前倾。披散着的、长短不一的头发后面，她脸上的表情特别兴奋。"唔－嗯。也许不是所有的方尖碑。记录在案的方尖碑之间，大小略有区别，所以只有一部分——甚至可能只有一块——能跟那个接口匹配。或者他们每次放入一块方尖碑时，接口都能调节大小，适应方尖碑的尺寸！"

"你怎么知道他们把那些方尖碑放进接口里面呢？也许他们先前就是……从某个地方长出来的，然后才被切削成形，或者开采出来，随后运走呢。"这让汤基显出思考的样子。你有几分骄傲，因为想到了她未曾想到的东西。"还有，这个'他们'是谁？"

她眨眨眼，继而向后坐倒，兴奋劲显然在消退。她最终说道："据传说，尤迈尼斯的领导者阶层是在碎裂季之后拯救了世界的那些人的后裔。我们拥有一些那个时代遗留下来的文书，让每个家庭负责守护的秘密。这些东西，本来是要等我们赢得职阶名和社群名的时候才有资格看到。"她皱紧眉头。"我的家人没让我看。因为他们已经在考虑把我逐出家门。所以我闯进藏书室，自己索取了我生来就有的权利。"

你点头，因为这听起来很像是你记忆中的比诺夫。不过，你对所谓的家族秘密持怀疑态度。尤迈尼斯在桑泽帝国之前并不存在，而桑泽只是无数文明中最近代的一个，之前已有无数文明，在无尽的第五季之间来了又去。领导者中流传的那些传说，听起来就像是杜撰，只为证明他们在社会上的高层地位理所当然。

汤基继续说："我在藏书室看到各种东西：地图，奇怪的文字记录，用的是一种我从未见过的语言，还有些完全不明所以的东西——例如一块小小的、正圆球形的黄色石头，周长大约只有一英寸。有人把它放进一个玻璃匣中，密封起来，还贴上一条警告说，不要碰它。据称，那东西有个坏名声，喜欢在人的身体上钻洞。"你吃了一惊："所以说，要么是家族传言并非空穴来风，要么是有权加上有钱就很容易收集一些有价值的古旧物品，也或许两者都有。"她察觉你的表情，看似觉得有趣。"是啊，很可能并非两者都有。反正这不是《石经》，只是……文字。软知识。我需要的是去核实它们。"

这听起来很符合汤基的个性："所以你就潜入支点学院，尝试寻找接口。只因为这样能证明你们家族那些狗屁传言的正确性？"

"信息在我找到的一张地图上。"汤基耸耸肩，"如果故事的这部分属实——尤迈尼斯的确有接口存在，被城市建立者故意隐藏了起来——那么，这件事的确会让人觉得其他部分也有可能属实，是的。"汤基把刀放到一旁，挪动身体，让自己坐得舒服些，一面不紧不慢地把剪掉的头发归拢成一堆。她的头发现在特别短，又参差不齐，让人看着难受，你真想从她那儿把剪刀拿来，帮她修剪成形。不过，你还是要等到她再洗一遍头发之后。

"故事的其他部分，的确也有事实成分。"汤基说，"我是说，故事里的很多内容都是鬼扯，捕风捉影的货色；我不想装作是其他样子。但我在第七大学得知，方尖碑的历史非常悠久，比最初的历史记录本身更古老。我们目前有一万年前，一万五千年前，甚至两万年前灾季的记录——而方尖碑更古老。它们甚至有可能出现在碎裂季之前。"

第一个灾季，几乎毁掉这颗星球的那次。只有讲经人才会谈及它，而第七大学已经否定了大部分相关故事的真实性。出于逆反心理，你说："也许从来没有过所谓碎裂季。也许第五季是一直都有的。"

"也许是。"汤基耸肩，或者是没有察觉你的挑衅，或者就是不在乎。很可能是后者。"提到碎裂季，是在学术研讨会上挑起长达五小时论战的好办法。那些愚蠢的老混蛋。"她自得其乐地笑，想起往事，然后突然清醒过来。你马上明白了。迪巴尔斯，第七大学所在的城市，也在赤道区，就在尤迈尼斯向西一点儿的位置。

"但我一直都不相信，"汤基说，等她有了一点儿时间恢复状态之后，"第五季一直都存在，这不可能。"

"为什么不可能？"

"因为我们自身。"她微笑，"生命，我是说。生物变异幅度不够大。"

"什么？"

汤基身体前倾。不像谈及方尖碑时那样兴奋，但显然，几乎任何长期湮没的知识都会让她激动起来。有一会儿，在她开朗的、面颊深陷的脸上，你似乎看到了比诺夫；然后她开口讲话，又变回了测地学家汤基。"'第五季中，万物皆变。'对吧？但是幅度不大。请这样想想：任何生长或行走在陆地上的生物，都能吸入这个世界的空气，食用这里的食物，活过它的温度变迁。我们无须变化，就能做到这些；

我们正巧就是应该是的样子,因为这就是本星球运转的常态,对吧?也许人类是各物种之中最差的一种,因为我们必须用双手来制作衣服,而不是直接长出皮毛……但我们会制作衣服。我们天生如此,有灵巧的双手可以适应缝纫,还有聪明的脑子,能想出如何狩猎,或饲养动物得到皮毛。但我们并不是天生适合滤出积存在肺里的灰尘,以免让它们转变成硬块——"

"有些动物可以的。"

汤基凶巴巴地瞪了你一眼:"别老是打断我。这样做很粗鲁的。"

你叹气,示意让她继续讲,然后她点头,满意了。"继续。的确,有些动物在灾季里发展出了肺过滤功能——或者开始借助水来呼吸,迁居到更安全的海洋里,或者将身体埋入土中冬眠,如此等等。我们人类也已经学会了不只是缝制衣服,还建造粮仓、城墙、编制《石经》。但这些都是事后弥补。"她动作很夸张地做手势,寻找合适的辞令。"就像……你走在半道上,前后都没有村镇,碰巧车轮上的一根辐条断裂,你将就地取材,将就一下。明白了没有?你会塞一根棍子,甚至一段金属,到辐条断掉的地方,只要让轮子足够结实,够你撑到造轮师那里。这跟克库萨在灾季突然愿意吃肉是同一个道理。它们为什么不直接变成任何季节都吃肉呢?为什么它们不是一直都吃肉?因为它们天生适合另外一种生活,至今仍然更适合食用另外一种食物;而在灾季吃肉,只是匆匆忙忙,最后关头做出的调整,自然界的这种现象,就是为了让克库萨免于灭绝。"

"这还真是……"你有几分钦佩。这听起来很疯狂,但不知为什么,感觉上很有道理。你在这套理论中间找不出值得提出的漏洞,也感觉并不想吹毛求疵。在逻辑大战中,汤基并不是你愿意面对的对手。

汤基点头:"这就是我总是情不自禁考虑那些方尖碑的原因。有人建造了它们，这就意味着作为一个物种，我们人类至少像方尖碑一样古老！曾有很多时间打破一些东西，重新开始……也许甚至有足够的时间考虑一个真正管用的候补方案。用某种办法让我们人类变得有序高效，直到真正的补救得以实施。"

你暗自皱眉："等等。尤迈尼斯的领导层把方尖碑——这些已灭绝文明留下的垃圾，当成解决问题的关键？"

"基本上是的。那些故事里说，方尖碑在整个世界行将分崩离析的时刻，让它保持了完整。于是他们推测，将来有一天，它们或许就是结束灾季的关键，方法会跟方尖碑有关。"

结束所有的灾季？这个想想就感觉很难。无须逃生包的生活。也不再有物资仓库。社群可以永久存续。每座城市都发展成尤迈尼斯那样子。

"那一定会很神奇。"你咕哝说。

汤基犀利地扫了你一眼。"原基人可能也是一种补救措施，你要知道，"她说，"而如果灾季完全消失，你们也就没有存在的必要了。"

你用皱眉表情回敬了她，不知道应该为这个结论感到担忧，还是欣慰，直到她开始用手指梳理头发，你才意识到你们已经无话可说。

※

霍亚不见了。你不确定他去了哪儿。你离开病房时把他落在后面，跟红发女进行瞪眼大战，等你回到自己的房子，补睡几小时觉，醒来就发现他没在身边。他的那一小包石头还在房间里，就在你床边，所以他一定打算很快回来。很可能没什么事。但毕竟，这么多个星期的陪伴之后，身边没有他这个古怪又低调的小人儿，你有一份怪异的失落感。但也许这样更好。你需要去探访一个人，事情可能会更顺利一些——假如没有……敌对行为。

你又一次走回病房，静默着，缓步而行。你觉得现在是傍晚时分——在凯斯特瑞玛－下城，时间总是很难判断，但你的身体还是习惯地面上的作息节奏。暂时，你还相信陆地时间。平台和步道上的有些人，在你经过时盯着你看；显然，这个社群的人花了足够多的时间讲各种闲话。这没关系。现在唯一重要的，就是埃勒巴斯特有没有休息够。你需要跟他谈谈。

那天早上死去的猎人的遗骸，这时已全无踪迹；一切都清扫干净。勒拿在房间里，穿了干净衣服，你进门时，他扫了你一眼。你注意到，他的表情里还带着某种疏远，尽管他只跟你目光相触了一小会儿，然后点头，转回身继续忙，貌似在使用某种外科器具。他身边另有一名男子，正在用吸管向一系列小玻璃管中滴入液体；那人甚至没有抬头看。这是病房。任何人都可以进入。

直到你沿着病房长长的中央过道走过一半，两边经过好多张病床，才明显留意到一直响在耳边的那个声音：某种哼唱声。一开始感觉很单调，但当你集中精神去听，你发现有好几个不同声调，彼此和谐，带有一份暗藏的节奏感。音乐吗？一定是很怪异的音乐，很难描述的那种，以至于你开始怀疑人类语言能否适用。一开始，你也无法搞清声音的来源。埃勒巴斯特还在你早上看到过他的位置，坐在地上的一堆毯子和靠垫上面。不知道为什么勒拿不肯把他放在一张床上。旁边一张床头柜上放了些瓶子，有一卷新鲜的绷带，几把剪刀，一瓶药膏。还有个便盆，好在上次清洗后没有使用过，尽管他身旁还是很臭。

音乐声来自食岩人，你坐在他俩面前的椅子上时，才惊奇地发现这件事。安提莫妮盘膝坐在埃勒巴斯特"巢穴"的旁边，极为安静，就像有人费神雕刻了一尊女性盘膝坐像，还单手上举。埃勒巴斯特睡着了——尽管姿势很怪,几乎是坐起来的,你开始没明白,随后才发现他是倚靠在安提莫妮手上。也许这是他唯一能舒服入睡的姿势?今天他胳膊上有些绷带,亮闪闪的,上面有口水,而且他没有穿上衣——这帮你看清,原来他并不像你开始怀疑的那样受伤严重。他胸部和腹部都完全没有石化,肩膀也只有几处小烧伤,多数已经恢复。但他的躯干是骷髅一样瘦——几乎没有肌肉,肋骨突显,腹部像坑一样。

还有,他的右侧胳膊比那天早上又短了不少。

你抬头看安提莫妮,音乐来自她体内某处。她的黑眼睛集中在他身上,你来到后两人并没有动弹。很平和,这怪异的音乐。而且埃勒巴斯特看似很舒服。

"你没把他照顾好啊。"你说,看着他的肋骨,想起无数个夜晚把食物放在他面前,瞪着他,看他有气没力地咀嚼,跟艾诺恩一起密谋,让他在集体聚餐时多吃点东西。他总是在感觉有人监视时吃得更多。"如果你打算从我们手里把他偷走,至少也应该让他好好吃东西。把他养肥了再吃,或者怎样。"

音乐声还在继续。有个微弱的、石头相磨一样的声音传来,她那双深黑的、宝石珠一样的眼睛终于转向你。那双眼如此特异,尽管表面像是人眼。你能看到那干涩的、冰铜质地的眼白。没有血管,没有斑点,没有不同于白色的部分来表示疲惫、厌倦、担忧或其他任何人性的东西。你甚至无法看清她的虹膜后面有没有瞳仁。就你所知,她甚至可能没有办法用它们观看,甚至可能是用她的手肘来侦测你的存在和方位。

你迎接那双眼睛,突然之间,觉得内心已经失去了大部分对恐惧的感知能力。

"当时你把他从我们身边抢走,而我们剩下的人根本无力应付。"

不，这番话远远不够传达事情的严重性，近乎谎言。艾诺恩，一名荒野原基人，面对守护者和一名学院原基人，根本就没有任何希望。但是，你呢？你才是唯一搞砸一切的人。"我自己做不到。如果埃勒巴斯特在场……我恨你。之后，在我流浪期间，我发誓要找出一种方法杀死你。像另外一个那样，把你放入方尖碑。把你埋入海底，远离海岸，确保没有人会把你挖出来。"

她看着你，什么都没说。你甚至察觉不到呼吸节奏的变化，因为她就没有呼吸。但那音乐声停止了。这至少算是一种反应。

这实在是没有意义。之后，寂静更让你感觉难熬，你还是觉得很烦躁，于是补充说："可惜。刚才的音乐还挺好听的。"

（后来，躺在床上，回想当天的错误时，你为时已晚地想到，现在的我，跟当时的埃勒巴斯特一样疯。）

片刻之后，埃勒巴斯特动了下身体，抬起头，发出轻柔的呻吟声，把你的思绪和心脏丢回十年前，绕了一圈才回来。他向你眨眼，一时间似乎有些困惑，你意识到他应该是没能认出你，因为你的头发长了两倍，皮肤饱经风霜。然后他再次眨眼，你深吸一口气，你们两个都回到了此地、此时。

"缟玛瑙方尖碑。"他说，他的声音因为睡意而显沙哑。他当然知道。"你总是贪多嚼不烂啊，茜因。"

你没有费心去纠正他这个名字："你说过，要我召唤一块方尖碑。"

"我他妈说的是黄玉碑。但如果你能把缟玛瑙碑召来，就是我低估了你的能力成长。"他伸长了脖子，一脸若有所思，"你过去这几年在干什么，精准控制能力提升那么多？"

你开始想不到任何可说的，然后想到了："我生了俩孩子。"最初那几年里，让一名原基人小孩不把周围一切全毁掉，让你花费了很多心力。你学会了睡觉都睁着一只眼，你的隐知盘调整到能够侦测小婴

第六章 你下定决心

儿恐惧感的最小波动,或者幼儿的一丝小脾气,或者,更糟糕的,就是可能引起随便一个孩子反应的本地地震。你有时一晚上能平息十几场灾难。

他点头,你这才为时已晚地回想起,在喵坞期间,有时深夜醒来,发现埃勒巴斯特睡眼惺忪地醒着看护考伦达姆。事实上,你记得当时还嘲笑过他,笑他多虑,因为考鲁显然威胁不到任何人。

地火烧了吧。那件事之后,你痛恨这种为时已晚的感悟。

"我出生之后,他们留我跟妈妈一起生活过几年。"他说,几乎像是自说自话。你已经猜到可能是这样,考虑到他会说一种沿海语言的事实。他妈妈也是被学院繁育,为什么她会懂沿海语言,就是永远解不开的谜团了。"一旦等我足够大,能够被威胁,他们就把我带走了,但在那之前,看似她已经多次阻止我冰冻整个尤迈尼斯。我感觉,我们这样的人,可能就不适合被哑炮养育。"他停顿一下,目光迷离。"多年后,我偶然又见到了她。我当时没有认出她,她却不知为何认出了我。我觉得她应该是——曾经是元老参议院的一员。级别很高,最多得到九枚戒指,如果我没记错。"他静默了一会儿。也许他在考虑自己也杀害了亲妈这个事实。或许他在努力回忆其他跟母亲有关的往事,不只是两个陌生人在走廊相遇这种。

他突然集中精神,回到当前,你的身上:"我感觉,你现在可能有九戒实力了。"

你情不自禁,感到又惊又喜,尽管你用冷嘲掩盖两种情绪:"我还以为这些事已经翻篇了呢。"

"它们并没有。我把尤迈尼斯城毁掉时,特别注意了要消灭支点学院。城市旧址还有些建筑残留,就在裂口边缘,除非它们后来又倒掉了。但那黑曜石墙我是彻底推倒了,还特别留心,让主楼最早掉进岩浆池里。"他的语调里透着深切的、邪恶的满足。他听起来就像片刻之前的你,在你想象杀死食岩人的时候。

（你瞅了一眼安提莫妮。她已经静下来继续观察埃勒巴斯特,仍用一只手支撑他的后背。你几乎能相信:她这样做是因为忠实,或者好心,如果你不是早就知道,埃勒巴斯特的双手双脚,还有前臂,都已经在她类似肚子的器官里。）

"我提到戒指,就是为了让你有个参照系。"埃勒巴斯特挪动身体,小心翼翼坐起来,然后,就像听到了你的想法一样,他伸出短小的、尖端石化的右臂。"看看这个里面。告诉我你看到了什么。"

"你不打算告诉我真实情况吗,埃勒巴斯特?"但他不回答,只是看着你,于是你叹气。好吧。

你看看他的胳膊,现在只剩手肘以上的部分了,你不知道他所谓'看里面'是什么意思。然后,不由自主地,你突然想起很久以前的那个夜晚,他用意志力从自己身体细胞中驱除毒素的事。但他当时有帮手。你皱眉,情不自禁看了下他身旁那个形状怪异的粉红色物品——那个看似过长、把手宽大的长剑一样的东西,而它实际上,在某种程度上,就是一块方尖碑。尖晶石碑,他这样称呼它。

你瞅他。他一定也察觉了你看过石碑。他没有动弹:烧伤又石化的脸上,没有一块肌肉有变化,已经不存在的睫毛也没有扑闪。那好吧。怎样都行,只要你按他说的去做。

于是你垂头看他胳膊。你不想冒险试探尖晶石碑。说不好这东西能干出什么事来。相反,首先,你试着让自己的意识进入那只胳膊。这感觉很荒谬;你这辈子一直在做的事,都是隐知地底几英里下的岩层。但让你意外的是,你的感知力的确能够察知他的胳膊。它很小,很怪,距离太近,也几乎是过于微小,但它存在,因为他身体上至少表层是岩石。钙和碳两种元素,还有小块的氧化铁,之前一定曾经是血液的,还有——

你停顿下来，皱眉，睁开眼睛。（你现在不记得什么时候闭了眼。）"那是什么？"

"那会是什么？"埃勒巴斯特没有被烧伤的嘴角微微翘起，露出一个嘲讽的微笑。

你眉头紧锁。"有东西，存在于你正在——"变成的。"在这种石头样子的东西里。它不是……我说不好。它既是石头，又不是石头。"

"你能隐知到同一只胳膊上的肌肉吗？"

你本应该做不到。但当你将注意力压缩到最窄范围，当你眯起眼睛，舌头抵住上颚，皱起鼻头，他的肌肉也变得清晰起来。大块的、黏糊糊的小球状组织，挨挨挤挤在一起——你马上退回，同时感到恶心。石头至少还干净。

"再去看看，茜因。别那么懦弱。"

你本应该生气的，但你现在太老，顾不上这些屁事了。你咬紧牙关，再次尝试。先深吸一口气，免得感觉心虚。他身体内的一切都感觉好湿啊，而且那些水分甚至都没有被封存在黏土层之间或者——你停顿下来。进一步收窄注意力。在果冻样子的血肉之间，你突然隐知到他的石化部分存在的同一种东西，也在移动，但是速度更慢，感觉不像有机物。这东西很特别，不是血肉，也不是石头。某种无形之物，却又能被你感知。它组成线条状，闪闪发光，牵连在他身体的各部位之间，罗织成网状，不断转换。某种……压力吗？是一种能量，闪亮的，流动着的能量。是潜能。是动机。

你摇头，收回注意力，以便集中精神跟他对话："那是什么？"

这一次他回答了。"组成原基力的东西。"他让自己的声音很是郑重，因为他的表情能做的变化很少。"之前我曾跟你说过，我们的能力不合逻辑。要移动大地，我们把自己的某种东西输入自然体系，得到看似完全不相干的成果。其实这个过程一直都牵涉其他事物，连接两者。就是这个。"你皱眉。他向前坐，因为兴奋而显得更有活力了些，就像以前的他那样——然后他身上发出嘎吱声，痛得他身体发抖。他小心地后仰，再次靠在安提莫妮手上。

但你已经听进去他的话。而且他说的对。其实原基力发挥作用的方式一直都毫无道理，不是吗？它本来根本就不应该有用，仅靠意志力、专注和感知力就能移动山岳。这世上根本就没有任何其他东西是这样运作的。人们无法依靠美妙的舞姿制止雪崩，或者通过提高听力召唤风暴。在某种程度上，你一直都知道有这种东西存在，让你的意志力得以发挥作用。这种……随便什么东西。

埃勒巴斯特一直都能读懂你的心思，像看一本书那样容易。"那个制造方尖碑的文明，有个词来称呼这种东西。"他说，一面点头，对你的领悟力表示赞赏。"我觉得，我们没有这个词，也是情有可原。因为无数个世代以来，就没有人想要让原基人理解我们能做的事。他们只想让我们做事罢了。"

你缓缓点头："埃利亚事件之后，我也能理解为什么此前没有人想让我们学会操控方尖碑。"

"方尖碑算个鸟。他们真正要避免的，是我们创造出更优秀的东西。甚至做出其他更可怕的事。"他小心翼翼深吸一口气，"我们现在要停止操纵石头了，伊松。你在我体内看到那种东西了吧？那个，才是你要学会运使的东西。去感知它，不管它存在于何处。这就是方尖碑的组成成分，也是它们能发挥作用的关键。我们必须让你也能做到那些事。我们必须让你达到十戒以上的水平，至少。"

至少。说得倒轻巧。"为什么啊？埃勒巴斯特，你提到过某种东西。一个……月亮。汤基对此一点儿头绪都没有。还有你说的所有这些话，关于导致裂谷出现，想让我做出更可怕的事之类——"你的视角边缘有东西在动。你瞅过去，发现那个跟勒拿一起工作的男子两手拿着一个碗走过来。晚餐,给埃勒巴斯特的。你压低声音。"顺便告诉你,我可不想帮你再祸害世界。你现在做过的还不够吗?"

埃勒巴斯特瞅着靠近的男护士。眼睛看着他,埃勒巴斯特小声地说:"这个星球,本来是有月亮的,伊松。它是个天体,比恒星们的距离更近很多。"他总是一会儿叫你这个名字,一会儿叫另一个,相当烦。"失去它,也是灾季重复出现的原因之一。"

讲经人说,大地父亲并非一直仇恨生命。他有恨,因为失去了他唯一的孩子。

但话说回来,讲经人的故事里,还总说方尖碑没什么害处呢。

"你怎么知道——"但你随后打住,因为那人已经到达你们身旁,于是你向后退开,坐在附近一张床沿上,消化你刚刚听过的话,那人用勺子喂埃勒巴斯特吃饭。那食物是某种水样的稀糊,而且也不多。埃勒巴斯特跟个小婴儿似的,张嘴等喂。他的眼睛始终都盯着你。这真瘆人,你终于不得不避开他的视线。你们之间的关系已经发生了某种变化,你无法承受。

那人终于喂完,白了你一眼,至少传达了他的意见,认定你应该是喂饭的那个人,然后就走了。但当你挺直身体,准备开口问更多问题,埃勒巴斯特却说:"我很可能马上就要用便盆了。我现在对自己肠胃的控制力没有那么好,但至少,它们的功能还正常。"看到你那副表情,他微笑,只略带了一点点凄楚。"我也不想让你看到这种事,正如你本人不想看一样。所以,不如我们暂定下次再谈?中午时间貌似更合理,不会跟我那些烦琐的人体功能冲突。"

这不合情理。好吧。其实还蛮合理的,而且你也活该被他批评,但这份批评,好歹也应该针对你们两个人。"你为什么把自己作践成这副样子?"你向他的胳膊,还有被毁掉的身体做手势。"我只是⋯⋯"也许如果能理解,你会更容易接受。

"这是我在尤迈尼斯行为的后果。"他摇头,"值得铭记啊,茜因,等将来你要做自己的抉择时,可以当作参考:有些决定会让你付出惨重代价。尽管有时候,那种代价也值得。"

你无法理解,他怎么会如此看待这件事,这种可怕的、缓慢的死亡,居然还被看作是合理代价,哪有什么目标值得付出这么多——更不要说他因此得到的结果了——毁掉整个世界。而且你现在还是不明白,这一切到底跟食岩人、方尖碑或者其他任何东西有什么关系。

"你……简单点儿,好好活着不好吗?"你情不自禁这样问。回到我身旁啊,这话你说不出。找到茜奈特,过你们的小日子啊,在喵坞事件之后,她找到特雷诺和杰嘎之前,在她失去原有家庭之后,重建卑微版本的新家之前。在她成为你之前。

那答案,就在他眼睛失去生气的样子里。这就是你们之前置身一座维护站,面对他的一个被虐待至死的儿子的尸体时,他曾经的样子。也许,这也是他听闻艾诺恩死讯时的样子。这当然是小仔死后,你在自己脸上看到的样子。你就是在那时候,不再需要这个问题的答案。有那么一种状态,叫作心如死灰。你们两个都已经失去太多——不断被夺走,夺走,夺走,直到一无所有,仅剩希望,而你们甚至连希望都放弃了,因为它伤人太甚。直到你们宁愿求死,或者杀人,或者完全回避任何情感,只为再也不失去。

你想起自己心里的那种感觉,当你把一只手按在考伦达姆的鼻子和嘴巴上。不是想法。其实想法很简单直接:宁愿去死,也不要生而为奴。而是你在那个瞬间的感觉,那是一种冷酷的、恐怖的爱。一份决心,要确保你儿子的生活仍是那个美丽的、完满的东西,仍是迄今为止的模样,哪怕这意味着你要亲手结束他的生命。

埃勒巴斯特没有回答你的问题。你也不再需要他的回答。你起身准备离开,让他至少在你面前还能保持尊严,因为这真的已经是你唯一还能给他的。你的爱与尊重,对任何人来说都没有太大价值。

也许你还在想着尊严,当你又问出一个问题,为了让这段谈话不以绝望告终。这也是你伸出橄榄枝的方式,让他知道你已经决心学习他想要教你的东西。你没兴趣让灾季加重,或者继续他开始的其他什么事情……但显然,他在某种程度上需要你这样做。他跟你生的那个儿子死了,你们共同建立的家庭也已经永远残破,但无论如何,他至少还是你的导师。

(你自己也需要这个哦,你心里那个愤世嫉俗的部分这样说。这是个差劲的交换,真的——用奈松换来他,一位母亲的追求,变成前任的追求,这些荒谬的未解之谜,替换了更残忍但也更重要的为什么——为什么杰嘎会杀死他的亲生儿子。但没有奈松作为人生动力,你还需要点东西填补,任何东西,好让自己继续生活。)

于是你背对着他问:"他们管它叫什么?"

"哈?"

"建造方尖碑的那些人。你说他们有个词,用来描述方尖碑里存在的那种东西。"就是那种银白色,连缀在埃勒巴斯特身体细胞之间的东西,还在他石化的部分集中,变得更密集。"那种组成原基力的东西。他们用什么词来称呼啊?既然我们的语言里没有对应的词。"

"噢。"他挪动身体,也许是准备使用便盆了。"那个词本身并不重要,伊松。要是你愿意,自己随便编一个名字也行。你只需要知道那东西存在就好。"

"但我就是想知道他们怎么称呼它。"这是他想要塞进你喉咙里的神秘知识的一部分。你想要用自己的手指握住它,控制摄入过程,至少也品尝到一点儿味道。而且,还有,那些制造了方尖碑的人曾经强大过。也愚蠢,或许,显然还很差劲,给后代留下第五季这样不幸的遗产,如果这事真是他们做的。但毕竟强大。也许知道那个名字,就会让你获得某种力量。

他想要摇头,表情却变得痛苦,因为这样做,某个部位会很痛。于是他叹口气:"他们称之为魔力。"

这本身没有意义,只是一个词。但也许你可以用某种方式,赋予它某种含义。"魔力。"你重复它,记住它。然后你点头表示告别,离开的途中再也没有回头。

那些食岩人知道我在场。我确定是这样。他们只是不在乎。

我观察了他们好几小时,他们却站在那里不动,有说话的声音回荡,但不知从哪里发出。他们交流用的语言真的很……怪异。也许是北极语吧?还是某种沿海语言?我从未听过类似的。不过,大约十小时之后,我承认自己是睡着了。醒来时听到巨大的撞击和碎裂声,特别响亮,让我一度以为碎裂季已经降临。当我壮起胆子抬眼看,其中一个食岩人已经变成地上的一堆碎石块。另外那个还像原来一样站着,只有一点儿变化:它直勾勾地盯着我,露出亮闪闪的尖牙,笑了。

——选自《回忆录》,作者:提卡斯特里斯城的创新者欧瑟,业余测地学家。第五大学对上述记录不予认可。

第七章

奈松找到了月亮

奈松和父亲前往南方的行程漫长又曲折。他们大部分路程乘坐马车，意味着速度比伊松更快些，后者是步行，落后越来越多。杰嘎邀别人搭便车，换取食物和其他补给；这让他们行程更快，因为无须经常停下来交易物品。因为这样的步调，他们总能抢在最糟糕的气候变化之前。他们那么快，以至于在途经凯斯特瑞玛－上城时，奈松几乎没有感觉到依卡的召唤——等她感觉到，也只是在梦里，吸引她不断下沉、下沉，进入温暖的地底世界，身处白色晶体的光芒中。但她做这个梦的时候，已经在凯斯特瑞玛以南十英里，因为那一天，杰嘎感觉可以在宿营之前多走一段路，他们就没有落入陷阱，没有被完好的无人房舍吸引。

当他们的确需要在社群停留时，有些还仅仅是关门闭户，尚未宣布实施灾季法。希望最严重的损害可能不会蔓延到如此遥远的南方；灾季很少影响到整个大陆。奈松从不向陌生人透露自己的身份，但如果她能够，她会愿意告诉这些人：没有任何地方能躲过这场灾季。安宁洲的有些地区，遭受全面打击的时间会比其他地区更晚一些，但最终，它会严重影响到所有地方。

有些他们停留过的社群邀请他们留下，杰嘎年龄偏老，但依然健康强壮，而且他的工匠技能加上抗灾者职阶，让他很有利用价值。

奈松足够年轻，几乎可以受训学会任何所需技能，而且她一看就很健康，在同龄人中间个子偏高，已经显出中纬度高大身形的迹象，跟她妈妈一样。有几个停留地点是强大的社群，物资储备丰富，居民友好，她是希望能留下的，但杰嘎一概拒绝。他早就想好了目的地。

还有几个途经的社群想要杀死他们。这其实并无道理，因为一个男人加一个小女孩，不可能携带那么多值钱物品，值得为此杀人，但灾季嘛，很多事情都没道理。他们逃离了一些社群。杰嘎曾用长刀逼在一名男子头上，才得以逃出一个放他们进入，然后却关门想把他们困住的社群。他们失去了马和马车，这可能就是那个社群想得到的东西，杰嘎和奈松逃走了，这才是最重要的。从那里开始，他们不得不步行，速度减慢，但毕竟还活着。

在另一个社群，那里的人甚至都没有发出警告，就用十字弩瞄准，这次是奈松救了他们。她的做法，是张开双臂抱紧父亲，然后张牙舞爪侵入大地，把整个社群范围内最后一丝生命力、热能和运动全部吸走，直到整个社群变成闪亮的大型冰雕，石墙覆上一层银白，人们冰结成静止的、死硬的尸体。

（她以后再也不会这样做了。事后杰嘎看她的眼神太可怕。）

他们在那个死去的社群里待了几天，在空屋子里休息，补充给养。在此期间，没有人打扰他们，因为奈松让城墙保持结冰状态，作为一个显然的警告：此处有危险。他们当然不能久留。最终，周围的社群会结成联盟，赶来击杀这里的基贼，默认她为公敌。过了几天有热水，有新鲜食物的日子之后——杰嘎抓了一只社群里冻死的鸡，做了一顿美餐——他们就继续赶路。在尸体解冰，变臭之前离开，就这样。

然后他们继续赶路：遇见过匪帮、逃犯，还有一次近乎致命的毒气喷发，另有一棵树，只要有温热的躯体靠近，就会发射木钉；他们活过了每一次磨难。奈松经历了一轮生长高峰期,尽管她一直都肚子饿,很少能吃饱。但等到他们接近杰嘎听说过的那个地方,她已经长了三英寸,时间也过去了一年。

他们终于离开了南中纬地区,进入南极区边缘。奈松已经开始怀疑杰嘎要带自己前往奈夫——南极区内少数几座城市之一,据说城郊有座支点学院分院。但他离开了巴雷斯坦-奈夫的皇家大道,他们开始向东,隔段时间就停一下,以便杰嘎向当地人询问,确定自己走的方向没错。就是在这样一次谈话后——谈话总是很小声,总在杰嘎以为奈松已经睡着时,只会针对杰嘎认定头脑清醒的人,并且会先聊几小时,分享过食物后,才开始谈及正题,奈松就是在这样一次谈话后了解到他们要去的地方。"告诉我,"他听见杰嘎对一个为本地社群出来巡哨的女人说,两人刚刚分享了一顿晚餐,吃的是那女人抓到的猎物,坐在杰嘎生起的火堆旁。"你有没有听说过月亮?"

这个问题在奈松听来毫无意义;尤其是句子末尾那个词。但那女人深吸一口气。她指点杰嘎,让他离开皇家大道,走东南方向的地区公路,然后折向正南,拐弯地点就在河道拐弯处,他们很快就将到达。之后,奈松假装睡着,因为她能感觉到女人眯起眼睛打量自己。不过最终,杰嘎羞涩地提出为那女人暖床。然后奈松就不得不听着她老爸在那儿忙碌,搞得那女人又是呻吟又是叫唤,感谢她提供的肉食——也为了让她忘记奈松在场。早上,他们抢在那女人醒来之前出发,这样她无法跟踪,也就伤害不到奈松。

几天后,他们在河道旁边转弯,进入一片森林,沿着树荫下的一条小道行进,路面不过是踩出来的一条浅色窄带,迂回在灌木和野草之间。这里的天空还没有阴沉太长时间;多数树木还有叶子,奈松也能听到他们经过时,周围有动物惊走跑开。有时候,还有鸟儿唧唧叫或者咕咕叫。这条路上没有其他人,尽管显然有人在近期走过,否则,路面的野草会更繁茂一些。南极区是一片贫瘠的、人烟稀少的地区,她记得在另外一种生活里,自己曾在课本上读到过。社群很少,皇家大道也少,即便不是灾季,这里的冬天也极为寒冷。这里的方镇要几周才能穿行而过。南极区的主要地形是苔原,大陆最南端,传说完全是冰天雪地,一直延伸到海面之上很远。她还曾在书上读到,如果透过云层看到极地天空,那里有时会充斥着奇异的舞动的彩色光带。

不过在南极的这个地区,尽管天气微寒,空气却几乎是水汽蒙蒙。在他们脚下,奈松能隐知到一座盾形活火山被困于地底,沉重地翻腾、喘息——实质上是在喷发,只不过速度极慢,有细流一样的岩浆向南流去。在她知觉中的地图上,奈松可以感知到天然气喷口和几座地热泉,突出地面,表现为温泉或者间歇泉。所有这些湿气和热力,让树木继续保持了葱绿。

等到树木变稀疏,奈松面前出现了一个她从未见过的东西。一道岩石坡吧,她觉得——但是这片区域看起来,像是包括十几条长长的、狭窄的岩石带,由棕灰色石料构成,起伏波动着,沿山势上行,渐渐地向上倾斜,足以算作是较矮的大山,或者较高的小山。在这条岩石之河的顶端,她可以看到绿色的树园;这片岩石坡的顶端是平整的。在那座平台上,奈松透过树丛瞥见某些东西,是房舍的圆顶,或者是仓库的哨塔。某种居民点。但除非顺着那些岩石带向上攀爬——这样貌似很危险,她没看到别的通道可以上去。

除非……除非。这是她意念中的一点儿刷蹭,渐渐升级为一份压力,然后渐变成确定无疑的事实。奈松扫了一眼父亲,他也在看那条岩石之河。在小仔死后的这些个月,她对杰嘎的理解达到了这辈子的最高水平,因为她能否活命,都取决于这个。她明白,尽管他貌似强壮坚忍,实际上却很脆弱。他人格上的裂痕是新的,但很危险,就像地质板块的边缘：伤口总是绽开，从来都不稳定，只需要一点儿摩擦，就将释放出数千万年来积聚的能量，破坏周围的一切。

但如果你了解窍门的话，地震还是很容易控制的。

于是奈松一面小心观察他，一面说："这个是原基人建造出来的，爸爸。"

她早猜出他会紧张，而他果然紧张起来。她早猜出他会需要深呼吸来稳定自己的情绪，而他也果真这样做。只要一想到原基人，他就会有强烈反应，像妈妈以前对红酒的反应一样：呼吸加快，两手发抖，有时膝盖冰凉，有时两腿瘫软。爸爸以前甚至不能带暗红色的东西回家——但有时候他会忘记，还是带了回来，一旦出现这种情况，妈妈就会变得不可理喻。别人毫无办法，只能干等着她的哆嗦、呼吸急促，还有扭手的症状自行消退。

（其实是摩擦一只手。奈松没有发现这个区别，但伊松是在摩擦一只手。那个旧伤，骨头里的痛。）

等到杰嘎足够冷静，奈松随即补充说："我觉得，也只有原基人才能走上那条斜坡。"事实上，她对此有十足的把握。那些狭窄的石梁正在移动，尽管难以察觉。这整个地区，就是一座喷发速度奇慢的火山。此外，它有一条持续流淌的岩浆流，要几年时间才能凝固，因此在岩浆收缩过程中，分隔成了这些长长的六角形支柱。对原基人来说，即便是未经训练的原基人，也很容易推动那种向上的力量，再吸取一些缓缓降温的热力，就能抬升又一根支柱。然后踩在柱子上，抵达高处那座平台。他们眼前的很多细石柱更偏浅灰，更新鲜，棱角更加分明。其他人最近还做过这种事。

然后爸爸做了件让她意外的事，他突兀地点头。"应该……有其他跟你一样的人在这个地方。"他从来不说那个原什么和基什么两个词。总是像你的、你那种、那类人。"这就是我带你来这里的原因啊，乖女儿。"

"这个,是支点学院的南极分院吗?"或许她搞错了学院的地点呢。

"不是。"他嘴角弯曲。就像断层线在颤抖。"这里更好。"

这是他第一次愿意谈起这个。他的呼吸没有加快很多,也没有那样纠结地看着她,像他必须非常努力,才能想起她是自己女儿的那时候一样。奈松决定略做探查,检验一下他的结构强度。"更好吗?"

"更好。"父亲看着她,像是在经过了无比漫长的时间之后,他终于又能像从前一样对她微笑。这是父亲应该对女儿露出的笑容。"他们可以治好你,奈松。故事里就是这样说的。"

治好她的什么呀?她险些就问了。然后求生本能生效,奈松在说出那句蠢话之前咬住了自己的舌头。在父亲眼里,她只有一种病,只有一种毒,会让他甘心穿越半个世界,来为自己的宝贝女儿清除。

一种疗法。一种疗法。能消除原基力?她几乎不知道自己应该怎样想。变成……跟她现在不同的样子?变正常?这可能吗?

她太震惊,以至于有段时间忘了观察父亲。等她想起来,吓得浑身发抖,因为父亲一直在观察她。不过,看到她脸上的表情,父亲满意地点头。她的震惊,正是父亲想要看到的情形:震惊,或者好奇,或者欢欣。如果显现出不满或恐惧,他的反应肯定不会好。

"怎么治呢?"她问。父亲可以容忍好奇。

"我不知道。但之前,我听旅行者们说起过。"就像他说你这种人只有一个意思一样,对你们两人来说,也只有一个之前还算重要。"他们说,这个地方出现有五到十年时间了。"

"但是,为什么不考虑学院呢?"她摇摇头,感到困惑不解。如果有什么地方能解决问题,她会以为……

爸爸的脸变得很难看。"训练过,拴了绳的畜生还是畜生。"他回头看那块浮石支撑的高地。"我想找回我的小女儿。"

但我哪里都没去啊,奈松心里想,但没有笨到说出来。

这里没有道路来标明去向,也没有路牌指向附近任何一个目的地。部分原因可能是灾季防御;他们已经见过若干社群,不只利用城墙来防护,还设置了貌似不可能越过的障碍和伪装。显然,这个社群的成员知晓某种秘密方法,能够上到平台,但不知情的奈松和杰嘎,就面临一个难题需要破解。周围也没有容易的路径,可以绕过这片高地;他们倒是可以环行一周,看看有没有台阶之类。

奈松坐在附近一根树桩上——之前认真检查过,以免有昆虫和其他动物,在灾季来临后变凶猛的那种。(奈松已经学会了小心面对自然界,就像谨慎对待父亲一样。)她看着杰嘎来回踱步,时不时停下来,踢其中一根细石柱的根部。他咕哝着自言自语。他将需要些时间,来接受不得不做的事。

他终于转向女儿:"你能做到吗?"

她站起来。杰嘎跟跄后退,似乎被这个突然的举动吓到;然后停住,怒视她。奈松就站在原处,让父亲看出,他的恐惧对自己造成了多大的伤害。

父亲下巴上有块肌肉在颤;他的一部分怒火变成了干笑。(只是其中一部分。)"要做这个,你会不会必须杀死这片森林?"

噢。现在奈松能明白父亲担心的一部分原因了。"不会的,爸爸。"她说,"这里有座火山。"她指向两人脚下。他再次畏缩,瞪着地面,带着赤裸裸的仇恨,就像他有时候看女儿的表情一样。但这种举动像对大地父亲的痛恨,或者对灾季结束的奢望一样,同样没有意义。

他深吸一口气,张开嘴巴,奈松那么期待他说好吧,以至于她已经在准备父亲将会需要的微笑,以资鼓励。然后,在两人都毫无防备的情况下，他们周围的森林里响起巨大的嘈杂声，惊起一群飞鸟，她之前都不知道这些鸟儿存在。附近有东西撞入地面，令奈松连连眨眼，感觉到当地岩层的轻微震荡。某种小东西，但撞击力巨大。然后杰嘎大叫起来。

只一声，奈松吃惊后的反应是全身静止。妈妈训练的结果。过去一年，这种习惯有些消退了，尽管她的身体静下来，意识还是沉入地底——只到几英尺，但还是潜入了。随后，她感觉自己以两种不同的方式呆住了，因为看到那根粗重、巨大、有倒刺的金属投枪，已经射穿了父亲的小腿。"爸爸！"

杰嘎单膝跪地，抓紧自己的伤腿，咬紧的牙缝里发出的声音算不上尖叫，但痛苦程度不相上下。那东西很巨大：几英尺长，周长足有两英寸。她能看出，在它经过的地方，肌肉都已经被挤开、外翻。尖头刺入地面，在父亲小腿的另一侧，实际上把他钉在了原处。这是标枪，并不是弩箭。它钝的那头，甚至还连着一根细铁链。

铁链？奈松拧身，循着链条看去。有人手握铁链。附近岩层上，有踏地的脚步声，移动过程中踩烂落叶。飞速奔跑的人影闪过树桩之间，然后消失。她听到一声呼喊，用的是某种极地语言，之前也听到过，但是听不懂。是匪帮。逼近中。

她再次看爸爸，他正在试图深呼吸。他脸色煞白。流血量并不多。但父亲仰头看她时，两眼瞪大，痛楚之下的眼白格外醒目，突然之间，她想起了那个攻击他们的社群，那些被她冰冻的人，还有那之后他看自己的眼神。

匪帮。杀了他们。她知道自己必须这样做。如果她不动手，那些人就会杀了她。

她的父亲却想要个小女孩，而不是一只野兽。

她怒目，再怒目，呼吸粗重，但还是停不下来怒目而视的姿态，无法思考,无法行动,什么都做不了,只会站在那里,发抖,换气过度,在求生与当女儿的责任之间分裂着。

然后有人从岩浆涌流的山脊跃下,从一根石柱跳向下一根,那速度和灵活性都是——奈松瞠目相视。没有人能做到这样。那人却蹲姿下落,出现在山脚下砂石密布的土地上,发出沉重的、可怕的坠地声。他体格强壮。奈松能看出他身材高大,尽管他只是稍微起身,仍是腰身弓起的样子。他的视线集中在奈松身后树林里的某种东西上,并抽出一把长长的,可怕的玻钢剑。(但不知为何,他落地的重量并没有回荡在奈松的感知系统中。这意味着什么?而且当时有一种……她摇头,还以为旁边有只什么昆虫,但那种怪异的嗡嗡声其实是一种感觉,并不是声音。)

然后那人已经起步跑开,径直冲入灌木丛,他两脚蹬地的力量如此之大,在身后踢起大块泥土。奈松嘴巴张开,转头目送他,在绿树中跟丢,但之后又听到那种语言的喊叫声——然后,在她看到那人跑去的方向,有轻微的、惨烈的呼叫声,像是有人遭到重击。林中跑动的人全都止步。奈松看到一名极地女子,一动不动地站在林木之间的空处,一侧是牵连的藤条,另一侧是古老的、久经风霜的巨石。那女人转身,吸气,想要对别人呼喊,而那男人转眼就到了她身后,动作快得接近模糊,在她背上重击一拳。不,不,是那把刀——然后他又马上消失,在那女人倒地之前。这次攻击的残忍和速度同样令人震惊。

"奈——奈松,"杰嘎说,奈松又被吓了一跳。她有一会儿,真的忘记了父亲的存在。她走过去,蹲下来,用脚踩住铁链,以防有人用它继续伤害父亲。他握住她的胳膊,太用力。"你应该,呃,逃跑的。"

"我不跑,爸爸。"她试图看清链条连接到标枪上的方式。那件武器的长杆平整，如果她能卸下铁链，或者去掉鼓起的尖头，他们就可以把父亲的脚扯开来，让他重获自由。但然后呢？这伤太可怕。他会不会流血而死。她不知道该怎样做。

杰嘎嘶声叫痛，当她试着摆弄链头，看能不能把它拧掉。"我不觉得……我猜想那根骨头……"杰嘎的身体真的在摇晃，而且奈松觉得，他嘴唇发白也不是什么好迹象。"你快走。"

她无视他的建议。链条焊接在枪杆尽头的环上。她用手摸索，努力思考，现在那个怪人的出现已经打破了她的僵局。（但她的那只手在发抖。她深吸一口气，试图控制自己的慌乱。森林中的某处，传来垂死的呻吟声，还有一声暴怒的尖啸。）她知道杰嘎背包里有些打石工具，这根标枪却是钢塑的。等等——如果温度够低，金属就会崩断，对吧？或许她，用个又高又窄的聚力螺旋，会不会……？

她以前从未做过这种事。如果她做错，就会冻掉他的一条腿。但不知为何，她的本能感觉，是这件事可以做到。妈妈教过她，原基力就是吸收热力和动能，然后再推回外界，此前她总感觉不太对。但这话有理；它管用，奈松从经验中得知。但这种说法总是有些……拖沓。不够简洁优雅。她常常这样想，要是我不把它当成热力……但这个思路总是得不到建设性的结论。

妈妈不在这里，死神却在，而爸爸已经是世上仅有的爱她的人，尽管他的爱也被包裹在苦痛之中。

于是她一只手搭在标枪尾端："别动啊，爸爸。"

"什——什么？"杰嘎在哆嗦，但也在迅速变虚弱。很好，奈松可以不受打扰地集中精神。她把空闲的那只手放在父亲腿上——因为即便在不能完全控制原基力的时期，她都一直不会伤到自己——然后她闭上眼睛。

火山热力之下，还有某种东西存在，散落在大地中起舞的波动之间。波动和热力很容易被操控，但另外那种东西，想要感应到都很难，这很可能是妈妈教奈松寻找波动和热力的原因。但如果奈松能掌握另外那种东西，它更微弱，更细小，也比热力和波动更精准……如果她能把那种东西塑形成某种利刃，再打磨到无比得薄，然后这样子切过枪杆——

她和杰嘎之间的空气在震荡，周围有迅速、高亢的嘶嘶声。然后标枪带铁链的一端掉落，被截断的金属面，在午后的阳光下像镜面一样反光。

奈松长出一口气，睁开眼睛。发现杰嘎身体绷紧，带着恐惧和敌意盯着她身后。奈松吃了一惊，转身看到那个持剑的人站在自己背后。

他一头黑发，发质像极地人一样软垂，长可及腰。那人太高，她转身看时，不由得跌坐在地。或者是因为她突然感到疲倦了？她不知道。那人在剧烈喘息，而他的衣服——家织布衣，还有一条褶线精致到令人吃惊的旧裤子——到处是乱糟糟的血迹，以他右手的玻钢剑为圆心。他居高临下俯视她，两眼放光，就像她刚刚切开的金属面一样，而他的笑容也几乎同样犀利。

"你好，小东西。"那人对着瞠目结舌的奈松说，"这招儿很帅啊。"

杰嘎试着移动，让伤脚沿着枪杆滑行，这场面很可怕。骨头磨在金属上，声音令人齿冷，他的惨叫伴随着呻吟和咳嗽，两手痉挛地抓向奈松。奈松扶住他的肩膀，但他太重，奈松已经累了，而且她突然惊恐地意识到，自己没有力气对抗这个手持玻钢剑的人，假如起了冲突的话。杰嘎的肩膀在她手下哆嗦，而她自己战栗的程度几乎同样剧烈。也许这就是没有人使用热力之下的那种东西的原因？现在，她和父亲都要为她的愚蠢付出代价。

但那个黑发男人蹲下身体，行动缓慢又优雅自信，而片刻之前，他还那样迅捷暴虐。"别怕。"他说。然后他眨眼，目光里有些游移的、不确定的东西。"我以前见过你吗？"

奈松之前从未见过这个冰白色眼眸的巨人，手里拿着全世界最长的一把剑。那剑还在他手里，尽管现在只是垂在身旁，滴着血。她摇头的动作有点儿过大，也过快。

那人眨眨眼，困惑消失，笑容复现。"那些畜生已经死了。我是来帮你们的，不是吗？"这个问题给人的感觉有点儿奇怪。他提问的方式，就好像在等人确认：难道我不是吗？不知为何，这姿态显得过于殷勤，过于诚挚。然后他说："我不会让任何人伤害你。"

也许只是偶然，他说完这句话之后，视线转向她父亲的脸。但。奈松心里还是松了一口气，只有一小口。

然后杰嘎再次试图挪动身体，又发出一声痛苦的惨叫，那人眼神凌厉了起来。"真是痛苦啊。让我来帮你——"他放下那把剑，手伸向杰嘎。

"你他妈别过来——"杰嘎冲动地叫嚷，想要向后挪开，却痛得浑身发抖。他也在喘息、出虚汗。"你是谁？你是不是？"他眼珠向那些六角柱组成的石梁方向甩。"来自？"

那个人，看到杰嘎的反应之后已经缩手，现在循着他的视线看去。"噢，是的。社群哨兵看到你们沿路走来。然后我们看到匪帮逼近，所以我来帮忙。我们以前也跟这帮人有过麻烦。这是个好机会，正好消除威胁。"他惨白的眼睛回到奈松身上，中途扫了一眼被切断的枪杆。他始终保持着微笑。"但你，碰到这种货色，本来不应该有任何困难的。"

他知道奈松是什么人。她惊慌地靠向父亲，尽管明知道他不能提供保护。这只是习惯。

她的父亲紧张起来，呼吸加快成了急促的喘息。"你……你到底是……"他咽了一下口水，"我们在寻找月亮。"

第七章 奈松找到了月亮

那人脸上的笑意更盛。他的语调有些赤道区特色。赤道人总是有这样又白又结实的牙齿。"啊,是啊,"他说,"你已经找到它了。"

她父亲松了一口气,身体软瘫下来,到了伤腿容许的最大限度:"噢……噢。邪恶的大地,终于到了。"

奈松受不了了:"到底什么是月亮啊?"

"正确的称呼是寻月居。"那人侧着头说,"这是我们社群的名称。一个很特别的地方,给很特别的人。"然后他还剑入鞘,伸出一只手,手掌向上,意示邀请。"我的名字叫沙法。"

这只手仅仅伸向奈松一个人,奈松不明白这是为什么。也许因为他了解自己的身份?也许因为她不是满手鲜血,像杰嘎那样。她紧张地咽下口水,握住那只手,那手马上有力地握住她的手。她勉强说道:"我叫奈松。那边是我爸爸。"她抬起下巴。"奈松,特雷诺的抗灾者。"

奈松知道,她的妈妈曾在支点学院受训,这意味着妈妈的职阶名称从来都不是"抗灾者"。而且奈松自己当前只有十岁,太年轻,就算她住在特雷诺,也不会受到认可,拥有社群名。但那人郑重地侧耳倾听,就好像这句话并非谎言。"那么,来吧,"他说,"看看我们两个同心协力,能不能帮你的父亲脱身。"

他站起来,也拉她一同站起。奈松觉得有沙法在这里,他们只需要扶起杰嘎摆脱枪杆,如果动作够快,他不会痛得太厉害。但在她能张嘴说这些话之前,沙法两根手指放在了她颈后。她畏缩了一下,转身看他,马上起了戒心,而他举起两只手,摇摆手指,表明他没有拿武器。她能感觉到自己颈后略微潮湿,很可能是沾了点儿血迹。

"职责优先。"他说。

"什么?"

他向父亲方向点头:"我可以扶他起来,你移动那条腿。"

奈松再次眨眼，感到困惑。那人走到杰嘎身旁，她被分了神，不再纳闷儿刚才那次诡异的触摸，只顾留意父亲的惨叫声，两人一起帮他挣脱标枪。

不过，很久以后她会想起，在那次触摸之后的瞬间，那男人的手指尖像被切断的枪杆一样放射银光。薄如蝉翼的一丝"热力之下的光芒"像是从她身上闪烁着转移到那人身上。她还会记起，有一会儿，那道光还照亮了其他东西：一整套杂乱曲折的线条，覆满他的全身，像是脆硬的玻璃遇到强烈撞击后出现的蛛网状裂口。那个撞击点，蛛网的中心，在靠近他后颈的某处。奈松会记得，自己在那个瞬间曾想：那里并不是只有他一个。

当时，这都不重要。他们的旅程已经终结。看起来，奈松到家了。

※

守护者们不会谈及沃伦，那个造就他们的地方。没有人知道它的具体位置。如有寻问，众皆笑而不言。

——来自讲经人故事，《无题，第 759 号》，记录于埃丁社群《方镇要闻录》，讲述者：到访者梅尔，石城讲经人

第八章

你们受到警告

你在排队，等着领取自己家这周的补给，然后就听到了最初的传言。话不是说给你听的，也不是有意让别人听见，但你还是听到了，因为说话的人太激动，顾不上压低嗓音。"地火做证，他们人数真是太多了。"一位年长的男子正对另一个年轻人说，那时你刚刚从自己思绪里腾出足够的注意力，能听懂这番话的意思。"依卡当然没问题，她赢得了自己的位置，是吧？肯定也有些好的。但其他人呢？我们其实只需要一个——"

那人马上被自己的同伴嘘到闭嘴。你把视线投向远处，看一组人用定向绳配合缆车，运送成筐的矿石到洞穴对面，这样一来，那个年轻人环顾周围时，就不会觉得你在看他们。但你记住了刚才的话。

煮水虫事件过去了一个星期，感觉像是一个月。这不只是因为洞中没有昼夜之分。古怪时间感的部分原因，是你失去了奈松，因此也失去了为目标努力的紧迫性。没有那个目标，你感觉浑身虚弱、懈怠，像浪游季里的指南针一样无所适从。你已经决定尝试融入此地，重新定位自己的注意力核心，探索生活的新边界，但没有太大效果。凯斯特瑞玛的晶体球把你的空间感和时间感全部打乱。这里有时感觉相当杂乱拥挤，当你像现在这样，站在靠近晶体球一侧墙壁的位置，对面的墙被几十根角度不同的晶体柱遮挡，眼里全都是横七竖八的石英石。有时又会感觉特别空旷——当你途经一整条无人居住的晶体柱，意识到这地方建造时的容纳规模，要比当前人数多出很多。地面上的贸易站要比特雷诺更小——但你已经开始意识到，依卡为凯斯特瑞玛展开的成员招募活动极为成功。你在社群里见到的人，至少有一半是新来的，跟你一样。（难怪她临时召集的咨询团体里面要包括新人；"新近加入"在这里也代表了一个群体。）你见过一位容易紧张的冶金师，还有三位跟杰嘎完全不同的工匠，一名生物学家，他每周跟勒拿一起工作两天，还有个女人，以前靠出售皮革工艺礼品为生，现在每天硝制猎人们带回的兽皮。

有些新人看似一脸苦相，因为他们跟勒拿一样，本来没打算加入凯斯特瑞玛。依卡或者其他什么人认定他们对这个社群有用，因为此前，这里的居民几乎全都是商人和矿工，而这个判断就终结了他们的旅程。但也有一些人，显然是非常急切地要建设和守护这个社群。那些就是本来无处可去的人，他们自己的社群被地质断裂或者余震损毁。他们并不是每个人都有实用的技能。这类人通常偏年轻，这也有道理，因为在灾季，很少有社群会吸收年老或者衰弱的新人，除非他们拥有特别急需的技能；也因为你跟他们谈话之后发现，依卡要求大多数新人回答一个问题：你能否与原基人同处？只有做出肯定回答的人才能加入。而那些能够给出肯定回答的人，通常比较年轻。

（那些回答说"不能"的人，你不用问也知道，并不会获准继续旅行，事后有可能加入其他社群或无社群团伙，回来攻击这个故意容留原基人的社群。听说，不远处就有一座很实用的石膏矿场，而且在下风向。这也有利于让流浪者远离凯斯特瑞玛-上城。）

然后还有那些本地人——早在灾季来临之前，就已经是凯斯特瑞玛成员的人。他们中有很多人对新加入的成员不满，尽管每个人都清楚，此前社群的状况，根本无法坚持太久。它就是规模太小。在勒拿来到之前，这儿没有大夫，只有一个男的会接生，顺便做点儿野外包扎，还有给牲畜用药的事，完全是野路子。他们也只有两名原基人，依卡和卡特，尽管看似没能确定卡特是原基人，直到灾季来临；哈，这个故事你有时间倒想听听。没有原基人，凯斯特瑞玛-下城就是个死亡陷阱，这让多数本地人不甚情愿地接受了依卡吸引更多同类的努力。所以说，凯斯特瑞玛的旧人们是带着疑心看待你们，但好在他们对所有新来的人都有疑虑。他们烦的，并不是你的原基人身份。而是你还没有证明自身价值。

（让你吃惊的是，这感觉还真是让人耳目一新。可以被人按照言行判断，而不是仅仅因为身份。）

最近你每天上午参加一个工作小组，做水培：就是在托盘中的湿布上栽种幼苗，然后把育成的秧苗移植到混有化学物品的水槽里，生物学家做过特别设计，植物可以在里面成长。这是个让人身心愉悦的工作，会让你想起特雷诺时期家里的小菜园。（小仔坐在可食用的蕨草丛里，趁你不注意嚼了一口土，小脸超难看。你想起这件事就面露微笑，直到伤痛再次让你变得面无表情。你还是不可能为考伦达姆做过的事情微笑，而那个已经是十年，不对，十一年，之前了。）

每天傍晚你去依卡家，跟她、勒拿、加卡还有卡特一起谈话，商量社群里的事务。这类事情包括：要不要惩罚凯斯特瑞玛的创新者杰佛出售扇子的行为（因为按照帝国法律，灾季里的市场经济行为违法）；怎样阻止小老头儿克雷（他并没有那么老）抱怨公共浴池水温过低。他都快把大家烦死了。还有，谁来阻止陶匠昂特拉格砸碎两名学徒拙劣作品的做法？的确，昂特拉格本人就是这样学会陶艺的，但这方法只适合想要学习陶艺的人。而昂特拉格当前的学徒之所以跟她，只是因为依卡命令他们学会老太婆的手艺，在她翘辫子之前学完。按照当前事态，这俩人可能会自己动手把老太婆干掉。

这些都荒谬，琐碎，无聊得令人发指，而且……你喜欢。为什么？谁知道呢。也许因为这跟你成为家庭成员时期的经历比较像？你记得自己跟艾诺恩争执过，关于要不要让考伦达姆早学桑泽标准语的问题，就为了让他说话没有奇怪的口音，好像考鲁会愿意离开喵坞似的。你还曾跟杰嘎吵过一次，因为他相信，把水果放进冷库会毁掉它们的美味，而你不管这个，因为水果冷藏能保存更久。你现在跟其他参谋之间的讨论更重要一些：你们的决定，现在会影响到超过一千个人的生活。但感觉还是一样傻傻的，有点儿啰唆。在你的生活中，又傻又啰唆是一份难得享受的奢侈。

你又去过上面一次，默默站在一座城门的廊檐下，周围是飘落的火山灰。今天的天空略有不同：浅浅的黄-灰色，而不是偏深的灰-红色，而且云的样子像是长长的波浪，而不是地裂出现以来你常常看到的联珠状。有位壮工岗哨抬头看天，然后说："也许局面在变好吧。"云层中的那种黄色，感觉几乎像阳光。你们有时也会看到太阳本身，一个浅色的、无力的圆盘，有时被轻轻移动的曲线环绕。

你没有告诉那名哨兵自己隐知到的情况，事实是：那种黄云的含硫量高于平常。你也没有说自己能确定的另一件事，如果现在马上下雨，凯斯特瑞玛周围的森林——社群当前重要的食物来源，就会全部死光。在北方某处，埃勒巴斯特扯开的裂谷正在喷吐出大量地下气体，来自一个长期被掩埋的地下矿床。卡特跟你和加卡一起到了地面，他扫了你一眼，脸上刻着一片空白；他也知道真相。但他也什么都没说，而且你觉得自己知道原因：因为那名哨兵，还抱有一切在变好的奢望。在希望自行消逝之前打破它，这种做法太残忍了。你因为这个瞬间共同的善意，对卡特的印象有所改善。然后你微微转头，这种感觉就消失了。

附近又有一名食岩人，藏在不远处一座房子的阴影里。这个是

第八章 你们受到警告

男性外观,身体是黄油色大理石,夹杂棕色矿脉,一头蓬乱的黄铜色头发,在白天的灰雾里,显得格外醒目。你第三次或者第四次好奇,不知这类生物为什么会集中到凯斯特瑞玛周边。他们是想来帮忙吗,就像霍亚帮助你一样?还是他们在等着更多你的同类变身,化成好吃的、耐嚼的石头?或者他们就是觉得无聊?

你应付不了这类生物。于是你把黄油大理石人从自己脑子里强行推开,看别处。后来等你准备离开时,又往那个方向扫了一眼,他已经不见了。

你们三个上到地面,又跟着一名猎人穿过森林,是因为他们想让你们来看一样东西。依卡这次没来,她在调解壮工和抗灾者两个职阶之间的冲突,关于班次时长之类的事。勒拿没来,因为他开了个班,给任何想听课的人讲解伤口护理。霍亚没来,因为他还在失踪状态,过去一个星期都这样。但跟你们同行的,有七位凯斯特瑞玛的壮工,两名猎人,还有那个你刚到凯斯特瑞玛就见过的金头发、白皮肤的女人,她后来说过,自己名叫埃斯尼。她被社群接纳为一名壮工,尽管体重只有一百磅出头,肤色比火山灰还浅。原来在地裂之前,埃斯尼曾是一队牲畜贩子的头领,这意味着,她在驯服大型牲畜和狂傲自大的人类方面,都很有心得。她和手下们自愿加入凯斯特瑞玛,因为这里要比他们在南极区的家乡社群近很多。风干,调味又腌制后的牲畜,构成了凯斯特瑞玛在地裂之后仅有的肉食库存。

你们行进途中没有人说话。森林中一片寂静,只有小动物钻过灌木丛的窸窣声,还有远处偶尔传来的钻木野兽的敲击声,让人更是无心说话。森林正在发生变化,你一面走,一面就已经察觉。较高的树木几个月前就落叶了,树汁被吸收到更低处,用来对抗日益加剧的寒冷和酸化的表层土。但相应地,灌木和中等高度的树木长出更密集的叶子,吸取它们能得到的一切光线,有时还在夜间将叶片卷起垂下,以便洒落浮灰。这让路旁的积灰变薄,以至于你有时还能看到地面上的杂物。

这是好事,因为它让新地貌更加醒目:那些土墩。它们通常有三到四英尺高,用粘结的火山灰和枯枝落叶筑成,在今天这样光线较充足的日子里很容易发现,因为它们微微冒出蒸汽。有时候,你能看到小小的骨骼,还有残留的爪子和尾巴,从每座土墩底部冒出来。煮水虫的巢穴。不是很多……但一周前你经过同一片森林时,不记得曾见过任何一个。(如果有,你会隐知到热源。)这是一个提示,告诉你尽管大部分植物和动物在灾季期间只能勉强求生,却有少数物种能做到更多:没有了通常的掠食者,具备了理想的繁育条件,它们会繁盛起来,只要能找到食物来源,就疯狂繁殖,依靠数量来确保种群延续。

但仍然不妙。你发觉自己总是不断检查自己的鞋子,也发现其他人在跟你做同样的事情。

然后你们到了一座山梁顶上,俯瞰下面一大片长满密林的盆地。显然,这盆地已经不在凯斯特瑞玛原基人的保护圈以内。因为受到地裂余波影响,这儿有大片林木被放倒并死去。如果不是火山灰影响视线,你从这里应该能看到数百英里之外,但因为今天光线足,落灰少,实际也能看到几十英里。已经够了。

因为那里,模模糊糊呈现在金色光芒里,你可以看到有东西矗立在倒伏的森林空地上:有一丛,应该是削掉枝干的小树,或者插进地面的长树枝,努力保持竖直,尽管有些已经东倒西歪。每根竿上都飘摇着一块深红色布条来吸引视线。你看不出那红色是染上的,还是别的什么东西,因为每根竖立的竿子上,都有一具尸体。竿子从尸体口中,或者其他部位穿出;它们是被戳在上面的。

"不是我们的人。"加卡说。她在用一只望远镜看,一面调节,有名猎人在她附近逡巡,两手举在半空,以防加卡失手掉落这件精密工具，或者，因为了解她的个性，也防着她突然把这东西丢到一旁。"我是说，从这么远的距离之外很难看清，但我没有认出他们，而且不认为我们曾派人去过那么远的地方。他们看赶来很脏。无社群帮派吧，也许是。"

"这帮派肯定是惹到了他们惹不起的人。"一名猎人咕哝说。

"我们所有的探子都在。"埃斯尼说，她两臂交叉，"我是说，我除了壮工之外不管其他人，猎人们自己管自己的事——但我们的确会记录人员进出情况。"她已经用望远镜观察过尸体，就是在她的提议下，社群领导层被带来亲自察看情况的。"我觉得，做这件事的嫌疑团体应该是旅行者，较晚返回家乡社群的一帮人，比攻击他们的无社群者装备更强，也更幸运。"

"旅行者不会做这种事。"卡特小声说。他通常都很安静。你一直以为加卡会很难搞，但实际上她的反应很容易预料，也比她的外形更随和很多。而卡特，几乎会反对你和依卡还有其他人给出的一切建议。表面上人畜无害，内心却是个顽固又难缠的坏东西。"我是说，把尸体穿起来这事。没理由停留那么久。有人花时间砍下了这些长竿，还把它们削尖，挖了坑竖立它们，还选定在多少英里之内都能看到的位置。旅行者……是要赶路的。"

你现在发现，卡特的心思也要比加卡更难猜。加卡这个女人，总是无法隐藏她的横劲和活力，所以她也根本就不去费心隐藏。卡特这家伙，却是一辈子都在把大山一样的力量隐藏在驯服的外表后面。现在，你算是知道了他的本来面目。不过，这次他说的有理。

"那么，你觉得凶手是什么人呢？"你随意乱猜一下，"另一个无社群匪帮吗？"

"他们也不会这样做。到这种时候，那种人就不会继续浪费尸体了。"

你吃了一惊,同行的其他人,有的也在叹气,或者不安地挪动身体。但这是实情。目前还有动物可以猎取,但眼下没有冬眠的那些,要么够凶猛,要么皮糙肉厚,要么就有足够强的毒性,全都不易猎取,除非撞上准备相当充足的专业猎人。无社群者很少拥有好用的十字弩,而绝望也会让他们不擅隐藏。而且正如煮水虫们表明的,现在任何尸骨都有了新的竞争者。

当然,如果凯斯特瑞玛不能很快找到新的肉食来源,你和其他同伴也将很快不再浪费尸体。刚才那一惊,可谓五味杂陈。

加卡终于放低望远镜。"是啊。"她叹气,回应卡特,"×。"

"什么?"你突然感觉自己好傻,就像所有其他人都开始用另外一种语言对话。

"有人正在划出势力范围。"加卡用望远镜示意,一面耸肩,那名猎人灵巧地从她手里抽走了望远镜。"他们做这件事,就是一个警告,但不是针对其他无社群者——那些人才不会在乎,很可能把尸体扒下来当零食吃了。而是针对我们。是要让我们知道,如果我们进入他们的疆界,他们会怎样做。"

"那个方向仅有的社群是泰特黑。"一名猎人说,"他们立场友好,多年来一直如此。而且我们对他们没威胁。那个方向水源不足,不够支撑其他社群。这条河是向北方流的。"

北方。这个词让你心烦。你不知道为什么。没理由向其他人提及这件事,但是——"你们上一次从这个泰特黑社群得到消息,是什么时候?"得到的反应是沉默,你环顾四周。每个人都在面面相觑。好吧。这已经回答了刚才的问题。"那么,我们需要派某个人去泰特黑。"

"派去的'某个人',结果可能会被串死在一根棍子上!"加卡瞪了你一眼,"这个社群没有人可以去送死。新来的。"

这是你第一次惹她发火,而且火气很大。她更为年长,块头更大，除了磨尖的牙齿之外，她还有瞪眼技能，眼珠乌黑，威势惊人。但不知为何，她会让你想到艾诺恩，所以你回答时，一点儿都没有生气。

"反正我们也要派一支贸易队出去的。"你用尽可能温和的语调说这句话，这让她眨了眨眼。你们最近每次谈到社群日益严重的肉类短缺问题，结论不可避免的都是这个。"我们不如就利用这次警告，来确保使节队伍配备武器，人数足够多，任何人惹到他们，都要付出代价。"

"要是那个做了这件事的团体人数更多，装备更好呢？"

在灾季，从来都不是蛮力决定一切。你知道这个。加卡也清楚。但你还是说："派一名原基人跟他们同去。"

她是真的吃惊，眨眨眼，然后挑起一侧眉毛："这人要是想保护我们的人，可能会害死一半同伴吧？"

你转身不再看她，伸出一只手。没有一个人从你身边躲开，但话说回来，他们中也没有一个人来自大城市，有帝国原基人造访的那种城市。他们不知道你的姿势代表什么。不过，当你在几步之外的灌木丛里旋出五英尺宽的聚力螺旋，他们还是发出惊呼，后退几步。火山灰和落叶飞舞成沙尘恶魔，在午后硫黄色的光线里泛着冰冷的光。你本来无须让它转那么快，只是在显摆。

然后你用聚力螺旋中吸收到的能量，转身，指向盆地里被洞穿的尸体。隔了这么远距离，一开始不可能看清发生了什么——但随后，那个区域的树木开始摇晃，柱子也大幅度摇摆。片刻之后一道地缝裂开，你让那些柱子，连同上面的可怕装饰，一起沉入地底。你两手合掌，动作缓慢，以免吓到任何人，树木也停止了摇晃。但过了一会儿，所有人都感觉到了你们脚下的山梁在颤抖，因为你放了一点儿余震到这个方向。这次也是，你并不是必须这样做，你只是想要证明点儿什么。

值得赞赏的是，当你睁开眼睛面向加卡，她只是显出欣赏的样子，并没有害怕。"很好，"她说，"这么说，你可以冻结某些人，而又不伤到周围所有人。如果每个基贼都能做到那个，人们就不会对基贼反感了。"

你真她妈痛恨这个可恶的词，不管依卡怎样想。

而且，你也不那么同意加卡的评论。人们反感基贼有各种各样的理由，很多都跟原基力完全没有关系。你张嘴想要反驳——然后作罢。因为现在你已经察觉了加卡给你布下的陷阱，这番对话只能有一个走向，而你并不想去那里……却无法回避。真他妈烦。

这就是你开始掌管另一座全新学院的开始，大致是吧。

* * *

"愚蠢。"埃勒巴斯特说。

你叹气："我知道。"

第二天，又一次关于虚无之物的对话——方尖碑如何运转，它们的晶体结构如何模拟了生物体细胞之间的奇特关联，世上为什么存在某些理论，研究比细胞更小的对象，尽管并没有人看到过它们，也无法证明它们存在。

你每天都跟埃勒巴斯特谈这些，在你早上的工作班次和晚上的政治事务之间，因为他心里有份紧迫感，被他自己近在咫尺的死亡驱使着。这些谈话总是持续不了太长时间，因为埃勒巴斯特体力有限。而且迄今为止，谈话并没有太大用处，主要因为埃勒巴斯特是个糟糕的老师。他总是凶巴巴地下达指令，喋喋不休地讲课，却从不回答你提出的问题。你没耐心，嘴又毒。尽管部分表现可以归因于他的痛苦，但剩余部分，只能说是埃勒巴斯特的本色。他真的一点儿都没变。

你经常会感到吃惊，自己怎么会想念这样一个人，这个臭脾气的老混蛋。因为这个，你一直忍着火……至少也忍了一段时间。

"反正也得有人教那些年轻的。"你说。社群里的大部分原基人都是小孩或少年，原因就是大多数野生原基人活不到童年以后。你以前听说过，有些年龄较大的原基人在教他们，帮他们学会在碰伤脚趾时，不会意外冰冻了周围的东西，另一个有利条件，就是凯斯特瑞玛稳定得像从前的赤道区。但那是野路子教野路子。"而且，要是我没能做到你坚持要我做的事——"

"他们全都一钱不值。你自己都能隐知到，假如你花过任何时间注意他们的话。这种事不只是技巧，更多的是天分。这正是支点学院安排我俩繁育后代的原因，伊松。而他们中的大多数人，永远都超不过'能量重配'的水平。"这是你们两个造出来的新名词，用来代指利用热量和动能的原基力——支点学院方法。埃勒巴斯特目前试图教你，你也勉强学习的这一套，则依赖一套完全讲不通的东西，你开始称之为魔力重配。这个词也不对；实际上并不是重配，但在你的理解加深之前，暂时就这样叫吧。

埃勒巴斯特还在唠叨你同意教授的原基力课程，还有那些要跟你学习的孩子："教他们，纯属浪费你的时间。"

这个隐含的批评，开始消磨掉你的耐心："教育别人，永远都不是浪费时间。"

"你讲话就跟那些头脑简单的童园老师似的。噢，等等。"

这是个贱招儿，故意贬低那个帮你隐藏身份多年的职业。你本应该不去在意，但感觉就像是玻璃划破的伤口上被人撒了盐，你怒斥道："你。闭。嘴。"

埃勒巴斯特眨眨眼，然后把眉头皱紧到他能达到的最大限度：

"我没有很多时间来哄你啊，茜因——"

"伊松。"此时，此地，这区别很重要。"而且我他妈的才不在乎你要死的事。反正你不能这样跟我讲话。"然后你站起来，因为突然之间，你感觉自己受够了。

他瞪着你。安提莫妮一如既往地在场，静静地扶着他，她的视线有一会儿转到你身上。你觉得在她眼里看到了惊异，但这很可能只是你的空想。"我要死了，你都不在乎吗？"

"是的，我不在乎。我在乎个屁啊？我们其他任何人的死活你都不关心。你对我们所有人做出了这样的事！"勒拿在房间另一端，闻声皱眉，朝这边看了一眼，你这才想起压低声音。"你死翘翘的时间比我们更早，也会比我们更容易。我们将会被活活饿死，要熬到你化成灰之后很久。要是你没心思真心教我任何本领，那就滚开啊。我自己也能找出收拾局面的办法！"

你这么说着走过半间病房，脚步轻快，两手在体侧握拳，这时听到埃勒巴斯特怒斥："你走出那道门，才真的会活活饿死。留下来，你还有个机会。"你继续走，头也不回地叫道："就凭你，也能解决问题！"

"我他妈花了十年时间呢！还有，我×，真他妈可恶，你这个死脑筋，铁石心肠的——"

晶体球在颤抖。不只是病房，而是整个混蛋玩意儿都在颤。你听到外面有警觉的喊叫声，这招儿管了用。你停下来，握紧双拳，拍出一个反向聚力螺旋，对抗他放置在凯斯特瑞玛正下方的支点。这招儿并不能消解他的法力；你的精确度还没到那程度，但反正你也被气到不可能很努力。摇晃停止了——到底是因为你阻止了他，还是你让他太吃惊，以至于他停止了胡闹，你并不关心。

然后你转身回来，带着如此暴怒向他疾走，以至于安提莫妮先是消失，继而突然站到了他身旁，以沉默的守候对你发出警告。你不想理她，也不在乎埃勒巴斯特再次弯腰，发出艰难的喘息声，你什么都不想管。

"听我说，你这个自私自利的混蛋。"你吼道，弯下腰，这样只有食岩人这个第三者能听到。巴斯特在哆嗦，显然非常痛苦，一天前，这就已经足以让你闭嘴。现在你感到毫无同情心。"就算你只是在等死，我他妈还要继续住在这儿呢，要是因为你控制不了自己，就让这里的人痛恨我们的话——"

等等。你声音变小，被分散了注意力。这次你能看到他胳膊上的变化了——左边那个，本来更长的那只胳膊。他石化的部分爬行得很慢很稳，发出轻微的嘶嘶声，把血肉变成另外一种东西。几乎是身不由己地，你按照他教过的办法切换视觉，在他体内被冻结的肌肉泡之间，寻找那些难以察觉的连接线。你发现，突然之间，它们变得更亮，几乎像是银色金属，扯紧成网络状，用你并未见过的方式重新排序。

"你真是个傲慢的讨厌鬼。"他咬牙怒骂。这个打断了你对他胳膊的惊奇，取而代之的关注点，是他这个家伙，居然还骂你傲慢。"伊松。你装得就像全世界只有一个人犯过错，就像只有你曾经心如死灰，却还得继续生活。你他妈屁都不懂，还屁都不肯听——"

"因为你什么都不告诉我啊！你要我听你说，可你又不肯好好分享秘密。你就会提要求，宣称这个那个，还有——还有我已经不是小孩子了！我的地啊，就算对小孩，我都不会像你对我那样说话！"

（你心里有个小叛徒小声说，其实你这样做过，你对奈松说话就这样。而那个忠诚的部分吼叫着回应，因为她根本就不可能懂。要是你态度更温柔，进度更慢，就没法子保证她安全。这都是为她好，而且——）

"这他妈的都是为了你好。"埃勒巴斯特咬牙切齿地说。他胳膊石化的进程已经停止,这次只发展了一英寸左右。还算幸运。"我是在努力保护你啊,看在大地的分儿上!"

你停步,瞪着他,他也瞪着你,一阵静默。

你身后咔嗒响,有个沉重的金属物品被放下。这让你回头看了眼勒拿,他也在看着你,两臂交叉。凯斯特瑞玛的大多数人,甚至包括原基人,都不会知道刚刚的震动是什么原因,但他知道,因为他看到了你们的肢体语言,现在你必须向他解释——希望能赶在他给埃勒巴斯特的下一碗稀糊下毒之前。

这也是个提醒,现在不同以往,你不能再用以往的方式做出回应。如果埃勒巴斯特没变,那就得靠你。因为你变了。

于是你挺直身体,深呼吸:"你以前从未教过任何人任何东西,对吧?"

他眨眨眼,蹙起眉头,显然对你突然的语调转换起了疑心:"我教过你。"

"没有,埃勒巴斯特。那时候,你只是在做一些不可能做到的事,我只是在旁观,然后在模仿你的过程中努力不死掉而已。但你以前从未目的明确地尝试过向其他成年人传授知识,对吧?"你不用他说,也知道答案,但让他亲口说出来还是很重要。这是他需要学习的本领。

他下巴上有块肌肉在抽动:"我试过。"

你大笑。他语调里的戒备已经告诉了你一切。考虑片刻之后——还做了一两次深呼吸,来强化自控力——你再次落座。这让安提莫妮成了站在你俩身旁,但你努力无视她。"听着,"你说,"你需要给我个理由相信你。"

他的眼睛收缩:"你到现在还不相信我?"

"你已经毁掉了这个世界,埃勒巴斯特。你还跟我说过,要让我把局面搞得更糟。我可没从你这里听到很多有吸引力的东西在喊'你就该无条件信任我'。"

他鼻翼张大。石化的痛苦貌似已经消退,尽管他还是一身汗水,呼吸仍然粗重。但随后,他的表情也有了一点儿变化,片刻之后,他的身体软下来,到他能达到的程度。

"我让他被害死了。"他看着别处,喃喃说道,"你当然不会信任我。"

"不,埃勒巴斯特。是守护者们杀害了艾诺恩。"

他貌似在苦笑:"还有他。"

然后你明白了。十年,就好像时间根本没有过去。"不是。"你又说。但这次语调更低。更无力。他曾说过,他永远不会因为考伦达姆的事情原谅你……但或许,你并不是唯一不会得到他原谅的人。

一段长长的沉默过去。

"好吧。"他终于说,声音很是轻柔,"我会告诉你的。"

"什么?"

"过去十年我在哪里。"他抬头扫了一眼安提莫妮,后者仍站在你俩身旁。"还有这些,究竟是怎么一回事。"

"她还没有做好准备。"食岩人说。她的声音吓了你一跳。埃勒巴斯特想要耸肩,却显出一脸痛苦,因为体内某个部分被扭到了,于是改成叹气。"我也一样。"

安提莫妮居高临下,盯着你们两个人。这眼神跟你刚回来的时候被她盯着,其实也没有那么大区别,但感觉更有压迫性。也许这又只是想象。之后,她突然消失。你这次看到了发生过程。她的形体变模糊,成了不真实的透明样子。然后她就掉入地底,就像脚下突然开了一个洞。消失了。

埃勒巴斯特叹气。"来,坐到我旁边。"他说。

你马上皱起眉头:"为什么?"

"当然是为了做爱啦。你他妈还能想到啥?"

你曾经爱过他。你很可能现在还是爱着他。你叹了口气,站起来,走到墙边。你很小心,尽管他的后背并没有烧伤。你自己舒服地靠在墙上,然后一只手扶着他后背,来支撑他的身体,就像安提莫妮常常做的那样。

埃勒巴斯特静默了一会儿,然后他说:"谢谢你。"

然后……他告诉了你一切。

细灰不可吸,红水不可饮,热土不宜行。

——第一板,《生存经》,第七节

第九章

奈松，被需要

因为你是伊松，我应该不用提醒你说，在寻月居之前，奈松熟悉的只有特雷诺，还有第五季期间、火山灰阴影下的大道。你了解自己的女儿，不是吗？所以应该很显然，寻月居成了她从未相信自己曾拥有过的东西：一个真正的家。

这里并不是新社群。其核心是杰基蒂村，在数百年前的窒息季之前，这里曾是一座城市。那次灾季期间，阿考克山用灰尘将南极区覆盖——但这并不是导致杰基蒂险些灭亡的原因，因为当时，这座城市有巨量物资储备和木石结构的强健城墙。杰基蒂城覆亡，是由于人为错误，然后场面失控：有个小孩点灯，灯油洒了，导致火灾，火势在社群西部蔓延，烧掉全城的三分之一才得到控制。社群首领死于火灾，等到三名有资格的候选人一同站出来，想得到他的位置时，就导致拉帮结派和内斗行为，烧掉的城墙因此没能及时重建。之后是提比特兽泛滥——这是一种小型兽类，食物足够短缺时，会像蚂蚁一样成群结队出动——冲入社群，解决了所有没能及时离开地面的人……以及社群地面层的所有库存物资。幸存者靠剩余部分活了一段时间，然后开始有人饿死。等到五年后天空晴朗，灾季之初的十万居民中间，仅有不到五千人幸存。

现在的杰基蒂村甚至更小。城墙还是窒息季抢修出来的样子，修缮很不彻底，而且技艺拙劣，尽管库存量增加，补充到帝国要求的充裕程度，但只有字面意义：社群在更换过期库存、轮换新鲜物资方面做得奇差。多年来，很少有陌生人申请加入杰基蒂。即便以南极区当地标准衡量，这个社群也可以算是命运多舛。这里的年轻人经常会离家出走，靠说服或联姻方式加入其他新兴社群，别处工作岗位更多，也没有回忆中的灾难阴影。十年前，当沙法找到这个昏昏欲睡的山区农业社群，说服当时的女首领麦特，允许他在城墙内设立特别的守护者机构时，首领曾指望自己的社群时来运转。对任何社群来说，有守护者加入都是好事一桩，不是吗？事实上，现在的杰基蒂村已经有三名守护者，包括沙法，另外还有九个年龄各异的孩子。本来有十个，但是，其中有一个某天晚上发脾气，导致一场短暂而剧烈的地震之后，那孩子就消失了。麦特不问问题。知道守护者还能恪尽职责就好。

奈松和她的父亲搬到这个社群来的时候，并不了解这些情况，尽管其他人最终还是会告诉他们。这里的医生们——一位老年大夫和一名林间草药师傅——花了七天时间让杰嘎脱离危险，因为他伤口动过手术之后，很快就开始发烧。奈松始终在身旁照顾他。不过等到他显然已经脱离生命危险，沙法就把他们介绍给麦特，后者得知杰嘎是一名工匠之后，非常开心。这社群已经几十年没有工匠了，他们一直向德弗特里斯的工匠下单订货，那地方在二十英里外。社群里有座空着的老房子，附有一座窑窖，尽管熔炉会更理想，但杰嘎说，他可以凑合用。麦特花了一个月的时间观察，听取村民意见，大家说杰嘎这人友善又明理。他的体格也很健壮，因为他像个真正的抗灾者一样，伤后恢复很理想，又因为他活过了那么长的旅程，一个人带个小女孩。每个人都发觉他的女儿很乖巧，还特别孝顺——完全不是大家想象中基贼的样子。这样，一个月之后，杰嘎得到了杰基蒂村的抗灾者杰嘎这个名字。他们举行了一场仪式来接纳他，大部分社群成员都没见过这种仪式。麦特本人不得不找出一本古旧的经书，来查找仪式细节。然后他们还举行了一场宴会，特别成功。杰嘎告诉大家，他深感荣幸。

奈松还仅仅是奈松。没有人叫她特雷诺的抗灾者奈松，尽管她见到新人时，还会这样介绍自己。沙法对她的兴趣显而易见。但她没惹过任何麻烦，于是杰基蒂村的人们对她，也像对待杰嘎一样友好，只不过略微更小心一点儿。

是其他原基人小孩，毫无保留地接纳了奈松的一切。

他们中最年长的是个沿海男孩，名叫埃兹，他说话带一种奇特又别扭的口音，奈松觉得特别怪异。他现在十八岁，高个儿，长脸，尽管表情总有一点儿阴郁，但在奈松看来，一点儿都不妨碍他的帅。在杰嘎脱离生命危险后的第一天，是他欢迎奈松加入的。"寻月居是我们的社群。"他的声音低沉又有磁性，让奈松的心狂跳不止，男孩带她去了那座小院，沙法的人建造在杰基蒂村城墙最薄弱的地方。院子在一座小山上。他带奈松走向两扇大门，门在他们靠近时霍然洞开。"尤迈尼斯有支点学院，而杰基蒂村有这个：你可以本色示人，并且一直安全的地方。沙法和其他守护者会跟我们一起，请记住。这是我们的地盘。"

寻月居也有自己的围墙，用这里常见的石料组成——但这些石块大小完全相同，而且形状特别规整。奈松甚至不用隐知，就意识到它们是用原基力筑起的。院里有寥寥几座小型建筑，其中有些是新建的，但大部分只是杰基蒂旧城衰败后被遗弃的老房子。不管这些建筑以前是何用途，现在都已经被重新改造成了一幢守护者居所，一座餐厅，一大片砖地练习场，几座用作仓库的单层棚屋，还有一座给孩子们住的宿舍楼。

其他孩子让奈松很是着迷。其中两个是西海岸人，矮小，棕色皮肤，黑发，三角眼。是两姐妹，样子也很像，名字分别是奥金和伊妮根。奈松以前从没见过西海岸人，她盯着人家看，直到发现她们也在盯着自己看。她们问能不能摸她头发，她要求抚摩她们的后背。这让三人全都意识到这些要求是多么的怪又傻，然后她们开始咯咯笑，马上就成了朋友，甚至大家还没有互相摸过头。然后还有裴豆，另一个南中纬小孩，看起来有很多南极人特色，因为他的头发是浅黄色，皮肤白得几乎要放光。其他人有时候会嘲笑他的肤色，但奈松对他说，有时候自己也会晒伤——尽管她很小心，没说自己要晒大半天，而不是几分钟就受伤——然后裴豆就一脸兴奋。

其他孩子都来自纬度较低的南中纬社群，所有人都有明显的桑泽人特征。德桑蒂本来在学当工匠，在守护者们找到她之前，她问奈松各种有关她爸爸的问题。（奈松警告她不要直接跟杰嘎说话。德桑蒂马上就明白了，尽管她为此感到难过。）巫迪吃到某些种类的谷物就会呕吐。个头儿很小，体质很弱，因为他吃不到足够的无害食物，尽管他的原基力是这帮人里边最强的。拉瑟尔看奈松的眼神很冷，还取笑她说话有口音，尽管奈松自己完全听不出，她说话跟拉瑟尔到底哪里不同。其他人告诉她，这是因为拉瑟尔的姥爷是赤道人，而且她妈妈是当地社群首领。可惜啊，拉瑟尔是个原基人，所以这些都不管用喽……但她小时候养成的习惯还在。

躲躲的真名并不叫躲躲，但她不肯告诉任何人自己叫什么，所以大家开始这样叫她，在她某天躲起来不肯干活儿之后。（她再也没这样做过，但是这外号留下了。）瞅瞅这外号的来由也差不多，她特别害羞，大部分时间都躲在别人后面偷瞧。她只有一只眼睛，而且脸的侧面有很可怕的一道伤疤——她祖母曾经想把她捅死，其他人在瞅瞅不在的时候议论过。她的真名叫席菲。

第九章 奈松，被需要

奈松是第十个，他们想要了解她的一切：她来自哪里，喜欢吃什么样的食物，特雷诺的生活是什么样子，她有没有抱过克库萨宝宝，因为那小东西的毛毛好软的。他们还小声问过其他问题，一旦发现沙法比较偏向她之后。地裂那天她做了什么？她是怎么学会了那么高深的原基力技能？奈松就是这样发现，其实她的同类很少出生在有原基力的父母家庭中。巫迪已经是最接近的了，因为他姑姑意识到了他的身份，秘密传授了她掌握的那点儿技能，但也无非是避免失手冰冻别人。其他人，有的是付出了惨重代价才学到那个教训——奥金这次谈话期间变得特别安静。直到地裂之前，德桑蒂都不知道自己是原基人，这让奈松感到不可思议。她是提出问题最多的人，但总是很小声，趁别人不在场，而且用有些羞耻的语调。

奈松发现的另一个事实，就是她要比其他任何一个人都强太多太多。这并不只是训练的问题。埃兹的受训时间要比她长好几年，但他的原基力既单薄又虚弱，简直像巫迪的身体。埃兹能控制这力量，不会造成任何损害，但不能用它做太多有用的事，像找到钻石，或者热天造出个凉快地儿给自己站，或者把标枪截成两半。奈松试图解释最后一件事时，其他人都瞪大眼睛看着她，然后沙法就从附近一座建筑墙边走过来（原基人孩子集中起来训练或者玩耍时，总有一名守护者在附近看着）要带她去散个步。

"你现在还没明白的一件事，"沙法说，一面走，一面搭了一只手在她肩上。"就是原基人的技能水平不仅仅取决于训练，也取决于内在的天赋。此前，人们想过很多办法，要让这种技能在人类的繁衍过程中消失。"他微微叹口气，听起来几乎是失望的。"现在已经很少有人一出生，就带有极高天赋了。"

"我父亲就是因为这件事打死了我弟弟。"奈松说，"小仔的原基力比我更强。但他只是用它来听，有时候说些奇怪的话。他那时候总能把我逗笑。"

她说这番话时声音很轻,因为说起来还会心痛,也因为她很少提起。杰嘎从来不想听,所以直到现在,她都没有人可以谈论自己的伤心。他们到了杰基蒂村的南侧梯田,连绵的平台,远远高于下方岩浆冲出的山谷。梯田里仍然种满谷物、绿叶菜和豆类。有些植物已经开始显得病弱,因为阳光渐渐稀薄。这可能是最后一次收获,以后,悬浮的火山灰就会变得过于浓厚。

"是啊。而且那也是个悲剧,小东西。我很难过。"沙法叹息说,"感觉是我的兄弟们尽职过了头,让普通人对未经训练的原基人带来的危险过于担心。只是……有点儿夸大其词,也许吧。"他耸耸肩。奈松感觉到一波愤怒,就是这种夸大其词,导致她的父亲有时会那么仇恨地看她。但那份怒气是发散性的,没有方向;她恨这个世界,但并不仇恨特定某个人。世上有很多值得仇恨的东西。

"他觉得我是坏人。"奈松不知不觉就这样说了。

沙法看了她好久。有一会儿,他的眼里显出某种程度的困惑,像他时不时会做的那样,微微皱眉。奈松并不完全是故意的,但的确有很短时间隐知到了他,果真——那种奇特的银色线条又在他身体内闪耀,穿过他的肌肉,拉扯他的思想,就从他头部后侧的某个位置下手。沙法的表情一和缓下来,奈松马上停下,因为他对奈松使用原基力的事,敏感到了邪门的程度,也不喜欢她未经他的允许做任何事。在他被那些银线牵扯时,感知力就会下降。

"你并不邪恶。"他坚定地说,"你只是天生这副样子,而你的天赋极为特别,奈松,特别又强大,即便在你的同类中也极为突出。在支点学院,你现在应该已经得到戒指了。也许四枚,甚至五枚。对你这个年龄的人而言,是很神奇的。"

这番话让奈松高兴,尽管她也没有很懂:"巫迪说,支点学院的戒指最多能有十枚，对吗？"巫迪的守护者是玛瑙色眼睛的尼达，在三个同行里边话最多。尼达有时候会说些莫名其妙的话，但有时候也会分享有用的知识，所以孩子们都学会了过滤掉废话。

"是的，十枚。"出于某种原因，沙法像是因为这件事不太高兴。"但我们这里不是支点，奈松。在这里，你们必须自学，因为我们没有元老级原基人训练你们。而且这也不是坏事，因为有些事情你们可以做。"他的脸扭动了几下。又有银光在他体内闪过，然后消失。"有些事需要你们来做，它们……那些事，是支点学院训练教不了的。"

奈松考虑这句话，暂时无视那银光："比如说，让原基力消失这种事吗？"她知道父亲已经向沙法提出过这个要求。

"那个也是有可能的，在你达到某个发展阶段之后。但要达到那个点，你最好先学会不带先入之见地使用你的能力。"他扫了奈松一眼，表情貌似淡然，她却有一种感觉：他并不想要让自己变成哑炮，即便真有这种可能。"你很幸运，生你的原基人有足够的技能，在你小时候能把你管好。你在婴儿期和幼年早期，一定相当危险。"

这次轮到奈松耸肩。她垂下视线，用脚去蹭一棵从两根玄武岩柱子之间长出来的野草。"我猜也是吧。"

沙法扫了她一眼，眼神变得犀利起来。不管他到底有什么毛病——寻月居所有的守护者好像都有某种病——每当奈松有什么事想要瞒过他，那病状瞬间就会消失。就好像他能隐知一切难言之隐："再给我讲讲你妈妈的事吧。"

奈松不想谈起她妈妈："她现在很可能已经死了。"看起来的确有可能，但她记得曾感觉到妈妈发力，让地裂带来的灾害远离特雷诺。常人不会察觉到那件事，对吧？妈妈一直都在警告奈松不要用原基力对抗地震，因为这是大多数原基人被发现的原因。而小仔的遭遇，就说明了原基人被发现之后的下场。

"也许。"沙法昂着头，姿态像只鸟儿。"我在你的技巧中，看出了支点学院训练的印迹。你很……精准。这个在料石生里面还是很罕见的——"他停顿。有一会儿，又显出困惑的表情。继而微笑。"你这个年龄的孩子很少这样。她是怎么训练你的。"

奈松再次耸肩，双手插进衣袋里。他将会痛恨她，假如告诉他真相的话。即便不恨，对她的评价至少也会下降。也许那样他就会放弃追问了。

沙法走出几步，坐在附近一片梯田的边墙上。他继续观察奈松，一面礼貌地笑。在等。这让奈松想到第三个，更差一些的可能性：要是她拒绝告诉他，而他生起气来，把她和父亲一起踢出寻月居怎么办？然后她就将一无所有，只剩杰嘎。

而且——她偷偷又看了一眼沙法。他眉头微蹙，不是生气，而是担心。这份担心不像是假的。他是真的担心她本人。已经有一年时间没有人对她表现出关心了。

因此，奈松终于说了："我们会离开特雷诺镇，到靠近山谷尽头的一个地方。她会跟爸爸说，是带我出去找草药。"沙法点头。这是赤道维护站范围以外社群小孩们通常要学的一门技能。也是有用的本领，假如灾季来临的话。"她会称之为'女孩时间'。爸爸听了就会笑。"

"然后你们就在那里练习原基力？"

奈松点头。"爸爸不在家的时候，她也会跟我讲这些东西。'女孩之间的谈话。'"讨论波动力学和数学。没完没了的快速测试。奈松要是回答不够快，或者答错，妈妈都会生气。"但在尖点——就是她带我去的地方——我们只做练习。她在地上画了些圆圈。我必须推动一块巨石，而且我的聚力螺旋不能超出第五个圆圈，然后是第四个，然后第三个。有时候她会把那块石头丢向我。"挺吓人的，眼看着三吨重的石头轰隆隆响着滚向自己，奈松心里想知道，要是我做不到，妈妈会住手吗？

其实她做到了，所以那个问题还是没有答案。

沙法咯咯笑。"真神奇啊。"看奈松一脸困惑，他补充说，"这正是原基人小孩——以前啊——在支点学院受训的方式。但看起来，你的训练进度被大大加快了。"他再次侧头，考虑着什么。"假如你只是偶尔上实践课，为了瞒着你父亲的话……"

奈松点头。她的左手握拳，然后张开，就像是下意识的动作："她说，反正也没有时间和风细雨地教我，而且反正我也太强。她必须用管用的方法。"

"我明白。"但奈松感觉他还在观察自己，等着。他显然知道有更多情况可说。他提示："不过，这样学习一定很难喽。"

奈松点头，耸肩。"我恨这个。我有一次真的对她喊过。我跟她说，她好坏。我说我恨她，反正我不会按她说的做。"

沙法的呼吸声，在那种银光没有在他体内闪耀或者长亮的时候，总是相当匀细。她之前曾想，他听起来就像一个睡着了的人，呼吸太均匀了。她常常听沙法呼吸，不是睡着，但总是很让人心安。

"她当时一下子变得特别安静。然后她说，'你确定你能控制自己吗？'接着就握住我的手。"奈松这时咬了下自己的嘴唇，"把我的骨头折断了。"

沙法的呼吸声停顿了，仅仅一瞬间："你的手？"

奈松点头。她用一根手指划过手掌，那里每根连接手腕和指节的长骨头有时还会痛——天冷的时候。见沙法没再说别的，她就继续讲："她说就算我恨她，也完全没——没关系。我不想学好原基力，这也并不重要。然后她拿起我的手，说不许冰冻任何东西。她拿了一块圆石头，就用它打我、我……我的手。"石头击打肉体的声音。妈妈给她正骨时,湿漉漉的啵啵声。她自己的尖叫声。她妈妈的声音,刺破她耳鼓里沉重的脉搏声传来:你是火焰,奈松,你是闪电,本身就危险,除非用金属丝导引,但如果你能在剧痛中控制住自己,我就能确定你安全。"我当时并没有冰冻任何东西。"

那之后,妈妈带她回家,跟杰嘎说奈松摔了一跤,伤得不轻。她倒是说话算数,再也没逼迫奈松跟她去过尖点。杰嘎后来提到过,说奈松那年变得好安静。这是女孩子开始长身体时期的正常反应。妈妈当时说。

不。如果爸爸像杰嘎那样,那么妈妈只能是伊松。

沙法此时非常安静。不过,他现在知道了她的本相:一个特别任性的孩子,以至于亲妈都要把她的手骨打断,才能让她上心。一个从来没有被妈妈爱过的女孩,妈妈只是雕琢了她,而父亲再爱她一次的条件,就是要她完成不可能完成的任务,成为自己不是的那种人。

"那样做不对。"沙法说。他的声音轻柔,奈松只能勉强听到。她转头,吃惊地看他。他在盯着地面,脸上的表情很古怪。不是他有时候会有的那种失神、困惑的样子。这次,他是真的回想起某件事,而他的表情是……负疚吗?后悔。伤心。"奈松,人不应该伤害自己所爱的人。"

奈松盯着他,自己的呼吸也顿住了,她却没有察觉,直到胸部疼痛,才不得不吸气。伤害自己所爱的人是个错误。那是错误。那不对。那样做一直都不对的。

然后沙法抬起一只手伸向她。她握住那只手。沙法一拉,她就心甘情愿向前倒,然后,她就已经在他怀抱里,而且那两只臂膀又紧又强壮地环抱她,父亲早在杀害小仔之前就不再这样紧抱她了。在那个瞬间,她不管沙法不可能爱她,他认识她才几周时间。奈松爱沙法。需要他。愿意为他做任何事。

第九章 奈松，被需要

她把脸深埋在沙法肩膀上，奈松隐知到银色闪光再次出现。这一次，因为跟他肢体相触，她还感觉到了他肌肉的轻微抽动。只是很微小的一点儿起伏，可能是任何一种原因：小虫叮咬；渐凉的晚风导致一次战栗。但不知为何，她意识到这是真实的痛苦。奈松在他的制服上皱起眉头，好奇地把手伸向沙法后脑那个奇怪的位置，银色线条的发源地。它们很饥饿，那些线条，在一定程度上；在她接近的同时，它们舔舐她，寻找着某种东西。出于好奇，奈松触碰了它们，隐知到……什么？一种轻微的拉动。然后她就觉得好累。

沙法又一次身体颤动，抽回身体，把她抱在一臂之外："你在做什么？"

她尴尬地耸耸肩："你需要它。你当时很痛。"

沙法的头来回摇动，不是否定什么，而像是检查他预期会出现的某种东西，现在却消失了。"我身上一直都痛，小东西。这是守护者的特质之一。但是……"他一脸惊奇。因为这个，奈松知道那份痛苦消失了，至少暂时不在。

"你一直都痛吗？"她皱着眉问，"是不是你脑袋里那个东西害的？"

他的视线马上又回到她身上。她之前从来都没怕过这双冰白眼，即便是现在，它们看似非常冷酷。"你说什么？"

她指指自己颅骨后面。那就是隐知盘所在的位置，她在童园的生物课上学过的。"你的身体里有个小东西。在这里，我不知道它是什么，但我刚遇见你时就隐知到了。在你触碰我脖子的时候。"她眨眨眼，明白了过来。"你当时取走了一些东西，为了让它打扰你更少一些。"

"是的，我的确那样做过。"他现在把手伸向她脑后，两指对准她脊柱顶端，颅骨下缘之下。这次的触摸不像以前那些次一样放松。那两根手指挺直，像在模仿一把刀子。

只不过，他并不是在模仿，奈松意识到。她想起那天在森林，他们刚到寻月居，那帮土匪攻击他们父女。沙法非常非常强壮——强壮到能很容易用两根手指刺穿骨骼和肌肉，就像穿透纸张一样。如果是他，不需要石头也能让奈松手骨折断。

沙法的眼神在搜寻奈松的眼睛，发觉她已经完全明白自己正在考虑要做的事情。"你并不害怕。"她耸耸肩。

"告诉我，你为什么不害怕。"他的语调完全不容商量。

"就是……"她忍不住又耸了一次肩。她并不真正清楚该说些什么。"我不会……我是说，你有充分的理由吗？"

"你完全不明白我的任何一条理由，小东西。"

"我知道。"她皱眉，主要是对自己不满意，而不是因为其他。然后她想到一个解释。"爸爸杀死我小弟的时候，其实也没有理由。"他把奈松打下马车的时候也一样。或者另外五六次，当他那样恶狠狠地看着女儿，就连十岁孩子都能看出对方起了杀心。他同样没有理由。

一次冰白色的眨眼。反正当时的事，看起来很有趣：慢慢地，沙法的表情缓和下来，从考虑杀死她，变成另一种好奇，还有一份如此深切的悲戚，让奈松感觉嗓子发堵。"而且你看过那么多毫无意义的痛苦，以至于可以接受为了某种原因丧命？"

他的表达能力真是比自己强太多。她认真地点头。

沙法叹气，她感觉到他的手指在晃动。"但这件事不允许我的同行之外的人知道。我曾放一个孩子活命，他也看到了这件事，但我本不应该放过他。我们两个都因为我的同情心受了不少罪。我记得那件事。"

"我不想让你受罪。"奈松说。她把双手放在他胸口，想让他体内的银线吸取更多。它们也果然开始向她的方向飘移。"一直都痛吗？

这样不公平啊。"

"很多事情都能缓解痛苦。比如微笑，会释放特定种类的内啡肽，它们能——"他身体一震，手从她脑后抽回，抓住她的两只手，在那些银线找到她的瞬间，把女孩的手从他身上推开。他看上去是真的吓到了。"那会让你丧命的！"

"反正你也要杀死我了。"这对她来说，还算合理。

沙法瞪大眼睛。"我们父母埋骨的大地啊。"但说完这句话之后，他姿态中的杀气渐渐消失。过了一会儿，他叹气说："永远不要对其他人说起——你在我体内隐知到的东西。如果其他守护者知道你了解这些，我也保护不了你。"

奈松点头："我不说。那你能告诉我它是什么吗？"

"以后哪天吧，或许。"他站起来。奈松还是拉着他的手，他想抽走时也不放开。沙法对她皱眉，一脸幽怨，但奈松只是笑，还微微摇动他的手，过了一会儿，他摇头。然后两人一起回院子，这是第一次，奈松开始把它当成了家。

于襁褓中寻取原基人。务必提防圆心。你将在那里找到〔下文残缺〕

——第二板，《真理经，残篇》，第五节

第十章
你被委以重任

你有那么多次说他疯了。即便在当初渐渐爱上他的过程中,也提醒自己,你曾经藐视他。为什么?也许你很早就明白:当时的他,可能就是未来的你。更可能的是,早在你失去又找回他之前,你就已经在怀疑他根本就不是疯子。毕竟在平常人看来,所有基贼都是"疯子"——因为他们花了太多时间在石头上,因为他们显然是邪恶大地的同党,而且没有足够的人性。

但是。

"疯子"也是那些驯服的基贼称呼叛逆基贼的名词。你曾是驯服的,曾经一度,因为你以为那样就能得到安全。他向你展示了——一遍又一遍,不停展示着,不允许你假装现实并非如此——服从并不能让人免受守护者和维护站的伤害,也不足以逃避惩戒、繁育计划和不尊重,那么服从还有什么用?这游戏太不公平,根本不值得去玩。

你假装痛恨他,因为自己曾经是个懦夫。但你最终爱上了他,而他现在也成了你的一部分,因为在那之后,你变勇敢了。

· · ※ · ·

"我在沉降过程中一直跟安提莫妮搏斗。"埃勒巴斯特说,"这样做很蠢。如果她松手放开我,如果她的注意力有一个瞬间没能集中,我就会成为岩石的一部分。甚至不是被粉碎,而是……被混入其中。"他抬起一根断臂,你对他足够了解,知道他本来是要摇动手指的。如果他还有手指的话。他叹气,甚至没有察觉这件事。"我们很可能已经到了地幔层,等到艾诺恩死的时候。"

他的声音很轻。病房里也变安静了。你抬头四下看看;勒拿走了,他的一名助手在一张空床上睡觉,发出细小的鼾声。你现在说话声音也小。这是你们两个之间的私人谈话。

你有问题必须要问,尽管只要想到,就会让你痛心:"你是否知道……?"

"是。我隐知到了他的死状。"他沉默了一会儿。你沉浸在他的痛苦里,还有你自己的。"我身不由己地就会隐知到。那些守护者,他们用的也是魔法。只是属于……邪恶的那种。被污染了,就像他们这类人所有的一切那样。当他们让某个人粉身碎骨,如果你跟那人有共鸣,感觉就像是发生了一场九级地震。"

当然,你们两个都跟艾诺恩有共鸣。他是你生命的一部分。你战栗,因为他正在努力让你具备更多共鸣,对大地,对原基力,对方尖碑,还有关于魔法的统一理论体系,但你永远都不想再有那样痛心的经历。目睹那情形就已经足够恐怖,知道现场留下的血污,曾经是你拥抱过、爱过的躯体。当时的感觉要比九级地震可怕得多。"我阻止不了那件事。"

"是。你的确不能。"你坐在他身后,单手扶持着他。他一直在望着你不在的方向,中等距离外的某处,从开始讲他的故事以来。他现在不会扭头看你,很可能因为这样做会痛。但或许他的声调里也有抚慰吧。

他继续说:"我不知道她是怎样操纵那些压力、那些热量,让它们不会杀死我。我也不知道我得知自己的位置之后,是怎样才没有发疯的,我那么想回到你们身旁,意识到自己现在完全身不由己,感觉就快要被噎死。当我隐知到你对考鲁做的事,我失去了意识。我不记得剩下的旅程,或者就是不想记得。我们一定……我说不好。"他战栗了,或者试图战栗。你感觉到了他背部肌肉的颤抖。

"当我醒来,已经再次置身地面。在一个地方,那儿……"他犹豫了一下,他的静默持续了足够长的时间,足以让你起一身鸡皮疙瘩。

(我去过那里。那儿本来就难以描述。这不是埃勒巴斯特的错。)

"在世界的另一头,"埃勒巴斯特终于说,"那儿有座城市。"

这句话听起来毫无道理。世界的另一头,在你脑子里是一大片无形无迹的空白。地图上仅有汪洋大海的地方。"在……一座岛上吗?那儿有陆地吗?"

"算是吧。"他已经很难再轻易微笑。不过,你能从他的语调中听出笑意。"那边有座巨大的盾形火山,尽管它是在海底。是我隐知过的最大一座;你可以把整个南极区放到那座火山里去。那座城就在火山正上方,大洋水面以上。它周围什么都看不到:没有用于农耕的土地,没有阻挡海啸的小山。也没有港口和锚地用来停船。只有……建筑。还有树木和其他植物,都是我在其他地方没见过的种类,长势繁茂,但没有形成丛林——像是被城市隔断,成了城区的一部分。有些我不知道该怎么称呼的东西。某种基础设施,看似可以保持一切稳定并能够运转,但都很奇特。管子、晶体之类的东西,看上去都是活的。其运行原理,我连十分之一都搞不清。还有,在城市中央,是一个……坑。"

"一个坑。"你在试图想象它的模样。"游泳池吗?"

"不。坑里并没有水。那个坑下面跟火山通连,而且,还能连通到更远。"他深吸一口气，"这座城市存在的目的，就是控制这个坑。城里的一切东西，都是为此目的建造。甚至连它的名字，食岩人告诉我的，也都承认了这个：核点。这是座废墟，伊松，一座死去文明的废墟，跟其他任何同类地点一样，只不过它还是完好的。街道没有坍塌。建筑虽然空置，但其中有些家具尚可使用——是某种非天然材质，不会腐朽的。如果你想要，甚至可以住在里面。"他停顿了一下。"我的确在里面住过，在安提莫妮带我到那里时。当时无处可去，也没有人可以跟我聊天儿……除了那些食岩人。好几十个，啊，伊松，甚至有几百个。他们说，那城市并不是他们建造的，但现在属于他们。好久了，几万年来一直如此。"

你一直记着，他讨厌被人打断，但现在他的确停顿了一下。也许他在等你评论，或许是给你时间消化他的讲述。你当时只顾盯着他的后脑勺。他残余的头发太长了；你很快就得找勒拿要把剪子，还有牙签。除了这个，现在你脑子里完全没有任何合宜的想法。

"当你不得不面对这样一座城，你难免会思考它的来龙去脉。"他听起来很累。你的课程很少持续一小时以上，今天已经超过了。如果你心里除了震惊之外还有其他感情的话，现在应该感觉过意不去。"那些方尖碑提示了这类事物存在的可能，但它们是那样的……"你感觉到他试图耸肩。你懂。"毕竟不是你能触摸，或者穿行其中的东西。但这座城市完全不同。我们有文字记载的历史，最早可以追溯到一万年前吗？最多两万五，假如你把大学人士仍在争论的灾季全都算在内。但人类存在的时间，远远超过那个时长。谁知道是什么时候，我们某个版本的祖先最早从灰堆里爬出来，开始聚在一起胡说八道的？三万年前，还是四万年前？按说有这么长时间，我们本应该不是眼下这种可悲的生物，蜷缩在城墙后面，用所有的智力，所有的学识，来达成苟且偷生这个单一目标。我们现在只能做这些：如何用简易器材更好地完成野外手术。更好的化学肥料,以便在光照不足的环境下种植更多豆类。曾经一度,我们人类要比现在更强大得多。"他再次沉默,好大一会儿。"我为你和艾诺恩和考鲁哭了三天,就在我们的先辈建造的城市里。"

你心痛,因为他悼念的人里面还有你。你不配列入其中。

"当我……他们带了食物给我。"埃勒巴斯特如此顺畅地略过了一部分想说的话,以至于这个句子乍听上去完全不对。"我吃完之后,就尝试杀掉他们。"他的嗓音变得干涩起来。"实际上,我花了些时间才放弃那个目标,但他们一直给我送吃的。我问过他们,一遍又一遍,他们为什么带我去那里。为什么让我活下去。最初,只有安提莫妮肯跟我对话。我一开始以为别人是派她充当代表,后来才知道,他们只是不会说我的语言。其中有些甚至不习惯跟人类打交道。他们就只顾瞪着我看,有时候,我都不得不把他们赶走。看上去,我迷住了一些食岩人,让另一些感到恶心。这些态度都是双向的。"

"最终,我学会了一些他们的语言。不得不这样。城市中的有些部分也说那种语言。如果你知道合适的语句,就可以开门、开灯,让房间变暖,或者变凉爽。并不是所有部件都还能用。那座城市本来就在崩溃中。只不过速度很慢。"

"但那个坑。它周围全都是各种标记,你靠近时就会点亮。"(你突然想起支点学院心脏地带的一个大房间。你走向接口的过程中,长而狭窄的灯板顺次点亮,发光处并没有能看清的火苗或灯丝。)"有些像房子那样大的障碍物,晚上有时也会发光。还有警告,有时会自动把火焰大字写在你面前的空中。还有警笛,你一靠近就拉响。不过,安提莫妮带我去了那里,在我……能正常运转的第一天。我站在一座障碍之前,低头看到一片黑暗,幽深到……"

他不得不停下。咽下口水之后,继续讲述。

"安提莫妮之前已经对我说过,她带我离开喵坞,是因为他们不肯冒险让我被杀,于是在那里,核点的心脏地带,她告诉我说,'这就是我救你的原因。这就是你要面对的敌人。只有你能面对它。'"

"什么?"你现在并不困惑。你感觉自己是明白的。你只是不想明白,所以你决定了,必须困惑一下。

"反正她就是这样说的。"他回答。现在他生气了,但不是生你的气。"一字不差。我记得这句话,因为我当时心里想,就那个,居然就是艾诺恩跟考鲁丧命,你被那帮疯子包围的原因:只因为在谁都搞不清楚的某个狗屁地方,我们某些聪明绝顶的先祖,毫无理由就掏了个大洞直达地心。不对,是为了获取动力,安提莫妮说的。我不知道这个怎么能行得通,但他们就这样做了,而且还建造了方尖碑,加上其他工具,来汲取这些动力。"

"不过后来出了差错。我感觉,就连安提莫妮也不清楚具体是什么错。或者就是食岩人还在争论这个问题,尚未达成共识。反正就是哪儿出错了。那些方尖碑……走火了。月亮被从行星旁边抛了出去。也许这一条就导致了问题,也许还发生了其他事,总之,不管是什么原因,结果就是碎裂季。它还真的发生过,伊松。那就是导致灾季的原因。"他背部的肌肉略微抽动,你的手掌能感觉到。他现在有些紧张。"你明白这个吗?我们能使用方尖碑。对哑炮们来说,他们只是奇怪的大石头而已。那座城市,所有那些奇观……那个已经消亡的文明就是原基人统治的。我们的确毁掉了这个世界,就像他们一直在说的那样。我们是基贼。"

他这个词说得那么尖刻,那么狠毒,以至于他的整个身体都在震颤。你感觉到,他说出这个词的时候身体在变僵。他一激动就会痛。他明明知道,但还是这样说。

"他们确实搞错的,"他继续说,现在听起来有些疲惫了,"是立场。故事里讲,我们是大地父亲的走狗,但事实正相反:我们才是他的死敌。他恨我们,超过痛恨哑炮们,因为我们之前做过的事。这就是他造就守护者来控制我们的原因,也是——"

你在摇头:"巴斯特……你现在说话的感觉,就好像这行星真实存在。你当它是活的,我是说,有意识。所有这些有关大地父亲的传言,都只是故事,用来解释这世界上存在的问题。就像那些时不时冒出来的邪教教义一样。我听说有个教派,信徒们每天晚上睡觉前都要祷告,请求天上某个老头儿赏脸让他们活下去。人们只是需要让自己相信:这个世界有超越其本相的成分。"

而且世界的本相就是一坨屎。你现在是明白了,死了俩孩子,自己的生活不断被摧毁之后。根本就不需要把这颗行星想象成某种寻求报复的恶势力。它就是块石头。生活本来就应该是这副样子:可恶又短暂,结果是被遗忘——假如你运气好。

他大笑。这也会让他疼痛,但这笑声让你浑身不舒服,因为这是尤迈尼斯-埃利亚大道上的那种笑。死去的维护站里响起过的笑声。埃勒巴斯特从来没疯过。他只是了解到了太多可怕的事实,任何更渺小的人都会被变成喋喋不休的白痴,他自己也会偶尔显出些同类症状。他保持清醒的办法,就是偶尔表现得像个口吐白沫的疯子,释放一些累积起来的恐惧。这也是他警告你的方式,你现在明白了,他即将破坏你更多的天真误解。这世上从没有任何东西像你想要的那样简单。

"这很可能是他们那些人的成见。"埃勒巴斯特说,在他笑够了之后,"就是那些决定挖个坑直通地心的人。但你看不到,也不理解一个东西,并不代表它不会伤害你。"

你知道这句话属实。但更重要的是,你听出埃勒巴斯特语调后面隐含的知识,这让你紧张。"你看到了什么?"

"一切。"

你感觉浑身难受。

他深呼吸。等他再次开口，嗓音变得单调起来："这是一场三方战争。其实参战的不止三股势力，但你只需要关心三个阵营。三方都想让战争结束。问题是如何结束。你知道吗，我们就是问题所在——我们人类。有两个参战方正在试图决定该如何处置我们。"

这措辞能解释不少事。"大地是一方，还是……食岩人吗？"他们一直隐藏，谋划，想得到某种未知的东西。

"不，他们也是人类，伊松。你不会连这个都没看出来吧？他们有需求，有愿望，有感情，跟我们一样。而且他们参加这场战争的时间比你我长出太多，太多。有的从一开始就参战了。"

"开始？"什么嘛，难道是碎裂季？

"是的，他们中有一些的确有那么老。安提莫妮就是其中之一。那个跟着你的小东西，我估计也是一个。还有些其他的。他们不会死，所以……是的。他们中有些人，自始至终都是见证人。"

你震惊得无法给出有意义的回答。霍亚？本来也就七岁多点的样子吧，现在却成了三万岁。霍亚吗？

"有一方想让我们——人类——死光。"埃勒巴斯特说，"我觉着，这也是一种解决问题的办法。还有一方想让人类……被消除影响。活着，但是变得无害。就像食岩人本身一样：大地曾试图把他们变得更像它自身，也更信赖于大地本身，以为那样就可以让他们无害。"他叹气。"我猜，你知道行星也能发脾气，或许还会感觉好点儿？"

你的惊奇来得有点儿慢，因为你刚刚还在考虑霍亚。"他曾经也是人类。"你喃喃说道。是的，现在看来，那只是个伪装，一套早已抛弃的衣服，出于怀旧感偶尔穿上一次。但曾经一度，他也是个有血有肉的男孩，外貌就是那副样子。他身上一点儿桑泽特征都没有。因为在他的时代，桑泽这个民族还不存在。

"他们都曾是人类。这就是他们不对劲的地方。"他现在很累，也许这就是他声音变小的原因。"我几乎都想不起来五十年前发生在自己身上的事情了。想象一下，回忆五千年前的往事会是什么感觉。甚至一万年。两万年。想象下忘记自己名字的感觉。这就是你问起他们是什么人，他们从来都不肯回答的原因。"你恍然大悟，吸了一口气。"我觉得，他们本来是什么人，并不是让食岩人如此怪异的原因。我觉得问题在于，没有人能活那么久，还不会变得面目全非。"

他总说想象，但是你无法想象。你当然不能。但在这个瞬间，你可以想起霍亚。被一块肥皂吸引的样子。蜷在你身旁睡觉的样子。还有他的伤悲，当你不再把他看作人类。他一直那样努力。竭尽所能。最后却还是失败了。

"你之前说是三方。"你说。集中关注你能改变的事，而不是为无法挽回的事伤感。埃勒巴斯特已经开始瘫软，靠着你手的力量在加大。他需要休息。埃勒巴斯特沉默了那么久，你开始以为他已经睡着了。然后他说："有天晚上，我趁安提莫妮不在，深夜溜出去。我当时在那里已经有……几年了吧？过一段时间之后，时间观念就淡漠了。只能跟他们那些人聊天儿，而且他们有时候会忘记人还有说话的需求。地面以下也没有声音可听，只有那座火山的轰鸣。在世界的另一侧，星星也都不对劲……"他一时寂然，像是忘记了时间，然后才想到继续。"我那时看过方尖碑的设计图纸，试图理解建造者的目的。我当时头很痛。我早知道你还活着，我想你想到让自己恶心。我突然有一份狂野的、半疯的念头：也许，只要穿过那个地底大洞，我就能回到你身边。"

要是他还剩一只手，能让你握住就好了。相反，只能是你的手指在他后背上战栗。这感觉太不一样了。

"于是我跑到洞口，纵身而入。如果你不想死，这就不是自杀行为。我当时就这样告诉自己。"你又感觉到一次微笑。"但事实并不像……洞口周围的东西都是机械设备，并不仅仅是警告而已。我一定是触发了某种东西，或者这就是它们本来的运作方式。我下降，感觉却并不像是坠落。某种程度上，那过程是被控制的。快，但是速度稳定。我本应该死掉的。气压，高热，安提莫妮带我穿行过的那些东西，除了没有岩石，但安提莫妮当时不在，我本应该死掉的。竖井里每隔一段都有些亮处。窗户吧，我觉得是。人们真的曾经住在那下面！但多数时候，都是昏黑一片。"

"最终……几小时，或者几天之后……我慢了下来。我到达了——"

他停住。你感到手掌刺痒，他身上在起鸡皮疙瘩。

"这大地，真是活的。"他的声音变得凄厉，沙哑，略微有点儿歇斯底里，"有些老故事的确只是故事，你说的没错，但那个故事例外。我当时才明白食岩人一直试图告诉我的那件事。我为什么必须用那些方尖碑来制造那条地裂。之前，跟这个星球作战太久，以至于我们都已经忘记了，伊松，但这星球没忘。而我们必须尽快结束战争，否则……"

埃勒巴斯特突然停顿，你焦急等待的时间显得好长。你想要问，如果那么古老的一场战争没能尽快结束，又会发生什么。你想要问，他在地心到底经历过什么，他看到或者经历了什么，会让他如此震惊，如此痛苦。但你没问。你是个勇敢的女人，但你知道自己能接受什么，不能接受什么。

他轻声说："当我死了，不要掩埋我。"

"什——"

"把我交给安提莫妮。"

就像听到了自己的名字一样,安提莫妮突然再次出现,站在你俩面前。你瞪着她,意识到这意味着埃勒巴斯特气力耗尽,这段对话必须结束了。这让你讨厌他的虚弱,也痛恨他濒死的事实。这让你很想为这股仇恨找个替罪羔羊。

"不行。"你看着那个食岩人说,"她从我手里抢走了你。她不能一直保留你。"

他呵呵笑。那声音如此疲惫,足以把你的怒火消除。"如果不是她,就是邪恶的大地啊,伊松。求你。"

他的身体开始侧向一边,也许你并没有自己想象的那样可怕。因为你的确放弃了争执,站起来。安提莫妮用食岩人特有的方式淡去,慢的时候真慢,快起来又太快,然后她已经蹲在他身旁,两手抱着他,扶持他,放他睡倒。

你盯着安提莫妮。你一直把她当敌人看待,但如果埃勒巴斯特所言属实……

"不行。"你坚定地说。你并不是真的在对她讲话,不过反正她也可以听到。"我还没有准备好把你当作盟友。"你也许永远都不会做好准备。

"就算你想这样做,"食岩人胸腔里的声音说,"我也是他的盟友。不是你的。"

像我们一样的人类,有欲望,有需求。你想要拒斥这件事,但奇怪的是,得知她也不喜欢你,反而让你有一种古怪的满足感。"埃勒巴斯特说,他理解你做过的事。但我不理解他做过的事,也不清楚他当前的想法。他说这是一场三方战争;到底是哪三个阵营?他又站在哪边?那个地裂会有……什么帮助?"

不管你怎样努力,还是无法想象安提莫妮曾经是人类。有太多事实不利于这种假设:她脸部表情的宁静,她奇怪的发声部位。还有你痛恨她这个事实。"方尖碑之门可以放大物理的和意念的力量。没有任何一个地表岩浆口能提供足够规模的能量。那道地裂，是个可靠的、大功率的能量来源。"

也就是说……你身体绷紧。"你是说，如果我用地裂作为外界能量来源，将其吸入我的聚力螺旋——"

"不行。那样做只会让你送命。"

"好的，谢谢你的提醒。"不过，你已经开始明白了。这跟你上埃勒巴斯特的课碰到的难点一样；这里需要考虑的力量，不只是热力、压力和运动。"你是说，大地也会喷吐出魔力？而如果我把那种魔力推注入一块方尖碑……"你眨眨眼，想起她的措辞，"方尖碑之门？"

安提莫妮的眼神已经集中在埃勒巴斯特身上。现在，她毫无表情的黑眼珠终于滚过来朝向你。"二百一十六块方尖碑，通过控制宝石连接在一起。"就在你呆立原地，纳闷儿这个狗屁控制宝石又是什么东西，并且吃惊那破玩意儿居然有两百多个，她补充说："用那个来引导地裂中的力量，应该就够了。"

"够做什么？"

前所未有地，你从她的语调中听出一点儿情绪来——厌烦。"给地–月系统恢复平衡啊。"

什么。"埃勒巴斯特说，这之前，月亮被抛到远处去了。"

"进入了一个扁长椭圆形的衰减轨道。"见你两眼空白地瞪视，她又改用了你的语言，"它快要回来了。"

哦，大地。哦，可恶。哦，不要。"你们想让我抓住那该死的月亮？"

她只是静静看着你，你为时已晚地察觉，自己几乎是在大吼。你带着负疚看了一眼埃勒巴斯特，但他没醒。远处病床上的男护士也没醒。安提莫妮见你安静下来，继续说："这是一种选择。"几乎是临时起意,她补充说:"月亮轨道需要两次修正。埃勒巴斯特已经做完第一次,让它减速,并且改变了它返回时经过这颗行星的角度。必须有另外一个人完成第二次修正,让它返回稳定轨道,实现魔力对接。假如地月平衡系统可以恢复,灾季就有望完全消失,或者降到足够低的频率,以至于对你的同类而言,等同于完全消失。"

你深深吸气,但现在明白了。把失去的孩子还给大地父亲,也许他的暴怒就会平息。那么,这就是第三股势力:那些想要实现和解的人,让人类和大地父亲同意互相包容,即便这意味着制造那条地裂,在此过程中杀死数以百万计的人。不惜一切代价,寻求和平共处。

终结一切灾季。这听起来……难以想象。世上一直都有灾季。只不过你现在知道,前面这句是错的。"那么,这就无所谓选择了。"你终于说,"要么终结一切灾季,要么眼看这次灾季永远延续下去,让一切生物死亡?我将会……"抓住那月亮听起来好荒谬。"那么,我会做你们食岩人想要的事。"

"其实一直都有选择的。"她的视线,尽管还是那样诡异,但是起了某种细微的变化——或者就是你对她的理解力增强了。突然,她看起来像是人类了,而且非常非常沉痛。"而且,我的同类也不是都想要一种结果。"

你皱眉看着她,但她没有再说更多。

你想要问更多问题,更努力理解这一切,但她是对的:你还没准备好接受这个。你感觉头晕,被硬灌进去的言辞开始变模糊,黏连起来。这太难应付了。

有欲望,有需求。你咽下口水:"我可以留在这里吗?"

她没做出反应。你觉得这问题其实没必要问。你站起来,走向最近处的病床。床头抵着墙,会让你的头处在埃勒巴斯特和安提莫妮身后,而你并不想盯着食岩人的后脑勺。所以你抓过枕头,头朝床尾蜷身躺下。这样你可以看到埃勒巴斯特的脸。曾经,如果能隔着艾诺恩的肩膀看到他,你就会睡得更安稳一些。现在这样,不是同样的那种安慰了……但也算不错。

过了一会儿,安提莫妮开始唱歌。那歌声奇特又让人放松。几个月以来,你还没有睡得这么好过。

于南天之上,搜寻退化之〔缺失〕。
当其扩大时,〔缺失〕

——第二板,《真理经,残篇》,第六节

第十一章

沙法，潜踪遁迹

又是他。我真希望他没有对你做过那么多过分的事。你一点儿都不喜欢成为他。如果知道他又成了奈松生命的一部分，你会更反感……但现在，暂不考虑这件事为好。

· · ※ · ·

那个尽管已经面目全非，却依然使用沙法这名字的人，常常梦到他生活的片段。

守护者不容易做梦，植入沙法隐知盘左叶的那东西，会干涉醒-睡周期。他并不经常需要睡眠，在他需要时，身体又不经常进入可以做梦的深睡状态。（普通人如果被剥夺了可以做梦的睡眠时间，就会发疯。守护者不会受到那种疯狂的困扰……或者说，他们一直都是疯狂的。）他知道，这些天来做梦增加，一定是个坏兆头，但又无法改变。他选择了付出代价。

于是他躺在一间木屋里呻吟，间歇性抽搐，而他的头脑不断被各种景象折磨。这梦做得很差，因为他的头脑已经不习惯梦境，也因为能够用来组成梦境的东西残留太少。之后他会把这些说出来，给自己听，一面抱紧自己的头，试图把他身份的碎片拼得更紧凑一些，而我就是这样了解了折磨他的东西。我将会知道,在他辗转反侧时,他梦到了……

……两个人,记忆中他们的面容惊人的清晰,尽管其他一切都已经被剥离:他们的姓名,他们跟他的关系,他记得他们的原因。他可以猜,看到两人中的女子有一双冰白眼眸,配着浓密的黑睫毛,猜想那是他的妈妈。那男人相貌更平常。过于平常——故意这样,平常得足以让沙法的守护者头脑马上生疑。为了让外貌如此平常,野生原基人会很努力。他们怎样就生出了他,他又为何离开了他们,则已经湮灭在大地中,但至少,他们的面相很有趣。

……还梦到沃伦,黑色墙面的房间,开凿在层叠的火山岩中。温柔的双手,同情的话语声。沙法不记得那些手和声音属于哪些人。他被扶持着放入绳椅。(不,并不是维护站最先使用那些椅子的。)这椅子很复杂,自动的,运转灵敏,尽管在沙法看来,有那么一点儿古怪。那椅子旋转、变形,让他身体翻转,直到他脸朝下被悬在明亮的人工灯光下,脸被夹在结实的栅格之间,脖子完全暴露出来。他的头发很短。在身后和头顶,他听到古老机械设备的沉降声,它们太深奥,太怪异,以至于名称和原来的用途早已迭失。(他记得,自己就是在这段时期了解到:本来的用途,很容易就能被改偏。)在他周围,能听到啜泣声和哀求声,那是跟他一起被带来这里的其他人——孩子的声音。他自己也是小孩,在这段回忆里,他现在意识到了。然后他听到其他孩子的尖叫声,随后,与尖叫声混杂在一起的,是旋转声、切割声。当时还有一种低沉的、水性的嗡嗡声,他再也没有听到过(但这种声音,对你和其他任何靠近过方尖碑的原基人来说,都会很熟悉),因为从这个瞬间开始,他自己的隐知盘就将被改造,变成对原基人敏感,而不是接收地下异动。

沙法记得自己曾经挣扎,即便在孩童时代,他也比大多数人更强壮。在机器到他身边之前，他的头部和上身几乎就要挣脱了。这就是第一次切割错得那样离谱的原因，它切入颈部的位置过低，几乎让他当场丧命。那设备还是做出调整，重装再来。他感觉到了那份凉意，当那根钢铁细片被植入，他也马上感觉到自己体内异质物品带来的寒意。有人给他缝合了伤口。那疼痛剧烈得可怕，从未真正结束过，尽管他后来学会了缓解它的办法，足以活下去；所有在植入后幸存的人都做到了这个。你知道的，就是微笑。内腓肽可以缓解疼痛。

……梦到支点学院，还有主楼中央一座房顶很高的大厅，熟悉的人造光源，一直延展并且环绕着一个大坑，从坑壁上长出无数钢铁细条。你和其他守护者一起，俯视坑底一个小小的、遍体鳞伤的尸体。时不时就有小孩找到这个地方；可怜又愚蠢的小东西。他们难道不懂吗？大地真的很邪恶，还很残忍，而且沙法是要保护他们不受大地伤害，如果他能做到。曾有一名幸存者：守护者莱瑟特分管的一个小孩。莱瑟特靠近时，那女孩战战兢兢，但沙法知道莱瑟特会让她活下去。莱瑟特一直都过于心软，过于善良，她不该这样，而且她手下的孩子们都因此受到了连累……

……梦见大道，还有无数避开了的、陌生的眼睛，他们看到他冰白色的瞳孔和不变的笑容，知道他们见到了邪门角色，即便他们不管这是什么人。有天晚上他遇见一个女人，在一家酒馆里，她对沙法着迷，而不是被吓到。沙法警告过她，但她坚持，而他情不自禁地想到：那份愉悦很可能会让疼痛消失好几小时，甚至一整晚。偶尔感觉像个人类，还挺好的。但正如他之前警告的，等他几个月后巡视归来，那女人肚子里已经怀了孩子，她声称孩子不是他的，但他不能容许这种风险存在。他用了黑玻钢长剑，那是沃伦的出产。她曾对他有恩，所以他的目标只是孩子；也许她能生出死胎，自己活下来。但她怒发如狂，又惊又惧，她叫喊救命，在他们搏斗的过程中还自己拔出了刀。永不再犯，他下定决心的同时，杀死了他们所有人——女人的全家，十几名旁观者，镇上一半的人——当他们群起而攻之时。那以后他再也不曾忘记，过去和现在，他从来都不是人类。

……又梦到莱瑟特。他这次几乎认不出她了：她的头发已经变白，曾经平滑的面孔如今遍布皱纹，皮肤松弛。她的身体也缩小了，日渐软化的骨骼把她变得弓腰驼背，极地人老年时常常如此。但莱瑟特经历过的世纪甚至比沙法还要多。老年对他们来说，本来不应该意味着这些：虚弱、衰朽、收缩。（幸福，还有那种真正的微笑，而不是缓解疼痛的方法。这些也不应该属于他们。）他瞪视她开朗的，表示欢迎的微笑，见她从小木屋那里颤巍巍向他走来，就在他追踪的终点。沙法心里充斥着隐隐的恐惧和不断膨胀的厌恶，他自己甚至都没有察觉，直到她停在面前，沙法本能地伸出手，去扭断她的脖子。

……还梦到那女孩。那个女孩。十里挑一，百里挑一。其他孩子的印象都已经混杂、模糊，流失在无尽的岁月里……但这个不会。他在一座谷仓里发现了这女孩，被吓坏的小可怜，而且她立即爱上了他。他也爱这女孩，希望自己能对她更和善些，尽可能温柔地对待她，同时用扭断骨头和好心威胁的方法教会她服从，给她不应给予的机会。莱瑟特的宽容是否已经感染了他？也许，也许……但她的脸。她的眼睛。她有一份特别的气质。后来沙法也没有觉得意外，当有消息说，她参与了在埃利亚城让一块方尖碑升空的事。他的特殊弟子。之后，他也不相信她死了。事实上，他出发去再次收服她时，心里全都是骄傲，还有他向脑子里的声音祈祷，希望自己不必对她痛下杀手。那女孩……

……她的脸让他叫出了声，醒转过来。那女孩。

另外两名守护者看着他，带着大地那种审判的眼神。他们也都跟他一样，被控制住了，甚至更严重。三人都变成了守护者团体一再警告不能成为的样子。他还记得自己的名字，他们连名字都忘了。这是他和他们之间仅有的真正区别……不是吗？但不知为何，他们看上去，状态要比自己差很多。

这不重要。他从床位上起身，搓了把脸，然后出去。

孩子们的小屋。是时候察看他们的状况了，沙法告诉自己。他像蜜蜂一样绕来绕去，最后去了奈松的床前。当他举灯看她的面庞时，她还睡着。是的，一直就是她的眼睛，或许还有颧骨，在挑动他的头脑，记忆中的碎片和她实实在在的面庞，终于联系到了一起。他的达玛亚。这女孩没有死，而是得到了重生。他记起折断达玛亚手骨的事，因之慄然。他怎么会做出这样的事情？在那段日子里，他怎么会做出所有那些可怕的事？莱瑟特的脖子。提梅的，埃兹家人的。那么多其他人，整个城镇的人。为什么？

奈松在梦里挪动身体，轻声呓语。沙法情不自禁地伸手抚摸她的脸，她马上安静下来。他的胸口感觉到一种隐痛，那或许就是爱。他记得自己爱过莱瑟特、达玛亚，还有其他人，却又对他们做出那么可怕的事。

奈松身体微动，半睡半醒，在灯光下眨眼睛："沙法吗？"

"没事的，小东西。"他说，"对不起。"很多重的对不起。但那份恐惧还在他心里，梦境也萦绕不去。他禁不住想要驱除它们。他终于说："奈松，你害怕我吗？"

她眨眨眼，还没完全清醒——然后她笑了。这笑容解开了他心里的某个结。"永远不会怕你。"

永远不会怕你。他咽下口水，突然感觉喉结发紧："好的。接着睡吧。"

她马上就睡着了，也许本来就没有完全醒。但他还是在她身边逗留，一直看着，直到她的眼皮完全闭合，再次沉沉入梦。

第十一章 沙法，潜踪遁迹

永远都不。

"永远不再。"他轻声说，随之浮起的记忆也令他慄然。继而那种感觉发生了变化，他重新下定决心。一概过往都无关紧要。那是另外一个不同的沙法。他现在又有了一个新的机会。如果眼前这个残破的自我，意味着他将不再是从前那个恶魔，他也没什么可遗憾的。

水银色闪电一样的痛，沿着他的脊柱蔓延，快得让他无法一笑置之。某种力量不同意他的决断。他的手发痒，自动想要伸向奈松的颈部……然后他止住自己。不。她对沙法来说太重要，绝不仅仅是止痛的方法而已。

利用她，那个声音命令说，摧毁她。如此任性，就像她妈妈。训练这孩子学会服从。

不。沙法在头脑中反驳，然后做好准备，承受报复性的鞭笞。不过就是疼痛而已。

于是沙法给奈松掖好被子，亲吻她的额头，离开时关掉灯盏。他去了村落上方的山脊，整晚剩余的时间都站在那里，咬着牙，努力忘记从前的那个自己，给自己承诺一个更好的未来。最终，另外两名守护者也出了门，站在他们木屋的台阶上，但他无视那两个人的目光，也无视他们施加在自己后背上那份怪异的无形压力。

第十二章
奈松，跌升

再强调一次。下面这番话，很大程度上是猜测。你了解奈松，她是你生命的一部分，但你不可能成为奈松……而且我觉得，现在应该能认同一点：你并不像自己认为的那样了解她。（啊，没有父母能做到，对随便哪个孩子。）专注奈松的一生，是另外一个人的任务。但你爱她，而这就意味着，我在一定程度上也必将如此。

那么，以爱心这基础，我们来寻求理解吧。

· ✺ ·

奈松把意识深深锚入地底，倾听。

最开始，隐知器官上只有常见的冲击信号：岩层的轻微伸缩，杰基蒂村地下老火山相对细微的汩汩声，迟缓又没完没了的玄武岩摩擦声，抬升，凝结成固定模式。她已经习惯了这些。她喜欢现在能够自由聆听的感觉，随时都可以，而不是必须等到夜深人静，在父母上床休息后醒着躺在床上听。这里，在寻月居，沙法已经允许奈松随时使用熔炉，爱用多久都可以。她努力不独占那里，因为别人也需要学习……但他们不像她那样享受原基力。多数人看似并不那么在意他们掌握的特别能力，也没有特别喜欢掌握它之后可以探索的种种奇观。

甚至还有些人害怕它,这让奈松完全无法理解——话说回来,她现在也完全无法理解此前的自己,怎么会想做一名讲经人。现在她可以自由地成为她想变成的样子,而她已经不再害怕那个自我。现在她有了一个相信她、信任她,为她的本来面目战斗的人,所以她就会活出真我。

所以现在,奈松驾驭着杰基蒂岩浆层中的一道热浪,在互相激荡的压力之间保持着完美的平衡,她完全想不到需要害怕。她并没有意识到,这是学院中的四戒者很难做到的事。但毕竟,她并没有用四戒者会用的方式,掌握运动和热力,试图将两者通过自身运使。她的确有涉入其间,但仅仅用感官,而不是吸收用的聚力螺旋。如果在学院,会有指导者警告她不可以这样影响任何事物,但现在她只听从自己的本能,而本能的反应是:她可以。通过置身岩浆浪,与之一同翻卷,她可以让自己足够放松,丢弃它所有的摩擦和压力,到达下层物质——那道银光。

这是她自己为那东西选择的名称,之前她问过沙法和其他人,意识到他们也不知道那是什么。其他原基人小孩甚至根本察觉不到它的存在;埃兹觉得,他曾有一次感应到过某种东西,奈松怯生生地建议他把注意力集中到沙法身上,而不是大地,因为那种银光在人的身体里更容易察觉(更集中,更强大,更密集),超过地底。但沙法身体紧绷,随即瞪了那男孩一眼,埃兹吓了一跳,显出前所未有的负疚和心虚,于是奈松心里也很不是滋味,因为伤害到了他。她再也没要求那男孩尝试。

而其他人,甚至连那个都做不到。是另外两名守护者,尼达和乌伯提供了最多帮助。"这是我们在支点学院一经发现,就会特别警惕的东西。当他们听到这种召唤,当他们过于留意倾听时。"尼达说,奈松做好准备,因为尼达一旦开腔,就不知要唠叨多久。只有其他守

159

护者才能让她闭嘴。"使用深层物质,而不是控制表层结构的做法有危险,绝对是个警示信号。为了研究目的,我们必须注意培养出此类个体,但多数这样的孩子都被我们引导进了维护站。另外的人被我们终结——终结——终结了,因为向天求索是严格禁止的。"神奇的是,她说完这么多就闭了嘴。奈松不知道天空跟这个有什么关系,但她不至于蠢到继续追问,省得尼达再说个没完。

但乌伯,平日就反应迟缓,少言寡语,跟尼达的快嘴恰恰相反的那位,现在点点头。"我们允许少数几个人继续修行,"他解释说,"为了繁育。为了满足好奇。为了学院的虚荣。但仅此而已。"

这让奈松明白了几件事情,在她理清了表面的信息泡沫之后。尼达、乌伯和沙法目前都不再是真正的守护者,尽管他们曾经是。他们已经放弃了对旧组织的盲从,选择了背叛旧时的生活方式。所以说,使用银光,在普通守护者看来,肯定是大逆不道——但为什么?如果整个学院的原基人,只有少数几个可以获准发展这种技能,可以"继续修行",那么,太多人这样做的风险何在?还有这三位前守护者,曾经"特别警惕"这项技能的人,现在却允许她不受干扰地进行练习?

她注意到,谈话时沙法也在场,但他没开口。他只是观察她,面带微笑,身体时不时战栗,因为银光在他体内闪现,拉扯。最近,他身上常常出现这种状况。奈松并不确定是为什么。

奈松在寻月居待几天之后,就会在傍晚回家。杰嘎已经在杰基蒂的新居安顿下来,每次回来,都会发现她喜欢的、富有居家趣味的新特色:旧木门上刷了令人惊艳的蓝漆;小小的家庭绿地上新扦插了小苗,尽管它们长势欠佳,因为头顶的灰尘愈加浓重;还有一块他用玻钢剑换来的小地毯,就放在父亲特别指定给她住的小房间。这房间不如她在特雷诺的房间大,但有个窗户,俯瞰杰基蒂高原周围的林地。林地更远处，如果空气够好，她有时可以看到海岸线，只是一条遥远的白线，就在绿色森林的边缘。白线后面，是一片海蓝，那让她着迷，尽管从这里看去，只能看到那一抹颜色而已。她从未近距离见过大海，而埃兹跟她讲过很多有关大海的神奇故事：大海有一股咸味和奇异生命的气息；它会把名为黄沙的东西冲到岸上，那里面很少有植物生长，因为盐分过高；有时候，海里的生物会扭动身体，或者吐出泡泡，比如螃蟹，或者章鱼，或者沙齿兽，尽管那最后一种，据说只有在灾季时才会出现。海边一直有发生海啸的危险，所以人们在能避免的情况下，都尽可能不生活在海边——事实上，就在奈松和杰嘎到达杰基蒂村后几天，她隐知到，而没有看到一场大地震发生在遥远的东方，大海深处的某地。她也隐知到某种极为巨大的东西击中海岸线，发出震颤。那时候，她觉得远离海边挺好的。

不过，有家毕竟是好事。生活开始感觉正常，这是很长时间以来的第一次。一天晚餐时，奈松向父亲转述了埃兹讲的大海。他看上去很是怀疑，然后问从哪儿听到了这些。她跟父亲说了埃兹的事，然后他变得极为安静。

"这是个基贼男孩吗？"过了一会儿，他问。

奈松的本能终于开始发出警告（她最近已经不习惯持续警惕杰嘎的情绪变动），她沉默了。但如果她一直不说话，杰嘎只会更生气，于是她终于点头。

"是哪个？"

奈松咬咬嘴唇。不过埃兹是沙法的人，她知道，沙法绝不会让他的任何原基人受到伤害。于是她说："最年长那个。他个子高，皮肤很黑，脸也很长。"杰嘎继续吃饭，但是奈松察觉他下巴上有肌肉在抽动，那跟咀嚼无关。"那个海岸男孩，我见过他。我不想让你再跟他说话。"

奈松咽下口水，冒险辩解说："我不得不跟其他所有人说话啊，爸爸。这是我们学习的方式。"

"学习？"杰嘎抬起头看她。局面仍然平稳，可控，但他也真的非常生气。"那男孩有多大，二十岁？二十五？但他还是个基贼。还是。到他这年龄，本应该已经治好了。"

奈松困惑了一会儿，因为去除原基力并不是她上课的目的。好吧，沙法的确说过，这是有可能实现的。啊——还有埃兹，他实际上只有十八岁，但显然是被杰嘎看得更老，他年龄那么大，如果自己愿意，肯定已经有机会用上那种疗法了。奈松想到这点，忍不住心寒：杰嘎开始质疑沙法宣告原基力可治愈的事了。如果意识到奈松自己也不想被治愈，他会怎样做？

肯定没好事。"好的，爸爸。"她说。

这样就可以安抚他，像平常一样。"如果你上课必须跟他说话，那也行。我不想让你惹怒那些守护者。但除了上课，就别再理他了。"他叹气，"我并不想让你在那上面花太多时间。"

他整顿饭都在唠叨这件事，但没说过什么更严重的话，所以奈松最终放松下来。

第二天上午，在寻月居，她对沙法说："我需要学会隐藏自己取得的进步。"

沙法当时扛了两只布袋，上山返回寻月居的建筑区。布袋很重，尽管他身体特强壮，还是要累得呼哧喘气才能搬动，于是在他赶路时，她并没有缠着他马上回答，等他到达院落中放物资的小棚屋之一，放下布袋，喘过几口气。多存些日常物资在这里，比如孩子们的食物，胜过频繁往返社群仓库或食堂。

"你现在安全吗？"他那时小声问。这就是她爱他的原因。

她点头，咬着下嘴唇，因为这感觉不对，必须担心自己父亲做这种事。沙法目光严峻,看了她好久,这眼神里有一种冷酷的算计,让她警觉到,沙法或许在想一个简单方法解决她的困扰。"不要。"她不假思索地说。

他扬起一侧眉毛反问:"不要……?"

奈松经历过一年丑陋的日子。沙法尽管残暴,至少还干脆直接。这让她很容易咬紧牙关,仰起下巴说:"不要杀死我父亲。"

沙法微笑,不过眼睛还是那样冷。"某种东西导致了这类恐惧,奈松。这种东西跟你本人无关,也跟你弟弟无关,跟你妈妈的谎言无关。不管它是什么,都已经在你父亲身上留下伤疤——这伤疤显然已经化脓。他会反击任何触及,甚至只是靠近那个已溃烂伤口的东西……正如你亲眼见过的。"她想起小仔,点头。"这种人,你不能跟他讲道理的。"

"我能,"她冲动地说,"我以前就做成功过。我知道怎样能够……"操纵他,这些是准确的描述,但她现在才刚刚十岁,所以奈松实际上说的是,"我可以阻止他做坏事。我以前一直都可以成功的。"大部分情况下。

"但你早晚会失手,只要一次。就足够要你的命。"沙法瞅了她一眼。"要是他胆敢有一次伤害到你,奈松,我就会杀掉他。记住这件事,即便你把父亲的命看得比自己还重。我可不是这样想。"然后他转身回到棚屋里摆放布袋,谈话至此结束。

一段时间之后,奈松跟其他人提到这段对话。小裴豆建议说:"也许你应该搬到寻月居来住,跟我们其他人一样。"

伊尼根、躲躲和拉瑟尔都坐在旁边,休息,恢复体力,他们一下午都在熔炉地面下寻找和推动做了标记的岩石。他们听到这句话,也点头咕哝着表示赞同。"这是理所当然。"拉瑟尔用她惯常的傲慢态度说,"要是你一直跟那些人住在一起,就永远不可能真正成为我们中的一员。"

奈松自己也想过这个，经常想。但是……"他毕竟是我爸。"她说着，摊开两只手。

其他人并没有因此理解她，仅有几个同情的眼神。他们中不少人还带着被暴力侵害的伤痕，都是他们生命中信任的成年人留下的。"他是个哑炮。"躲躲没好气地反驳，在大多数同伴看来，讨论可以至此为止了。最终，奈松也放弃了说服别人的努力。

这些想法总是会影响到她的原基力。怎么可能没影响呢，当她体内还有取悦父亲的无声渴望？她需要全神贯注，而且拥有那份愉悦的自信，才能跟大地完全融合。而那天下午，当她试图触碰岩浆口旋转的银线时，差错到了可怕的程度，她倒抽凉气，爬回到平常意识中，发现她已经把熔炉的十圈全部冻结，沙法放下他抬起的那只脚。

"你今晚在这儿睡。"他说，在他穿过冻结的地面，把她抱回长凳上之后。她累得无力行走。能活下去就已经倾尽全力。"明天等你醒了，我就跟你回家，我们一起把你的东西拿来。"

"我——不想这样。"奈松喘息着说，尽管她也知道，沙法不喜欢孩子们对他说不。

"我才不在乎你想要怎样，小东西。这件事已经影响到你的训练。这就是支点学院把孩子们从家里接走的原因。你日常做的事太危险，根本不能容许有任何干扰，不管来自你怎样深爱的人。"

"但是。"她并没有那份力气做出更强烈的反抗。沙法抱她坐在腿上，试图让她暖和起来，因为刚才，她聚力螺旋的边缘到身体的距离还不足一英寸。

沙法叹气。有一会儿，他什么都没说，只是大声叫人拿条毯子来；送来毯子的是埃兹，他看到发生的事情之后，已经自己跑去拿了。（所有人都目睹了刚才的事。这真是尴尬。正如你在奈松很小时就已经发现的,她是个非常非常骄傲的女孩。)等到奈松终于不再哆嗦,隐知盘也不再像是被彻底痛打了一顿,沙法终于说:"你身负更高使命,小东西。你活着不是为了满足任何一个人的欲望——甚至不是为我。你生来就不是为这些渺小目标服务的。"

奈松皱眉:"那么……我生来到底是要怎样呢?"

沙法摇头。银光在他体内闪过,网络一样的银线活跃着,变化着,那个嵌入他隐知盘的东西再次罗织着它的意志,或者说,至少是做了这样的尝试。"为了纠正一个弥天大错。对那个错误,我曾经也有责任。"

这件事太有意思,让人很难睡着了不去听,尽管奈松的整个身体都想睡。"那是个怎样的错误呢?"

"是要奴役你们这类人。"当奈松身体后仰,皱眉看他时,沙法又笑,这次很伤感。"或者更精确的话是说,我们渗透进了他们的自我奴役体制里,在旧桑泽时代。你知道的,支点学院名义上是由原基人运转的——经过挑选和驯化的原基人,小心改造和甄选过,所以这些人懂得服从。他们知道自己的本分。如果一个选择是死亡,另一个选择,是极为渺茫的、被世界接纳的可能性,他们就会在绝望中选择生存机会,而我们利用了这一点。我们迫使他们变得绝望。"

不知为什么,他在这里停下,叹气。深吸一口气。再嘘出。微笑。因此,奈松无须隐知也能确定,沙法脑子里一直持续的痛苦又开始突然加剧。"而我们这些人——像从前的我那样的守护者——就是这番暴行的帮凶。你见过你父亲加工石料吗?用铁锤敲击,去掉较弱的部分。如果石料无法承受压力,就砸碎它,再找一块新的重新开始。之前,这就是我做的事,但原料是孩子们。"

奈松觉得这些难以置信。沙法当然暴力又狠毒,但这是他对待敌人的态度。没有社群的那一年,让奈松学会了凶残行为的必要性。但对待寻月居的孩子们，他一直都很温柔善良。"即便是我吗？"她不假思索地问。这个问题并没有表述得很清楚，但沙法还是懂得了她的用意：如果你当时找到我，也会这样对待吗？

他触摸她的头，用手抚摩，把手指靠在她颈后。他这次没有从奈松那里取走任何东西，但也许这个姿势会让他安心，因为他看起来是那样伤感。"即便是你，奈松。那个时期，我伤害过很多孩子。"

太可悲了。奈松断定，就算他在那个时期做过某些坏事，也一定不是故意的。

"那样对待你的同类是不对的。你们也是人。我们做的事，把你们当作工具利用的那种事，是错的。我们需要的是盟友——现在比任何时候都更加需要，在这个黑暗时代。"

奈松愿意做沙法要求的任何事。但人们需要盟友，都是为了完成具体任务，这个概念跟朋友并不相同。区分这两种角色的能力，也是旅途生活教她的。"你要我们当盟友，是为了什么呢？"

他的眼神显得遥远又担忧："去修理某种早已损坏的事物，小东西，并且化解一份敌意，它的起源过于久远，以至于我们大多数人早就忘记了最初起因。甚至不知道那敌意还在存续。"他抬起一只手，触碰自己的脑后。"当我放弃了原来的生活方式时，就决定投身于终结这份敌意的工作。"

原来如此。"我不喜欢让它伤害你。"奈松说，眼睛盯着沙法身上银色地图上的污点。它那么小，甚至比她父亲用来修补衣裳破洞的那些小针更小。但它是亮光里的黑暗区，只能被勾勒出轮廓线，或者说，因为它的影响被感知，而不是被看到本体。就像沾满露水的蛛网在颤动，而稳居中央的蜘蛛却巍然不动。不过在灾季里，蜘蛛是会休眠的，沙法体内的那东西，却一刻不停地折磨他。"如果你在做它想让你做的事，它为什么还要伤害你啊？"

第十二章 奈松，跃升

沙法眨眨眼。轻轻握她的手，并且微笑。"因为我不愿迫使你做它想要的事。我把它的愿望展现在你面前，但仅仅是作为一个选择，如果你拒绝，我也会尊重你的选择。而它……对你的同类没有那么信任。我承认，它有充分的原因。"他摇头。"我们晚些时候再说这件事吧。现在，让你的隐知盘休息一下。"奈松马上停止了——尽管她并没有想要隐知他，也没有真正察觉自己正在这样做。持续的隐知已经成了她的第二天性。"我想小睡一会儿对你有好处。"

她蜷起身体，缩在茧壳一样舒适的毯子里，听着他嘱咐其他孩子不要打扰她的声音，睡着了。

然后，第二天早上她醒来，听到自己的尖叫声在回响，还有艰难的喘息声，她正在挣脱毯子。有人抓住了她的胳膊，这一切，恰恰都是不应该发生的：不应该是现在，不应该发生在她身上，不是她想要的人，完全不可忍受。她挣扎着坠向大地，而回应她呼叫的不是热力，不是压力，而是银色的、翻涌着的强光，同样用尖啸回应，因为她对力量的无言渴望而共鸣。那尖啸声在天地间回响，不是线条，而是波涛，不只是在陆地上，也透过水体和空气，而且

然后

然后

然后有东西回应了她。那东西在天上。

她并不想要做自己正在做的事。埃兹只是想把她从噩梦中叫醒，当然并不想导致后来的结果。他喜欢奈松。她是个可爱的小孩。尽管埃兹已经不再是个轻信的孩子，而且在离开海岸家园的这些年里，他也意识到沙法那天笑得太多，身上还隐约有血腥气，他明白沙法对奈松如此痴迷的含义。这名守护者一直都在寻找着什么，尽管之前发生过那些，埃兹还是足够爱他，希望他能找到自己的目标。

也许这会让你感到欣慰，但是并不能安抚奈松。在她惊恐又混乱

的挣扎中，奈松把埃兹变成了石头。

这不像很远距离之外的地下，埃勒巴斯特正在经历的事。那个过程更缓慢，更残忍，但也更精致。更有艺术气息。埃兹遭遇到的是一次灾难：像铁槌的一次重击，原子以不甚随机的方式进行了重组。通常应该组成的网络解体成了一片混沌。这变化从他胸前开始，奈松试图把他推开的位置，其他孩子还没来得及惊呼，这变化就已经蔓延开去。它漫过男孩全身的皮肤，棕色表皮变硬，出现了虎眼石一样的深层光泽，然后再深入他的肌肉，尽管在敲碎他之前，没人看到内部的红宝石。埃兹几乎是瞬间死亡，他的心脏石化，首先变成杂合体宝石，黄石英，深色石榴石和白玛瑙，加上隐约可见的天蓝色石脉。他是个美丽的失败。这过程发展太快，以至于埃兹都没有时间害怕。即便不论其他，这或许也可以在日后让奈松感到安慰。

但在当地，在这件事发生后的紧张的几秒钟时间里，当奈松不停惨叫，试图收回她的意念，脱离那种不断跌升，跌升，穿过水蓝色光线的感觉，就在德桑蒂的惊呼变成尖叫（并且触发了其他人尖叫），瞅瞅张大嘴巴，上前盯着那座泛着微光、颜色鲜艳的雕像——埃兹突然变成的样子，在另外的地点，同时发生了若干事件。

有些事情你应该已经猜到了。也许是一百英里之外，一座天蓝色的方尖碑闪亮，并瞬间变得实实在在，然后又闪回半透明状——再之后雍容地掉转方向，开始飞向杰基蒂村。另一个方向，更远距离之外，一座磁性斑岩矿脉中，一个类似人形的躯体突然转动，警觉到某个新的兴趣点。

还发生了一件事，你或许不会猜到——也或许你猜到了，因为你了解杰嘎，而我并不了解。但就在他的女儿把某男孩身上的质子扯开的同时，杰嘎完成了他艰难的攀爬，上到寻月居所在的高地上。他已经生了一晚上闷气，顾不得礼节，放开嗓门儿就喊他的女儿。

第十二章 奈松，跌升

奈松没听到他喊，她正在宿舍里抽搐。杰嘎听到其他小孩纷纷尖叫，转身看那座发声的建筑——但他还没有来得及朝那边跑，就有两名守护者从他们的房子里出来，跑过庭院。乌伯快步赶往小孩宿舍。沙法偏转方向来拦截杰嘎。奈松后来会听目睹此事的孩子们讲述当时的情景。（我也会听说。）

"我女儿昨天晚上没回家。"被沙法拦住时，杰嘎说道。杰嘎听到孩子的尖叫声有些担心，但也不是很担心。不管那宿舍里发生了什么，他反正也没有对寻月居这样的罪恶渊薮期待更好。在杰嘎面对沙法时，你可以看出他下巴坚毅，就像他自居正义的其他场合一样。因此，他这时候肯定不容易退让。

"她将长住这里。"沙法说，一面礼貌地微笑，"我们发现，每天晚上回你们家，耽搁她的训练。既然您的腿伤显然已经恢复，以至于让您能爬到这么高的地方，能否劳驾把她的东西送来呢？今天晚些时候就可以。"

"她——"当乌伯开门进入时，尖叫声一时变得更加响亮，但他进去之后关了门，尖叫声也停了。杰嘎察觉，蹙起眉头，但摇摇头，集中精力在重要的问题上。"可恶，她才不要留在这里过夜！除非必要，我不想让她在这里多待一分钟，跟这些——"他险些就说出脏话来，"她跟那些人不一样。"

沙法侧头停顿了一瞬间，像是在听某种只有他才能听到的声音。"她这样啊？"他的语调若有所思。

杰嘎瞪着他，一时困惑不解，无话可说。然后他骂了一句，试图从沙法身旁绕过。他到了杰基蒂村之后，腿伤的确接近全好，但还是瘸得很明显，那标枪撕裂了神经和跟腱，伤口会好转得很慢，即便是还能完全恢复的话。不过，就算杰嘎行动完全无碍，他也无法避过那只突如其来扣在自己脸上的手掌。

那是沙法的大手罩在他的脸上，动作快到模糊，瞬间就已就位。杰嘎都没看到那只手，直到它遮住了自己的眼睛、鼻子和嘴巴，把他全身扯离地面，他背部朝下被拍在地面上。杰嘎躺在那里，眨着眼睛，晕得顾不上纳闷儿刚刚发生了什么，震惊得感觉不到疼痛。然后那只手拿开，从杰嘎的角度看，那名守护者的脸是突然闪现，鼻头几乎碰到杰嘎自己的鼻头。

"奈松现在没有父亲。"沙法轻声说。（杰嘎后来会记得，沙法说这番话时，始终面带微笑。）"她不需要父亲，也不需要母亲。她现在还不知道这个，但将来有一天她会明白。我是否应该提前教会她，没有你该怎样生活呢？"他的两根手指，就放在杰嘎下巴以下，按压那里柔软的皮肤，力量正好大到让杰嘎马上明白，他的回答将决定自己的死活。

杰嘎愣住，那口气憋了好久。他脑子里没有什么值得一提的想法，甚至连值得猜想的都没有。他什么都没说，尽管他的确发出过声音。当孩子们日后说起这一幕，他们都略过了这个细节：那一声细小的、被哽住的啜泣，来自一个努力抑制自己，避免屎尿齐流的成年男人，除了自己马上会死，他已经想不到其他任何事。那声音主要是来自鼻腔，还有喉咙后半部。这感觉让他很想咳嗽。

看上去，沙法似乎把杰嘎的哼唧声当成了回答。他的微笑一时变得更明朗一些——一个由衷的、开怀的微笑，那种让他眼角细纹绽现，牙龈露出的笑。他真心松了一口气，不必亲自赤手杀害奈松的父亲。然后他十分做作地抬起放在杰嘎下巴上的那只手，在杰嘎面前晃动手指，直到他眨眨眼睛。

"好啦。"沙法说，"现在我们可以装得像文明人一样了。"他直起腰，头转向宿舍；显然他已经忘记了杰嘎的存在，但还是又补充了一句。"不要忘记把她的东西送来，有劳。"然后他起身，跨过杰嘎的身体，走向宿舍。

没有人在意杰嘎在那之后做过什么。一个男孩被变成了石头，还有个女孩展示了怪异又可怕的力量，即便对基贼来说，这也极为反常。这才是每个人都会记得的当天发生的事情。

我猜想，这里的每个人，应该是杰嘎除外，他在事后，静静的一个人瘸着腿回了家。

在宿舍，奈松终于设法把她的意识从水流一样的蓝色光柱中抽回，她险些葬身彼处。这是一次惊人的壮举，尽管她本人尚未意识到。当奈松终于脱离险境，发现沙法探身俯视自己时，她知道的就只是之前发生过可怕的事，而沙法来照顾她，收拾残局了。

（她是你的女儿，内心是。我当然无权评判她，但是……啊，还真是有其母必有其女。）

"告诉我。"沙法说。他坐在奈松的床沿上，很近，有意挡住她的视线，让她看不到埃兹。乌伯正在赶其他小孩出去。瞅瞅在哭，歇斯底里状；其他孩子都吓呆了。奈松当时没察觉，她有自己的噩梦需要面对。

"我看到，"奈松开口说，换气过度。沙法的一只大手弯成杯状，罩在她的口鼻上，过了一会儿，她的呼吸慢下来。一旦等她恢复常态，沙法就拿开手掌，点头示意她继续。"我看到。一个蓝色的东西。有光，而且……我在向上跌。沙法，我在向上跌。"她皱眉，为自己的慌乱感到困惑。"我当时不得不逃离那儿。感觉很痛。太快了。简直烧得慌。我当时吓坏了。"

他点头，就像这些都很有道理一样。"但是，你活了下来。这很了不起。"听到沙法的夸奖，奈松容光焕发，尽管她完全不懂得他的用意。沙法想了一会儿。"在你连接期间，你有没有隐知到任何其他东西？"

（她暂时还不会对"连接"这个词好奇，这要到好久之后。）

"有一个地方，在北面。好多条线，在地上。到处都是。"她的意思是遍布整个安宁洲，沙法侧着头，很有兴趣地听，这鼓励了她继续喋喋不休。"我能听到好多人讲话。在他们触及线条时。还有些人在结点上。就是线条的交叉点。但是，我听不清随便哪一个人在说什么。"

沙法身体定住了："维护站点还有人。是原基人吗？"

"也许是吧？"实际上，这个问题很难回答。远方这些陌生人的原基力很强，有的比奈松本人还要强。但所有这些更为强大的个体，全都带有某种奇异的顺滑感，毫无例外。就像手指触摸到被打磨的石料的那种感觉：你感应不到任何纹理或质地。那些较强大的人，也会影响到较大范围，有的甚至能覆盖到特雷诺以北，接近整个世界变红变热的地带。

"是维护站网络。"沙法若有所思地说，"嗯。有人让一部分维护者活了下来，在北方吗？真有趣。"

还有更多，所以奈松不得不继续全都说出来："更近处，还有好多他们那样的人，我们。"这些人感觉就像她在寻月居的小伙伴，他们的原基力亮闪闪的，像鱼儿一样快速游走。在连接他们的银钱上，有很多口头传授和共鸣。对话，耳语，欢笑。一个社群，她的头脑在猜想。一个特别的社群。一个原基人社群。

（她感应到的并不是凯斯特瑞玛。我知道你在好奇这个。）

"多少人？"沙法的声音很低沉。

她测不出这种事："我只是听到好多人讲话。就像，好几座房子的人。"

沙法转开脸。侧面看去，她可以看出他双唇向后裂开。这次，少见的，并不是微笑。"支点南极分院。"

尼达在这时候悄悄进入房间，她开口说："他们没有被清洗掉吗？"

"看来没有。"沙法的语调里似乎全无波澜,"他们一定会发现我们,这只是时间问题。"

"是啊。"然后尼达轻笑起来。奈松隐知到沙法体内银线的扭动。微笑可以缓解疼痛,他之前说过。守护者越是微笑,大笑,就说明某种东西折磨他们越重。"除非……"尼达又在大笑。这一次,沙法也随着微笑。

但他再次转身面对奈松,把她的头发从面前撩开。"我需要你保持冷静。"他说,然后他站起来,闪到一边,以便让她看见埃兹的尸体。

等到尖叫完,哭完,在沙法臂膀里发抖过后,尼达和乌伯过来,把埃兹的雕像抬起来搬走了。它显然要比埃兹本身重很多,但守护者们都很强壮。奈松不知道他们把他带去了哪里,那个帅气的、生于海滨的男孩,带着哀伤的笑容、善良的眼睛,而她从未了解到他的最终归宿,只知道自己杀害了他,这让她成了怪物。

"也许,"就在她哭着说这些话的同时,沙法对她说。他又把女孩抱在自己怀里,抚摩她浓密的鬈发。"但你是我的怪物。"奈松当时太低迷,太害怕,这话居然真让她感觉好了些。

石头更耐久,亘古长留。刻在石头上的字永不变改。

——第三板,《构造经》,第一节

第十三章
你，在老古董之间

你开始觉得，自己好像已经在凯斯特瑞玛过了一辈子。本来不应如此。只是又一个社群，只是又一个名字，只是又一个新的开始，或者至少是部分地重新开始。结局很可能跟其他历次一样。但……的确有那么一些区别，在这里，每个人都了解你是什么人。这是一大优点，曾出现于支点学院，还有喵呜，作为茜奈特的生活：你可以坚持真我。这是一份奢侈，你正在学着重新珍视它。

你又到了地面上，在凯斯特瑞玛－上城，人们习惯这样称呼它，站在小镇聊胜于无的绿地。凯斯特瑞玛周围的土地是碱性、沙质；你听依卡说过，真心盼望下一点儿酸雨，让土质改善一点儿。你感觉，要让这招儿管用，地上很可能还需要更多有机物……但有机物不可能太多，因为来这儿的路上，你已经见过三座煮水虫堆。

好消息，是这些土堆易于发现，尽管它们只比周围地面上的灰高出一点点。里面的昆虫总在刺激你的感应系统，它们很适合被用作你在世界的热能和压力来源。来这儿的路上，你向孩子们展示了如何隐知那份潜在的不同，将它们跟周围更凉爽、更放松的环境区分开来。年龄较小的孩子们拿这个来比赛，每当感应到虫堆就惊叫着指出来，看谁能找到更多。

坏消息，就是这周的煮水虫堆要比上周更多。这很可能不是什么好迹象，但你不会让孩子们看出你的担心。

总共有十七个孩子，凯斯特瑞玛原基人的主体。有几个超过十岁，大多数都更年幼，有个最小的仅仅五岁。多数都是孤儿，或者相当于孤儿，这一点儿都不让你感觉意外。让你意外的是，他们一定都有相对较强的自控力和反应能力，因为如若不然，就活不过地裂事件。他们当时应该是及时察觉了灾难来临，早到足以去往无人处，让本能救了他们的命，恢复体力，然后去往别处，赶在其他人开始寻找未破坏区域的中心点之前。他们多数都是中纬度混血种人，跟你接近——不是很有桑泽特色的古铜色皮肤，不是那种灰吹型的头发，眼睛和体形介乎极地与海岸原住民之间。跟你在特雷诺童园里教过的孩子们区别不大。只是传授内容不同，而你的教学方法，因此也必须有所不同。

"隐知我的做法——只要隐知就好，现在还不要模仿。"你说，然后你在身体周围建起一个聚力螺旋。你做了几遍，每次换一种方法——有时候旋得又高又紧，有时候让它稳而且宽大，接近孩子们。（有一半的小孩惊叫着躲开。这正是他们应该做出的反应，很好。不妙的是还有一半孩子傻傻站在原处。你将来要对他们下功夫。）"现在，距离拉开一些。你去那里，你去那里；你们所有人都保持大约那么大的间距。一旦你们就位，就旋出一个聚力螺旋，要求跟我现在做出的一模一样。"

这不是支点学院会使用的传授方法。那里有长达数年的时间，还有安全的围墙，头顶有令人愉悦的蓝天，教学过程会更温和，循序渐进，给孩子们足够的时间克服恐惧，长大到足够成熟。而在灾季里，你没有时间讲温情，凯斯特瑞玛残破的城墙里面也没有犯错的空间。你已经听过那些抱怨，看过那些反感的眼神，当你跟各职阶的人一起工作，或者前往公共浴室时。依卡认为凯斯特瑞玛是个特别的地方：

一个让基贼和哑炮和平共处的地点,大家同心协力求生。你感觉她太天真。这些孩子必须做好准备,要有能力应对凯斯特瑞玛向他们翻脸为敌的时刻。

所以你展现,并尽可能用语言纠正他们的模仿,还一度使用了消除聚力螺旋的"耳光",当一个较大的孩子把螺旋面旋得过大,险些冻结一名同伴时。"你绝对不能心不在焉!"那孩子坐在冰冻的地面上,瞪大眼睛看你。你还让他脚下的地面涌动,把他掀翻在地,你现在高高站在他身旁,大喊大叫,故意做出可怕的样子。他差点儿杀掉另外一个孩子;他应该感到害怕。"如果你犯错,就可能有人会死。你想要这样的结果吗?"慌乱的摇头。"那就站起来,再做一遍。"

你凶巴巴地督促所有人完成练习,直到每个人都至少展现出了基本的聚力螺旋控制能力。这感觉不太公平,就教他们这些,而不教任何帮助他们理解的理论,让他们知晓自己的能力因何起效,还跳过了那些旨在让本能与力量分离的稳定性练习。你必须在几天时间里让他们掌握自己花费数年才掌握的本领;在你堪称艺术家的那个领域,他们最多不过是拙劣的模仿者。你带他们返回凯斯特瑞玛时,大家的情绪都很低落,你怀疑有些孩子恨你。事实上,你很确定他们恨你。但这样子,他们会对凯斯特瑞玛更有用——而到了凯斯特瑞玛不可避免与他们为敌的那天,他们也将能够做好准备。

(这系列的思路很是熟悉。一度,在你训练奈松期间,你告诉自己说:如果她到训练结束时恨你,这也没关系;她自己能活命,也会因此理解你的爱。但那感觉从来都不对,是吧?因此,你对小仔更温柔了一点儿。而且你一直都打算向奈松道歉,稍晚,等她年龄大到能够理解时……啊,你心里有太多遗憾,它们像在旋转不息,像浓缩过的钢铁一样,压在你心里。)

"你是对的,"埃勒巴斯特这样说,当时你坐在一张病床上,讲了

第十三章 你，在老古董之间

之前的课程情况。"但你也不对。"

你这次来的时间比平时晚，结果，就是他比平时更躁动不安。勒拿给他的药物效力正在褪去。跟他在一起，你心里总是有各种愿望互相激荡：你知道他已经没有多少时间可以教你这些东西，但你也想延长他的寿命，每天，当你的到来让他疲惫倦怠，你都像是被冰川辗到一样痛苦。焦急和绝望，这两种情绪很难和平共处。你之前已经下定决心，这次要早一点儿结束，他却倾向于多讲一些，此该正靠在安提莫妮手上，紧闭双眼。你情不自禁地想到，这应该是节省气力的方法，就像只要看到你，就会让他觉得累。

"不对？"你提醒他。也许你语调里有些护短倾向。你一直都有些偏袒自己的学生，不管他们是什么人。

"因为浪费你自己的时间啊，这是一个方面。他们永远达不到太高的精确度，最多也不过能推推石头而已。"埃勒巴斯特的语调里全是讽刺。

"艾诺恩也是推石头的层次。"你没好气地说。

埃勒巴斯特的下巴上有块肌肉在抽动，他停顿了一会儿："如此说来，或许你教会他们安全地搬动石头也是一件好事，尽管你的态度不怎么好。"现在，他话语中的轻蔑消失了。这或许是你能从他这里得到的，最接近道歉的反应了。"但我还是坚持其他部分的意见：你教他们，从一开始就是错误，因为他们的学习，已经在耽搁你自己的学习。"

"什么？"

他让你再次隐知他的一只断臂，然后——噢。噢噢噢。突然之间，你感觉更难把握他细胞之间的那种东西。你的感知力需要更多时间来自我调整，等到调整完毕，你还是持续不断地要打着激灵调整自己，避免只是感知到热能和小颗粒的悸动。仅仅是一下午的教学，就

177

让你的学习进度后退了一周有余。

"支点学院采取那样的方法教你们，是有原因的。"他最终解释说，当你向后坐倒，揉着眼睛，努力抑制挫败感。他现在睁开了眼睛；那双眼盯着你，本身却在阴影里。"支点学院的教法，实际上就是一种适应过程，有意让你们倾向于能量重配，远离魔法——其实你有各种方法吸取周边能量。但他们用这种方式，让你习惯将注意力向下集中来使用原基力，从不向上。你头顶之上的一切都不重要。只有你身体周围的环境，从不顾及远方。"埃勒巴斯特尽可能大幅度地摇头。"想想这件事，会感觉很神奇。整个安宁洲的人全都这样子。从不注意海洋里有什么，从不在意天空中有什么；从不遥望自己生命的地平线，好奇更远的彼岸是什么。我们花了好多个世纪的时间嘲笑天文学家捉襟见肘的理论，但我们真正难以相信的，其实就是他们何必费力仰首观天，来创建出这些理论。"

你几乎已经忘记了他的这个侧面：梦想家，叛逆者，一直都在思考陈规，因为它们或许一直都不应该是那副样子。他也是对的。安宁洲的生活抑制反思，打击重构。毕竟，这里的智慧是刻在石头上的东西；这就是大家不相信金属可塑性的原因。埃勒巴斯特是你小家庭的磁性核心，是有原因的。之前，当你们都在一起的时候。

可恶，你今天老是怀旧。这让你禁不住说道："我觉得，你现在不止有十戒水平了。"他吃惊地眨眨眼。"你总是在不停思考。而且你还是个天才——只不过，你的天分所属的领域，没有人真正尊重它。"

埃勒巴斯特瞪了你一会儿，眼睛眯起来："你喝醉了？"

"不，我才没有——"可恶，美好回忆全被破坏掉了。"继续讲你的烂课吧。"

看上去，他比你更欢迎这个话题转换："总之，这就是支点学院的训练对你造成的影响。你学会了把原基力看成取决于努力，而事实上，它更像是信赖于……高度。和感知力。"

一个埃利亚风味的噩梦告诉你，支点学院为什么不想要随便哪位三脚猫野生原基人尝试连接附近的方尖碑。但你还是花了点时间，努力理解他讲述的内容跟旧知识体系之间的区别。的确，使用能量跟运用魔法之间，存在本质性的不同。支点学院的方式，让原基力感觉就像它现在的面貌：练习推动沉重物体，只用意志力，而不使用双手或杠杆。而魔法，感觉像是很轻松——至少在使用时如此。疲惫是后来出现的。在施法当时，重点只是知道魔力的存在。训练你自己的洞察力。

"我不明白他们为什么这样做。"你说着，一面思考，一面用手指敲击床垫。支点学院是由原基人建造。至少他们中的一些人，在过去某个时间点，一定隐知过魔法。但……你想到真相，不由得浑身发抖。啊，是的。那些最强大的原基人，那些更容易察觉到魔力，或者在学习能量重配方面碰到困难的人，就是被送往维护站的那些。

埃勒巴斯特想到的范围更宏大，不只是学院。"我觉得，"他说，"他们是懂得了风险。不只是缺乏必要的精细控制力的基贼可能连接方尖碑，然后丧命；也担心一些可能成功连接的人——如果他们是出于错误的原因。"

你尝试想出一个正当理由，有必要激活一个古老杀人网络的那种。埃勒巴斯特读懂了你的表情。"我怀疑，我本人应该不是第一个想把学院变成岩浆池的基贼。"

"言之有理。"

"还有那战争。别忘了那个。话说，跟支点学院合作的守护者，是我跟你说过的参战方之一。他们是想要维持现状的人：基贼安全又有用，还在承担所有工作，以为他们自主管理着那个地方；守护者实际上管理着一切。控制那些能够控制自然灾害的人。"

你闻言大吃一惊。不，你吃惊的，是你自己为什么就没想到过这些。但毕竟，你也没花过太多时间考虑守护者们，只要身边没有这种人就好。也许这就是你被训练出的思考禁区：不要抬头看，也不想考虑那些可恶的笑容。

现在，你决定让自己考虑它们了。"但是在灾季里，守护者也会死亡……"可恶。"他们说过他们也会死……"可恶。"他们当然并不会死。"

埃勒巴斯特发出一阵沙哑的怪声，可能是要大笑："我还真是容易把人带坏啊。"

他一直都是。你禁不住微笑，尽管这感觉没能持久，因为当前的对话。"但他们不会加入社群。他们一定去了其他地方，来避过灾季。"

"也许。也许就是这个叫作'沃伦'的地方。看似没有人知道它在哪里。"埃勒巴斯特停顿，若有所思。"我猜，离开我的守护者之前，我应该问她那地方在哪里的。"

没有人能够轻易离开自己的守护者。"你说过，你并没有杀死她。"

他眨眼，脱离回忆。"不。我治好了她。某种意义上是的。你知道他们脑子里的那东西。"是的。血迹，还有你手掌上的刺痛。沙法把某个小小的、血淋淋的东西交给另外一名守护者，特别小心的样子。你点头。"那东西让他们得到种种超常能力，但也会污染他们，扭曲他们。支点学院的元老们常在暗中议论这件事。污染有多种不同等级……"他闭紧嘴巴，显然是想转移话题。你可以猜出为什么。污染的特定阶段，会有赤裸上身的守护者，一触就能取人性命。"反正呢，我把那东西从我的守护者身上取出来了。"

你咽下口水："我见过一名守护者杀死另一名同僚，就用取出那东西的方法。"

"是的。当污染发展到过于严重时。那时他们甚至对其他守护者都构成威胁,然后就必须被清洗掉。我听说他们下手毫不留情。甚至对同类,也一样心狠手辣。"

它目前很愤怒,守护者提梅当时说,就在沙法杀死她之前。正在准备,迎接回归之时。你深吸一口气。那段记忆在你脑子里依旧清晰,因为就是那天,你和汤基-比诺夫———一起找到了那个接口。那也是你获得首枚戒指的考验之日,为时过早,输掉就会没命。你不会忘记那天的任何细节。而现在——"是大地。"

"什么?"

"守护者体内的怪东西。那种……污染。"它改变那些想要控制它的人。将他们的命运与自己紧密相连。"她当时开始替大地发声!"

你看得出,你这次是真的让他意外了,前所未有。"如此说来……"他考虑了一会儿,"我明白了。这就是他们转换立场的时刻。不再为现状服务,不再维护守护者的利益,相反,开始为大地的利益行动。难怪其他人会杀了他们。"

这就是你需要理解的东西了。"大地又想要什么?"

埃勒巴斯特的眼神特别特别沉重。"任何活物会怎样,面对一个连孩子都要偷走的残忍敌人?"

你咬紧牙关。复仇。

你从病床滑到地上坐,背靠着床边:"给我讲讲方尖碑之门。"

"是的。我就知道你会对那个感兴趣。"埃勒巴斯特的声音又一次变轻,脸上却有一份神采,让你觉得,他制造地裂那天,一定也是这副样子。"你还记得基本原理。并联协力。把两头牛套在一起,而不是只用一头牛。两名基贼协作,可以比单独一个做到的事情更多。这办法对方尖碑也管用,只是……指数式增加。一个矩阵网络,而不是简单的牛轭。动态加强。"

好吧,迄今为止,你还能懂:"所以说,我需要学会怎样把它们全部绑定在一起喽。"

　　他微微点头回应:"而且你将需要一个缓冲区,至少在开始阶段需要。我在尤迈尼斯打开那道门的时候,利用了数十名站点维护员。"

　　数十名被麻醉、被扭曲的基贼,早就被变成了无意识的武器……而埃勒巴斯特想出了某种方法,让他们倒戈反对其主人。还真是他的风格,也很完美。"缓冲区吗?"

　　"来缓解那份冲击。来……促使连接能量流平稳……"他说不下去了,叹了口气,"我不知道该怎么解释。到时候你试试就知道了。"

　　到时候。他想当然的事情还真多。"你做的事,杀死了那些站点维护员?"

　　"不完全是。我利用他们开启了那道门,制造出那条裂谷……然后他们就开始努力做他们被设定要做的事:阻止地震。稳定地面。"你面露痛苦,明白了真相。就算是你这样极端的个性,在那股冲击波到达特雷诺时,也不会蠢到努力阻止它。唯一安全的选择,就是把它的力量引向别处。但站点维护员们没有那份头脑和控制力来做安全的事情。

　　"我没把他们全用光。"埃勒巴斯特若有所思地说,"身处遥远西方,还有北极南极地区的人,都不在我能触及的范围之内。多数在那之后也已经死了。没有人来照顾他们继续存活。但我还是能隐知到某些地点有活跃的维护站。抑震网络的残余部分:南方,靠近支点南极分院的地方,还有北方,靠近雷纳尼斯。"

　　他当然可以一直隐知到南极区的活跃维护站。你只能隐知到凯斯特瑞玛周围一百英里左右,还必须费死劲才能扩展到那么远。也许支点南极分院的基贼们也都设法存活下来,选择了照顾他们不那么幸运的那些维护站里的同类,但是……"雷纳尼斯?"那不可能啊。它是个赤道区的城市。比大多数城市更偏西南;在尤迈尼斯人的藐视等级中，它也仅仅比南中纬落后地区略高一步。但雷纳尼斯靠赤道足够近，本应该已经消失了的。

"裂谷向西北方向偏出，沿着一条我找到的古老断层线。它离雷纳尼斯足有数百英里远……我想，那已经足够让维护站里的原基人做点有意义的事。其实本应该还够杀死大多数维护者，剩下的人因为支持团队逃离，也应该已经死掉的。但我也不知道真正发生了什么。"

他安静下来，也许是累了。他今天声音沙哑，两眼充血。又感染了。勒拿说，他总是感染的原因，是身上有些烧伤的部位一直没有恢复。社群缺少止痛药，也是雪上加霜。

你试着理解他对你说过的话，加上安提莫妮告诉你的事，以及你历经考验和折磨亲身了解的现实。也许数量重要。两百一十六块方尖碑，不明数量的其他原基人充当缓冲区，还有你。魔力将三者连接……具体方法不明。所有这一切组成一张网，要捕捉那个地火诅咒的鬼月亮。

埃勒巴斯特在你思考的过程中什么都没说，最终你瞥了他一眼，看他睡着没有。但他还醒着，两眼眯成缝，观察你。"怎么了？"你皱眉，一如既往地警觉。

他露出四分之一的笑容，用他没被烧伤的半边嘴。"你从来都没变。要是我求你帮忙，你会对我说，死一边去。如果我一句都不说，你就能为我实现奇迹。"他叹气，"哦，邪恶的大地，我真是想你。"

这个……还真是意外地让人伤心。你马上意识到原因：因为已经有太长时间没有人跟你说过这样的话。杰嘎可以热情如火，但他不是个情感细腻的人。艾诺恩用性爱和玩笑来表现他的柔情。但埃勒巴斯特……这一直都是他惯用的方式。这种出乎意料的姿态，突如其来的夸奖，你可以看作调笑，甚至侮辱。没有这些，你变坚强了好多。在离开他的日子里，你看似强大、健康，内心却像他现在的外表一样；

183

满身易碎的石头和伤疤，如果弯腰幅度过大，很容易开裂。

你试图微笑，但失败了。他没有尝试。你们只是互相注视。你们拥有一切，同时又一无所有。

这时刻当然无法长久。有人进入病房，走过来，你意外地发现她是依卡。加卡在她身后，懒洋洋地走着，用桑泽特色的方式表现她的无聊：拿着一根抛光的小木条剔她磨尖的牙齿，一只手按在线条健美的腰间，灰吹发比平时更乱，一侧显然更平，表明她刚睡醒。

"抱歉打扰了。"依卡说，语调里并没有特别多的歉意，"但我们又有麻烦了。"

你已经开始痛恨这几个词。但毕竟，课程也到了该结束的时候，于是你向埃勒巴斯特点头，站起来。"又怎么了？"

"你朋友。那个懒虫。"汤基，她既没有加入创新者工作团队，轮到她取食物也不去，职阶一开会就消失。换个其他社群，她这样的早被踢出去了，但她得到了特别宽待，因为"全社群第二强原基人挚友"身份。不过，人的宽容总是有限的，而这回的依卡看上去尤其生气。

"她找到了控制室。"依卡说，"然后把自己锁在里边了。"

"控——"什么？"什么东西的控制室啊？"

"凯斯特瑞玛。"依卡貌似很烦解释这个，"你们刚来我就说过：这地方要靠一批机械设备来运行，照明啊，空气啊什么的。我们把控制室位置保密，因为要是有人发起疯来，想要砸坏那里的东西，他们就可能害死我们所有人。但你们的专家已经跑到里边去了，地知道她想搞什么。我基本上就是在问你，杀了她会不会有关系，因为这差不多就是我的当前立场。"

"她不会影响到任何重要机能的。"埃勒巴斯特说。这让你们两个都吓了一跳。你意外，是因为不习惯看他跟任何其他人打交道，依卡吃惊，可能是因为她一直把他看成浪费药品的某种怪物，而不是人。埃勒巴斯特也同样不太瞧得起依卡。他的眼睛现在又闭上了。"更有可能伤到她自己，而不是其他任何人。"

"真是好消息。"依卡说，尽管她的眼神还是很怀疑，"你如果不是在用屁股想问题，胡说八道的话，我会更放心一点儿。因为我看到你一天到晚待在病房里，应该对外面的事一无所知。不过，这愿望还不赖。"

他哼了一声，似乎觉得有趣："对这个老古董，我从到达的那一瞬间开始，就了解了自己需要知道的一切。如果除了伊松之外，你们其他任何一个人能让它发挥真正的功用，我一秒钟都不会在这里多待。"你和依卡瞠目相视的同时，埃勒巴斯特重重叹了一口气。他身体里有颤音，这让你担心，你暗自记住，回头要找勒拿问问。但他什么都没再说，最终，依卡瞅了一眼，眼神显然在说：我真的已经受够了你这帮奇葩朋友，然后她示意你跟她一起出去。

上到控制室所在的鬼地方路途相当远。加卡爬完第一架梯子就开始喘，但之后适应得不错，然后找到了行进节奏。依卡表现更好些，尽管十分钟后，她也开始冒汗。你还保持着赶路期间的身体素质，所以攀爬过程应付得不错。但是爬完前三段阶梯，一座竖梯，再加上一段环绕较粗大晶体柱的螺旋形平台之后，就连你也想要跟人聊聊天，以便转移注意力，不去留意脚下越来越远的地面了。"对那些拒绝履行职阶义务的人，你们通常是怎么处罚的？"

"踢出去呗，还能怎样？"依卡耸耸肩说，"不过，我们也不能把他们丢到灰尘满天的野外了事；必须杀掉来保持隐秘。但这事要有个过程，一次警告，然后是一轮听证。莫拉特——就是创新者职阶的首领，还没向我提出过正式申诉。我要求她申诉了，可是她不肯。说你的朋友给过她一个便携式的水质检测工具，可能会在野外救下我们猎人的命。"

加卡干笑。你摇头,觉得有趣:"这招儿贿赂还挺高明的。她就算没别的长处,至少善于保命。"

依卡翻了个白眼:"也许吧。但这事影响很坏,有人不加入任何工作团队,还没受到惩罚,即便她在工作时间以外发明了什么有用的东西。其他人也会开始怠工,到时候你让我怎么办?"

"把那些没发明任何东西的家伙踢走呗。"你建议。然后你停下,因为依卡停住了。你以为她是因为你刚才说的话生气,她却在环顾周围,观察整个社群。于是你也停住。在这么高的地方,你们已经远远高出居住层。晶体球里回荡着喊叫声和某人敲击某物的响声,还有一支工作队伍在齐唱劳动号子。你冒险从最近处的栏杆向下看,发现有人做了一部简单的绳箱吊篮,用于中层区域运货,唯一能把沉重货物运到高处的办法,就是跟它玩拔河。现在有二十个人一起拔。这场景莫名搞笑。

"你在同化外来者方面的想法是对的。"加卡说。她声音轻柔,自己也在观察凯斯特瑞玛的繁忙与活力。"如果没有更多人,我们不可能让这个地方成功运行起来。我本来以为你脑子里进了屎,事实证明你没有。"

依卡叹气。"管用也只是迄今为止。"她看看加卡,"你以前从未说过你不喜欢这个主意。"

加卡耸肩:"我离开家乡社群,就是不想承受领导者的负担。我在这儿,也同样不想当头儿。"

"地啊,你只想表达自己观点的话,并不需要跟我动刀,抢到首领之位。"

"当灾季行将来临,又是这个社群仅有的领导者职阶成员,我最好连意见都谨慎提出。"她耸肩,然后对依卡微笑,带有一份貌似真情的样子。"我总觉得，你现在每一分钟都可能让人把我干掉。"

依卡笑了一声："你如果跟我易地而处，就会这样做吗？"你听出这话带刺。

"别人教我的剧本就是这样写的，没错——但如果照搬到这里，那就蠢了。世上从未有过这样的灾季……这个社群也独一无二。"加卡看看你，用意很明显，你就是凯斯特瑞玛特别之处的最新表现。"在眼前状况下，传统只会碍事。更好的办法，是有一个完全不知道事情应该怎样做的女首领，只清楚她想要怎样。这个女首领为了实现自己的理想，不惜踹倒所有必要的屁股。"

依卡消化这番话，静默了一会儿。显然，不管汤基做过什么，都不是那么紧急严重。然后她转身继续攀爬，显然是认定休息时间结束了。你和加卡叹口气追随。

"我觉得，最早建造这地方的人们并没有考虑清楚。"依卡在继续攀爬的中途说，"太没效率，过度信赖于可能损坏和生锈的机械设备。而且还把原基力当作动力来源，这基本上是有史以来最不可靠的动力了。但话说回来，有时候我也想，他们会不会本来并不想建成这样。也许是某种原因，迫使他们快速躲避到地下，他们发现了一颗巨大的晶体球，然后就竭尽全力将就。"你们继续走，她手扶一道栏杆。这是最早建造在晶体球内部各处的原有金属结构之一。高于居住层，是很古老的金属制品了。"这总是让我觉得，他们真的应该就是凯斯特瑞玛人的祖先，他们尊重辛勤劳动，能够在高压下适应环境，就像我们。"

"不是人人都这样吗？"除了汤基。

"只是有些人。"她没有咬那个过于明显的诱饵。"我十五岁时，就在所有人面前暴露了身份。当时在南边一个地方发生了一场森林火灾。光是浓烟，就已经在熏死社群里的老人和小婴儿。大家以为必须抛弃家园逃走了。最后，我去了火场边缘，那里有一帮其他村民，正在试图建起隔断墙。在此过程中有六人丧命。"她摇头。"那办法不会管用的。火势太强。但我跟你说，这就是我的老乡们。"

你点头，这的确就像你了解的凯斯特瑞玛。这听起来也像你认识的特雷诺村民，还有喵坞人，还有埃利亚人，还有尤迈尼斯人。安宁洲的任何人，如果不是坚忍到可怕，都不会幸存到现在。但依卡需要把凯斯特瑞玛想象成一个特别的地方——而它的确也是特别，在它特有的方面。于是你明智地选择了闭嘴不反驳。

她说："我阻止了那场大火。冻结了森林中正在燃烧的部分，并用那些能量，在南方更远处建起防护层，以免有新火燃起。所有人都目睹了我这样做。他们当时就了解了我的身份。"

你停下脚步，瞪着她看。她回转身，似笑非笑。"当时我告诉他们我会离开，如果他们想要召唤守护者，送我去支点学院。或者要是他们想直接把我捆绑起来，我也承诺不会冻结任何人。相反，他们争论这件破事争了三天。我以为他们是难以决定杀我的方式。"她耸肩。"所以我回了家，跟父母一起吃了顿好饭——他俩早就知道，当时也特别担心我，但我劝阻了他们用马车偷偷送我逃走的计划。第二天还去了童园，跟平时一样。最终我才知道，村民们当时在讨论的，其实是怎样让我接受训练，而又不让支点学院参与。"

你张大嘴巴。你之前见过依卡的父母，他们还都健康强壮，带着一份桑泽人的固执。你可以相信他俩的反应。但其他人也都能这样？好吧。也许凯斯特瑞玛的确特别。

加卡说："嚯。那么，你最后是怎么受到训练的呢？"

"呃，你也知道这些中纬度小社群的德行了。地裂开始的时候，他们还没有争论出结果。我全是自学的。"她大笑，加卡叹气，"我的老乡们也那样。一群大笨蛋，但都是好人。"

第十三章 你,在老古董之间

你当时情不自禁地想,要是小仔和奈松一出生,我就带他们来这里该有多好。

"并不是你们所有的同胞,都赞同让我们来这里。"你不假思索地说,几乎是在反驳自己的想法。

"是啊,我也听到那些闲话了。所以我才很高兴你在教那些孩子,而且所有人都看到了你把煮水虫从特忒斯身上去掉。"她痛心地说,"可怜的特忒斯。但你又一次证明了:有我们这样的人在身旁,胜过杀死我们,或者把我们赶走。凯斯特瑞玛人都很务实的,伊茜。"你马上就开始痛恨这个诨名。"务实到不会因为别人说应该怎样做,他们马上就怎样做。"

说完,她继续向上爬。过了一会儿,你和加卡也开始跟。

你已经习惯了凯斯特瑞玛这种到处纯白的环境;只有一小部分晶体柱带有一点儿紫晶色或烟石英色。不过,在这里,晶体球顶部却被一种平滑的、玻璃样子的东西分隔,颜色是翡翠绿。这颜色真是让人意外。通往这里的最后一段阶梯宽到足以容纳五人并行,所以你并不意外地发现,已经有两名凯斯特瑞玛壮工守在一道老式滑门两旁,门也是那种同样的绿色材质。其中一名女壮工手持小小的窄刃玻钢佩刀,另外一位只靠他粗壮的、抱在胸前的臂膀。

"还是没动静。"你们三个到达时,那名男性壮工说,"我们总是听到里面有声音——咔嗒声、嗡嗡声,有时候她还叫嚷些什么。但门一直是卡住的。"

"叫嚷过什么?"加卡问。

他耸肩:"像是'我早就料到',还有'原来如此'之类。"

听起来很像汤基。"她是怎么把门堵上的?"你问。女性壮工只是耸肩。传统上,壮工都是肌肉发达,头脑简单,但有些人符合这项要求的程度略显过头。

依卡又给了你一个全都怪你的眼神。你摇头,然后爬到顶层台阶,用力砸门。"汤基,你这混蛋,开门。"

有一段寂静,然后你听到轻微的金属碰撞声。"×,怎么是你。"汤基在离门较远的地方咕哝,"等一下,别冻结任何东西。"

过了一会儿,门上有东西在咔咔响。然后门滑开。你、依卡、加卡还有两名壮工一起爬上台阶——尽管你们其他人都停下来瞠目相视,除了依卡,所以只剩她两臂交叉,狠狠地怒视汤基,这才是她应得的。

地板以上,头顶是空的。绿色材料构成地板,隔出来的房间长满了通常的白色晶体,从晶球灰绿色的顶篷上冒了出来。真正让你们停步,张大嘴巴,脑仁疼痛,困惑到无话可说的,是绿色屏障这一边的晶体全都在闪烁,变幻,随机转变状态,一会儿是闪亮的晶体影像,一会儿变得实实在在,周而复始。这些晶体柱的尖端或者中段,有的从地板中穿到外面,就不再有这些变化。凯斯特瑞玛的其他晶体柱全都不是这样。除了发光之外——这个,的确,也表明了它们不是简单的岩石——凯斯特瑞玛通常的晶体柱跟其他石英物质并无区别。不过,在这里……你突然明白了埃勒巴斯特说起的,凯斯特瑞玛能够发挥的作用。凯斯特瑞玛的真相突然那样恐怖地展现在了面前。这个晶体球里面充斥的并不是普通晶体柱,而是潜在的方尖碑。

"我×,怎么这样?"一名壮工感叹。这说出了你们所有人的心声。

房间里到处是汤基的破烂儿:奇怪的工具,画满图形的石板和皮革片,还有屋角的地铺,说明了她近来为什么不常在自己房间过夜。(没有她和霍亚,你最近感觉好孤单,但你并不想对自己承认这个。)她现在正从你面前走开,时不时回头瞠视,显然不喜欢你的到来。"你他妈什么都别碰啊,"她说,"你这么强的原基人碰到这些玩意儿的话，真不知会发生什么。"

依卡翻了个大白眼："你才是什么都不该碰的人好吧。你根本就没有得到来这里的许可，你自己也知道。行啦，走吧。"

"不走。"汤基蹲在房间正中，一根奇怪的、低矮的柱脚旁边。它看上去像是一根晶体柱，中段被截掉了：你看到那个（闪耀的，不真实的）根部从房顶长出，而那段柱脚就是（同步闪耀）的延伸部分，但两者之间有一段五英尺长的部分，现在完全是空的。柱脚表面切割处平滑如镜——而且切割面始终真实可见，尽管柱体其他部分时隐时现。

一开始，你以为那上面没什么。但汤基看那个柱脚表面的神情如此专注，以至于你也走过去到她身旁。当你弯腰细看，她仰头扫了你一眼，你震惊地察觉，她眼里有份难以掩饰的兴奋。其实真正让你吃惊的不是那表情；你现在对她已经很了解。你震惊的是，这份快意，加上抛去伪装的新相貌，干净的短发，考究的衣服，让她如此明显地变成了长大版本的比诺夫，以至于你很奇怪自己早先竟没能马上看出来。

但这都不重要了。你集中精神看那根柱脚，虽然现场还有其他奇观可看：房间后半有另一根较高的柱脚，上方悬浮着一块一英尺高的微型方尖碑，跟地板一样是翡翠色；另一根柱脚支持着一块扁长石块，也是悬浮；还有一系列线条清晰的方形块，刻在一面墙上，上面是某种装备的奇怪图解；方块下面是一系列面板，每个上面都有指示表盘，测定某种数据，显示的数字你也无力解读。

不过，在那根粗大的柱脚上，有整个房间里最不显眼的东西：六个小小的金属碎片，每个都像针一样细，长度不超过你的拇指。它们不是凯斯特瑞玛古老结构中常见的那种银色金属；这种金属颜色黝黑，隐约有红色锈迹。黑铁。凯斯特瑞玛已经存在这么多年，这些东西居然没有全部被氧化。除非——"这些是你放在这儿的吗？"你问汤基。

她马上就火了:"是的,当然我会闯进死去文明的遗迹里,找到其中最危险的设备,然后往上面扔生锈的金属片!"

"拜托,你别犯浑。"尽管你的确有几分罪有应得,你太困惑,顾不上真的烦。"你为什么会觉得,这设备是最危险的一件呢?"

汤基指着那根柱脚倾斜的侧面。你靠近看,眨眨眼睛。这上面不像其他晶体一样光滑;边缘深深地刻着一些符号和文字。文字跟墙上图板一致——哦,它们还在闪烁红光。那颜色看似能浮动起来,就在那材料表面颤动。

"还有这个。"汤基说。她举起一只手,向柱脚表面和金属小片接近。突然,那红色字母跃入空中——这是你能想到的最佳描述了。转瞬间它们就已经被放大,并朝向你,点亮了,跟眼睛方向平齐,显然是在提示某种警告信息。红色是岩浆池的颜色。也是湖水中一切生物死亡殆尽,仅剩有毒藻类时的颜色:这种警告,往往意味着打击马上就将来临。有些东西并不会因时间流逝和文明变迁而更改,你感觉很确信。

(总体来说,你是错的。但就眼前这个特定情形而言,你完全正确。)

每个人都在盯着看。加卡靠近一些,抬起一只手,试着触摸悬浮文字;她的手指穿过了它们。依卡绕着那根柱脚转圈,不由自主被它吸引。"我以前也察觉过这东西,但从没有真正注意过它。那些字跟着我转向呢。"

字其实没动。但你侧身时——的确,在你这样做的同时,那些字母也微微转向,继续正对着你。

汤基不耐烦地缩回自己的手,示意加卡也把手拿开,那些文字变平,缩回柱脚边缘。"不过,这里没有阻隔。通常来说,在死去文明的遗迹里——我是说这个文明的遗迹——任何真正危险的东西都有某种程度的封闭措施。或者有个实体封闭设备，或者就是有证据残留，表明曾经有封闭措施，但是时间长坏掉了。如果他们真心不想让你触碰某种东西，你或者就是碰不到它，或者就是要费尽心机才能碰到。这个呢？只有这么一条警告。我不知道这是什么意思。"

"你真的能触碰这些东西吗？"你把手伸向其中一个铁块，这次无视跳出来的警告。汤基那么尖厉地对你喊，以至于你像干了错事的孩子一样，赶紧把手缩了回来。

"我说过了，别他妈的乱碰！你这人什么毛病？"你恨得咬牙，但这次被训斥也是活该，你当妈那么久，不会否认这个。

"你往这儿跑了多长时间了？"依卡蹲在汤基睡觉的地铺旁边问。

汤基在俯首观察那些小铁块。最开始，你以为她没听见依卡的话；她好半天都没回答。脸上那副样子，开始让你厌烦。你现在也不能说，自己对她的了解就能超过当初充当料石生的年代，但你至少知道，她不是那种阴沉着面孔的人。她现在一脸严肃，下巴上肌肉紧绷，突出到完全不是平日样貌，让你感觉是个很坏的兆头。她有某种企图。"一星期了。但我三天前才搬进来。我感觉是。我有点儿搞不清。"她揉揉眼睛。"我最近睡得不多。"

依卡摇摇头，站起来："好吧，至少你还没有毁灭整个破烂社群。那么，告诉我你的发现吧。"

汤基转身，警惕地看她："墙边那些控制面板，可以激活并且管理水泵，以及空气流通系统，还有降温过程。但你早就知道那些了。"

"是啊。因为我们还没死。"依卡拍拍手，掸掉从地上沾的灰尘，她缓步走向汤基，那样子既是在思考，也暗藏着威胁意味。她不像大多数桑泽女人那样高大，要比加卡矮足足一英尺。她的危险性不像别人那样明显，但现在，你已经感觉到她的原基力开始准备就绪。她完全准备好了砸烂这地方，或者让随便什么妨碍她的东西冰冻。两名壮工调整姿态，也逼近一点儿，强化她无言的威胁。

"我想知道的，"她继续说，"是你怎样得知那些。"依卡停下来，面向汤基。"早些时候，我们搞清楚那些事，是通过不断尝试和犯错。触摸一种东西，周围变凉，触摸另一个，公共浴池的水变热。但过去一周里，并没有发生任何变化。"

汤基微微叹气："这些年来，我学会了怎样解读部分符号。只要花足够的时间在这类废墟里，你就会看到同样的东西不断重复出现。"

依卡想了想这个，然后向柱脚边缘的警告文字指点："那些，说了什么？"

"不知道。我说的是解读，而不是阅读。符号，而不是语言。"汤基走到一块墙面指示板前，指着右上角一个明显的设计元素。那东西并不符合直觉：有点儿绿，像是箭头形，但是弯弯曲曲，大致朝下。"我总是在有水浇灌的花园看到这种符号。我感觉，它应该跟花园得到的光照质量和强度有关。"她看看依卡。"事实是，我知道它是用来调节花园光照强度的。"

依卡下巴微微上挑，仅仅足够让你知道汤基猜对了："这么说来，这里跟你见过的其他废墟并没有什么两样？其他废墟也有晶体柱，跟这里一样？"

"不。我以前从来没见过凯斯特瑞玛这样的地方。除了——"她瞅了你一眼，只一眼，然后就望向别处。"反正，没有跟凯斯特瑞玛完全一样的地方。"

"支点学院的那东西跟这个完全不同。"你不假思索地说。那件事已经是二十年前，但你还清晰地记得那里的所有细节。那儿有个坑，而凯斯特瑞玛是块巨岩，中间有个洞。如果说两者出自同一种人，为了达到同一种目的，现场并没有任何证据。

"实际上,还挺像的。"汤基回到柱脚前,挥手召唤出警告信息。这次,她指着闪烁的红色文字中的一个符号:一个实心黑圈,周围是白色八角形。你不知道此前自己怎么就没看到,它在鲜红的字符中间还挺醒目的。

"我在支点学院也看到过这个标志,涂画在一些照明灯板上。你当时只顾着往洞里看;我感觉你应该没有注意到。但那之后,我大概去过六处方尖碑制造场所,这符号总是出现在危险的东西旁边。"她郑重地看着你。"有时候,我会在一旁看到死人。"

你不由自主地想到守护者提梅。她不是死后被发现,但还是因此而死,而那天的你,也险些步她后尘。然后你想起身处无门之室的那个瞬间,站在张开血盆大口的深坑旁……跟这些铁块一模一样。

"那接口。"你喃喃说道。那是守护者对它的称呼。"会带来污染。"你感觉到自己颈后一阵刺痛。汤基犀利地看着你。

"可恶,'某种危险'可以是任何东西。"加卡说,她很烦,你们还站在那里,盯着几块生锈的铁块在看。

"不,这一次,它指的东西非常明确。"汤基瞪得加卡垂下眼帘,这本身就已经让人印象深刻。"这就是它们敌人的标志。"

×,你现在明白了。我 ×,×,×。

"什么?"依卡问,"邪地啊,你们到底在讲些什么?"

"他们的敌人。"汤基小心翼翼,靠在柱脚边缘,你注意到她的小心,也发觉她是要强调这东西。"他们在打仗,你们难道不懂吗?在临近尾声时,就在他们的文明蒙尘前夜。他们所有的废墟,那个时代遗留下来的一切,全都是防卫性质,旨在求生。跟现在的社群一样——只不过他们拥有更多防卫手段,远不只是石墙。就像这种可恶的巨大的地底晶体球。他们是藏身在这类地方,并且研究他们的敌人,也许制造武器,旨在反击。"她拧身指向上方,示意柱脚的上半部分。它这时正好在闪烁，像方尖碑一样。

"不，"你失神地说。所有人都在看你，你哆嗦了一下。"我是说……"可恶，但你现在已经在说，"那些方尖碑才不是……"你不知道该从何说起，除非告诉他们整个故事，而你并不想全部都说。你不确定是为什么。也许跟安提莫妮试图阻止埃勒巴斯特向你讲出内情时的想法一样：他们还没做好准备。现在你需要讲完这句话，同时又不引来更多追问。"我不觉得它们是防卫性质，也不是某种……武器。"

汤基默然良久："那么，它们是什么？"

"我不知道。"这也不是假话。你的确无法完全确定。"一种工具吧，或许是。如果用错了会有危险，但初衷并不是杀戮。"

汤基看上去已经做了准备："我知道埃利亚城遭遇了什么，伊松。"

这是意外一击，的确让你从情感上跌到了谷底。幸运的是，你这辈子都在受训，练习转移意外打击。你说："方尖碑制造的初衷，并不是被那样使用。那次是意外。"

"你怎么能——"

"因为我跟那鬼东西连接着呢，在它开始熔穿的时候！"你这句话喊得太响，以至于声音在整个房间里回荡，你自己也才吃惊地发觉自己有多愤怒。其中一名壮工倒吸凉气，眼神里发生了某种变化，让你马上想起特雷诺的壮工们，当拉什克下令放你出门时，他们也是用同样的眼光看你。就连依卡看你的样子，也在无声地提示，你正在吓坏本地人，快他妈的给我安静下来。于是你深吸一口气，静下来。

（直到晚些时候你才回想起这段对话中用过的那个词。熔穿。你将奇怪自己为什么这样说，它是什么意思，而且自己也无力回答。）

汤基长出一口气，很小心，这也像是反映了整个房间其他人的意见。"有可能，我的确可能有些先入为主的错误看法。"她说。

依卡一只手抚过头发。这让她的头一时显得特别小，直到头发恢复蓬松。"好吧。我们已经知道,凯斯特瑞玛之前也曾被用作社群。也许有好几次。如果你之前找我问,而不是像个捣蛋孩子一样闯进来,我也会知无不言,因为我跟你一样,也想搞清楚这个地方的真相——"

汤基发出刺耳的狂笑:"你们这帮人啊,没有人一个够聪明,谁也理解不了这个。"

"但你做出这些破事之后,已经让我无法相信你。我不会让自己不信任的人胡作非为,那样可能伤害到我爱的人。所以我要让你彻底远离此处。"

加卡皱眉:"依克,这有点儿太严厉了,不是吗?"

汤基马上紧张起来,被吓得两眼瞪大,一副很受伤的样子:"你不能把我赶走。这个破烂社群里的其他任何人,都完全不懂——"

"我们这个破社群里的随便哪个人,"依卡说,现在,壮工们看她的眼神也开始变得忐忑,因为她几乎是在吼叫,"都不会把我们所有人烧着了,只为研究世界年轻时就已经灭绝的那些人。我觉得,你早晚会干出这么恐怖的事。"

"你们可以监督我来这里!"汤基说。她现在看似很绝望。

依卡上前一步逼近她,紧贴到她脸前,汤基马上安静了。"我宁愿对这个地方一无所知,"依卡说,她现在虽然激动,语调却冷酷又低沉,"也不想冒险毁掉它。你能说同样的话吗?"

汤基也瞪着她,身体显然在颤抖,但什么也没说。答案很明显,不是吗?汤基跟加卡相像,两人都生在领导者之家,家教是让他们优先考虑公众利益,但两人都选择了更为自私的路线。这甚至不是个问题。

这就是后来你回想当时,对接下来发生的事情并不意外的原因。

汤基转身,扑向红色警示光,然后就抓了一个铁块在她的拳头里。等你意识到她拿东西，她已经在转身离开。跳向梯口的大门。加卡惊叫；依卡只是站在原地，有些吃惊，但主要是松了一口气；两名壮工困惑地呆看，然后为时已晚地起步追赶汤基。然而片刻之后，汤基惊呼一声，跌跌撞撞停步。一名壮工抓住了她的胳膊，但当汤基号叫时，就又放开了。

你还没有思考，就已经开始行动。某种意义上，汤基是你的人——就像霍亚，就像勒拿，就像埃勒巴斯特，好像失去孩子们之后，你就在无条件收养任何一个能够让你自己产生情感羁绊的人，哪怕只有一瞬间让你动心。你甚至都不喜欢汤基。但当你抓住她的手腕，发现她满手是血，还是觉得腹中一紧。"这到底是——"

汤基看着你：迅速的，动物性的恐慌。然后她身体一颤，再次大叫，你这次险些放手，因为有东西在你拇指下面蠕动。

"可恶，这是什么？"依卡叫道。加卡的手也抓住汤基的胳膊来帮忙，因为汤基慌起来力量很大。你抑制住自己难以解释的、强烈的反感，移开拇指，仍旧握紧汤基的手腕，以便看清。是的。有东西就在她皮肤下面移动。它有时跳跃，有时微微偏转，但总体方向朝上，沿着那里的一条主要血管移动。看大小，应该就是那铁块。

"邪恶的大地啊！"加卡说，快速地向汤基脸上投去担心的一瞥。你勉强抑制住歇斯底里的大笑，加卡只是随口骂人，却意外地接近真相。

"我需要一把刀。"你说。在你自己的耳朵听来，你的声音相当平静。依卡探身过来，看到你们看见的东西，骂了一句。

"噢，我×，可恶，混蛋。"汤基呻吟着，"把它弄出来！把它弄出来，我再也不来这里了。"这是谎话，不过当时，她或许是真心的。

"我可以把它咬出来。"加卡抬头看你。她磨尖的牙齿像剃刀一样锋利。

第十三章 你，在老古董之间

"不行。"你说，确信那东西肯定会钻进加卡身体里，还做同样的事。割开舌头，可是要比割开胳膊更难。

依卡大叫："给我刀！"她冲着一名壮工喊，带玻钢刀的那位。刀很锋利，但是小，更像是割绳子用的，而不像武器；用这货杀人，大概需要捅一百万次——除非精确命中要害。就只有这东西可用，你还抓着汤基胳膊，因为她像动物一样乱挣扎，乱喊叫。有人把刀放进你手里，动作拖泥带水，还把刀刃冲着你。感觉像是花了一年，才调好握刀姿势，但你一直盯着汤基棕色皮肤下面那个枣栗的，活动的小块。这坏东西要去哪儿？你内心过于恐惧，无暇细想。

但在你准备好小刀，能把它切除之前，它消失了。汤基再次尖叫，声音尖锐，充满恐惧。它钻进了她的肌肉里。

你划了一刀，在她手肘上方切开一道深深的口子，这本来应该在它前方。汤基呻吟着说："更深些！我能感觉到它。"

再深就要割到骨头了，但你咬紧牙关，还是割深了些。现在到处是血。你无视汤基的喘息和呼痛声，试着摸索那东西——尽管你内心里也暗自害怕，怕它接下来会钻进你的肌肉里。

"动脉里。"汤基喘息着说。她在哆嗦，每个字都是从牙缝里挤出来的，"像他妈的高速路通往——隐知——啊！我×！"她捶打自己的二头肌。现在，它的位置已经比你预料的更高。进入更粗的血管之后，移动速度加快了。

隐知。你瞪了汤基一会儿，意识到她想说的是隐知盘，这让你心惊胆寒。依卡从你背后伸过手来，握住汤基的那只胳膊，就在肩部三角肌以下，用力捏紧。她看看你，但你知道现在只有一件事可做了。靠那把袖珍小刀你是做不了的……但你还有其他武器。

"把她的胳膊伸开。"你不等着看加卡和依卡有没有照办，就抓住了汤基的肩膀。你想到的是埃勒巴斯特的招数——一个小小的，精细的，区域化的聚力螺旋，就像他用来杀灭煮水虫的那种。这次，你将用它来刺穿汤基的胳膊，冻结那个小铁块。希望能成功。就在你展开意识，闭上眼睛来集中精神时，却又发生了变化。

你已经深入她的体热中，寻找那铁块的金属结构，试图将它的金属材料，跟汤基血液中的铁质区分开来，然后——是的。那种来自魔力的银色闪光的确存在。

你没有预料到这个，出现在她细胞的胶质泡状物质之间。汤基并不像埃勒巴斯特那样，正在变成石头，你也从未在其他任何活物体内感知到魔力。但在这儿，汤基体内这里，却有一个持续闪光的东西，银色光泽，细如丝线，从她脚下升起——来自哪儿？并不重要——但终点是那铁块。难怪那东西跑那么快，原来它是有其他东西充当动力来源。利用这个动力源，它伸展出自己的触须，拉扯汤基的肌肉，拖动自己向前。这就是让她疼痛的原因——因为它触及的每个细胞都会像烧伤一样战栗，然后死去。那触须也会在每次接触后变长，那该死的东西，在钻过她身体的过程中还在生长，用某种不可知的方式，以她的身体为食。有一根导向触须向前摸索，一直指向汤基的隐知盘，你本能地知道，如果让它到达那里，结局一定很糟。

你试图抓住那条根源线，考虑截断它，或者去除它的力量，但，哦，

不

那里有仇恨，还有

我们都是身不由己

还有愤怒，以及

啊，你好，我的小敌人

"嘿！"加卡的声音在你耳中震响，她在喊叫，"可恶，你醒醒！"你摆脱那团迷雾，之前都不知道自己陷入了恍惚。好吧。你要

远离那根接地线，以免再遭遇到驱动那东西的力量。刚才那一瞬间的接触却是值得的，因为现在你知道该怎样去做了。

你想象剪刀，无比锋利，两刃都是闪耀的银色。剪断导引。剪断那些触须，否则它们还会再长。剪除那污染，抢在它更深入汤基身体之前。你这样做的时候想着汤基，想要救她的命。但汤基在你眼里不是汤基，只是一堆颗粒和材质。你切了下去。

这不是你的错。我知道你永远都不会相信，但……这真的不是你的错。

然后，等你没法儿让隐知盘放松，调整感知系统变成宏观视角，你发现自己浑身——真的浑身都是血，你很吃惊。你不是很明白汤基为什么在地上，不停喘息，她身边那片血泊在蔓延，加卡正在朝一名壮工吼叫，要他的腰带，马上，马上。你感觉到那铁块在附近抖动，吓得一激灵，因为你现在知道那些东西有何种企图，而且也确定它们极为邪恶。当你转头看那铁块，却困惑不解，因为只看到平整的棕色皮肤，上面粘着血迹，还有一片熟悉的衣料。然后你感觉到抽搐一样的动作，你的手开始感应到重量。然后。然后，好吧。你手里拿着汤基被截掉的胳膊。

你掉落了它。更像是把它丢开，惊吓中力气还挺大。它掉落在地上，正好在依卡和两名壮工身后，他们正集中在汤基身旁，做些什么，也许是努力救她的命，你甚至无法抱头哀恸，因为现在你看到，汤基胳膊上的切面是个完美的，微微倾斜的断口，仍在流血和抽搐，因为你刚刚把它切断，但等等，不对，这并不是唯一的原因。

从骨头附近的一个小洞里，你看到有东西扭动着钻出来。那个洞是被切断的动脉。那个东西就是那铁块，它掉落在翠绿色地板上，然后就躺在血泊里，仿佛只是一块无害的金属。

你好，小敌人。

插 曲

  有些事，你不会见证它的发生，但会影响你的余生。想象它。想象我。你知道我是什么，你以为知道，不管是你理性思维的头脑，还是你身上动物性、本能性的部分。你看到一个石头身体的男孩，身上有血肉，尽管你从未相信过我是人类，却的确一直都把我当成孩子。你现在还这样想，尽管埃勒巴斯特早已告诉你真相——说明我早在你们的语言出现之前，就已经不再是孩子。也许我从来都不曾是孩童。但听说这件事，跟相信它，完全不是一回事。

  你应该把我想象成我在自己同类里面真正所是的样子：年迈，而且强大，极具震慑力。一个传奇。一名巨怪。

  你应该想象——凯斯特瑞玛就是一个蛋。这个蛋周围有众多败类，就躲在周围的石头里。对下贱的食腐动物而言，蛋是一个诱人的目标，如果无人守护，也很容易被吞食。这颗，就在被吞食的过程中，尽管凯斯特瑞玛的人们几乎没有察觉。（我觉得，只有依卡是例外，但即便是她，也只是起了疑心。）如此缓慢的吞食节奏，不会被你的同类察觉。我们这类人行动可以很慢。但等到吞食完成，结果同样致命。

  有东西让这些食腐动物停顿下来，露出牙齿，但并未咬下去。这里还有另一个老迈强大的食岩人：被你们称为安提莫妮的那个。她对守护这颗蛋并无兴趣，但如果她选择插手，就有这个能力。她也会插手，如果那些家伙想要染指她的埃勒巴斯特。其他人明白这个，也在警惕着她。他们不应该多此一虑。

我才是他们应该害怕的人。

我离开你的第一天，就消灭了他们中的三个。就在你站在那里，跟依卡分享一支老叶烟的同时，我撕裂了依卡的食岩人，那个红头发怪物，她称之为拉斯特，而你称作红发女。这肮脏的寄生虫，潜藏行踪，只为窃取，而从不付出代价。我们本不应该如此堕落。然后我解决了那两个一直追踪埃勒巴斯特的人，他们指望着等安提莫妮分神，就冲上去动手——这并不是因为安提莫妮需要帮助，请注意，只是因为我们种族无法容忍这种程度的愚蠢。我解决它们，是为了全体同族的利益。

（他们并不是真的死了，如果你在担心这个的话。我们是死不了的。再过一万年，或者一百万年，我把他们打碎成的原子就会重组，恢复自身。这么长的时间，足够让他们反思自己的愚蠢，下次表现更好一些。）

最初的杀戮让很多其他人逃离；食腐者内心都是懦夫。不过，他们并没有走远。在逗留附近的人中，有几个尝试跟我谈条件。足够各取所需，他们说。哪怕只有一个有那份潜力……但我发现这些人有的在观察你，而不是埃勒巴斯特。

他们向我忏悔，而我跟他们绕圈子，装作可能宽宏大量的样子。他们说起另外一个老家伙——那人我认识，很久以前冲突过。他也有个愿景，适用于我们种族，跟我的不一样。他听说过你，我的伊松，而且如果他能够，会愿意杀死你。因为你想要完成埃勒巴斯特开始的那件事。有我在，他无法对你动手……但他的确能够误导你毁掉自己。他甚至还从北方找了些贪婪的人类盟友，来帮他这样做。

啊，我们这场荒谬的战争。我们那么容易就能利用你们人类。即便是你，我的伊松，我的宝贝，我的傀儡。我希望，将来总有一天，你会原谅我。

第十四章

你们收到邀请

六个月了,每天活在一成不变的白光照耀下,活在魔力驱动的古老逃生壳里。最初几天过去之后,你就开始在感觉累的时候用布裹住眼睛,制造自己的昼夜循环。效果还行。

汤基的胳膊撑过了接合,尽管她一度出现严重感染,勒拿的简单抗生素貌似无力阻止。她还是活了下来,尽管等到高烧退去,青黑色的感染线条消失,她的手指也失去了一些精细动作能力,有时候,她的整只胳膊都会有幻痛和麻木。勒拿觉得这些症状会是永久性的。汤基有时候会因此说些污言秽语,每当你发现她又在钻取岩石样本,或做其他事,却迫使她去跟创新者职阶的头儿们一起开会。每次她说得太过分,叫你"砍胳膊凶手"之类,你就会提醒她:首先,放一块邪恶大地的化身爬进身体里,是她自找的麻烦;其次,依卡到现在还没杀掉她,完全是因为你,所以她或许应该考虑下闭嘴。她会听,但有时还会在这件事情上犯混。安宁洲啊,没什么事物会真的改变。

然而,但是……有时候还真有事情会变。

勒拿原谅了你身为怪物的本质。其实也不完全是。你和他还是无法放松地谈起特雷诺。但毕竟,他听到了你跟依卡的激烈争吵,贯穿他给汤基胳膊做手术的全过程,这对他来说有些意义。依卡想让汤基躺在手术台上等死算了。你为了她的生命抗争,并且获胜。勒拿现在知道，你不止能够带来死亡。你不确定自己是否同意这样的评估，但是，把旧日友谊抢救回来一些，毕竟也是一份解脱。

加卡开始追求汤基。汤基起初的反应并不是很好。她一开始主要是感到困惑，当对方送来死动物和图书作为礼物，伴着一句貌似太随意的"给她的大脑壳一点儿可以咀嚼的东西"和一个挤眼的表情。最后只能由你来给汤基解释说，加卡已经打定主意，不知道这个大块头女人到底有怎样扭曲的价值观，才会看上这位此前失去社群的测地学家，尽管对方的社交能力约等于石头一块，却成了她眼里最值得追求的对象。然后汤基主要是觉得烦，抱怨这件事"分神"，只是"对暂时欢愉的庸俗追求"，以及这会"导致肉身注意力偏移"。你多数时候都置若罔闻。

最终搞定这件事的，是那些书。加卡选书的标准，似乎是书脊上多音节词的数量，但你的确有几次回家，都发现汤基在忘我地读那些书。最终有一次，你回家时看到汤基门帘闭合，汤基本人正在跟加卡进行某些忘我活动，至少那边传来的声音是这样。你本来以为，她胳膊伤那么重，应该做不了太夸张的事。但是，哼！

也许就是这个，让汤基对凯斯特瑞玛有了新的归属感，导致她更愿意在依卡面前证明自己的价值。（也或许只是出于骄傲。依卡有一次说，汤基对社群的贡献还不如最勤劳的壮工，那次可把她气坏了。）

不管出于什么原因，汤基还是给委员会带来一个新的预测模型，这是她自己编制的：除非凯斯特瑞玛找到一个动物蛋白质的稳定来源，否则一年以内，就会有一些社群成员显示出营养缺乏症状。"这个会从多肉笨瓜们开始。"她对你们所有人说，"健忘、疲乏，这类小事。但其实是一种贫血症。如果一直持续，结果就是失智症和神经系统损伤。剩下的你们可以想象了。"

有很多讲经人故事，都涉及没有肉的社群可能发生的问题。这会让人们变虚弱，出现妄想狂症状，社群变得易受攻击。避免这种结果的唯一选择，汤基解释说，就是吃人。种植更多豆类作物的方法根本就不够用。

这报告内容倒是有用，但没有人真心想听，依卡也没有因为汤基说出这些而改善对她的印象。你在会后感谢了汤基，因为没有其他人表示过。她略有些得意地回答说："好吧，要是我们开始相杀相食，我就无法继续研究，所以……"

你把原基人小孩的课程推给了特梅尔，社群里另一位成年原基人。孩子们抱怨说，他教的不是很好——没有你那份精准，尽管他对大家要求比较宽松，但他们学到的也不像以前那样多。（有人欣赏就是好，哪怕是事后。）你的确开始教卡特，作为备用人选，在他问你怎样砍掉了汤基的胳膊之后。你怀疑他永远都理解不了魔法，怕也是无法移动方尖碑，但他至少有一戒水平，你想看看能否把他培养到两戒或三戒水准。就想试试。看来，更高水平的教学不会拖累你向埃勒巴斯特学习——或者说至少巴斯特没有抱怨这件事。你还是坚持教，因为你喜欢教授技艺的感觉。

（你还向依卡提议交换技能，因为她没有显示出任何参加课程的兴趣。你想知道她是怎样做到她那些事的。"不行哦。"依卡说，然后向你挤眼睛，那样子不完全像是开玩笑。"我得留两手，免得你哪天把我冻死了。"）

一个完全由自愿者组成的贸易使团前往北方，试图到达泰特黑社群。他们没再回来。依卡否决了所有未来尝试，你也没有反对这个决定。消失的那群人里，有以前跟你学原基力的一名学生。

不过除了食品供应问题之外，凯斯特瑞玛在那六个月里可谓一片繁荣。有个女人未经许可怀孕，这是件大事，婴儿会持续几年无力对社群做出任何贡献，而且在灾季，没有一个社群能容纳太多无用人口。依卡决定，那女人家里的两对已婚夫妇不会得到任何额外份额，直到某些老弱病残去世，给未经许可诞生的小孩空出位置。你为此又跟依卡吵了一架，因为你完全知道，当她随口告诉那女人，"应该不会等太久"，她指的是埃勒巴斯特。依卡完全不觉得惭愧：她的确是指埃勒巴斯特，而且希望他早点儿死，因为婴儿到将来至少还有些价值。

这场争执带来了两个好结果：每个人都对你们更加信赖，因为看到你们在平台上扯着嗓子喊叫，却没带来一丝地震；而且繁育者决定为他们新生的婴儿发声，以便平息这场争端。基于胎儿血统较好，他们决定将自己的一个出生配额转让给这个家庭，条件是孩子出生后如果条件完美，就必须加入他们的职阶。他们说，这并不是什么可怕的代价，在有生育能力的年份持续为社群和职阶贡献小孩，以此来换取自己出生的资格。那位准妈妈同意了。

依卡还没有把蛋白质情况通报给全社群，这是当然，否则，繁育者们也不会替任何人说话。（汤基自己猜出了这些，当然如此。）依卡也不想告诉任何人，直到这问题再没有任何其他解决方法。你和其他参谋组成员不甘心地表示同意。现在还有一年时间。但因为依卡的沉默，几天后有个男性繁育者来找过你，当时你把汤基接回家，刚休养了几天。那位繁育者长有灰吹发型，肩膀强壮，野梅子一样的眼睛，得知你曾生过三个健康婴儿，全都是强大的原基人，他显示出了强烈的兴趣。他拍你马屁，说你多高多壮，你在赶路期间只有少量定食，却坚持数月之久，并暗示你才仅仅四十三岁。这真的让你笑出了声。你感觉自己老迈得像这颗星球，而这个帅气的傻瓜呢，却以为你还有兴趣再生一个小孩。

你用一个微笑拒绝了他隐晦的建议，但这感觉……好奇怪，跟他进行这样的对话。熟悉又烦人。那位繁育者走后，你想起考伦达姆，随之吵醒了汤基,因为你丢了个杯子到墙上,还扯着喉咙大叫。然后你去找埃勒巴斯特,又上一次课,这次真的完全无用,因为你一直就是站在他面前,完全安静地站着,气得浑身发抖。这样持续五分钟之后,他疲惫地说:"不管你他妈的在烦些什么,都得自己解决了。我已经无力劝阻你。"

你恨他不再那样不可战胜。也恨他不肯恨你。

那六个月里,埃勒巴斯特又遭受过一次严重感染。他能活命,全靠自己故意把两腿剩余的部分石化。这次自行实施的手术让他的身体如此疲乏,以至于他少有的那些清醒时段缩减至每次仅有半小时,期间夹杂着长时间的恍惚和不安稳的睡眠。他那么弱,醒着的时候,你也要很费力才能听到他讲话。尽管,谢天谢地,他在几周后有所好转。你现在取得一些进步,能轻易连接到新近到达的黄玉碑,也开始理解他做了什么,才把尖晶石碑变成了宝剑形的武器放在身边。(方尖碑是传送通道。你可以在它们中间飞行,跟它们一起飞行,魔力就会运使开来。抗拒者死,但如果能用足够精细的方式与之共鸣,可以开启众多可能。)

相对于连接众多方尖碑,这还差很远,你也知道自己学习得不够快。埃勒巴斯特已经没力气骂你行动迟缓,但他也无须责骂。眼见他日渐憔悴,才是促使你一天天推动方尖碑,即便是头痛、恶心,也一次次扑入水色光芒中的动力,尽管你最想做的,其实就是找个地方蜷起来大哭一场。看他太让你伤心,于是你强打精神,更努力地要成为他。

这些倒也有一个好处:你现在有了生活目标。可喜可贺。

你曾有一次靠在勒拿肩上哭泣。他揉搓你的背,小心翼翼提出,你并不需要独自悲哀。这是求婚,但只是出于善意,而不是激情,于是你无视它,而且也没有感到惭愧。暂时就这样。

第十四章 你们收到邀请

局面就这样实现了某种平衡。这并不是休息,也不是挣扎。你活了下来。在第五季。在这一次第五季,这本身就是一种胜利。

然后,霍亚回来了。

· · ※ · ·

他回来那天,有悲哀,还有蕾丝花边。悲哀是因为更多猎人丧命。当时他们正在带回近期少见的猎物——一头熊,它显然太瘦,已经无法安全冬眠,它在绝望中攻击人类,很容易被射杀——然后打猎队伍又遭到其他势力的攻击。一波弓弩齐射之后,有三名猎人丧生。另外两名幸存的猎人没看到攻击者;投射武器像是从四面八方同时飞来。他们明智地选择了逃走,尽管一小时后又折返回去,希望能带回同伴的尸体,还有那只宝贵的猎物。神奇的是,攻击他们的人没有带走任何东西——但留了一件东西在死者那里:一根插在地上的棍子,有人在上面缠了一块破旧肮脏的布条。布条系得很紧,中间夹了一样东西。

你走进依卡的会议室,正好赶上她开始割开那布条的死结,尽管卡特站在她身旁,紧张地说着:"这样做一点儿都不安全,你完全不知道——"

"我不在乎。"依卡咕哝说,集中精力在那死结上。她其实很小心,避免了最厚的地方,那里显然有什么东西;你不知道那是什么,但它鼓囊囊的看似很轻。房间要比平时更拥挤,因为一名猎人也在场,身上沾着灰尘、血迹,看似铁了心地要知道她的同伴因何而死。你进来时,依卡抬头瞅了你一眼,但随后就接着忙活。"要是有东西炸在我脸上,卡兹,你就是新首领。"她说。

这让卡特涨红了脸,闭上了嘴,让她得以心无旁骛地弄开了布扣。那层叠的布头碎片曾是白色蕾丝，如果你没猜错的话，其质量很好，会让生前的太婆抱怨自己贫穷的那种。等到布条断裂开来，中间是一小块团起来的皮革。这是张便条。

欢迎加入雷纳尼斯，上面用炭黑写道。

加卡在骂人。你坐在一条长沙发上，因为这里比地板强，你总需要坐在某个地方。卡特看上去一脸的难以置信。"雷纳尼斯在赤道地区。"他说。因此它应该已经被毁灭了；跟你的反应一样，上次埃勒巴斯特说起时。

"也许不是雷纳尼斯本城。"依卡说，她还在检查那块皮革，把它翻转过来，用刀刃刮那些炭黑，就好像在检查它们的真实性一样。"或许是来自那座城市的一帮幸存者，现在没有社群，几乎就是流寇，以家乡城市自称。或者就是些仰慕赤道区生活的人，趁机假冒这个名字，体会在那座城被烧之前无法拥有的东西。"

"都一样。"加卡打断她，"不管他们来自哪里，现在都是威胁。我们要怎样对付它？"

他们深入猜想，互相争论，所有人都有些慌。你并没有真的打算那样做，不知不觉就倚靠在依卡会议室的墙上。背后就是她居室被掏挖出来的那根晶体柱。背后就是晶体球的表皮，晶体柱扎根的地方。这不是一根方尖碑。甚至连控制室里闪光的那些晶体柱，也没有那种蕴含力量的感觉；即便是处在方尖碑那样的不真实状态里，那是它们跟真正方尖碑唯一的共同之处。

但你还是记起了埃勒巴斯特很久以前跟你说过的另外一件事，在一个榴石色的下午，一个如今已经变成废墟的海岸社群。埃勒巴斯特低声说起各种阴谋，窥视者，没有任何地方安全。你是说有人能借助墙体听到我们说话？透过石头本身？你记得自己当时曾经问他。曾经一度，你感觉他做的那些事都是奇迹。

而现在你已经有九戒功力,埃勒巴斯特说的。现在你知道,奇迹仅仅来自努力,来自感知,也可能来自些魔力。凯斯特瑞玛存在的位置,周围是古老的沉积岩,其间穿插着久远时代死去的森林变成的黑碳,整体险险平衡在古老断层线交错的区域,那些断层近乎完全愈合。这晶体球存在了足够久,不管它在岩层中的位置有多尴尬,其外层已经跟本地矿物完全融合。这让你很容易将感知力推延到凯斯特瑞玛之外,沿着逐渐变细的石脉扩散。这跟扩展你的聚力螺旋不是一回事;聚力螺旋只是你的法力,而这个是你本身。这更难。但你,你本身,能感觉到自己的法力无法触及的地带,所以——

"嘿,你醒醒。"加卡说着,推你肩膀,你一下子醒来,瞪着她。

依卡在叫苦:"加尔,记得提醒我,哪天跟你讲讲有人打断高阶原基人施法时,通常会有何种后果。我是说,你大概也能猜到,但还请提醒我多讲讲恐怖细节,也许这样能对你起一点儿切实的震慑效果。"

"她就那样干坐着。"加卡靠着椅背,看上去很不满,"你们其他人就顾着干看她。"

"我在尝试听取北方的声音。"你恨恨地说。他们看你的样子,就好像你疯了一样。邪恶的大地,要是这儿再有一个学院训练过的人就好了。尽管话说回来,除了高手,也没人能懂这些。

勒拿小心翼翼地说:"听取……大地的声音?你的意思……是不是隐知?"

这些东西用语言描述实在太难。你揉揉眼睛。"不是的。我是说真的听。震动。所有声音都是震动,我是说,但是有的……"他们的表情显得更加困惑。看来你只能继续补充背景了。"抗震网络依然存在。"你说,"埃勒巴斯特是对的。如果我尝试,也能隐知到它,一片宁静区,而赤道的其他地区已经是水深火热。有某些人正在维护他们,雷纳尼斯周围的站点维护员,他们还活着,所以——"

"所以这事真的是那些人做的。"卡特说,听起来很担心,"真有一个赤道城市决定劝服我们。"

"赤道人才不会劝服。"依卡说。她讲话时下巴紧绷,盯着手里那块皮革。"他们是旧桑泽,或者说它剩余的部分。当桑泽人哪天想要得到什么,一贯都是明抢的。"

一阵紧张的沉默后,他们又开始小声议论,越说越恐慌。太多空话。你叹口气,揉揉太阳穴,希望能独自一人,再次尝试静听。或者……

你眨眨眼。或者。你开始隐知黄玉碑的潜能,它就浮在凯斯特瑞玛－上城的天空中,过去六个月一直都在那儿,半隐于灰云后面。邪恶的大地啊。埃勒巴斯特并不是单纯隐知半个大陆;他在用尖晶石碑帮忙做到这件事。你以前甚至没曾想过利用方尖碑扩展自己的感知范围,但他用起来,却像呼吸一样自然。

"谁都别碰我。"你小声说,"谁都别跟我说话。"你没有等着看大家有没有明白,就扑入了那座方尖碑里。

(因为,好吧,你的确有几分渴望这样做。已经有连续几个月梦到向上涌升的水流和源源不断的力量。你只是人类,不管他们对你的同类如何说三道四。对人类而言,强大的感觉总是让人心醉。)

然后你就进入了黄玉碑,通过它,将你的感知延伸到全世界。不必潜入地底,因为黄玉碑就在天上,它本身就是天空;它存在的状态已经超过固体的限制,所以你也有能力超越;你也变成了天空。你在火山灰的云层里飘荡,看到安宁洲在自己身下延展,大地高低不平,时而可见垂死的森林和丝缕般的道路,第五季绵延多时之后,一切都笼罩着一层灰色。大陆看似如此渺小,你心里想,我只要一眨眼工夫,就能跑到赤道区,但这个想法让你有些害怕。你不知道为什么。你努力不去想——从开始为这种力量感到兴奋,到运用它来毁灭世界，中间有多大距离呢？（埃勒巴斯特有没有过这种感觉，当他……？）但你已经投身其中，你已经连接方尖碑，感应完全没问题。你还是向北疾行。

然后你踉跄着停住。因为有个比赤道靠近很多的东西吸引了你的注意力。那景象太惊人，以至于你跟黄玉碑的连接马上出现了偏转，而且你的确非常幸运。有个玻璃碎裂一样的瞬间，你感觉到方尖碑强大力量惊心动魄的一面，知道你还活着的唯一原因，就是幸而及时发生的共鸣，以及早已死去的方尖碑设计者显然对你这样的失误早有准备，然后你就在喘息，回到自己的身体里，还没完全想起辞令的意义，就开始了喋喋不休。

"营地，火堆。"你说，一面喘息着。勒拿走过来，蹲在你面前，握住你的手，检查你的脉搏；你无视他。这事很重要。"盆地。"

依卡马上就明白了，坐直身体，咬紧牙关。加卡也是；她一点儿都不蠢，要不然汤基不可能跟她好上。她咒骂着。勒拿皱眉，卡特看你们所有人，越来越困惑："刚才这话，真的有什么意义吗？"

这笨蛋。"一支军队。"你恢复了些，没好气地说。但现在说话好难。"那……那儿有一支……该死的军队。就在盆地森林。我可以隐知到他们的营火。"

"多少人？"依卡已经在起身站立，从架上取下一把长刀，束在大腿旁边。加卡也起来，走到依卡房间门口，拉开门帘。你听到她大声叫埃斯尼，壮工的首领。壮工们有时负责侦察，也会协助猎人，但在这种情况下，他们的主要任务，就是负责整个社群的防卫。

你在方尖碑内部时，并不能数清所有出现在意识中的小红点，但你试着估算。"也许一百个？"不过，那是营火的数量。每个火堆旁能有多少人呢？你猜是六七个。不是很大一支军队，在通常情况下。任何一个像样的方镇长官，都能在短时间内集结十倍于此的兵力。不过在灾季里，对一个像凯斯特瑞玛这样的小社群而言——这里的人口总量也没比敌人数量多很多——一支五六百人的军队，已经是非常严重的威胁。

"泰特黑。"卡特叹息着说，坐倒在位子上。他的脸色变得比平时更苍白。不过你懂了他的意思。六个月前，那些被穿透的尸体立在林中盆地里。泰特黑社群就在盆地彼岸，接近河口，那条河弯弯曲曲流过凯斯特瑞玛的领地，最终注入南中纬地区最大的湖泊之一。你们已经几个月没听到泰特黑的任何消息，而在那次警告后派出的使团也一去不回。这支军队一定是在那个时间前后袭击了泰特黑，在那里驻扎了一段时期，派出探子标示势力范围。补充给养，制造军备，治疗伤者，也许送了些战利品回雷纳尼斯。现在他们已经消化了泰特黑，再次开始行军。

而且出于某种原因，他们知道凯斯特瑞玛在这儿。他们在打招呼。

依卡去了外面，跟加卡一起喊，几分钟内，就有人摇响地震警报，召唤各户家长去平顶台集合。你从未听过凯斯特瑞玛的地震警报——这社群，可有好多原基人——那声音比你预料的更难听，低沉，有节奏，嗡嗡响。你知道为什么，在一个到处是晶体建筑的地方，敲钟绝对不是好主意。但是，难听就是难听。你和勒拿还有其他人一起，跟着依卡走过一道绳梯，转过两个巨大晶体柱。她紧闭双唇，一脸严峻。等她到达平顶台，上面已经有一小群人；等她叫嚷着让人别再吹那可恶的警报，警报声也真正停止时，那根截断的晶体柱上开始拥挤到危险的程度，到处是咕哝着的，焦急的人们。周围的确有护栏，但还是危险。加卡向着埃斯尼喊，埃斯尼又向人群里的壮工们喊，于是他们笨拙地行动起来，免得在讨论即将来临的大悲剧之前，再发生其他不相干的悲剧，让大家分心。

等到依卡举手示意大家注意，所有人都马上安静下来。"说下情况。"她开口说,然后短短几句,就把背景交代得一清二楚。

你尊重她毫无隐瞒的做法。你也尊重凯斯特瑞玛的人,他们除了警觉地惊呼,小声议论之外,并没有任何异常举动,也没有惊慌。但话说回来,他们都是忠实可靠的社群成员,而惊慌,在安宁洲一直都是被鄙弃的做法。讲经人的故事里有好多严厉的警告,说那些无法控制恐惧的人造成的恶果,很少有社群会给这样的人授予社群名,除非他们特别富有,特别有影响力,可以推动这种事。一旦灾季蔓延,这种事往往会自动解决。

"雷纳尼斯是个很大的城市。"有个女人开口说,当时依卡刚讲完,"规模只有尤迈尼斯的一半,但还是有几百万人。我们能打赢那种对手吗?"

"现在是第五季。"加卡说,抢在依卡能回答之前。依卡狠狠瞪了她一眼,但加卡耸肩表示不在乎。"我们别无选择。"

"我们可以,因为凯斯特瑞玛的建筑特色。"依卡补充说,同时丢给加卡最后一个让她闭嘴的眼神。"他们不可能从背后偷袭我们。如果迫不得已,我们可以封堵隧道;然后就没人可以下到这里。我们可以拖垮对手。"

但不是拖到永远。考虑到社群需要打猎和贸易来补充物资储备以及水培园地。你尊重依卡不说这件事的决定。人群中有些响动,这次是略显释然。

"我们有没有时间派使者去南方,联络我们的盟友社群呢?"勒拿问。你可以感觉到他试图绕过补给问题。"它们有没有可能愿意帮助我们?"

依卡对最后一个问题嗤之以鼻。好多其他人也这样做了,有些向勒拿投去表示同情的眼神。这是第五季。但是——"贸易倒有可能。我们或许能增加些重要物资、药物,为围困做更好的准备。如果是一小队人，要几天才能穿过森林盆地；要是人多，可能得花几个星期。如果他们急行军，能快一些，但在陌生的土地上，那样做愚蠢又危险。我们知道，他们的巡逻队已经在我们的土地上，但是……"她瞅了你一眼，"其他人距离有多近？"

你猝不及防，但你知道她想要什么结果。"他们大多数人都在以前挂尸体的位置附近。"那是森林盆地的中段。

"他们可能只要几天时间就能到达此地。"有人说，声音紧张尖厉，很多人闻声也开始窃窃私语。他们变得更吵闹。依卡再次抬起双手，但这次，只有一部分集合起来的人安静；其他人还在猜想，算计，你看到有几个人离开，走向绳桥，显然有他们自己的打算，不想再听依卡调遣。这不是混乱，也不完全是慌张，但空气中弥漫着足够的恐惧，让人隐约有种苦涩的感觉。你站起来，想要跟依卡一起走到人群中央，想要跟她一起呼吁大家安静。

但你停下脚步，因为有人站到了你要走向的位置。

它给人的感觉不像安提莫妮，或者红发女，或者其他食岩人，你在社群周围时不时瞥见的那些。那些，不管出于什么原因，都不喜欢别人看到它们移动；你偶尔能看到身形一闪，然后那座雕像就会出现，看着你，就像那个位置一直有一座陌生人的雕像，由很久以前的某人刻成。

这个食岩人在转身。它一直转身，让所有人都看到并且听到它转身，看着周围，直到你们终于意识到它的存在，它的灰色花岗石皮肤，它光滑平整的头发，眼部略微更加细致的线条。细心雕刻出的下巴，长短合宜，躯干刻工高妙，是男子肌肉发达的裸体模样，而不是模仿衣服，像大多数食岩人那样。这个家伙，显然想让大家把他看作男性，太好了，是个男的哪。他全身灰色，这是你见过的第一个，完全像是雕像的食岩人……只不过他会移动，而且一直在动，所有人都吃惊地安静了下来。他也在观察你们所有人，嘴唇上挂着一丝浅笑。他手里握着某件东西。

你盯着那灰色食岩人转身，随着你的头脑辨认出他手里那怪模怪样、血淋淋的东西，近期的经历让你突然意识到，那是一只胳膊。是只小胳膊。这只小胳膊还包裹在熟悉的衣服里，那是你上辈子在路上买到的一件外套。在那只手里，沾着殷红血迹，白得不像人类的皮肤很是熟悉，那胳膊的太小也很熟悉，甚至在那血肉模糊的一端，破碎的骨头也是透明如玻璃，有精致的切面，完全不是骨头。

霍亚那是霍亚那是霍亚的胳膊。

"我带来一个信物。"灰色的食岩人说。他的声音还挺动听，男高音。他的嘴巴没有动，词句是从胸腔里回响出来的。这个，至少感觉正常，在你当前还能感觉到的正常范围内，当你低头看那个血淋淋的，灾难一样的胳膊。

依卡稍后做出了反应，也许她刚刚也被震慑住了："谁派你来的？"

他转身面向她。"雷纳尼斯。"再转身，眼睛逐个掠过人群中的一张张面孔，就像人类想要建立情感联系，让别人接纳自己观点时会做的那样。他的眼睛在你身上掠过，就像你不存在。"我们对诸位并无恶意。"

你瞪着他手里霍亚的胳膊。

依卡也有疑心："那么，驻扎在我们门口的军队是⋯⋯"

转身，他也无视卡特。"我们有足够的食物。强大的城墙。都可以属于你们，如果诸位加入我们的社群。"

"也许我们喜欢有自己的社群。"依卡说。

转身。他的视线落在加卡身上，后者眨眼。"你们现在没有肉食，而且你们的领地已经被猎捕一空。一年之内，你们就会开始互相吞食。"

好吧，这个的确让众人议论纷纷。依卡闭上眼睛待了一会儿，纯粹的挫败感。加卡愤怒地环顾周围，就像在纳闷儿是谁背叛了你们。

卡特说："我们所有人都能被接纳到你们的社群吗？我们的职阶都不用变更吗？"

勒拿紧张地开口说："卡特，我不觉得你这个问题有什么必要——"

卡特的眼神像鞭子一样甩向勒拿："我们打不赢一座赤道城市。"

"但那还是一个愚蠢的问题。"依卡说。她的声音带有一份欺骗性的温和，但在你脑子里，还没被那只胳膊吓傻的部分，你注意到她之前都从未支持过勒拿的意见。你一直以来的印象，就是她不太喜欢这个人，而且反感是相互的——勒拿觉得她太冷酷，她觉得勒拿心太软。这个变化值得注意。"如果我是这帮人，我会说谎，把大家都带往北方，然后把我们推进一个无社群的缓冲棚户区，在某个酸性地泉和岩浆湖之间。赤道社群以前也干过这样的事情，尤其是在他们需要体力劳动者的时候。我们为什么要相信这次会有所不同呢？"

灰色食岩人倾斜着头。这个，加上他嘴角若有似无的笑，感觉特别像是人类的态度——这表情像在说，哦，你好萌啊。"我们不需要说谎。"他让这句听起来语调亲和的话在空气中回荡恰好长度的时间。哦，他真是擅长这个。你看到人们面面相觑，听到他们不安地挪动脚步；你感觉到那份紧张的沉默，因为依卡对这句话无法反驳。因为这是真的。

然后他放下了另一只靴子："但我们用不着原基人。"

寂静。震惊之下的寂静。依卡打破僵局，快速骂了句："地下的魔火啊。"卡特看着别处。勒拿两眼瞪大，明白了那个食岩人刚刚做了什么。

"霍亚在哪里？"你在寂静中问。你现在只能想到这个。

第十四章 你们收到邀请

那个食岩人的眼神滑向你。脸部的其他部分并没有转过来。对普通食岩人来说，这是普通的肢体语言，但对这个食岩人来说，这反应还挺特别。"死了。"他说，"在带我们来这里之后。"

"你撒谎。"你甚至没察觉自己已经生气。你没有思考过自己将要做的事。你只是做出了反应，像达玛亚在熔炉中，像茜奈特在海滩上。你全身都变成晶体，磨尖砥砺，你的意识收窄到剃刀刃那样一点儿，你编织那些自己几乎没有察觉的丝线，这一切就像切汤基胳膊那次发生了；嘶－嘤。你截掉了那个食岩人的手。

那断手和霍亚的胳膊一起跌落在地。人们惊呼。没有流血。霍亚的胳膊砸在晶体上，发出响亮的、肌肉感的撞击声——它比看上去更重，而食岩人的手随后落地，声音甚至更重，从胳膊那里飞开。它腕部的断口是一片灰。

一开始，那个食岩人像是毫无反应。然后你隐知到某种东西正在聚结，像是魔力线条，但太多了。那只手抽动了几下，然后跃入空中，回到断腕上，像是被很多线绳拉扯一样。他把霍亚的胳膊留在原处。然后至少，食岩人完全转身面对你了。

"你滚走，要不然我把你切成更多块，让你拼不回来。"你说话声音震颤，有如地震。那个灰色食岩人只是微笑。这是完整的微笑，眼角出现法令纹，嘴唇咧开，露出钻石形牙齿——还有最最神奇的一点，那看上去像是一个真心的微笑，而不是表示威胁。然后他就消失了，掉入晶体表面之下。有一瞬间，你透过晶体的透明处看见里面有个灰影，他的体形变模糊，不再像人，尽管这很可能是角度问题。然后，快得你的眼睛和隐知盘都无法察觉，他向下疾行，离开。

在他离去之后，人们还在心神激荡时，依卡深吸一口气，然后嘘出。

"好啦。"她说，环顾周围她的人民。她现在相信还是她的人民的

219

这些人。"听着,我们需要谈谈。"现场有一阵不安的躁动。

你不想听。你快步上前,捡起霍亚的胳膊。那东西像石头一样重;你不得不把腿上的劲也用上,否则就可能扭断腰。你转身,人们给你让开一条去路,你听到勒拿说,"伊松?"但你也不想听他讲话。

看,这里有些线条。只有你能看到的那种银色线,从胳膊断开的地方伸展又蜷缩,但它们在你转身时会改变方向,一直指向某个特定方位。于是你跟随它们。没有人跟着你,你也不管这意味着什么。至少当前顾不上。

那些触角似的线,带你回到自己的住处。

你跨过门帘,停住脚步。汤基不在家,要么在加卡那儿,要么就是到上面的绿房间去了。你面前的地面上还有两根残肢,血淋淋的,有钻石质的骨头突出来。不,它们不是在地板上,而是在地板里,一端淹没在里面,一根被淹没到大腿,另一根只有脚和小腿被吞。就像是出来的中途被卡住了。地上还有两条血迹,厚实到足够让人担心,洒在那张温馨的小地毯上——那是你用杰嘎的旧燧石刀换来的。血迹通往你的房间,所以你跟着进去。然后你掉落了那只胳膊。幸好没有砸到自己的脚。

霍亚剩余的部分正在爬向那张地毯,你当床用的地方。他的另一只胳膊也不见了,你不知道在哪儿。他还少了好几团头发。你进来时,他动作停顿了一下,听见了,或者隐约知到了,当你围着他转圈,发现他的下巴也已经被扯掉时,他躺着没动。他现在没有眼睛,身上还有一个……咬痕,就在太阳穴以上。这就是他少了一部分头发的原因。有东西咬破了他的颅骨,就跟啃苹果似的,切断了一块肌肉,还有下面的钻石骨骼。血太多,你看不清他脑子里到底是什么。这还好。

看到的话肯定会吓到你,尽管当时你还没有马上想明白。你床边是小布包,他从特雷诺开始一直带着的那个。你快步走到它那里,打开，带到他的残躯旁，蹲下。"你能翻身吗？"

他的反应是翻过身。有一会儿你不知所措，因为他的下颌不见了，然后你想，×，随它去，你把布包里的一块石头直接塞进霍亚喉咙那个破洞里。他的肌肉感觉温暖，很像人类，当你用手指往下捅石头，直到他的吞咽反应能够接管它。（你感觉想吐。用意志力压了回去。）你本想再喂他一块，但呼吸几次之后，他开始全身剧烈颤抖。你都没意识到自己仍在隐知魔法，直到霍亚的身体突然到处是银线闪亮，它们全都四处挥动，时而自动卷曲，就像讲经人故事里的海中怪兽。数百条呢。你警觉地后退，但霍亚发出沙哑的、呼哧呼哧的声响，你觉得这或许是要吃更多的意思。你把又一块石头塞进他喉咙，然后又一块。一开始剩的就不多。等只剩三块时，你犹豫了："你要全吃光吗？"

霍亚也在犹豫。你能从他的肢体语言中看出来。你不知道他为什么会需要全部吃掉；除了那些涌动的魔法之外——他就是魔法构成的，全身每一英寸都充盈着魔力，你从未见过这阵势——他遭到破坏的身体并没有改善的迹象。有人能活着熬过这样的伤害，甚至还能复原吗？他没有足够的人性，你甚至猜都没办法猜。但终于他又发出沙哑的声音。这次比前一次更低沉。松了口气吧，或许，或者这也是你的想象，把人类的思维模式强加在他动物性的身体上。于是你把最后三块石头也全都塞进他的身体里。

有一会儿什么都没发生。然后。

他身体周围涌出那么多银色触角，疾速膨胀，如此疯狂，以至于你慌忙后退。你了解一些魔法的，但现在的阵势，看似极为狂野，已经无法控制。银色触须充塞了整个房间，然后——然后你眨眨眼。你可以看到它，而不仅仅是隐知。现在霍亚全身都发射银白色光芒，很快闪耀起来，亮得无法直视；就算是哑炮也能看到这个。你躲到客厅，从卧室门外向里窥探，因为这样感觉更安全。你出了房间门槛的那个瞬间，整座房子——墙面、地板，任何晶体构成的部分——都战栗了一刻，变成透明状，像方尖碑一样不真实。你卧室的家具和物品悬浮在闪耀的白光里。身后有个轻微的撞击声，让你跳起来转身看，但那只是霍亚的双腿，它们已经脱离客厅地板，正在沿血迹滑向你的房间。你掉落的胳膊也在挪动，渐渐靠近身体那闪亮的一团，本身也已经变亮。跳起来去跟他的身体相接，就像灰色食岩人的手接回手腕一样。

有东西从地板上涌起——不。你看到地板向上涌，就像它是油灰，而不是晶体那样，然后自动包裹他的躯体。当他这样做时，闪光消失。那材料马上变成更暗色的东西。等你眨眼消掉残影，能够再次看清时，霍亚曾在的地方，有个巨大、奇特、不可思议的东西。

你回到卧室，很小心，因为尽管地板和墙面都变回固态，但你知道，这可能只是暂时的。曾经平整的晶体面，在你脚下凹凸不平。那东西现在占据了房间的大部分，躺在你乱糟糟的床边，现在床有一半沉没在重新固化的地板里。地很热。你的脚有一会儿绊到你半空的逃生包背带上，好在它还完好，而且没有跟房间融合。你快速弯腰拿起它；这是求生习惯。地火啊，这里可真是热。那张床倒没着火，但你觉得，这只是因为它没有直接接触那个大东西。你可以隐知它，不管它是什么。不，你知道它是什么：玉髓。一块巨大的、长扁形的灰绿色玉髓，就像晶体球的外层。

你已经知道这里正在发生什么，不是吗？我早就跟你说过地裂事件之后的特雷诺。在山谷远端，地震冲击波释放了一颗晶体球，当时像个蛋一样裂开。那个晶体球并非一直都在那里，你已经知道。这是魔法，不是自然。好吧，也许两者都占一部分。对食岩人来说，两者区别极小。

第十四章 你们收到邀请

而到了早上,在客厅的桌子上睡过一夜之后,你本来想坐在那里,醒着守护那团冒着热气的石头,却睡着了,那件事又发生一次。晶体球开裂的声音很响,像爆炸一样。压力产生的等离子波闪过,把你在房间里的所有财物烤焦或者烧毁。除了那个逃生包,因为你拿上了它。本能反应不错。

你在哆嗦,因为突然被惊醒。你慢慢地站起来,挨到房间里。现场热得难以呼吸。像个烤炉——尽管热浪掀开了门帘之后,热气很快减弱到不舒服,但也不危险的程度。

你几乎没有察觉气温的变化。因为晶体球里站起一个身形,一开始太像人,行动平滑连贯,然后很快调整成一顿一顿的准静止……就是那个榴石色方尖碑里的食岩人。

你好,又见面了。

· · ※ · ·

我们的立场,完全跟保持安宁洲的实际完整性一致——原因显然是对长期生存感兴趣。保护这片土地的安全,尤其需要仰赖地震学方面的平衡,而自然界强加给我们的现实,就是只有原基人可以确立这样的秩序。攻击他们的被束缚状态,就是破坏整个星球的稳定。我们因此裁定,尽管他们跟我们这些血统纯正的人士存在若干相似,尽管他们可以被以礼相待,让奴仆与自由人共享其惠,但任何程度的原基力,均需被看作是对人身权利的否决。他们理所当然要被看作低等的、依附性的物种,并被如此对待。

——第二次尤迈尼斯释经大会,对原基病患者权益的宣言

第十五章

奈松，叛逆时代

记忆中，我自己的年轻时代是各种色彩。到处都有绿色。白光散射成虹彩。还有深深的，致命的血红。这几种特别颜色留在我的记忆里，而另外还有很多，都已经变得浅薄，暗淡，几近消失。这都是有原因的。

* ✳ *

奈松坐在一间办公室里，在支点南极分院，突然之间，她对母亲的理解达到前所未有的程度。

沙法和乌伯坐在她两边。三人都手捧安全茶，这是学院的人给的。尼达在寻月居，因为必须要留人看管那儿的孩子们，也因为她最不容易学会普通人的行为方式。乌伯太安静，没有人知道他在想什么。一直都是沙法一个人在说话。他们被请进来，跟三个自称"元老"的人谈，鬼知道这头衔是什么意思。这些元老全都穿着全黑的制服，纽扣严整的外衣，加上有褶边的宽松裤——啊，原来这就是帝国原基人被称为黑衫客的原因。整体来说，他们给人一种手握重权，却心怀恐惧的感觉。

其中一个明显是南极本地人，红发正在变作灰白，皮肤那么白，令下面的绿色血管清晰可见。她长着马一样的大铲齿，嘴唇倒很好看，一张嘴说话，奈松就忍不住盯着她的嘴巴和牙齿。她的名字叫赛本汀（意思是毒蛇姬），看上去一点儿都不适合她。

"当然，我们现在没有新的料石生加入。"赛本汀说。出于某种原因，她一面说，一面看着奈松，摊开两只手。手指微微颤抖。从会面开始就这样。"这种困难，我们并没有完全预料到。即便没有别的，它也意味着我们有料石生宿舍空置不用，在这个安全居所非常宝贵的时期。正因为如此，我们才向附近的社群提出，收留他们无父母的孩子们，那些年龄太小，还没能赢得社群接纳的人。很正常，对吧？我们还接收了少数难民，因此别无选择，只能跟本地人展开贸易谈判，获取物资供给之类。尤迈尼斯方面已经不再有补给品送达……"她的表情有些凄怆。"这个。一切都很正常，不是吗？"

她在诉苦。面带优雅的微笑，礼节上无可挑剔，还有另外那两人貌似睿智地点头赞同，但还是在诉苦。奈松不是很确定自己为什么如此厌烦这些人。这跟诉苦行为有点儿关系，还有他们的虚伪：他们显然对守护者的到来感到不快，显然是又怕又气，却装出礼数周到的样子。这让她想起妈妈，她在父亲或其他人在场时装出慈爱的样子，私下里却冷酷又残暴。想到支点南极分院住满了无数个妈妈的变体，让奈松牙痒，手痒，隐知盘也痒。

她从乌伯脸上冷漠的平和，还有沙法微笑中勉强维持的友好看出，守护者们也不喜欢这一套。"的确可以理解。"沙法说。他两手转动那杯安全茶。那云雾一样的冲泡剂保持着正常的白色，但他一口都没喝过。"我想，当地社群应该心存感激，因为你们帮忙容纳和喂养了他们的多余人口。而且正常的安排，就是你们会安排这些人工作。守卫你们的城墙，管理你们的农田——"他停顿，笑容更明显一些。"花园，我是说。"

赛本汀报以微笑,她的同伴不舒服地挪动身体。这是奈松不懂的事。在南极这里,第五季还没有完全降临,所以在现在看来,一个社群开始种植绿地,并派壮工巡视城墙,做出最坏打算,并不是那么明智。南极分院已经在做这类事情,在某种意义上是坏事。这座分院还在运行,本来也不是什么好事。奈松已经不再喝元老们给她的那杯安全茶,尽管她以前只喝过几次,有点儿喜欢被当作成年人对待的感觉——但沙法没有喝,这让她产生了警觉,认为局面并不是那样安全。

元老中间,有个南中纬地区的女人,样子几乎可以看作奈松的亲戚:高,深浅适中的棕色皮肤,卷曲浓密的头发,腰很粗,宽胯骨,大腿也粗壮。他们介绍过这人,但奈松想不起她的名字了。她的原基力,感觉起来是三人中间最具锋芒的,尽管她最年轻;她细长的手指上有六枚戒指。而且,她也是第一个停止微笑,两手交叠,仰起下巴的人,只仰起一点点。这又是一个让奈松想起妈妈的细节。妈妈常常就是这副姿态,让人感觉温和又自尊,内心却固执得像钻石。现在,那份固执开始显现出来,那女人说道:"我看出,你们并不满意啊,守护者。"

赛本汀面露苦色。另外一名学院原基人,一个男人,自称煌斑岩(兰波罗费尔)的,闻言叹气。沙法和乌伯几乎是节奏一致地侧头,沙法的笑容更加灿烂,很感兴趣的样子。"不是不满意。"他说。奈松看出,他很高兴丢开客套。"只是有些吃惊。毕竟,标准的程序,是在第五季宣布降临时,关闭所有的支点学院设施。"

"那谁来宣布呢?"六戒女人问,"在今天你们到达之前,这里没有任何守护者能宣布这类事情。当地社群领导层反应不一:有的宣布启用灾季法,有些仅仅是封锁领地,还有的一切照常。"

"那么,假设他们全都宣布实施灾季法。"沙法说,用他特别轻柔的那种语调，就是明知故问，非得让你回答的情况下使用的那种，"你们真的会集体自杀掉吗？因为，正如你提到的，这里并没有守护者，替你们完成这件事。"

奈松抢在发出惊叫之前控制住自己。集体自杀？但她对自己原基力的控制能力，并不像对情绪的控制那样强。学院方的三个人都扫了她一眼，赛本汀不易察觉地笑笑。"小心啊，守护者。"她说，眼睛看着奈松，话却是给沙法听。"你的宠儿看上去并不喜欢毫无理由的集体屠杀。"

沙法说："我不会有任何事瞒着她。"而奈松的惊异马上被爱与骄傲取代。沙法扫了一眼奈松。"历史上，支点学院都要靠邻居们承担其费用，以便继续存在，依靠临近社群的城墙和其他资源。第五季期间，像其他没有真实用途的事物一样，人们必将期待帝国原基人退出对生存资源的争夺——以便让正常的、健康的人们有更好的幸存机会。"他停顿一下，"而且，由于原基人在脱离守护者，没有学院庇护的情况下无权生存……"他摊开两只手。

"我们就是支点学院，守护者。"第三名随从元老说，奈松不记得他的名字。这是个来自西海岸社群的男人；他身形修长，直发，高颧骨，两腮几乎陷成了坑。他的皮肤也是白的，两眼却又黑又冷。他的原基力感觉轻而多层，像云母石片。"而且我们现在自给自足。除了并没有消耗资源以外，还给临近社群提供了急需的帮助。我们甚至——在没有收到请求，也没得到回报的情况下——出力缓解了地裂导致的余震，在它们能到达这么远的南方时。正是由于我们的帮助，本次第五季来临以来，才仅有少数南极社群遭受严重损失。"

"可敬啊。"乌伯说，"而且聪明。让你们变成了无价之宝。不过，这种事怕是无法得到你们守护者的许可。我猜。"

三名元老全都静默了片刻。"这里是南极，守护者。"赛本汀说。

她微笑,尽管那表情没能扩展到眼睛。"我们的规模,只相当于尤迈尼斯学院的一小部分——仅有二十五名持戒原基人,少数料石生,大部分都已经成年。这里从来都没有太多守护者长期驻扎。我们这里有的,多半是巡行的守护者中途歇脚,或者给我们送来新的料石生。地裂之后,更是一个都没有来过。"

"的确从来没有很多守护者长驻。"沙法同意,"但确实有过三个人,在我记忆里。我还认得其中一个。"他停顿了一下,有个极短的瞬间,他的表情显得失神,迷惘,有些困惑。"我记得曾认识一个。"他眨眨眼。再一次微笑。"但现在没有了。"

赛本汀现在很紧张。他们都很紧张,那些元老,那种紧张,让奈松脑后的刺痒感加剧。"我们几度遭遇无社群匪帮的袭击,然后才建起了围墙。"赛本汀说,"他们死得很英勇,为了保护我们。"

这谎话说得太明显,以至于奈松瞪着她,嘴巴张大。

"好吧,"沙法说,他放下自己那杯安全茶,发出一声轻柔的叹息,"我觉得,事情的进展跟我预料的一样好。"

事到如今,奈松已经猜到下一步会发生什么,尽管她以前也见过沙法用非人的高速度行动,尽管他和乌伯体内的银光刚刚像火柴头一样爆发,当沙法突然前扑,一拳打穿赛本汀的脸,她还是大吃一惊。

赛本汀的原基力和她本人一同死去。但下一瞬间,另外两位元老已经站起来行动,煌斑岩从椅子上后仰,避开乌伯疾如电闪的一击,六戒女人从一侧衣袖中抽出一支吹箭筒。沙法两眼瞪大,但他的手还卡在赛本汀身体里,他试图跃向那女人,但那具尸体还在他一侧胳膊上碍事。那女人把吹箭筒举到唇边。

抢在她能吹气之前,奈松站起来,潜入地底,开始旋出一个聚力螺旋,下个瞬间就可以把这女人冻结。那女人惊得身体一颤,旋即制造出某种东西,击破了奈松的聚力螺旋,让它没能成形;以前训练时，妈妈经常这样做，如果奈松做了某些不该做的动作。奈松察觉这件事之后，震惊得身体踉跄，向后退开。

她的妈妈是在这儿学会了那招儿，就在支点学院，这就是支点学院训练年轻原基人的方法，奈松从妈妈那里学到的一切，都被这个地方污染过，一直都属于这里——

但是这一瞬间的注意力转移就已经足够。沙法终于把手从尸体中抽出，下一次呼吸就穿过了房间，抓住吹箭筒，抢过来，在那女人回过神之前，用它刺穿了她的喉咙。她跪倒在地，窒息中本能地将手伸向大地，但随后，某种东西像波浪一样扫过房间，奈松惊叫一声，突然隐知不到任何东西。那女人也在惊叫，然后发出垂死的哀鸣，抓挠着自己的喉咙。沙法抓住她的头，用力一拧，扭断了她的脖子。

煌斑岩正在向后爬行，乌伯追赶他，那人摸索自己的衣服，上面粘了某种小而重的东西。"邪恶的大地，"他一面拉扯衣服纽扣，一面惊叫，"你们都被污染了！两个都是！"

但他没能说更多，因为乌伯的身形疾闪而过，有如幻影，奈松吓了一跳，因为有东西泼洒在她的脸颊上。乌伯把他的头踩瘪了。

"奈松，"沙法说，放开六戒女人的尸体，俯视它。"你去走廊等我们。"

"好——好的，沙法。"奈松说完咽下口水。她在哆嗦。尽管如此，她还是强迫自己转身，走出房间。毕竟，这里还有大约二十二名原基人，就在附近某处，赛本汀说过。

支点南极分院并不比杰基蒂村大多少。奈松正在离开的，是那个巨大的两层建筑，充当行政楼的。那儿还有一簇小木屋，看上去是年龄较大的原基人的住处，另有几座长长的营房，靠近那座巨大的玻璃墙温室。很多人在附近，在营房和木屋之间进进出出。其中只有少数身着黑衫，尽管有些身穿平民服装的人感觉也像是原基人。温室后面，还有片倾斜的梯田，几块小小的栽植园——总体来说规模太大，不能算是小菜园了。这是一片农场，大多数地块都密密麻麻种满粮食和蔬菜，还有些人在外面照料它们，因为现在天气不错，没有人知道守护者正在行政楼里忙着杀死所有人。

奈松在梯田上方的卵石路上疾行，她低着头，以便集中精神避免摔倒，因为她还是隐知不到任何东西，自从沙法对那个六戒女人做过那件事之后。她一直都知道守护者有能力关闭原基力，但之前从未亲身体会过。当她只能用眼睛和脚感知地面时，甚至连走路都困难，这也因为她抖得太厉害。她小心地把一只脚放在另一只脚的前面，突然就有别人的一双脚冒了出来，奈松赶紧停步，她被吓得全身僵硬。

"走路看着点儿。"那女孩随口说。她瘦削又白皙，尽管长了一头蓬乱的灰吹发，年龄大约跟奈松相仿。不过，她好好打量过奈松之后，就停了下来。"嘿，你脸上沾了东西。它看上去像个死虫子之类的。真恶心。"她伸手过来，用一根手指把它拔掉。

奈松惊得哆嗦了一下，然后才想起礼节："谢谢，还有，嗯，抱歉挡了你的路。"

"没关系。"那女孩眨眨眼，"他们说，有些守护者来了，还带来一个新的料石生。你就是新来的那个？"

奈松凌乱地瞪着对方："料……料石生？"

另外那女孩扬起眉毛。"是啊，受训练的人？未来的帝国原基人？"她提着一桶园艺用品，跟这番对话的内容完全不搭。"第五季开始之前，守护者会带孩子来这里，我就是这么来的。"

实际上，奈松也是这么来的。"的确是守护者带我来的。"她附和说。她觉得心里很空。

"我也是。"那女孩的表情有些凄惨，然后移开目光。"他们折断你的手骨没有？"

第十五章 奈松，叛逆时代

奈松的气息卡在了喉咙里。

见她默然，那女孩的表情变得苦涩起来。"是的。他们会在某个时间对任何一个料石生那样做的。手骨或者几根手指。"她摇头，然后迅速猛吸一口气。"我们本不应该谈论这些。但这不怪你，不管他们怎么说。这一切不是你的错。"又一次快速换气。"回头见。我叫艾贾。还没有原基人名字。你叫什么？"奈松无法思考。沙法的拳头捏断骨头的声音在她头脑中回荡。"奈松。"

"很高兴认识你，奈松。"艾贾礼貌地点头，然后继续前进，下台阶到一片梯田里。她哼着歌，一路摇摆她的桶。奈松盯着她的背影，试图理解。

原基人名字？

试图不去理解。

他们折断你的手骨没有？

这地方。这个……支点学院。就是妈妈折断她手骨的原因。

奈松的手因为幻痛抽搐。她再次看到妈妈手里的那块石头，举起来。停留一刻。落下。

你确信能控制自己吗？

支点学院，就是妈妈从来都不爱她的原因。

就是爸爸不再爱她的原因。

就是弟弟死掉的原因。

奈松观察艾贾，看她向一个瘦瘦的、更年长的男孩挥手，后者正忙着锄草。这个地方。这些人，他们没有权利存在。蓝宝石方尖碑并不遥远——就悬浮在杰基蒂村上空，过去两周它一直在那儿，自从她和沙法还有乌伯出门来支点南极学院。她可以隐知到方尖碑，就在远处，尽管它远得无法看见。当奈松搜寻时，它看似闪动了一下，有一个瞬间，她奇怪自己好像本来就知道会这样。她本能地转身朝向它，只要注意视线方向。要使用方尖碑，她并不需要眼睛，也不需要原基力。

（这是任何原基人的本性，从前的沙法可能会这样告诉她，假如他还存在的话。奈松这类人本能地会对一切威胁做出同样的反应：用极具破坏力的手段来回应。他会先跟她说这些，然后折断她的手骨，让她好好记住控制自己的重要性。）

这个地方有那么多银线。这些原基人全都联系在一起，因为他们一同练习，有共同的经历。

他们折断你的手骨没有

三次呼吸的时间，就已经结束了。然后奈松让自己跌出水蓝色空间，之后站在那里全身哆嗦。又过了一会儿，奈松转身，看到沙法站在她面前，跟乌伯一起。

"他们本来就不应该继续活着。"她冲动地说，"是你说过的。"

沙法没有微笑，他还是奈松很熟悉的那种态度："那么，你这样做，是为了帮助我们吗？"

奈松没有足够的脑力来撒谎。她摇头。"这个地方好坏。"她说，"支点学院就很坏。"

"是吗？"这是个测试，但奈松完全不知道该怎样才能通过它。"你为什么那样说？"

"妈妈就很坏。是支点学院把她变成那样的。她本应该是个，是个，是个，盟友，你们的盟友，"就像我，她心里想着，提醒自己。"这个地方却把她变成另外一副样子。"她无法表达那种感觉。"这个地方把她变坏了。"

沙法看看乌伯。乌伯侧了一下头，有个瞬间，银光闪过，闪在两人之间。那个安放在他们隐知盘里的东西，会通过奇异的方式发生共鸣。但随后沙法蹙起眉头，奈松看到他抵挡那道银光。这样做让他极为痛苦，但他还是这样做了，转头过来看着她，双眼明亮，下颌紧绷，新出现的汗珠挂在额头上。

"我感觉你或许是对的，小东西。"他只说了这么多，"理应如此。把人放在笼子里，他们就会彼此吞食，寻机逃跑，而不是跟囚禁他们的那些人合作。这里发生的事情不可避免，我觉得。"他扫了一眼乌伯。"不过。他们的守护者一定相当懈怠，才会被一帮原基人暗算。那个带了吹箭筒的人……很可能是野种，被带来这里之前，学了些不该掌握的本领。是她挑起了事端。"

"懈怠的守护者们，"乌伯说，一面观察沙法，"的确。"

沙法也对他微笑。奈松困惑地皱眉。"我们已经消除了威胁。"沙法说。

"大部分威胁。"乌伯同意。

沙法微微侧头，表示认可这件事，他略带几分冷嘲，随即转身面向奈松。他说："你做的对，小东西。谢谢你帮助了我们。"

乌伯一直在瞪着沙法。尤其注意沙法颈后。沙法突然转身，也瞪着他，微笑变僵硬，身体死一般静滞。过了一会儿，乌伯望向别处。奈松这时明白了。乌伯体内的银线已经安静下来，或者说，安静到守护者能达到的最大限度，但沙法体内闪亮的线条仍然存在，活跃着，撕扯他。但他在抗拒它们，而且如果有必要，也愿意跟乌伯一战。

为了她吗？奈松想知道，很兴奋。是为了她。

然后沙法蹲下来，两只手捧起她的脸。"你好吗？"他问。他的眼睛闪向东面的天空。那块蓝宝石碑。

"很好。"奈松说。因为她的确很好，这次跟方尖碑连接容易多了，部分因为不是意外发生，部分因为她已经习惯了生活中突然出现奇怪事件的感觉。窍门就是让自己投身其中，用同样的速度与之同行，并像一根粗壮的光柱一样思考。

"真神奇。"他说，然后站起来，"我们走吧。"

于是他们把支点南极分院丢在身后。田地里，新栽种的庄稼正在泛绿；行政楼中，尸体正在变冷；另有一批闪亮的、多彩的人形雕像，散落在花园、营房，还有城墙上。

· · ※ · ·

但在随后的那些天，当他们从学院返回杰基蒂村，沿着大道和林间小路行走，每晚睡在陌生人的谷仓里，或者他们自己生起的火堆旁时……奈松开始思考。

毕竟除了思考，她也无事可做。乌伯和沙法互相不说话，两人之间有一份新的紧张关系。她对此理解到足够小心，避免单独留在乌伯面前，这很容易，因为沙法也特别留意不让她这样。严格来说，这并无必要；奈松觉得，她对埃兹，还有支点南极分院那些人做的事，应该也能在乌伯身上奏效。使用方尖碑并不是隐知，那种银线也不是原基力，因此，即便是守护者也无法避免被她的能力伤害到。但她有点儿喜欢沙法跟她去厕所，还不眠不休——看起来，守护者有这种能力——夜间依然守护着她。有人保护自己的感觉很好，随便是什么人。

但。她还是在思考。

奈松感到苦恼的，是沙法败坏了自己在守护者同僚中的形象，就因为不肯杀她。奈松的苦恼甚至比沙法本人的痛苦更强烈，尽管他总在咬牙忍痛，强颜欢笑；其实奈松能看到那银线在他体内扭动，折磨着他。现在它总也不停止，而他也不肯让她来缓解痛苦，因为那样就会让奈松第二天变得迟钝又疲劳。她眼看沙法承受这一切，痛恨他脑袋里让他痛苦的那个东西。那东西给了他力量，但如果力量来自一根带倒刺的皮带,又有什么意义?

"为什么?"有天深夜,当他们在一片平整又高耸的白色巨物上面扎营时,奈松追问。脚下那东西非金非石,是某个死去文明的最后遗存。他们在这片地区看到过一些盗匪和无社群者出没的迹象,前一天晚上待过的小社群也曾警告他们要小心,所以,这个地势较高的平台至少可以让他们预先察觉攻击企图。乌伯不在,去设置捕兽夹,以备次日早餐。沙法借此机会躺在自己的寝具上,奈松给他放哨,她并不想害他一起醒着。但她又需要了解情况。"为什么那个东西会在你脑袋里?"

"是在我很小的时候放进去的。"他说。沙法听起来很疲惫。持续几天跟那种银线对抗,晚上还不能睡觉,已经开始影响到他的身体。"对我来说,这种事无所谓'为什么';事情也只能是这副样子。"

"但是……"奈松并不想再问为什么,明知这样招人厌烦。"当时有必要这样做吗?它有什么用?"

他微笑,尽管眼睛闭上了:"我们被造就出来,就是为了保护这世界不受你们这类人的危害。"

"那个我也知道,但是……"她摇摇头,"是谁造就了你?"

"我,具体到我本人?"沙法睁开一只眼睛,然后微微皱眉。"我……不记得了。但总体来说,守护者就是被其他守护者造就。我们有些被找到,有些被繁育,然后被交给沃伦,接受训练和……改造。"

"那么又是谁造就了你之前的那些守护者呢?还有更早那些?最早是谁开始做这件事?"

他静默了一会儿:试着回想,她从沙法的表情能猜出来。沙法自己有大问题,这问题正在他记忆里切割出大洞,并给他的思绪施加断层线一样沉重的压力,奈松简单地接受了这事实。他就是他现在的样子。但她需要知道他为什么是现在的样子……更重要的是,她想知道怎样才能让他好起来。

"我不知道。"他最后说，奈松知道他已经受够了这番对话，从他嘘气和再次闭眼的样子就能看出来。"说到底，那些为什么都不重要，小东西。你为什么是个原基人？有时候，我们就是要简单地接受自己的现实。"

奈松那时决定了闭嘴，过了一会儿，沙法的身体终于松弛下来，多日以来的第一次。她小心地放哨，延展她刚恢复的对大地的感知力，接收附近小动物的脚步震荡和其他动静。她也能隐知到乌伯，在她听觉范围的边缘，有条不紊地放置捕兽夹。因为有他，奈松给自己的感知网编入了一线银丝。乌伯能避开奈松的隐知，但避不过这个。这样也能感知到无社群者，如果他们偷偷接近到弓箭或者标枪射程的话。她可不会让沙法像自己的父亲那样受伤。

除了有个又重又温暖的东西，在距离乌伯不远的地方四蹄着地漫步（很可能在找食）之外，附近并没有什么值得注意的东西。什么都没有——

不对。还有个特别奇怪的东西。这东西……很巨大？不，它的范围很小，大致也就相当于一块中等尺寸的岩石，或者说一个人。但它就在那块白色的，不是石头的条块下面。几乎就在她脚下，距离不超过十英尺。

就像是察觉到了她的注意，那东西挪动起来。这感觉就像整个世界都在动。奈松不由自主地惊叫，倒向一边，尽管除了她身边的重力，并没有什么其他变化，而且重力变动也不大。那个巨大的东西突然闪到了远方，就像察觉到了她的检视。但它没有走远，片刻之后，那巨大的东西又在挪动：向上。奈松眨眨眼，睁大眼睛，看到一尊雕像站在那条块边上，之前它不在这里。

奈松并不困惑。毕竟，她可是曾经想过要做讲经人的。她花掉过很多小时听食岩人的故事，还有它们的种种神秘物质。这一只，看上去并不像她想象的样子。在讲经人的故事里，食岩人有大理石皮肤，珠宝一样的头发。而这个却是全身灰色，甚至包括他的眼"白"，也一样是灰色。他赤裸上身，肌肉发达，而且面带微笑，嘴唇向后咧开，露出透明的、棱角锋利的牙齿。

"你就是几天前，把支点学院石化的那个人。"他的胸腔里发声说。

奈松咽下口水，瞅了一眼沙法。他睡得很沉，而且那个食岩人也没有大声说话。如果她叫起来，沙法很可能会醒——但是面对这样一个怪物，守护者又能做什么？她甚至不知道自己用那种银线的话，能不能有效果；那个食岩人本身就是一团炽热炫目的银线，线条翻涌盘旋，在他体内纠缠。

但《石经》里面，对食岩人的一种特性讲得很清楚：他们不被激怒的话，不会主动攻击。所以，"是——是的。"奈松说，让自己声音很小，"有问题吗？"

"一点儿问题都没有。我只是想对你的杰作表示钦佩。"他的嘴巴没有动。为什么他笑得那么厉害？奈松每一次呼吸都更加确信，这个表情可不仅仅是微笑。"你叫什么名字啊，小东西？"

她听到这句小东西就汆毛。"为什么问？"

那食岩人上前一步，行动迟缓。这听起来就像是磨石轧响，看起来也像是雕像会动一样不自然。奈松反感地畏缩，那家伙停住："你为什么要石化他们？"

"因为他们坏。"

那食岩人再次上前，站到了台基上。奈松觉得台基有可能裂开或者倾倒，因为那家伙重得可怕，她知道那重量极大。他就是一座山，被压缩成了人体的大小和外形。但这块死去文明遗留下来的台基没有开裂，现在，这怪物已经接近到足以让她看清每一根发丝的细节。

"是你搞错了。"他用奇特的、有回声的嗓音说，"支点学院的人，还有守护者，都不应该因为他们的行为受到指责。你想知道，你的守护者为什么一定要像现在一样受折磨。答案是：他并不是必须这样做。"

奈松身体绷紧。但她还没来得及追问更多，那食岩人的手就已经转向沙法。当时有道闪光……不知是什么东西。这调整太细小，看不清，也隐知不到，然后……然后突然之间，沙法体内活跃又邪恶的银线变成一片死寂。只有他隐知盘中那块暗黑色、针尖形的小块还在活动中，奈松马上就隐知到了它试图夺回控制权的努力。但暂时，沙法轻轻嘘出一口气，更放松地进入深睡。那份折磨他好几天的疼痛已经消失，暂时消失。

奈松惊叫——声音不大。既然沙法终于有了真正休息的机会，她可不会去破坏。相反，她对食岩人说："你刚刚是怎么做到的？"

"我可以教你。我还可以教你如何对抗折磨他的人，他的主人。如果你愿意。"

奈松重重咽下口水。"是——是啊。我愿意。"但她也不蠢。"你的交换条件是什么？"

"什么都不要。如果你跟他的主人对抗，你也就是在对抗我的敌人。这让我们俩成了……盟友。"

她现在知道，这个食岩人一直潜藏在附近，偷听她的谈话，但她已经不在乎了。为了拯救沙法……她舔舔嘴唇，尝到一股轻微的硫黄味。最近几周，灰雾一直在变重。"好吧。"她说。

"你叫什么名字？"如果它一直在偷听，应该知道她的名字。这样问，只是结盟的姿态而已。

"奈松。你呢？"

"我没有名字,也可以说有很多名字。你爱叫我什么都行。"

他需要一个名字。没有名称的结盟行不通,对吧?"灰——灰铁。"这是奈松脑子里出现的第一个字眼,因为他太灰了。"灰铁,行吗?"

他并不在乎,这种感觉还在继续。"我稍后再来找你。"灰铁说,"等我们的谈话能不被打断时。"

下个瞬间他就消失了,进入地底,几秒之内,那座山就从她的意识里消失了。又过了一会儿,乌伯从古文明台基遗址周围的树林里出来,开始上台,朝她走来。她实际上还挺高兴见到他,尽管他靠近,看到沙法睡着之后,马上目露凶光。乌伯停在三步之外,对守护者的迅速而言,接近程度完全足够了。

"如果你轻举妄动,我就杀了你。"奈松说,一面郑重地点头,"你知道我能做到,对吧?你要吵醒他的话,结果也一样。"

乌伯微笑:"我知道,你会尝试的。"

"我会尝试,而且也会真的做到。"

他叹气,嗓音里有一份浓烈的同情:"你甚至都不知道自己有多危险。你比我危险程度高太多、太多了。"

她不知道。但这并不会让她烦恼。乌伯并不是残忍嗜杀的人。如果他把奈松看作威胁,一定有充足的原因。但这不重要。

"沙法想让我活着。"她说,"所以我会活下去。即便为此要杀掉你。"

乌伯看似在考虑这段话。奈松瞥见乌伯体内快速闪动的银线,然后突然地、本能地知道,她已经不再是跟乌伯谈话,实际上不是。

他的主人。

乌伯说:"如果沙法决定,你应该死呢?"

"那我就去死。"这就是支点学院搞错的地方,她的感觉很确定。

他们把守护者当作敌人看待，也许他们的确曾经是敌人，像沙法说的。但盟友必须互相信赖，必须能够受到对方的伤害。沙法是这个世界上唯一爱着奈松的人，而奈松可以死，或者杀人，或者重塑整个世界，只要是为他。

缓缓地，乌伯的头部侧向一旁。"那么，我将相信你对他的爱。"他说。有个瞬间，他的声音有回声，回荡在他的身体里，又传入地面，震荡着渐渐远去，如此深远。"暂时。"说完这个，他走过奈松身旁，坐到沙法旁边，自己摆出守护的样子。

奈松不理解守护者的思考方式，但这几个月以来，她对这些人有一点确定不疑：他们懒得说谎。如果乌伯说他将会相信沙法——不是，相信奈松对沙法的爱，因为这两者还有区别。但如果乌伯说，这个对他来讲有意义，她就可以相信这一点。于是她躺在自己的寝具上，不管不顾地放松下来。但她还是有段时间没睡着。也许是紧张吧。

夜幕降临。天气晴朗，只有薄薄一层灰雾从北方吹来，还有几片断断续续的、珍珠样子的云，时不时随风飘向南方。星星出现，透过尘雾向大地眨眼，奈松盯着它们看了许久。她开始昏昏欲睡，头脑终于放松下来，接近睡乡，然后她才为时已晚地发现，天上有个小白点移动的方向跟其他亮点不同——向下的，大致是，而其他星星则是自西向东穿过天空。很慢。一旦看清，就很难忘记。它也比其他星星更大一些，更亮一些。好奇怪。

奈松翻了个身，背对乌伯。睡着了。

· ✳ ·

这些东西在这下面，已经存留了极长的时间。称它们为骨头，就太愚蠢了。我们触碰时，它们就化成了灰。

比那些骨头更古老的，是壁画。我从未见过的植物，还有可能是某种语言的内容，但看上去都像是扭来扭去的图形。还有一个奇观的场景：一个巨大的，又圆又白的东西悬挂在星星之间。邪门。我不喜欢这个。我让黑衫客把那些壁画全部毁掉了。

——女旅行家笔记，作者：尤迈尼斯的创新者弗格莉德。
来自赤道东区地工师认证部档案馆。

第十六章
老友重逢，又一遭

我想要像此前一样，继续给你讲这些：在你脑子里，用你的语调，告诉你该想什么，怎样想。你觉得这样粗鲁吗？的确是，我承认。自私。但当我只用自己的身份说话，就会很难感觉自己是你的一部分。那样更孤单。请求你，让我再继续一段时间吧。

．．✳．．

你盯着那个从玉髓蛹壳里冲出来的食岩人。它躬身而立，完全静止，透过晶体球裂开后升腾波动的热空气，侧目观察着你。它的头发还跟你记忆中的一样，就像那个半真半梦、身处榴石碑中的时间：一个冻结的、披散的瞬间，就像灰吹发型被强风向后撩起。现在是透明、偏浅的乳白色，而不是简单的纯白。但不再像你熟悉的那种肉感体形，这个食岩人的"皮肤"，颜色就像第五季之前漆黑的夜空。你现在意识到：当时曾经被你当作裂纹的线条，只是白色和银灰色的石纹。就连那身体上那层伪装出来的衣服——一件简单的长内衣，从一侧肩膀垂下的，现在也成了黑色大理石。只有那双眼睛没有变黑，"眼白"部分，现在是硫化铜那样的纯黑，瞳孔还是冰白色。它们在黑黑的面目上特别突出，犀利，又带有一份摄心的异样，你真的花了一点儿时间才发觉,眼睛周围的那张脸还是霍亚的。

霍亚。他,现在更年长了,你一眼就能看出。那张脸是年轻男人,而不是男孩。脸盘还是太宽,嘴巴还是太窄,没有明显的种族特征。但是,你在那张凝固的脸上能看出焦虑,因为你学会了读出这种情绪,在另一张曾经更柔软、旨在博取你同情心的脸上。

"哪个才是假象?"你问。这是你唯一想到能问的事情。

"假象?"这声音是成年男子了。同样的嗓音,但是在男高音声域。来自他胸口上的某处。

你走进房间。这里还是热得让人不舒服,尽管正在迅速冷却,你还是在冒汗。"哪个是假的,那个像人的样子,还是这个?"

"两个都曾是真的,分别对应不同时间。"

"啊,对了。埃勒巴斯特说过,从前,你们所有人都是人。反正呢,曾经是过。"

一阵沉默:"你是人吗?"

听到这个,你不禁笑了一下:"官方立场吗?不是。"

"别管其他人怎么想。你感觉自己是什么?"

"人。"

"那么我也是人。"

他站在那里冒热气,两边是裂开的两瓣岩石,他刚刚孵出来的地方。"啊,现在不是了。"

"在这个问题上,我到底应该听信你呢,还是听从我对自己的判断?"

你摇头,尽可能远离晶体球,绕着它看看。里面空无一物;它是个薄薄的石头空壳,没有晶体,也没有常见的沉淀物线条。这么说来,算不上晶体球了。"你怎么沦落到一座方尖碑里?"

"招惹了惹不起的基贼。"

这让你吃惊地笑起来，这让你停下来瞪着他。这是一声不舒服的笑。他一如既往地看着你，大眼睛里全是希望。眼睛的样子现在很奇怪，这真的重要吗？

"我都不知道可以做出这样的事，"你说，"我是说，把食岩人困住。"

"你也可以做到的。这是少数几种能阻止我们的办法之一。"

"显然，这招儿还是杀不了你们。"

"的确不能。要达到那种目的，只有一个办法。"

"具体是？"

他扭头面对你。这看似瞬间完成。突然，雕像的姿势就已经完全不同，宁静，挺直，单手抬起，表示……邀请？还是请求？"你是打算杀死我吗，伊松？"

你叹气，摇头，伸出一只手，出于好奇，想要抚摸一半石球。

"别碰。它还是太热了——对你的肌肉来说。"他停顿了一下，"这是我清洁身体的办法，没有肥皂的情况下。"

某一天，大道旁，特雷诺以南的某个地方。一个男孩困惑地盯着一块肥皂，然后开心起来。这还是他。你摆脱不了那段记忆。于是你叹气，也放弃了调整对他态度的念头——你本来有心把他看作另外一种东西，更可怕那种。他还是霍亚。他想要吃掉你，他试过帮你找到女儿，尽管最终失败。这些事实中间隐藏着一份亲密感，不管它们有多奇特，对你还是有意义。

你两臂交叉，缓缓绕着晶体球和他转圈。他的眼睛追随你。"那么，是谁踹了你的屁股呢？"他已经重生出一度失去的眼睛和下巴，被扯掉的四肢也回到身体上。客厅还有血迹，但你卧室里原来的东西已经全部消失，地板和墙面也都消失了一层。据说，食岩人有能力控制最微小的物质颗粒。那么，自己丢掉的器官就很容易接回，顺便利

第十六章 老友重逢，又一遭

用下周围多余的材料。你感觉是的。

"我的十几个同类。然后还有个特别厉害的家伙。"

"那么多？"

"对我来说，他们都还只是小孩子。要多少个小孩子才能打倒你呢？"

"你也曾经是个小孩。"

"我只是看起来像小孩。"他的声音缓和下来，"我那样做，全都是为你。"

这个霍亚和原来那个之间，还有更多区别，并不只是模样而已。当成年的霍亚说起这种话，跟小孩版的霍亚说出来，完全是不同的质感。你不确定自己是否喜欢这种新感觉。

"这么说，你一直是在到处游荡，跟人打架。"你说，把话题调整回舒适的区间。"平顶台上来了个食岩人。一个灰色的……"

"是啊。"你以前一直觉得，食岩人是不可能生气的，但霍亚现在看似就在生气。"那家伙不是小孩子。最终就是他打败了我，尽管我设法脱身逃走，也没有遭受太大伤害。"你惊奇了一会儿，他四肢都被扯断，下巴也掉了，居然还说没太大伤害。但你也有点儿开心。卑劣的幸灾乐祸，也许是，但这让你觉得自满，像是你本人的自卫能力更强一些。

霍亚听起来还是有戒心："而且我也……不够明智，居然用人类的血肉之躯跟他开战。"

可恶，这房间真的太热。你一面抹掉脸上的汗，一面退入客厅，把入口的门帘掀开，挂在一旁，让冷空气更容易流通，然后你坐在桌旁。等你再回头时，霍亚站在你卧室的入口，在拱顶门的背景下，显得格外帅气：典型的，警觉中思考的年轻人样子。

"你变回去，就是因为这个吗？为了跟他打？"你在卧室时，没看到他以前装岩石的小布袋。也许它着了火,目前混杂在其他破布堆里,反正也没用了。

"我变回去,因为时机已到。"又是那种无奈的语调。你最早意识到他的真实身份时,他听起来也是这样。就像他知道,在你看来,他已经失去了某些东西,而且他也无法得回,别无选择,只能接受——但他并不是必须喜欢这种变化。"本来呢,我也只能把那个形态保持一段时间。我选择把那个时间减短,并且把你幸存的概率加大。"

"哦?"

在他身后,你房间里,你突然发觉,他的……呃,蛋壳,残留部分正在融化。像是吧。它在解体,闪耀彩色光芒,并且回到晶体的透明材料中,绕过你个人物品的残骸,回到它原来的位置,再次凝固。你盯着看了一会儿那个情形,而不看他,感觉很神奇。

直到他说:"他们想要你死,伊松。"

"他们——"你眨眨眼,"谁啊?"

"我的某些同类。也有些只是想利用你。我不会让他们得逞。"

你皱眉:"哪拨呢?你是不会让他们杀了我,还是不会让他们利用我?"

"两拨。"这浑厚的声音突然变得犀利起来。你记得他曾身体下蹲,像个猛兽似的露出牙齿。突然之间,你像是被开了眼界似的想到,最近附近都没有看见过太多食岩人。红发女、黄油石、丑衣仔、亮牙人,所有这些常客都不见了;几个月都没影。依卡甚至还提到过"她的"那个突然就消失的事。

"你吃掉了她。"你冲动地说。

停顿。"我的确吃掉过不少。"霍亚说。这话毫无悔意。

你想起他咯咯笑,说你好奇怪,然后蜷在你身边睡觉。地火啊,你真是应付不了这个。

"为什么选我,霍亚?"你摊开两只手。它们只是普通的、中年妇女的双手。有点儿干涩。几天前,你给硝制皮革的团队帮过忙,那种药水让你皮肤皴裂,还脱皮。你这段时间在用社群伙食里的坚果油涂抹,尽管油脂很缺乏,你应该吃掉那些果子,而不是用它们满足虚荣心。在你右手掌心,有个小小的、白白的、拇指形的胎记。天冷的时候,那只手的骨头会痛。普通女人的双手。

"我一点儿特别之处都没有。"你说,"世上一定还有其他原基人有能力连接到方尖碑。地火啊,就连奈松——"不。"但你为什么来这里?"你是说,他为什么会选择了追随你。

他默然片刻,然后说:"你问过我是否没事。"

这句话一开始毫无意义,然后你明白了。埃利亚城。晴朗美丽的一天,灾难来袭之前。正当你痛苦地悬浮在破裂的、发出噪音的榴石色方尖碑核心时,你第一次看见他。他在那东西里面待了多久?时间长到足够让他被埋在几个灾季积存起来的泥土下面,长出好多珊瑚礁。时间久远到可以被忘记,就像这世上那些早已灭亡的文明。然后你出现,问他感觉如何。邪恶的大地啊,你还以为这个细节是你的幻觉。

你深吸一口气,站起来,走到套房门口。整个社群都很安静,在你所见范围以内。有些人还在忙着平日事务,但人数要比平时少一些。那些照常生活的人,并不能证明和平和安宁;特雷诺人也在忙他们平时的事务,之后转眼就要杀死你。

昨晚,汤基又一次夜不归宿,你不确定她是跟加卡在一起,还是去了绿屋。凯斯特瑞玛现在有某种催化剂正在发挥作用,加速不可见的化学反应,催生难以预料的结局。加入我们,活下去,那个灰色食岩人告诉过他们,但不能带你们的基贼。

凯斯特瑞玛的人会不会冷静下来想清楚,没有赤道社群会欢迎大批中纬混血种人加入,最好的状况,也不过是把他们当成奴隶或者肉食?你的母性本能活跃起来,高度警觉。照顾好你的人。它在你的脑海深处低语。把他们集中到附近,好好守护他们。你知道,哪怕只是片刻的疏忽,就能带来多么可怕的结果。

你把手里依然拿着的逃生包背在肩上。现在这个时间点,带上它简直是毫无疑问的事。然后你转身面向霍亚:"跟我来。"

霍亚突然又在微笑:"我不再走路了,伊松。"

噢。好吧。"那么,我要去依卡的住处。到那里跟我碰头。"

他没有点头,直接消失了。不浪费任何动作。呃,你会习惯的。

人们都不看你,当你穿过社群中的众多桥梁和步道。你感觉到后背中央刺痒,因为他们在你走过之后目送。你情不自禁又想起特雷诺。

依卡没在她的住所。你察看四周,用两眼观察社群内的行动,最终去向平顶台。她不可能还在那里。你都已经回到家,目睹一个孩子变成食岩人,还睡了几个钟头。她不可能还在。

她还在。你看到平顶台上,现在的人数已经不多——乱糟糟的,大概有二十个,有的坐着,有的来回走动,样子有的愤怒,有的绝望,有的忧愁。尽管你只看到二十个,肯定还有上百人集中在住处、浴室和储藏室,三五成群低声谈论着同样的话题。但在这里,依卡坐在有人从她家搬来的长沙发上,还在讲话。你靠近后,察觉她的嗓子已经哑了,一副疲惫相,但还在讲。是关于通往南方某个联盟社群的补给线问题,她在说给一个转圈走路的男人听,那人两臂交叉,听到什么都报以冷笑。这是恐惧,他没有用心听。依卡却还在努力跟他讲道理。这真是荒谬。

照顾好你的人。

你绕过人们身旁——他们中有些从你身边避开——停在她身旁:

第十六章 老友重逢,又一遭

"我需要私下跟你谈谈。"

依卡话说了半截停下,仰头眨着眼睛看你。她两眼发红,干涩又略显黏稠,她有段时间没喝水了。"谈什么?"

"重要的事。"为了兼顾礼节,你向她周围坐的人们点头说,"对不起。"

她叹气,揉揉眼睛,但结果只是让它们更红。"好吧。"她站起来,然后停下来面向剩余的人,"投票就在明天上午。如果我没能让你们相信……那么,你们知道该怎样做。"

他们默默看着你带她离开。

回到她的住处,你把入口门帘拉上,撩开通往她私人房间的那道。这里没有多少能表明她身份地位的东西:她有两张地铺,好多枕头和垫子,但她的衣服就装在一个篮子里,房间一侧的书本和卷轴也都堆积在地上。没有书架,没有衣柜。来自她社群份额的口粮胡乱堆在一侧墙边,旁边还有个熟悉的大葫芦,凯斯特瑞玛人普遍用这个来储存饮用水。你用胳膊夹起水葫芦,又从食品堆里挑了一个干橙子,一条依卡泡了一段时间的干豆腐,同一个浅盘里有些蘑菇,还有一小片咸鱼。这不能算是体面的一顿饭,但也有些营养。"上床。"你说,用下巴指点,然后把食物拿到她面前。你先把葫芦递给她。

依卡一直在压着火旁观这一切,越来越生气,她冷冷地说:"你不是我喜欢的类型。如果你拉我来这里是这种目的的话。"

"并没有。但你在这里的期间,需要好好休息。"她看起来很不满。"你无法说服任何人相信任何事情——"更不要说那些被没理智的痛恨冲昏头脑的人。"如果你累得头脑都不能保持清醒。"

依卡咕哝了句什么,但她也感觉到自己现在有多么疲劳,所以还真的去了床边,坐在床沿上。你向葫芦点头示意,她乖乖喝了水——快速吞掉三大口,然后暂时放下水,符合讲经人建议的脱水应对方法。"我臭死了。我需要洗澡。"

"你应该早想到这件事,在开始试图说服一帮盛怒的,想害人的乱民之前。"你拿走水葫芦,把那盘食物塞入她手里。她叹口气,开始沉着脸咀嚼。

"他们才不会——"但她这句话只开了个头,然后就吃了一惊,盯着你背后某件东西。你回头之前已经知道答案:霍亚。"哦,可恶,别这样闯进我的房间。"

"我让他来这里跟我们会合的。"你说,"这是霍亚。"

"你跟它说——它是——"依卡吃力地咽下口水,又盯着看了一会儿,然后终于继续吃橙子。她咀嚼得很慢,视线始终在霍亚身上。"那么,你是受够了扮演人类?都不知道你费那劲干吗;你这家伙,真是怪到不正常。"

你到了靠近卧室门口的墙边,倚着墙坐在地上。为此,你必须放下逃生包,但你确保它就在身边。对依卡,你说:"你跟参谋组的其他人,还有你社群的一半成员都谈过了,哑炮、基贼、本地人、新来的都有。你现在欠缺的,就是他们的观点。"你向霍亚方向点头。

依卡眨眨眼,然后带着新的兴趣看霍亚:"我的确曾经邀请过你加入我的参谋组。"

"我代表不了我的同类,正如你代表不了你的。"霍亚说,"而且我还有更重要的事情要做。"

你看到依卡眨巴眼睛,察觉到他的嗓音改变,肆无忌惮地盯着他看。你疲惫地向霍亚挥手。你不像依卡,你睡过一觉,但不能说睡得很好,当时你坐在一个热得要死的房间里,等着一颗晶体球孵化。"你只要知无不言,就有帮助。"然后,出于某种本能,你加了一句,"拜托。"

因为不知为何,你感觉他有些内向。他的表情并没有变化。他的姿态还是上次向你展现的那种，静养中的年轻人，一只手上举；他改变了位置，但没有改变姿态。还是静止不动。

他的内向显现出来，当他说："好吧。"这个内容都藏在语调里。但没关系，你能处理内向问题。

"那个灰色食岩人想要什么？"因为你他妈的特别确信，他并不是真心想要凯斯特瑞玛加入某个赤道社群。人类的国家政治对他们来说根本就不重要，除非能促成其他某种目标。雷纳尼斯人也只是他的走卒，被他利用，而不是相反。

"现在有很多我们的同类，"霍亚回答，"数量多得足以称为一个种族，而不是一个错误。"

听到这句没头没尾的话，你和依卡对视，她看你的眼神像是在说，他的麻烦是你的，跟我无关。也许这话也有它的意义吧。"然后呢？"你提示他继续。

"我们中的有些人相信，这个世界只能安全地容纳一个种族。"

噢，可恶。这就是埃勒巴斯特说过的。他是怎么描述的来着？一场古老战争中的不同派系。有一帮人想让人类……变得无害。

像食岩人本身一样。巴斯特曾经说过。

"你们想把我们灭绝，"你说。极小声。"或者……把我们变成石头？就像埃勒巴斯特正在经历的那样？"

"不是我们所有人。"霍亚轻声说，"也不是针对你们所有人。"

一个只有石头人的世界。想想就让你战栗。你想象中，世上到处是飘落的火山灰、枯朽的树木，还有鬼气森森的雕像人，后者中间的一部分还在动。怎么回事？他们是强大得不可阻挡，但在此之前，都只忙于内斗。（你了解的情况。）他们能把你们所有人都变成石头吗，像埃勒巴斯特那样？如果他们真想把人类清除，岂不是应该早就能做到？

你摇头："这个世界一直都养活了两种人类，经历过众多灾季。如果算上原基人，就是三种；哑炮就把我们看作另类。"

"我们中间，并不是所有人都满足于那样的状况。"他的声音现在很小，"太少了，我们中很少有新成员诞生。我们只是不断被时间消磨，而你们崛起，繁衍，然后又死去，像蘑菇一样。很难不嫉妒你们。想成为你们那样。"

依卡在困惑地摇头。尽管她的嗓音还保持着一贯的镇定自若，你在她眉间看到一点儿忧虑。她的嘴巴倒是撇到了一边，就像她情不自禁会表现出一点儿恶心。"很好。"她说，"这么说来，食岩人曾经是我们的同类，现在你们又想杀死我们。那我们又凭什么相信你？"

"不是'所有食岩人'。我们的想法各自不同。有些想要维持现状，有些甚至还想让世界变得更美好……尽管大家对这个目标的具体含义理解不同。"转瞬间，他的姿态有了改变。双手伸出，掌心向上，肩头略微耸起，意思像是我又能怎样？"我们也是人。"

"那么，你想怎样？"你问。因为他没有回答依卡的问题，而且你察觉到了。

那双银色瞳孔转向你，停住。你觉得，在他平静的脸上，还是有几分哀愁。"就是我一直都想要做的事啊，伊松。帮助你。仅此而已。"

你心想，对"帮助"这个词的含义，大家的理解又是各自不同。

"哎呀，好感人。"依卡说。她揉揉疲惫的眼睛。"但你没有说到关键。毁掉凯斯特瑞玛有什么用呢？既然目标是……把世界交给一个人种？那个灰色家伙有什么企图？"

"我不清楚。"霍亚还在看你。这眼神并不像预料中的那样可怕。"我试着问过他。但结果不太好。"

"猜得出。"你说。因为你完全清楚，他会向灰人提问，就一定有他的原因。

霍亚的眼睛转而向下看，你的猜疑伤到了他。"他想要确保方尖碑之门永远都不能再次被打开。"

"你说什么？"依卡问。但你仰头靠墙，泄气，恐惧，又茫然不解。当然。埃勒巴斯特才是关键。要消灭依靠食物和阳光生活的人类，还有什么比让第五季持续到他们灭绝更简单的办法呢？只留下食岩人来继承幽暗的大地。而为了确保这件事发生，就要杀死唯一有能力终止灾难的人。

其实除了他，你也有这种能力，你意识到这点，心中凛然。但，不对。你只会控制一块方尖碑，完全不懂得怎样同时激活二百多块那种东西。还有，埃勒巴斯特现在还能那样做吗？每次使用原基力，都会缓缓杀死他。我×，可恶！——你才是世上唯一有潜力打开那道门的人。但如果灰人的宠物军队杀死了你们两个，他的目标就得到了双重保障。

"这就意味着，灰人尤其想要灭绝原基人。"你对依卡说。你只是略过了太多细节，并不是撒谎。你是这样告诉自己的。也是你需要告诉依卡的，为了让她永远不知道原基人有能力拯救世界，也为了让她自己不会去尝试连接方尖碑。这一定是埃勒巴斯特一直都不得不做的事，一方面向你坦白事实，因为你有权知道；另一方面又要有所隐瞒，以免让你害死自己。然后你又想到一块可以丢出去的肉骨头。"霍亚曾经被困在方尖碑里一段时间。他说，这是唯一能阻止他们的东西。"

并不是唯一的方式，如果按他所说。但或许，霍亚也只向你坦白了安全的事实。

"好吧，真讨厌。"依卡说，她很烦，"你能做到方尖碑之类的事。丢一个砸他。"

你叫了声苦:"那样不管用的。"

"那怎样才能管用呢?"

"我也不知道!这正是我一直在向埃勒巴斯特学习的东西。"而且失败了,你并不想说出来。反正依卡也能猜出来。

"好极了。"依卡突然显得蔫了。"你说的对,我需要睡一觉。我让埃斯尼发动壮工们,把社群内的武器全都看管起来。表面上,他们正在准备那些武器,以便抗击赤道人。事实上……"她耸耸肩,叹口气,你就明白了。人们现在都很恐慌。最好不要作死。

"你不能相信那些壮工。"你轻声说。

依卡抬眼看看你:"凯斯特瑞玛跟你来自不一样的地方。"

你想要微笑,但没有,因为你知道那样的微笑能有多丑陋。你来自那么多不同的地方。在其中每一个,你都学会了基贼与哑炮无法共同生活这件事。依卡看到你脸上的那副表情,还是挪动了下身体。她又尝试了一次:"听我说,知道我的身份之后,世上有多少社群会允许我活下来?"

你摇摇头:"当时你有利用价值。那办法对帝国原基人也曾管用。"但对别人有利用价值,并不等于地位平等。

"好吧,那么我现在也有利用价值。我们都是。如果杀死或者放逐原基人,我们就会失去凯斯特瑞玛-下城。然后我们就得任由一帮外来人宰割,他们完全可以像对待基贼一样对待所有人,只因为我们的祖先没有选择一个种族,然后一直在那个范围内通婚——"

"你还是总在说'我们'。"你说。这样很客气了。你不想打破她的幻想。

她停下,下巴上有块肌肉抽搐过一两次:"哑炮们学会了痛恨我们。他们也能学会其他态度。"

"现在学吗?敌人真的已经在门口的时候?"你太累,受够了所有这些废话。"现在,正是我们见识他们最丑陋一面的时候呢。"

依卡观察了你好半天。然后她身体瘫下去——完全软瘫,她的后背弯起来,头垂下去,灰吹发披散在脖子两侧,直到那样子变得特别滑稽,像蝴蝶形的鬣毛。头发遮掩了她的脸。但她长长地、疲惫地深吸一口气,听起来几乎像是一声哭泣。或者是大笑。

"不会,伊松。"她揉搓自己的脸。"就是……不会。凯斯特瑞玛是我的家,也是他们的家。我为它辛勤劳作过,为它战斗过。要不是因为我,凯斯特瑞玛早已不复存在——很可能也多亏了其他一些基贼,以身犯险让一切维持下来,持续多年。我不会放弃的。"

"你保护自己的安全,并不是放弃啊——"

"是的,那就是放弃。"她抬起头。刚刚那不是哭泣,也不是大笑。她在狂怒中。只是不针对你一个人。"你在说,这些人——我的父母,我的童园老师,我的恋人们——你在说,丢下他们,让他们自生自灭。你在说他们什么都不是。说他们根本不是人,只是畜生,天性就是屠杀。你在说基贼只是,只是猎物,而且我们将来也只能如此!不!我不会接受这些。"

她听起来那么坚决。那让你感到心痛,因为你有跟她一样的感觉,在从前。如果还能继续那样想,也挺好的。保有一点儿希望,能得到一个真正的未来,一个真正的社群,真正的生活……但你对哑炮们善良天性的信赖,让你失去了三个孩子。

你抓起逃生包,站起来要离开,一只手抚过头发。霍亚消失了,他读懂了你表示谈话结束的肢体语言。以后再说吧。但是,当你快到门帘时,依卡开口把你叫住。

"把这句话传出去,"她告诉你说。她语调里的情绪消失了。"不管发生了什么,我们都不要挑起任何事端。"这个细心的叮嘱里面,还隐含了一件事,这次她说的"我们",指的是原基人。"我们甚至不应反击。还手的话，就会激起骚乱。跟其他人说话时，最多是少数几个人。一对一最好，如果你能做到，这样，就不会有人以为我们在聚众密谋。确保孩子们也都了解这些。确保他们没有人落单。"

多数原基人孩子都懂得如何自卫。你教过他们的技能既可以用来冻结煮水虫巢穴，也可以用来震慑和阻止攻击者。但依卡是对的：你们人数太少，无力还击——那样只能毁掉凯斯特瑞玛，两败俱伤。这意味着有些原基人会死。你将任由他们死去，尽管你能救他们。之前，你都以为依卡没有冷酷到会这样想的地步。

你的惊诧肯定是表现在了脸上。依卡微笑。"我怀有希望，"她说，"但我也并不愚蠢。如果你是对的，情况的确变得毫无希望，我们也不会任人宰割。我们会让他们后悔背叛了我们。但在一切发展到无法挽回之前……我希望你是错的。"

你知道你一定对。你相信原基人在这个世界里就是俎上之肉，这信条在你的全身细胞里狂舞，像魔法。这不公平。你只想让自己活得有点儿意义。

但你还是说："我也希望自己是错的。"

死者再无心愿。

——第三板，《构造经》，第六节

第十七章

奈松，被厌弃

奈松已经太久没有过自豪的感觉，所以那天，当她有了治愈沙法的能力之后，她一口气跑过小村，到寻月居去告诉他。

"治愈"是她的主观感觉。她过去几天老去外面树林里，练习她的新技能。并不总是很容易察觉生物身体中的异样；有时候，她必须小心追随事物中的那些银线，来找到它的结点和扭曲之处。最近，火山灰掉落得更加频繁，持续，多数树林都已经出现片片灰黑，有些植物开始凋零，或者用休眠来应对环境变化。这对它们来说是自然反应，而银线继续流转，证明了这个。但是，当奈松放慢节奏，细细察看，她常常也能发现一些东西，它们的变化并不自然，也不健康。比如岩石下的蛴螬，体侧长出了异样的突起。还有蛇——第五季开始之后，它们变得有毒，而且更凶狠，所以她只在一段距离外观察——会有脊椎折断现象。有甜瓜藤变成中凸形状，会积攒太多火山灰，而不是凹陷形，更容易把灰摇落。还有一个巢穴中的少数蚂蚁，它们被某种寄生菌类感染过。

她在这些东西身上练习去除恶症，还有其他很多对象。这是个很难掌握的技巧——就像仅仅用线来完成外科手术，甚至还不能触及患者。她学会了如何让一根线的边缘特别尖利，如何用另一根打成圈，系上扣，还有如何截断第三根，用它燃烧的断头来烧灼伤口。她把蛴蠕身上的突起去掉，但它死了。她把蛇身体里断开的骨头缝合，尽管这样只是加速了正在自然发生的过程。她找到了植物内部发令"向上弯"的部分，说服它们说"向下弯"。蚂蚁的结果最好。她无法把全部菌类都从它们身上剃除，甚至无法解决掉大部分，但她可以切断它们脑中的某些连接，阻止它们的怪异行为，让感染不再蔓延。她非常非常高兴，因为有脑子可以处理。

奈松练习的高潮，发生于无社群盗匪再次攻击时，那是某天早上，当露水仍在打湿火山灰和地面上的其他垃圾。那个被沙法重创的团伙已经消失；这拨是新来的坏人，还不清楚这里的危险。奈松已经不再被她的父亲分心，不再无助，在她冻结一名匪徒后，剩余大部分人都逃走了。但在最后的瞬间，她察觉其中一个人体内有一团银线，然后不得不求助于老旧的原基力（她已经开始这样看待它）来促使那名匪徒脚下的地面陷落，把她困在一个陷阱里。

奈松从坑边看时，那匪徒向她掷出一把尖刀；她没被刺中，纯粹是运气好。但奈松躲在不会被看到的地方，小心地追随那条银线，并且在那女人的一只手上发现了一根三英寸长的碎木片，扎得那么深，已经触及骨骼。木片正在毒害她的血液，最终会让她丧命；感染已经严重到让她那只手肿大一倍。一名社群医生，哪怕只是像样点儿的游医，都能把那东西取出，但无社群者没有那样奢侈的条件，无法得到专业照顾。他们靠运气活着，而在第五季期间，好运十分有限。

奈松决定充当这女人的好运气。她在旁边安顿下来，以便集中精神，然后小心翼翼地——与此同时，那女人在惊呼，谩骂，喊叫"到底怎么回事？"——把木片拔出。等她再次向陷坑中窥探，看见那女人双膝跪地，不断呻吟，抱着她流血的那只手。奈松为时已晚地意识到，她还需要学会如何麻醉，于是她回到原来那棵树旁边，再次抛出自己的银线，这次是要捕获一根神经。她花了一些时间才学会如何让它麻木，而不是造成更多痛苦。

但她最终学会了，等她完成之后，觉得很感激那个匪帮女子，她还躲在陷坑底下，呻吟着，神志不清。奈松不会傻到放她逃走。如果她活下去，结局或者是死得很慢很痛苦，或者就是再次前来袭扰，也许下次就会危及奈松喜爱的某个人。于是奈松最后一次抛出她的银线，这次精准地切断了她的脊柱上端。这样没有痛苦，而且要比那女人想给奈松的命运更心软。

现在她跑上山坡，向寻月居方向返回，杀死埃兹以来头一次感到高兴，她太急着见到沙法，几乎没注意院子里的其他小孩，他们都停下了手头的事，冷冷盯着她看。沙法向他们解释过，说她对埃兹做出的事只是意外，希望它是对的，因为奈松很想得回他们的友情。但现在，那些都不重要了。

"沙法！"她先是把头伸进守护者木屋。只有尼达在那里，盯着中等距离外，像是在出神地思考。但奈松一进来，她就集中精神，用她特别空洞的方式微笑。

"你好，沙法的小东西。"她说，"今天你看起来很兴奋啊。"

"您好，守护者。"奈松对尼达和乌伯一直很讲礼貌。他们只是想杀掉她而已，这可不是可以忘掉礼貌的理由。"您知道沙法在哪里吗？"

"他在熔炉，跟巫迪一起。"

"好的，谢谢您！"奈松快步离开，并不害怕。她知道，巫迪本来是技巧第二熟练的孩子，现在埃兹又没了，他就是寻月居其他孩子中间唯一有希望连接到一块方尖碑的人选。奈松觉得这事还是没戏，因为没有人能给他需要的训练方式，考虑到他那么瘦小孱弱。巫迪要是到了妈妈的熔炉里，一定活不下来。

但是，她还是礼貌地对待他，跑到练习场最外圈，也只是原地蹦跳了一点点，让自己的原基力完全安静，以免让他分神；与此同时，巫迪从地下升起一根粗大的玄武岩柱子，然后试着把它推回去。他已经呼吸急促，尽管那柱子移动得也没有很快。沙法正在专注地观察他，微笑没有平时那样明显。沙法也看出了危险。

最终，巫迪把那根柱子推回地底。沙法扶住他的肩膀，带他去一条长凳坐下，这样显然是必要的，因为巫迪到这时几乎走不动路了。沙法扫了一眼奈松，奈松马上点头，转身跑回食堂，拿杯子，倒了一杯果味水。然后带回来给巫迪，他向奈松眨眨眼，然后看上去为自己的犹豫感到羞耻，终于害羞地点头致谢，接过水杯。沙法永远是对的。

"你需要帮忙回宿舍吗？"沙法问他。

"我可以自己回去的，先生。"巫迪说。他的眼睛迅速扫了一眼奈松，奈松因此明白，巫迪很可能希望有人帮忙回去，但不敢打扰沙法和他最宠爱的学生相处。

奈松看看沙法。她的确兴奋，但可以等。沙法扬起一侧眉毛，然后侧头伸出一只手，扶巫迪起来。

一旦等到巫迪安全地躺在床上，沙法就回到奈松身旁，她现在坐在长凳上。这样耽搁一下之后，她感觉平静了些，这是好事，因为奈松知道，自己需要看起来平静、稳重又专业，才能让沙法允许一个未成年，半瓶醋的女孩，在他本人身上做魔法实验。

沙法坐在她身旁，看上去觉得有趣："好啦，说吧。"

她深吸一口气，然后才开口："我知道怎样把那东西从你体内取出来。"

他们两个人都确切地知道她在说什么。之前她曾经坐在沙法身旁，平静地献出自己，而他就坐在这张长凳上，抱住自己的头，喃喃回复某个奈松听不到的声音，然后战栗着，因为那东西用银色鞭笞带来的剧痛来惩罚他。即便现在，它也是隐藏的、愤怒的抽痛，在他身体里，驱使他服从。杀死她。她常常主动来陪伴，因为她的存在会减轻沙法的痛苦。这是在犯傻，她知道。爱并不是足以避免谋杀的灵药。但她需要相信他可以做到。

沙法皱着眉看她，他完全没有显出不相信的迹象，这也是奈松爱他的原因之一。"是的。我也感觉到你的成长……最近非常快，幅度很大。支点学院的原基人也会发生这种情况，当他们获准进展到这个程度时。他们会成为自己的老师。超常能力引导他们走向特定的成长道路，取决于每个人的天然禀赋。"他眉头微蹙，"但通常来说，我们都会带他们偏离这条路线的。"

"为什么？"

"因为它危险。对所有人来说，不只是涉事的原基人。"他靠在她肩上，肩膀温暖，值得依靠的感觉。"你已经活过了让多数人丧命的关键点：跟一块方尖碑建立连接。我……记得别人做这种尝试时死掉的样子。"有一会儿，他看似苦恼，失神，迷惑，他在小心翼翼探询自己破碎的记忆边界。"我记得其中一部分。我很高兴……"沙法再次面有苦色，再次显出烦恼。这一次，并不是那银线在伤害他。奈松猜想，他或者是想起了某些不喜欢的事，或者就是想不起本来应该记起的事。

奈松不会有能力从他身上取走失去的痛苦，不管她将来变得多厉害。这感悟让人清醒。但她可以取走沙法的其他痛苦，而这是重要的部分。她抚摸他的手，她的手指覆盖住那些细细的伤疤，她曾见过沙法用自己的指甲掐出这些伤痕，当那份疼痛强烈到连他自己的微笑都无法缓解时。今天的伤痕，要比几天前更多，有些还是新鲜的。"我那时并没有死。"她提醒沙法。

他眨眨眼，这已经足够把他拖回此时、此地、此身。"不，你的确没有。但是，奈松。"他调整两人的手位；现在成了他握住奈松的手。沙法的手巨大，这么一握，奈松完全看不到自己的手。她一直都喜欢这样，那么完整地被他包裹。"我好心的姑娘啊。我。我并不想把我的核石取掉。"

核石。现在，她知道了自己死敌的名字。这个词感觉很荒谬，因为它是金属，并不是石头，而且它也并不是沙法的核心，只是被植入他的脑袋里，但这都不重要。她咬紧牙关抑制愤恨："它总在伤害你。"

"它理应如此。我背叛了它。"他的下巴收紧了一下，"但我接受这样做的后果，奈松。我可以承受它们。"

这毫无道理。"它总是伤害你。我可以停止这份伤痛。我甚至可以在不取出它的情况下，让它不再伤你，但那样只在很短时间内有效。我得待在你身旁才能做到。"她在跟灰铁的对话中得知这个，还观察了食岩人的做法。食岩人魔力高超，比人类强出太多，但奈松可以接近他们的水准。"但是如果我把它取出来——"

"如果你把它取出来，"沙法说，"我就将不再是守护者。你知道那意味着什么吗，奈松？"

那意味着沙法可以做她的父亲。他已经在所有重要的方面充当了父亲。奈松想起这件事，并不会有那么多词，因为对她自身和她的生活，她还有很多东西没有做好准备去面对。（这很快就将改变。）但这些已经在她脑子里。

"这意味着我将失去我的大部分力量，还有健康。"他这样说，回应奈松无声的渴望。"我将无力保护你，我的小东西。"他的眼睛扫向守护者木屋，她马上就明白了。乌伯和尼达会杀死她。

让他们试试，她心里想。

沙法头部微侧；他当然是马上察觉了奈松的逆反动机。"你打不赢他们两个，奈松。即便是你，也没有那样强大。他们都有些你没见过的招数。那些技能……"他又一次显出担忧，"我并不想记起它们可能对你造成的伤害。"

奈松努力不让自己的下嘴唇向前突出。她妈妈总说，那个叫作噘嘴。噘嘴和哭闹，都只是小婴儿的把戏。"你不应该因为替我考虑，就直接拒绝。"她可以照顾好自己。

"我没有。我提到那个，只是希望自保动机会帮我说服你。但就我自己来说，我不想变虚弱，生病，然后死亡，奈松，如果你取走那块石头，这些事就会发生。我比你意识到的更老——"那份迷离的样貌再次出现。奈松因此知道，沙法不记得自己有多老。"比我自己意识到的更老。如果没有核石阻止，时间就会追赶上我。只要过几个月，我就会变成一个老人，摆脱了核石之痛，却将遭受老年之痛。然后我就会死。"

"这你可没把握。"她微微颤抖。感觉喉咙刺痛。

"我有把握的。我见过这件事发生，小东西。而这是残忍行为，并非善意，如果真正发生的话。"沙法的眼睛眯起来，就像他要很吃力才能看清记忆。然后他的注意力回到奈松身上。"我的奈松。我把你伤害得那么严重吗？"

奈松的眼泪突然涌出。她自己也并不真正明白为了什么，只是……只是也许她一直都在期待这一刻，在为这个目标努力，那样努力过。她想用原基力做点好事，既然在此之前，她已经用它做过那么多可怕的事情——而且希望受益人是沙法。他是这个世界上唯一理解她的人，爱她的本来面目，尽管她是那样的人，却依然护她周全。

沙法叹气，把奈松抱到自己腿上，而她紧紧抱住沙法，在他肩膀上哭诉了好长时间，完全不管两人是在露天里。

但等她哭够了，才意识到沙法抱她的力度同样大。他体内的银线活跃起来，蠢蠢欲动，因为奈松那样接近。他的手指就在奈松颈后，现在他轻易就能刺穿进去，破坏掉她的隐知盘，一击终结她的生命。他没有。他一直在对抗那份冲动，从始至终。他宁愿承受这些，冒这些风险，也不接受她的帮助，而这是全世界最糟糕的事。

她咬紧牙关，两手按在沙法衬衣背面。跟银线共舞，与之同流。蓝宝石碑就在附近。如果它能让两者一同流动，过程会很快。只要一下精准的、手术式的抽拔动作。

沙法身体紧绷起来："奈松。"他体内的银线突然静止，光芒微微变暗。就像那颗核石已经察觉她带来的危险。

这是为了他自己好。

但是。

她咽下口水。如果她因为爱沙法，就伤害到他，这种行为还是伤害吗？如果奈松现在伤害他很重，只为了他以后受害更少，这样做，她算是坏人吗？

"奈松，拜托。"

这难道不是爱？

但这个想法，让她想起自己的母亲，还有那个阴冷的午后，云层遮住了太阳，冷风让她战栗不止，妈妈的手指压住她的手指，把她的手按在一块平整的石头上。如果你能在剧痛中控制住自己，我就能确定你安全。

她放开沙法，靠住椅背，心惊胆战，后怕自己险些成为什么样的人。

沙法又静坐了一会儿，也许是松了一口气，也许是感到遗憾。然后他轻声说："你一整天都不在。吃过饭了吗？"

奈松的确觉得饿，但她不想承认。突然，她感觉两人之间需要距离。某种能让自己少爱他一些的东西，好让无视他的意愿，强行帮忙的想法少折磨自己一点儿。

她看着自己的双手，说："我……我想去看看爸爸。"

沙法又沉默了一会儿。他不同意。奈松不用看，不用隐知，也知道这个。但现在奈松已经听说了，在她杀死埃兹那天还发生过什么事。没有人听到沙法对杰嘎说过什么，但很多人看到他把杰嘎击倒，蹲在他身上，面向他冷笑，而杰嘎瞪大了惊恐的眼睛回望。她可以猜到为什么会发生这件事。不过，第一次，奈松试图不去在乎沙法的感情。

"要我跟你去吗？"他问。

"不要。"她知道该怎样应对自己的父亲，而且她知道沙法对他毫无耐心。"我去去就来。"

"你务必做到啊，奈松。"这听起来是一片好心。但还是警告。

但她也知道该如何应对沙法。"好的，沙法。"她仰头看他，"别担心。我很坚强的。就像你造就的那样强。"

"你是在自己变坚强。"他的注视又温和，又可怕。冰白的眼眸肯定是这样，尽管在可怕的实质上面，还有一层爱心装点。到现在，奈松已经习惯了这样的组合。

于是奈松爬出他的怀抱。她很累，尽管什么都没有做。情感问题总是会让她觉得累。但她还是下山去了杰基蒂村，一路向她认识的人点头致意，不管他们是否回应，注意到村里正在新建一座谷仓，因为他们有时间增加库存，趁火山灰和天空中的阴霾还在时断时续。这是普通又平静的一天，在这个普通又平静的社群，在某些方面，感觉很像是特雷诺。要不是寻月居和沙法，奈松也会同样痛恨这个地方。她或许永远都不会明白，既然妈妈设法逃离了她的支点学院之后，有一整个世界可以选择，却为什么选择居住在这样一个无趣又偏远的烂地方。

就这样，奈松心里想着她母亲，敲响了父亲住处的门。（她在这儿有个房间，但这不是她的房子。所以她要先敲门。）

杰嘎几乎马上就开了门，就像他正准备离开去某个地方，或者他是正在等她来。一股带着蒜香的食物香气飘来，来自房间后半的炉膛。奈松感觉，这或许是在炖鱼，因为杰基蒂社群的食物配给里边，有很多鱼类和蔬菜。这是杰嘎一个月来头一次见到她，他的眼睛瞪大了一会儿。

"嗨，爸爸。"她说。这好尴尬。

杰嘎弯下腰，奈松还没太搞清楚状况，就被他举起来紧紧抱住。杰基蒂感觉像是特雷诺，但现在是好的一面相像。就像回到了妈妈还在，但爸爸最爱她，而且炉子上的东西是炖鸭子而不是炖鱼的时代。如果是那时，妈妈会大声叫嚷，抱怨邻居家的克库萨幼崽从她家菜园里偷卷心菜。图克老太从来都不肯好好拴住那鬼东西。空气的味道也会像现在，有馥郁的食物香气，夹杂着新凿开的岩石那股酸涩味，父亲往往要往上面泼洒一些化学药品，让石材软化，更富光泽。小仔会在后面跑圈儿，嘴里发出嗖嗖声，叫嚷着说他要摔倒了，其实却在跳高——

奈松的身体僵在杰嘎怀抱里，因为她突然意识到：小仔。向上跳。跌升。或者装作这样。

小仔，被爸爸打死的孩子。

杰嘎感觉到她的紧张，自己也紧张起来。慢慢地，杰嘎放开她，把她放回地上，脸上的喜悦也渐渐变成了不安。"奈松。"他说。视线在她脸上搜寻。"你没事吧？"

"我没事，爸爸。"她怀念父亲环抱自己的感觉。情不自禁就会这样子。但刚刚浮起的小仔幻象，又让她提醒自己务必小心。"只是想来看看你。"

第十七章 奈松，被厌弃

杰嘎心里的部分不安消退了些。他犹豫了一下，像是在找话说，然后站到一旁："进来吧。你饿吗？东西也够你吃的。"

于是她进了房子，他们坐下来吃饭。而他大惊小怪地感叹她的头发已经那么长，发辫和发梢有多好看。都是她自己梳理的吗？她是否还长高了一点儿？也许是长了吧，她羞红着脸回答，尽管她十分确定，上次沙法量身高时，她足足长高了一英寸；沙法有天特地确认过，因为他觉得，下次去分寻月居物资的时候，可能需要订些新衣服。她现在都是大姑娘了，杰嘎说，语调里有那么强烈的自豪感，让奈松降低了戒备。快要十一岁，而且那么漂亮，那么强壮。那么像——他说不下去了。奈松低头看餐盘，因为父亲险些说出来的是，*那么像你妈妈。*

爱一个人，难道不应该就是这样？

"没关系的，爸爸。"奈松迫使自己说。奈松漂亮又强壮，像她的妈妈，这是件可怕的事——但是爱，永远都藏在可怕的表象后面。"我也想她。"因为这是实话，尽管有以前的种种。

杰嘎身体微微僵住，下巴上有块肌肉微微颤动："我并没有想她，小宝贝。"

这谎言过于明显，以至于奈松瞠目相视，忘了装出完全同意的样子。看来，她还同时忘记了很多东西，包括常识，因为她不假思索地说："但你就是想啊。你也想念小仔。我能看出来。"

杰嘎怔住，瞠着她的样子，一半是震惊，她居然敢说出来，另一半是恐惧，针对她说话的内容。然后，通过奈松已经理解的，父亲惯常的那种方式，对意外变故的震惊突然就转变成了怒火。

"这些就是他们教你的？在那个……地方？"他突然问，"不尊重你的亲生父亲？"

突然之间，奈松感觉更累了。总要回避他的各种不尽情理，真的好累人。

"我并没有不尊重你啊。"她说。奈松试图让自己嗓音平稳,不带情绪,但她自己也能听出那份挫败感,她掩饰不住。"我只是在说事实啊,爸爸。但是我并不是在责怪你,就算你——"

"这不是事实。这是污蔑。我不喜欢这种说话方式,年轻的小姐。"

现在她开始觉得困惑了:"我说话方式怎么就不对了?我没说任何脏话。"

"把人称作基贼之友,这就是脏话。"

"我……也没说过那个呀。"但在某种程度上,她的确说了。如果杰嘎相信妈妈和小仔,那么就意味着他爱他们,这就等于他是基贼之友。但是。我自己也是基贼。她没有笨到说出这句话。但是她想说。

杰嘎张嘴要反驳,然后像是控制住了自己。他看着别处,两肘撑在桌面上,两手搭成尖塔状——他想要控制住自己的脾气时,就常常这样做。

"基贼们啊,"他说,这个词从他嘴里说出来,感觉特别肮脏,"会骗人,小宝贝。他们威胁人,操纵人,利用人。他们是坏种,奈松,像大地父亲本身一样坏。你不是那样子。"

这也是谎言。奈松为了活下去,做过好多迫不得已的事,包括说谎和杀人。她做其中一些事,就是为了不被他杀死。她痛恨自己所有那些迫不得已,也因为他貌似从未觉察的态度感到绝望。她,现在,正在这样做,而杰嘎却视而不见。

我到底为什么还要继续爱他?奈松盯着父亲时,发觉自己在这样想。

与之相反,她说的是:"你为什么那样痛恨我们呢,爸爸?"

杰嘎吃了一惊,可能是因为奈松随口说出的我们:"我并不恨你。"

"但你恨过妈妈。你一定也恨过小——"

第十七章 奈松,被厌弃

"我没有!"杰嘎推桌后退,站起身来。奈松不由自主地畏缩,但杰嘎转身向别处,开始沿着短小的半圆路径在屋里来回走。"我只是——我知道他们能做出什么事来,小宝贝。你不会理解的。我需要保护你。"

感悟突然涌来,像魔法一样强大有力,奈松在那个瞬间意识到:杰嘎并不记得站在小仔尸体旁边,双肩和胸腔起伏不定,咬牙切齿地问你也是吗?现在的他相信,自己从来没有威胁过女儿。从来没有把她从车座上推下去,滚下一道满是枯枝和碎石的斜坡。在杰嘎的脑子里,某种东西重写了关于他两个原基人孩子的故事——现在这个故事像石头一样线条清晰,不容更改。也许是同一种东西,现在也把他眼中的奈松看成是女儿,而不是基贼,就像两种身份可以用某种方式切分开来一样。

"我还是个孩子时,就听说过他们。那时候比你现在还小。"杰嘎已经不再看她,一面走,一面说,一面手舞足蹈。奈松眨眨眼。她回想起麦肯巴小姐,那位安静的老太太,身上总有一股茶叶味。勒拿,小镇医生,是她的儿子。玛肯巴夫人还有个表兄弟在镇上吗?然后奈松就听到了答案。

"那天,我是在斯培德种子库后面找到他的。他蹲在那儿,浑身发抖。我还以为他病了。"杰嘎始终都在摇头,一面继续踱步。"当时还有个男孩跟我一起,我们三个老是一块儿玩。克尔上去摇晃利提克,而利提克直接就——"杰嘎突然住了口。他露出牙齿。肩膀起伏,就跟那天一个样。"克尔在尖叫,而利提克说,他停不下来,他不知道怎样停下。那冰层吞没了克尔的胳膊,他的胳膊断掉了。血成块地落在地上。利提克说他很抱歉,他甚至哭了,但他还是继续冷冻克尔。他就是不肯住手。等到我逃走时,克尔在向我伸手,他身上没有冻结的部分,只剩下他的头、胸部和那只胳膊。但太晚了。我那时就知道。甚至在我跑去找人帮忙时，就已经晚了。"

奈松并不会感到欣慰，因为的确有原因——具体的原因——导致父亲做了他做过的事。她能想到的只有，小仔从来没有像那样失控过；妈妈绝不会让他那样。这是真的。妈妈一直都能隐知并且抑制奈松的原基力，哪怕有时隔着整个小镇。这意味着小仔本人根本没做过任何招惹杰嘎的事。杰嘎杀死自己的儿子，是因为某个完全不同的人曾经的行为，发生在他儿子出生之前很久。这个，超过其他任何东西，帮她最终明白了：她父亲的那份仇恨，根本就不可理喻。

于是奈松几乎已经做好准备，当杰嘎的视线突然转到她的方向，斜睨着，带着猜疑。"你怎么还没治好你自己？"

不可理喻。但她还在尝试，因为曾经一度，这个男人就是她的整个世界。

"我或许很快就能做到了。我学会了怎样用银线做到一些事，还有怎样把东西从人的身体内取出。我不懂得原基力怎样发挥作用，也不知它来自哪里，但如果它是能够取出的东西，那么——"

"那座营地里的其他怪物，没有一个曾经治好自己的。我四处打听过了。"杰嘎的踱步速度明显加快。"他们来到那里，然后就没有好转。他们住在那里，跟那些守护者在一起，多数都是一天到晚，却没有一个被治好！那些都是谎言吗？"

"那不是谎言。如果我技艺足够高，我会有能力做到。"奈松本能地知道这件事。有了足够精细的控制力，再加上蓝宝石方尖碑的帮助，她几乎无所不能。"但是——"

"你为什么现在没有足够高的技艺呢？我们在这儿快要一年了！"

因为这超难好吧！她想要说，但意识到他并不想听这话。他不想知道，用原基力和魔法改变事物的唯一渠道，就是成为原基力和魔法使用方面的专家。她没回答，因为那样没用。她也没办法说他想听的话。这不公平，他先是把原基人称为骗子，然后又硬逼着她撒谎骗人。

他停住，转身面向她，马上就对她的沉默起了疑心："你并没有努力变好，对吧？告诉我真相，奈松！"

可恶，她现在真是累得要死。

"我正在努力变好，爸爸。"奈松最终回答说，"我正在努力变成一个更好的原基人。"

杰嘎倒退几步，就像被她打了一样："我允许你住在那里，可不是为了这个。"

他没有允许任何事情；都是沙法逼他的。他现在甚至会对自己撒谎。但是那些他对她说的谎言——奈松突然明白，自己整个一生，他一直都在说谎——真正伤到了她的心。毕竟，他说过他爱她，但那显然不是真的。他不可能爱一个原基人，而她就是这样的人。他不能做一个原基人的父亲，而这个，正是他一直要求女儿成为另外一副样子的原因，不让她做自己。

而现在，她累了。累了，也受够了。

"我喜欢做一名原基人，爸爸。"她说。他的眼睛瞪大。她现在说的话好可怕。她居然爱自己，这太可怕了。"我喜欢让很多东西动起来，还有运用那些银线，还有掉入到方尖碑里面。我不喜欢——"

她正打算说她痛恨自己对埃兹做的事，而且她尤其痛恨别人对待她的态度，在得知她能做到的事情之后，却没有机会继续讲。杰嘎快速上前两步，手背挥出的速度之快，让奈松根本没看到，就被一巴掌打出了椅子。

这就跟那天在皇家大道一样，当时她突然发现自己掉落到山坡下面，疼痛不止。小仔一定也是这样的感觉，她意识到，又一波幻象迅速闪过。前一个瞬间，世界还是它的正常面貌，转眼间，一切就完全错乱，完全崩溃。

至少小仔没有时间痛恨，她心想，同时感到难过。

然后她就冰冻了整座房子。

这不是本能反应。她的目标很明确，出手精准，把聚力螺旋调整成完全适合这座房子的形状。墙外没有任何人会被卷入。她还给聚力螺旋设置了双核心，分别在她本人和父亲身上。她感觉到自己皮肤上的寒毛发凉。低气压拉扯着她的衣物和黏在一起的头发。杰嘎感觉到同样的东西，他尖声大叫。两眼瞪大，魂飞魄散，但又什么都看不清。他脸上的样子，显然是回想起一个男孩残忍的、冰冷的死亡时刻。等到奈松站起来，瞪着她的父亲，隔着厚冰覆盖的、溜滑的地面，绕过翻倒的椅子——它们都已经变形到再也无法使用，杰嘎跟跄后退，在冰面上一滑，跌倒，从地板上滑行出一段，撞在桌腿上。

并没有什么危险。奈松只让聚力螺旋出现过一瞬间，作为一次警告，让他以后不要再用暴力。但杰嘎还在尖叫，在奈松居高临下，看她吓坏了的、蜷成一团的父亲时。也许她应该感到同情，或者遗憾。但她真正感觉到的，却是针对她母亲的、冰冷的狂怒。她知道这不理智。杰嘎太害怕原基力，以至于不能爱他亲生的孩子们，这只是杰嘎一个人的错，怪不得其他人。曾经一度，奈松可以毫无保留地爱她的父亲。现在，她需要一个人来怪罪，要那人对这份完美之爱的消亡负责。她知道，她的母亲可以承受这罪责。

你本应该找到更强大的人生下我们，奈松在脑子里想着，对伊松说，不管她在哪里。

要走过溜滑的冰面而不跌倒，需要特别小心，奈松还不得不拉扯门闩数秒钟，才把它打开。等她开了门，身后的杰嘎已经不再尖叫，尽管还能听到他呼吸粗重，每次呼气都发出一点儿呻吟声。她不想回头看他，但还是逼自己这样做，因为她想要做一名优秀的原基人，而优秀的原基人是不能自欺的。

杰嘎身体一震,就像她的眼神能烧伤人一样。

"再见,爸爸。"她说。杰嘎没有用语言来回答。

女孩最后流下伤心泪,负心郎却活活将她冻成冰,碎裂于地,玉殒香消。奉劝世间诸公,对基贼切勿容情,因为在他们的灵魂里,仅有恶念,绝无真情。

——选自讲经人故事,《冰之吻》,记录于巴贝克方镇悉达剧院,作者:巴贝克的讲经人乌霍兹。(注:曾有一封赤道区七位巡回讲经人联署的信件,指责乌霍兹是"哗众取宠的冒牌讲经人",故事可能为杜撰。)

第十八章

你，倒数计时

等那个桑泽女人离开，我把你拉到一旁。这是比喻的说法了。

"被你称作灰人的那个，他并不想阻止方尖碑之门被打开。"我说，"我说谎了。"

你现在对我那么戒备。这让你厌烦，我能看得出。你想要相信我，即便是你自己的眼睛也在提示，说我曾欺骗过你。但你叹气说："是啊。我就知道这事没那么简单。"

"他要杀死你，因为你无法被控制。"我说，无视你语调中的嘲讽，"因为假如你打开那道门，就会让月亮恢复原位，彻底结束第五季。而他真正想要的，是某个愿意为了他的目的打开那道门的人。"

你现在明白了玩家情况，尽管还没有完全懂得这游戏。你皱眉："那么他的目的又会是什么呢？变革？还是维持现状？"

"我不知道。这重要吗？"

"我猜不重要。"你一只手抚过自己的鬃发，最近才重新卷过。"我猜，这就是他试图诱使凯斯特瑞玛踢走所有原基人的原因？"

"是的。他会设法让你听命于他，伊松，如果他能做到。如果他做不到……你对他来说就没有用了。更糟糕的情形。你就是他的敌人。"

你叹息，疲惫得像是脚下大地，没有回答他，只是点点头走开。

第十八章 你，倒数计时

我目送你离开时，感觉到那样强烈的恐惧。

· · ✳ · ·

就像其他绝望时刻一样，这次你也去找了埃勒巴斯特。

现在他已经所剩不多。自从放弃了双腿之后，他就每天在服药后的昏迷中度过，盖着衣被靠在安提莫妮身上，像幼崽靠在母亲身旁吃奶。有时候你来看他，并不要求上课。这样是浪费，因为你很确定，他迫使自己活下去的唯一原因，就是要把毁灭全世界的技能传授给你。他抓到过你几次：你曾蜷在他胸前醒来，却发现他低头凝视着你。他并不会为这些事责怪你。也许是没力气责怪。你为此觉得感激。

他现在醒着，当你坐到他身旁，尽管他不怎么挪动。安提莫妮这段时间已经完全搬到了他床上，你很少见她有别的姿态，总是给他充当"活椅子"——跪着，两腿分开，两手按在自己大腿上。埃勒巴斯特就在她胸前休憩，他可能做到这样的原因，是在两腿石化的同时，背后的烧伤却邪门地出现了好转。幸运的是，她并没有乳房来让这个姿势更加难受，显然，她模拟出来的衣服也并不尖利粗糙。埃勒巴斯特的眼睛转过来，看你坐下，像食岩人那样。你痛恨这个不请自来的类比。

"那事又要发生了。"你说。你没有费劲解释"那事"是什么。他总是都知道。"你是怎么……在喵坞。你尝试过。怎么做到的？"因为你没办法找到动力为这个地方战斗，或者在这里开始一种新生活。你所有的本能都在说，抓起你的逃生包，叫上你的同胞，赶在凯斯特瑞玛向你们动手之前逃走。这很可能是死刑判决，外面已经真正确实地进入了第五季，但留下来，看似更加没有活路。

他深深地，缓缓地吸气，你因而知道他想要回答。只是他需要些时间来组织词句。"并不想。你当时怀着孕；而我……很孤独。我以为可以那样生活。一段时间。"

你摇头。当然他会知道你当时有身孕，在你知道之前。现在这些都不重要了。"你曾战斗过，为了他们。"你要费些力气，才能强调最后一个词，但你的确这样做了。为了你和考伦达姆，还有艾诺恩，的确，但他也是在为喵坞战斗。"总有一天，他们也会起来反对我们。你知道他们会那样做的。"等到考伦达姆显露出过强实力，或者如果他们成功赶走守护者，却不得不离开喵坞，迁居别处。这将是不可避免的。

他发声，表示认同。

"那么，为了什么？"

他缓缓地，长长地嘘出一口气："他们也有不那样做的可能。"你摇头。这话那样让人难以信服，听起来简直像痴人说梦。但他又补充了一句："任何机会都值得尝试。"

他没有说"对你而言"，但你能感觉到。这是一层隐含的意思，几乎可以从词句下面被隐知出来。为了让你的家人在其他人中间过正常的生活，作为他们中的一员。正常的机遇，正常的抗争。你瞪着他。冲动之下，你抬手到他面前，手指抚过他布满伤疤的双唇。他看着你这样做，报之以那种四分之一剂量的微笑，这是他这段时间能做到的最大限度了。这已经超过你所需要的程度。

然后你站起来，出门，去尝试拯救凯斯特瑞玛那微弱的、残破的，几乎不值一提的生机。

✷

依卡发起了一次投票，要在第二天上午举行——雷纳尼斯"提

第十八章 你，倒数计时

议"后的二十四小时。凯斯特瑞玛需要给出某种回应，但她不认为回应内容应该由她非正式的咨询团给出。你看不出这次投票有啥用，只是能突出一点：如果这个社群能安全熬过这一夜，就真他妈的算是奇迹了。

你走过社群时，人们都看着你。你保持视线向前，努力不让他们影响到你的表情。

通过短暂的、一对一的访问，你把依卡的命令传达给卡特和特梅尔，告诉他们继续传递消息。特梅尔反正也经常带孩子们出去上课；他说他会到学生家里去，让他们组成两三个人一起的学习小组，待在值得信赖的成人家中。你想说，"没有一个成年人值得信赖"，但他也知道这个。这个危险无法回避，所以挑明了也没用。

卡特说，他会把消息传达给少数几个其他成年原基人。他们并不是每个人都懂得施放聚力螺旋，或者把自己控制好，除了你和埃勒巴斯特之外，他们都是野生原基人。但卡特会让那些能力差的跟较强的同伴待在一起。他面容平静地又加了一句："谁来掩护你呢？"

这意味着他在自告奋勇。你听到这句话后涌起的那份反感让自己吃惊。你从来没有真正相信过他，尽管你也不知道为什么。可能跟他隐藏了一辈子有关——你在特雷诺待了十年之后，会感觉这是极度的虚伪。话说回来，我 ×，你现在真的相信任何人吗？只要他能尽到自己的本分，那就没什么。你迫使自己点头。"那么，你忙完事情就来找我吧。"他同意了。

这之后，你决定休息一会儿，独自休息。你的卧室已经完了，拜霍亚的变身过程所赐，而你也没太多兴趣睡汤基的床；已经过去好几个月，她满身恶臭的印象还是很难消除。还有，你为时已晚地记起，依卡也没有人保护。她相信自己的社群，但你不信。霍亚吃掉了红发女，那个食岩人生前至少还有动机确保她活着。于是你从特梅尔那里又借了一个逃生包,翻遍你家,找了几样基本补给品——这不能算是正经逃生包,要是依卡反对的话,应该算合理——然后你前往她的住处。(这招儿还有个附带效果,就是让卡特不容易找到你。)依卡还在睡觉,从她门帘后传出的声音判断。她的沙发算很舒服了,尤其是跟你赶路期间睡觉的条件相比。你把逃生包当作枕头,蜷起身体,试着忘记这世界一段时间。

然后你醒来,当依卡一路咒骂着,摇摇晃晃冲过你身旁,急到把半扇门帘扯掉一半。你挣扎着醒来,坐起。"什么——"但到这时,你也听到了外面越来越响亮的喊叫声。愤怒的喊叫声。是人群,正在聚集。

所以说,事情开始了。你起身跟随,并不需要细想,就拿起两个逃生包。

那帮人聚集在地面层,靠近社群浴室的地方。依卡快速赶到地方,路径都是你不会走的——滑下金属梯,跳过一层平台的栏杆,再荡到她很清楚方位的下层平台上,跑过剧烈摇晃的绳桥。你下去的时候走了理智的、非自杀性的路线,所以等你赶到那堆人身旁,依卡已经在大声叫嚷,试图让所有人闭嘴,听她讲,并且他妈的全都退下。

人群中央是卡特,身上只裹了一条浴巾,终于有一次不是漠不关心的样子。现在他很紧张,下巴紧绷,桀骜不驯,随时准备逃走。就在五英尺外,有个被冻结的男人尸体坐在地上,凝固在向后爬开的动作中途,凄惨的恐惧被永久冻在脸上。你没认出他是谁。这不重要。重要的是,有个基贼杀死了一名哑炮。而这等于是一根火柴,丢进了油浸干柴一样的社群里。

"这个是怎么发生的。"你到达人群时,依卡正在叫嚷。你只能勉强看到她;这里聚集了有足足五十人。你可以挤到前面去,但你决定留在后排。现在可不是吸引注意力到自己身上的时候。你环顾周围，发现勒拿也在人群后面逡巡。他瞪大双眼，闭紧嘴巴，也看了看你。现场还有——哦，喷火的大地啊——有三个基贼孩子也在这里。其中一个是贡蒂，你知道，她是一帮较勇敢，较愚蠢的基贼小孩头目。现在她踮起脚尖，伸长脖子，想要看清楚些。当她试图向前挤过人群时，你抓住她的视线，给了她一个老妈式的眼神。她畏缩一下，马上服了软。

"我×，现在谁还管事情起因啊？"说话的是塞吉姆，一名创新者。你知道这人的名字，只因为汤基经常抱怨，说他笨得要死，根本没资格成为当前职阶的一员，而应该被淘汰到其他没用的阶层去，比如充当领导者之类。"所以说才应该——"

另有人大叫起来，压过了他后面的话："可恨的基贼！"

另有人大叫，压过了这女人的话："你他妈好好听着！这是依卡！"

"谁他妈的还要听另外一个基贼怪物怎么说——"

"你这食人族生养的杂种，看我不打得你满脸血，要是你敢——"

有人推了另外一个人。然后那人被推，更多诅咒，更多杀人威胁。局面混乱不堪。

然后有个男人从人群里冲上前，蹲在那具冻死的尸体旁边，尽可能揽住它。即便是隔着冰层，也能看出他跟死者的相似之处：也许是兄弟吧。他的悲泣带来一阵突然的、慌乱的寂静，水波一样蔓延到整个人群。人们不安地挪动脚步，那人的号啕大哭也慢慢平息成沉沉的，撕裂灵魂的啜泣。

依卡深吸一口气，跨步上前，利用这番哀恸带来的机会。对卡特，她严厉地说："我说过什么？我他妈的跟你们说过什么？"

"他先攻击我的。"卡特说。但他身上一点儿伤都没有。

"胡扯。"依卡说。人群里有些人随声附和，但都被她瞪得闭了嘴。她看看那个死去的人，下巴绷紧。"贝泰因不可能这么做。上次轮到他看管禽类，他连鸡都不敢杀。"

卡特瞪圆了眼睛："我只知道这么多：我想洗个澡。我坐下来开始洗，他就从我身边挪开。我想没问题，挪开就挪开吧，我不在乎。然后我从他身边走过，要进入泡澡池，他就打了我。很用力，就打在脖子后面。"

听到这句话，人群里响起低沉的、愤怒的咕哝声——但也有不安的躁动。传说，后颈是杀死基贼的最佳攻击点。这并不真实。除非你用力大得足以导致脑震荡或者颅骨碎裂，然后对方就是死于上述症状，而不是隐知盘受到任何损伤。但这还是个流传很广的误解。如果卡特讲的是真话，这的确可能足够促使他还手。

"诬蔑啊。"这句话是吼出来的，是那个抱着贝泰因微微嘶鸣尸体的男子。"贝兹才不是那样子。依克。你知道他不是——"

依卡点头，上前触碰那名男子的肩膀。人群又在躁动不安，被压抑的怒火随之涌动。暂时，人们还支持她，但局面很脆弱。"我知道。"她下巴上有块肌肉在抽搐，一次，两次。她环顾周围。"还有其他人看到这场争执吗？"

几个人举了手。"我看到贝兹挪开了。"有个女人说。她咽下口水，看着卡特，汗珠挂在上唇。"不过我觉得，他只是想靠近肥皂。"

"他看过我的。"卡特打断说，"可恶，当有人那样看我时，我他妈当然知道那是什么意思！"

依卡挥手打断了他。"我知道了，卡特，但是你现在闭嘴。还有什么？"她问那女人。

"就这些。之后我在看别处，然后再往那边看时，就是那个——旋风。又是风又是冰的。"她面露苦色，下巴绷紧。"你知道你们这些人怎样杀人。"

依卡瞪了她一眼，但马上收回，因为现场再次响起喊叫，这次都在赞同那女人。有人想要挤过人群攻击卡特；其他人挡住了试图袭击的人，但局面很险。你从依卡脸上看出，她也知道，自己正在失去民众支持。她没办法让她的人民明白。他们正在自我激励，成为一群暴徒，而依卡无论怎么做，都无法阻止他们。

好吧。这件事你看错了。她还有一件事可做。

她做了这件事，转身，把一只手放在卡特前胸，发出某种东西穿过他的身体。你当时没有积极隐知，所以只察觉到它的余波，而那是——什么？那就像是……埃勒巴斯特一度制伏岩浆热点的方法，多年以前，五分之一个大陆之外。只是规模更小些。它也像那名守护者对艾诺恩做过的，只不过范围有限，不那么可怕。你之前都不知道，基贼也能有这样的招数。

不管那是什么，卡特甚至连惊叫的时间都没有。他的眼睛瞪得好大。他踉跄后退一步，然后栽倒，脸上一派震惊，跟贝泰因的恐惧相映成趣。

所有人都安静了。并不只有你一个人目瞪口呆。

依卡平复呼吸。不管她做过什么，都肯定很耗神；你看到她微微摇晃，然后控制住自己。"这就够了，"她说，转身看看人群中的每一个人，"足够了。正义已经伸张，看到了吗？现在你们所有人，全他妈回家去。"

你没有料到这招儿管用。你觉得，它只会让乱民更加嗜血……但事实证明了你的目光短浅。人们徘徊了一下，咕哝了一会儿，随后就开始散去。一个男人的哀恸声追随他们离开。

现在是午夜，报时者宣布。距离早上的投票还有八小时。

"我不得不那样做。"依卡咕哝说。你们在她的住处,算是吧,你站在她身旁。门帘开着,所以她能看到自己社群的成员们,他们也能看到她。但她正倚在门框上,而且在发抖。只有一点儿抖。远处没有人能察觉。"我别无选择。"

你对她表示尊重的方式,是实话实说:"不。其实你可以选择。"

现在是凌晨两点。

等到五点钟,你已经在考虑睡一觉。局面比你想象得更平静。勒拿和加卡也来了,都在依卡家里。没有人说你们在守灵,默默怀念,哀悼卡特,等着世界终结(又一次),但你们就是在这样做。依卡坐在一张长沙发上,两臂抱膝,头倚靠在墙上,眼神疲惫,像是头脑一片空白。

等你再次听到喊叫声,你闭上眼睛,考虑不去理会它们。这次是孩子们的尖声叫唤,把你从完全挫败的移情尝试中拖出来。其他人都站起来,你也一样,你们一起去了外面阳台。人们正在跑向一片较为宽阔的平台,它环绕着一根细到不适合开出房间的晶体柱。你和其他人也向那里赶去。社群用这种平台储存物品,所以这座平台上全是木桶、筐篮和陶土罐。有一个陶罐正在滚圈,但看似完整;你和其他人到达平台时看到这个。这并不能解释你看到的其他东西。

又是那帮基贼小孩。贲蒂帮。其中两个孩子承包了所有尖叫声,一面拉扯,一面捶打某个女人,那女人又把贲蒂按在地上,正掐住她的脖子对她吼叫。另有一个女人站在旁边，也在口齿不清地冲着孩子们叫嚷，但没人理她。她只是在煽动而已。

你认识那个按住了贲蒂的女人，多少算认识。她可能比你小十岁，体形更胖，头发更长：薇妮恩，一名抗灾者。你在菌床和公厕当班时，她对你都不错，但你也听到别人在背后讲她闲话。薇妮恩制作了那些勒拿有时会抽的老叶烟，还有社群里有人常喝的月光酒。灾季之前一段时期，她的生意比较红火，帮不少凯斯特瑞玛本地人逃避日常采矿和贸易生活的枯燥，她常把产品隐藏在凯斯特瑞玛-下城，以回避方镇税吏。现在世界面临末日，她的生意反而更方便了。但她一直是自己产品的最忠实顾客，常常可以看到她晃晃悠悠走过社群，脸通红，嗓门儿过大，嘴里冒的烟跟新喷发的火山似的。

薇妮恩通常并不是个刻薄的酒鬼，而且她乐善好施，从不旷工，这正是没有人在乎她怎样处置私货的原因。每个人都用自己的方式应对第五季。但现在，有某件事真的惹怒了她。贲蒂，本来就很讨人厌。加卡和另外一些凯斯特瑞玛人正在大步上前，要把那女人从女孩身上拉开，你正在告诉自己，还好贲蒂有足够的自制力，没有冻结整座平台，而那女人恰在此时抬起胳膊，握起了拳头。

这拳头就像

你曾见过的杰嘎的拳印，瘀伤，带四条平行印迹，出现在小仔肚子上和脸颊上

这拳头就像

就像

就像

不

你已经进入黄玉碑，也进到那女人的细胞里，几乎在同一个瞬间完成。所有这些都没有经过思考。你的意识在跌落，潜入，进入向上

涌流的黄色光芒中,就像它天然属于那个地方。你的隐知盘在银线周围跃动,你把它们都收集在一起,你是方尖碑的一部分,也是那女人的一部分,你绝不会放任这件事发生,不能重演,不能重演,之前你没能阻止杰嘎但是——

"不能再害死一个孩子。"你轻声说,你的同伴全都惊讶又迷茫地看着你。然后他们就不再看你,因为那个正在煽动打斗的女人突然开始尖叫,孩子们的尖叫声也更加响亮。甚至连贲蒂都在尖叫,因为那个压在她身上的女人,突然变成了闪亮的、多彩的石头。

"不能再害死一个孩子!"你可以隐知到那些最靠近你的人——参谋委员会的其他成员,那个尖叫的酒鬼,贲蒂和她的女孩们,加卡和其他人,他们所有人。凯斯特瑞玛的每个人。他们都踩在你的神经网络上,敲击,震荡,而且他们现在都是杰嘎。你把焦点集中在那个醉酒的女人身上,这反应几乎就是本能,那份渴望,要开始挤出她体内的生命力和动能,替换成魔法反应的任何副产品,那些看似石头的东西。这些正在杀死埃勒巴斯特的东西,他是你另外一个已死的孩子的父亲,**可恶,绝不能再害死一个孩子**。这世界杀死基贼小孩已经有多少个世纪,就为了让别人的孩子睡觉更安稳一些?每个人都是杰嘎,这一整个该死的世界都是沙法,凯斯特瑞玛就是特雷诺就是支点学院**绝不能再害死一个**你跟方尖碑一起转身将它的能量通过自身输送出来开始杀死每一个在你视野之内之外的所有人。

某种力量截断了你跟方尖碑之间的连接。突然之间,你就不得不挣扎着夺取此前拱手奉送给你的力量。你不假思索地亮出牙齿,吼叫,尽管听不到自己的声音,握紧双拳、在你心里大吼**不我不会再让他那样做**而你看到的是沙法,想到的是杰嘎。

但你隐知到的是埃勒巴斯特。

感觉到他,用闪亮的白色藤蔓抽打你跟方尖碑之间的连接。这是

第十八章 你，倒数计时

埃勒巴斯特的力量跟你的力量对抗，然而……却没有赢。他没有把你的连接关闭，像你明知他能做到的那样。或者是你以为他可以做到。他现在变弱了吗？不。只是你比从前变强大了好多。

突然之间，这一击穿破了你的癔症，驱散了围困你头脑的那些回忆和恐惧，带你回到冰冷的、令人震惊的现实中。你刚刚用魔法杀死了一个女人。你正在打算用魔法杀光凯斯特瑞玛的所有人。你正在用魔法跟埃勒巴斯特对抗——而且埃勒巴斯特已经不能承受更多魔法。

"哦，狠心的大地啊。"你轻声说。你马上停止对抗。埃勒巴斯特拆解掉你跟方尖碑之间的连接。他的手法还是比你更精准。但你感觉到他在这样做时的虚弱。他的力量正在消失。

一开始，你甚至没感觉到自己在跑。这几乎不能算是跑，因为魔法对决和突然断开方尖碑这两件事，已经让你晕头转向，极为虚弱，你像喝醉了一样从一根栏杆扑向下一根绳索。某人在你耳边喊叫。一只手抓住了你的上臂，你甩开那只手，又叫又咬。不知怎么一来，你就到达了地面层，而且没有摔死。你面前有众多面目闪过，都不重要。你看不清，因为你在大声哭泣，嘴里喋喋不休，不要，不要，不要。你知道自己做了什么，即便你还在否认它，用你的言辞，你的身体，你的灵魂。

然后你就到了病房。

你已经在病房里，低头看那座小得不合情理，但细节精美的石头雕像。这座没有色彩，没有光泽，只是暗淡的、砂质的灰棕，通体一致。它几乎是抽象风格，表达某种理念：最后时刻的男人。灵魂的肢解。从未为人，不复为人。失而复得却又最初失去的。

又或者，你可以简单称它为埃勒巴斯特。

时间，是五点半。

七点钟,勒拿来了,你当时蜷曲在地板上,埃勒巴斯特尸体前方。你几乎没听到他轻轻坐在旁边,好奇他来干什么。他没那么傻。他本应该离开,不要等你脑子再断片,把他也杀死。

"依卡说服了社群的人,他们不会杀死你。"他说,"我跟他们讲了你儿子的事。结果是,呃,双方同意薇妮恩那样打下去,的确可能杀死贲蒂。你的过度反应……可以理解。"他停顿了一下。"依卡早先杀死了卡特,也对局面有帮助。他们现在更加相信她。他们知道,她为你说话,并不仅仅是因为……"他吸气,耸肩。"关系接近。"

是的。这就像支点学院的教导员们教过的一样:世间基贼都是一体。任何一个人的罪责都会被算到大家头上。

"没有人能杀死她。"这是霍亚。他现在当然在场,守卫他的投资项目啊。

勒拿闻声,不安地挪动身体。但随后又有一个声音表示同意:"没有人能杀死她。"你吓了一跳,因为这个是安提莫妮。

你缓缓推地起身。她还是原来那样的坐姿——她一直都在场——埃勒巴斯特变成的那块石头靠在她身上,就像他生前常做的那样。食岩人的眼睛已经在看着你。

"你不能得到他。"你说。吼的。"我也一样。"

"我并不想要你。"安提莫妮说,"你杀死了他。"

哦,可恶。你试图继续那份卑鄙的怒火,试图用它来集中精神,寻求力量反驳她,那怒火却融化成了羞耻。反正,你也只能拿到那根埃勒巴斯特留下的、该死的方尖碑形长刀。尖晶石碑。它几乎是马上把你无力的握持踢了回来,像是在你脸上啐了一口。你的确值得被藐视，不是吗？食岩人、人类、原基人，现在又加上方尖碑，全都知道这一点。你什么都不是。不；你就是死神化身。你又害死了一个自己爱着的人。

于是你坐在那儿，四肢着地，失去一切，又被所有人厌弃，被伤害到就像体内有台痛苦制造机在咔咔运行。或许方尖碑的建造者们本可以发明某种方式，用来收割这样的伤痛，但他们都已经死了。

有个声音把你从痛苦中拉了回来。安提莫妮正在起立。她的姿势很威严，两腿绷直，表情凝重，她的视线从鼻梁上方投下来看着你。两臂抱着埃勒巴斯特那块棕色遗体。从这个角度看，它完全不像是人的遗物。从官方立场看，它的确不是。

"不要。"你说。这次没有傲慢；这是请求。不要带走他。但这是他自己要求的。这是他生前想要的——被交给安提莫妮，而不是大地父亲，后者已经从他这里夺走了那么多。这里只有两种选择：大地，或者一名食岩人。你并不在备选名单上。

"他给你留下一个口信。"安提莫妮说。她缺乏平仄的语调听上去并没有变化，然而。却有某种变化。那是同情吗？'缟玛瑙碑就是钥匙。先找到网络，然后再找门。不要搞砸了，伊松。艾诺恩和我都爱你，并不是因为我们瞎。'"

"什么？"你问，但随后她就开始闪烁，变透明。你第一次留意到，食岩人穿过岩层移动的方式，跟方尖碑在真实与虚幻之间切换的方式是一样的。

这是个没用的发现。安提莫妮消失在痛恨你的大地中。带走了埃勒巴斯特。

你坐在她抛弃你的地方，坐在他离开你的地方。你的脑子里没有任何想法。但当一只手触碰你的胳膊，当一个声音说出你的名字，一份关联，不是方尖碑的那种关联出现在面前，你还是转头面向它。

你情不自禁。你需要某些东西，如果它不是家人或者死亡，那么就一定要有其他东西。于是你转身，伸手握住，而勒拿就在那儿等你，他的肩膀温暖又柔软，而你需要它。你需要他。只是现在，拜托。只要一次，你需要感觉自己是个人，而不去理会官方分类，也许要有人类的臂膀环抱你，人类的声音喃喃地说，"我很难过。我也很难过，伊松。"让这声音传入你的耳朵里，也许你需要有这样的感觉。也许你就是人类，就在那短短一瞬间。

七点四十五分，你又一次独坐。

勒拿离开，去跟他的一名助理谈话，也许还跟病房门口看着你的壮工们说过些什么。在你逃生包底部，有个可以藏东西的暗袋。这是你买这个包的原因，很多年前，从某个特别的皮匠手里买来。当他向你展示这个暗袋时，你马上想起某些想要放在里面的东西。这些东西，作为伊松，你并不会让自己经常想起，因为它属于茜奈特，而她已经死了。但你还在保存她的遗物。

你掏进包里，直到你找到那个暗袋，手伸进去。那小包还在里面。你把它掏出来，拆开廉价亚麻布。六枚戒指，抛过光的半珍贵宝石，放在那里面。

对你来讲不够数，你是九戒高手，但反正，你本来就不喜欢前四枚。它们叮叮当当滚过地板，被你丢弃。最后两枚，他为你制造的戒指，你戴到两手食指上。

然后你站立起来。

第十八章 你，倒数计时

八点钟，社群各家代表齐集平顶台。

规矩是每个社群份额对应一张票。你再次看到依卡在圆圈中央，她两臂交叉，小心地保持着面无表情的样子，尽管你能隐知到紧张的基调，在主要受她影响的环境中。有人拿出一个旧木盒，人们都在周围走动，互相交谈，在小片纸张或皮革上写下什么，然后投入木盒。

你走向平顶台，勒拿在身后跟随。人们都没有留意到你，直到你几乎穿过那道绳桥。几乎来到他们面前。然后有人看到你来，大声地倒吸凉气。还有人警觉地叫嚷。"哦，天呐，是她。"人们赶紧避开，几乎要互相踩踏到。

他们应该害怕。你右手里握着埃勒巴斯特那把造型奇特的粉色长剑，微缩并且变形过的尖晶石碑。但现在你已经进入其中，与它产生共振；它是你的了。之前它拒斥你，因为你当时状态不稳，摇摆不定，但现在你知道自己需要从它那里得到什么。你找到了自己的焦点。尖晶石碑不会伤害任何人，只要你不允许它那样做。而你愿不愿意，却完全是另外一个问题。

你走进圆圈中央，那个抱着选票盒的人从你面前逃开，把盒子留在了原地。依卡皱眉，上前说道："伊松——"但你无视她。你大步向前，一切突然变成了本能，轻易，自然，你只要双手握住粉红长剑的手柄，转身拧腰挥出。剑尖触及木盒的同时，盒子就已经被毁。它不是被切开，也不是被击破；它直接解体成了微观颗粒。人眼会把这些看作灰尘，它们四散飞逸，在空中闪亮，然后消失。实际上变成了石粉。很多人在吸气或者喊叫，这意味着他们正在吸入自己的选票。很可能不会伤到他们……太多。

然后你转身举起长剑,缓缓转圈,指向周围每一张脸。

"不必投票。"你说。周围那样安静,你能听到水从数百英尺之下的管道里流出,注入社群水池。"想走就走。可以去加入雷纳尼斯,如果他们愿意接受你们。但如果你们留下,这个社群的任何部分都无权决定让另外一部分人去死。也不能投票决定哪些成员算是人。"

他们中有人挪动脚步,或者面面相觑。依卡盯着你,就像你是个可能危险的怪物,这感觉太棒了。事到如今她应该知道,在这件事情上,并不存在"可能"。"伊松,"她开口说,用的是那种对待宠物或者疯子的平稳语调,"这真是……"她停下来,因为她不知道这是什么。但你知道。这是他妈的兵变。你才不管谁掌权,在这个问题上,你就是要扮演独裁者。你不会允许埃勒巴斯特牺牲生命,救这些人逃脱你的伤害,最后却毫无意义。

"不必投票。"你又说一遍。你的声音尖厉,可以传出很远,就像他们都是你在童园里的十二岁小孩。"这是一个社群。你们必须同心协力。你们要为彼此战斗。否则,我他妈的就杀死你们每一个人。"

这次是真的安静了。他们没有动。他们眼睛泛白,惊吓到完全过度,你知道他们相信你的话。

很好。你转身离开。

插　曲

在流转的大地深处,我跟我的敌人远程交谈——或者试图这样做。"停战。"我说。这是恳求。已经有了那么多的损失,所有阵营。一颗月亮。一个未来。希望。

在地底这里,几乎不可能听到语言表示的回答。传递到我这里的,是疯狂的震动,压力和重力的剧烈起伏。过了一段时间,我就不得不逃走,以免被压碎——尽管这只是一次临时的挫折。但眼下,我却不能让自己失去行动能力。你的同类中间正在发生变化,很快,就像你们真正下定决心后能做到的那样。我必须做好准备。

不管怎样,那怒火就是我得到的仅有回答。

第十九章
你，撼天动地

你上次到地面，是一个月之前。你在愚蠢和痛苦中杀死埃勒巴斯特的事，也已经过去两天。第五季中，万物皆变。

凯斯特瑞玛－上城严阵以待。那条你最初进入社群的隧道已经被封堵。社群中的一名原基人从地下抬升起一块巨石，把它彻底堵住了。很可能是依卡，或者就是卡特，在依卡杀死他之前。除了你和埃勒巴斯特之外，他俩是社群中控制力最强的原基人。现在，这四个人中间已有两人死亡，敌人也已经在门口。你走进电灯光线下面时，聚集在隧道入口石头后面的壮工们都跳了起来，那些原来就站着的人，也站得更加挺直。谢伯，壮工首领埃斯尼的副手，看到你还面露微笑。事情就是这么糟糕。每个人都有这样的焦虑。他们已经疯狂到会把你看作他们的英雄。

"我不喜欢这个。"依卡曾经对你说。她在社群里，组织防御，以备隧道被突破时迎敌。真正的危险，是雷纳尼斯侦察兵发现凯斯特瑞玛晶体球的通风管道。那些管道隐藏得很好——其中一个在地下河道冲刷出的洞穴里，其他的也在同样偏僻的地方，就好像建造凯斯特瑞玛的人，本来就害怕受到攻击——如果这些管道被封堵，社群里的人就将被迫出去。"而且他们还有食岩人充当帮凶。你够危险，也够狠，足以消灭一支军队，伊茜，我承认你有这么强，但我们中没人能

第十九章　你，撼天动地

打赢食岩人。如果他们杀了你，我们就失去了最强的武器。"

依卡在观景台跟你说了这番话，你们两个是去摊牌的。有一天左右的时间，你们之间很是尴尬。你禁止那次投票，就破坏了依卡的威望，也毁掉了所有人有权参与社群管理的幻象。你依然相信那有必要；哪些人的生命值得用战斗来维护，本来就不应该由所有人决定。她实际上也同意，你这么说的时候，她表示赞同。但这事还是伤害了她。

你没有为此道歉，但的确在努力弥补裂痕。"你才是凯斯特瑞玛最好的武器。"你坚定地说。你是真心这样想。凯斯特瑞玛撑了这么久，一个哑炮组成的社群，却一直都没有公开处罚生活在他们中间的基贼，这就是奇迹。即便"尚未发生过种族屠杀"是个很低的标准，但其他社群甚至连这个基准都没曾守住。你乐于承认应该得到认可的成绩。

这缓和了你们之间的尴尬。"好吧，反正别他妈死掉就好。"她最终对你说，"这种局面下，没有你我还真是很难维持局面。"依卡擅长这个，容易让人感觉有动力做到某些事情。所以她才是首领。

而且也因为这个，你现在才走过凯斯特瑞玛-上城，这里已经被雷纳尼斯的士兵们变成了一座军营，实际上你是害怕的。为其他人战斗，总是比为自己战斗更艰难。

火山灰已经持续飘落一年之久，社群街道上堆积的这种东西深可及膝。最近至少下过一次雨，把灰尘加固过，所以你能隐知到某种湿泥巴壳，在表面的粉尘之下，但即便是表层，也真实存在。敌人的士兵们拥挤在走廊和大门下面、曾经空着的房子前面，看着你；檐下没有被淋到的灰尘，已经漫过了半面墙。他们不得不把窗户挖出来。那些士兵看上去就像是……普通人，他们没有穿军装，但还是有种整齐划一的感觉：他们或者是纯桑泽人，或者是很有桑泽特色。在他们积

293

灰、褪色的衣服上面，较为惹眼的是更美丽、更精致的布条，缠绕在上臂、手腕或额头上。那么，他们不再是流离失所的赤道人；他们找到了一个社群。某个比社群更古老、更原始的东西：他们现在是一个部落。而现在，他们来抢占你的地盘了。

但除此之外，他们也只是普通人。很多人与你年龄相仿，甚至更老。你猜，他们中很多人是壮工中的冗员，或者无社群者，试图证明自己有用。这里男性比女性稍多，这也很正常，因为多数社群都更愿意踢走那些不能生小孩的人，但这里女性的数量也很可观，证明雷纳尼斯并不缺乏健康的繁育者。一个强大的社群。

他们目送你走过凯斯特瑞玛－上城的主要街道。你与众不同，这你知道，因为你的皮肤上没有灰尘，头发洁净，衣服颜色鲜艳。只是棕色皮裤和没漂白的衬衫，但这些颜色也变得稀有，在这个仅剩灰色街道，灰色死树，灰色阴霾天空的世界上。你还是视野中仅有的中纬人，跟他们大多数人相比，身材更为矮小。

没关系。在你身后飘浮着尖晶石碑，跟你的后脑保持正好一英尺的距离，并且缓缓旋转。你没有让它这样做。实际上，你也不知道它为什么要那样做。除非你把它拿在手里，否则它就这样自动挪到你身后。本应该问问埃勒巴斯特，怎么让这家伙更听话一点儿，在你杀死他之前，噢，算了。现在它在微微闪光，真实，到半透明，再变真实，而且你能听到——不是隐知，是听到——它转圈的同时，能量在轻轻哼鸣。你看到人们察觉到它，脸色大变。他们或许不知道那是什么，但听到这声音，就知道情况不妙。

凯斯特瑞玛－上城的中央有个圆顶的、四面透风的凉亭，依卡告诉过你，说这儿曾经是社群的集会中心，用来举行婚礼舞会、派对和不定时的社群大会。它现在被改造成了某种指挥中心，你走向那里的时候发现：一群男男女女在亭子里面和附近，或站，或蹲，或坐，但

第十九章 你，撼天动地

有一小撮站在刚刚整理好的桌前。等你距离够近时，你看出他们有一份粗略的凯斯特瑞玛地图，跟附近区域的地图放在一起，目前正在讨论。让你郁闷的是，你能看出，他们至少已经发现了一条通风管——位于瀑布后面，在附近的一条河道上。他们很可能在寻找它的时候损失过一两个巡逻兵。那条河岸上现在到处是煮水虫巢穴。这不重要。他们找到了，而这很糟。

你靠近时，三个讨论地图的人抬头看到了你。其中一个用手肘碰另一个，后者又转身摇醒了另外某个人，你已经走进凉亭，停在距离桌子几英尺的地方。那个站起身来，揉着惺忪睡眼的女人走过来跟别人站到一起，看起来并不十分起眼。她的头发正好截短到耳朵上方，切割方式特别突兀，像是用刀割的。这发型让她显得特别矮，其实她并不是。她的躯干是平滑的圆桶形，微小的乳房跟小肚子浑然一体，看上去至少生过一个孩子，两条腿像玄武岩柱子。她没有穿戴任何跟其他人不同的装束，她表示部落身份的饰带，只是一条褪色的黄色丝巾，松松地挂在脖子上。但她的注视中带有一份威严，即便在半睡半醒时，这让你把注意力集中在她身上。

"凯斯特瑞玛？"她问你，就算是在打招呼了。反正，在你所有的身份信息里面，也就这一条最重要。

你点头："我是他们的代表。"

她两手按在桌面上，点点头。"那么，我们的消息传到了。"她的视线扫到你身后悬浮的尖晶石碑，表情略微有些变化。你看到的不是仇恨。仇恨需要情绪。这个女人做的，只是意识到你是个基贼，并因此断定你不是人，仅此而已。漠视比仇恨更糟。

好吧。你其实没有办法报之以漠视；你情不自禁会把她看作人类。那么你只能拿仇恨来将就了。更有趣的是，她似乎明白尖晶石碑是什么，以及它有什么含义。很有趣。

"我们不会加入你们。"你说,"如果你们想因此开战,那就来吧。"

对方把头侧向一旁。她的一名副官掩口而笑,但很快就被另一个人瞪得安静了。你喜欢这次制止。这是一份尊重——针对你的能力,即便不是对你本人,也是对凯斯特瑞玛的尊重,尽管他们不认为你们有任何机会打赢。尽管你们实际上,很可能,也就是没有机会。

"你知道的,我们甚至都不需要攻击。"那女人说,"我们可以就驻扎在上面这里,杀死任何出来打猎或者贸易的人。把你们饿出来。"

你努力不上钩。"我们还有些肉类。这样要花一段时间——至少几个月吧——才会发生维生素不足。我们其他类型的库存还挺充足的。"你强行耸耸肩。"而且,以前的其他社群,解决肉类稀缺还挺容易的。"

她微笑。这人的牙齿并没有磨尖,但有一刻,你感觉她的犬齿要比实际需要的更长一些。这很可能是想象吧。"的确,如果你们喜欢这样的话。这也是我们忙于寻找你们的通风口的原因。"她敲敲地图。"把它们堵上,让你们窒息到身体虚弱,然后清理掉你们堵住的隧道,轻松进入。住在地下其实很蠢的,一旦有人知道你们的位置,你们实际上就成了更容易被攻击的对象,而不是更难的。"

这是实话,但你摇头。"如果被你们逼急了,我们也可以够强硬。但凯斯特瑞玛不是个富裕的社群,而且我们的储藏也并不比其他没有那么多基贼的社群更丰富。"你停下来,以求更佳效果,那女人没有畏缩,但在亭子里的其他人中间,有些躁动,他们有些明白你的意思了。很好,这意味着他们已经开始犹豫。"外面有那么多容易砸开的坚果。为什么要费劲来找我们?"

你知道他们这样做的真正原因,因为灰人要追杀有能力打开方尖碑之门的原基人,但他肯定不会对这些人说这个。一个强大、稳定的赤道社群,为什么会变成征服者?等等,不对;它不可能稳定。雷纳尼斯距离地裂相对较近。即便有活着的站点维护员,这样一个社群的日子也会很艰难。每天都有毒气从地下喷出。火山灰掉落的状况也要比这里更加严重,要求人们始终佩戴面具。要是下了雨,更是只能祈求大地开恩了。雨水会是纯酸性,这还是在附近的地裂不断喷出热气和飞灰的情况下,假设仍有下雨的可能。他们恐怕很难有任何牲畜幸存……所以说,或许他们也面临肉食短缺呢。

"因为这是生存必须。"那女人说,这让你感到意外。她挺直身体,两臂在胸前交叉。"雷纳尼斯当前人口过多,物资储备不足。所有其他赤道城市的居民,全都跑到我们城门口扎营。我们反正也必须这样做,否则,城区就会有太多无社群者。还不如把他们变成武器,让他们自己养活自己,并把剩余的掠夺物送回社群。你知道,这次灾季是不会结束的。"

"它会的。"

"最终会的。"她耸肩,"我们的专家计算的结果是,如果种植足够多蘑菇之类的作物,并严格限定人口规模,我们或许可以具备足够的生存能力,活到这次第五季终结。不过,要是我们抢占所有其他社群物资储备的话,生存概率能更高一些——"

你翻了个白眼,因为实在忍不住:"你们以为库存面包能支撑上千年吗?"或者两千年。一万年。然后还有数十万年的冰冻期。

她等你说完了才继续。"其他有利条件,包括跟任何拥有可再生资源的社群之间建立补给线。我们还需要些沿海社群提供海产品,一些极地社群,那里可能种植低光照要求的作物。"她停顿,也是为了更好的说服效果,"但你们这些中纬人,吃得太多了。"

好吧。"所以,基本上,你们就是来消灭我们的。"你摇头。"你们为什么不直接说呢?胡扯那些消灭原基人的蠢话干什么?"

亭外有人喊叫,"丹尼尔!"那女人抬头看,心不在焉地点头。

看来这是她的名字。"总是有机会让你们内讧的。然后我们就可以进去，解决剩下的人。"她摇头。"可惜现在，一切都变难了。"

那份低沉、持续的嗡嗡声，突然出现在你的隐知盘里，像尖叫一样刺耳。

你隐知到它的那个瞬间，就太晚了，因为这意味着你已经在守护者可以消除原基力的范围内。你转身，险些跌倒，开始旋出一个巨大的聚力螺旋，它可以把整个该死的小镇速冻，正是因为你预计对手会抵消你的能力，因而没有布设紧致的防护型聚力螺旋，所以才被扰乱之刃刺穿了右臂。

你记得埃勒巴斯特说过，这种刀子扎人的时候奇痛无比。那东西很小，适合投掷，它的确应该让人感到痛，既然它已经刺穿你的二头肌，很可能还伤到了骨头。但埃勒巴斯特没能细说的是——你现在特别生他的气，在他死掉了好多小时之后，这个愚蠢又没用的大混蛋啊——这种刀子的某种特性，像是可以让你的整个神经系统着火。这火感觉最热，能把人烧成灰烬的位置，就是你的隐知盘，即便它跟你的胳膊距离好远呢。痛感太剧烈，以至于你全身的肌肉一起抽搐；你仰面跌倒，甚至无力喊叫。你只是躺在那里抽搐，瞪着那个女人，她走过那帮讪笑的雷纳尼斯士兵，居高临下地向你微笑。她年轻得令人吃惊，或者看似如此，尽管外貌毫无意义，因为她是一名守护者。她从腰部向上全裸着，在这帮桑泽人中间，她的皮肤黑得令人吃惊，乳房很小，几乎全被涨大的乳晕覆盖，让你想起自己上次怀孕期间。你以为生过小仔之后，你的乳头再也不会缩小回去了……然后你开始好奇，不知道等你像艾诺恩一样被震成碎块时，会不会感到痛。

一切全变黑了。你一开始不明白发生了什么。你死了吗？有那么快吗？一切还都像在燃烧，你以为自己仍在试图尖叫。但随后你开始有新的感知。运动。疾行。某种像风一样的东西。陌生微粒刺激你皮下微小感应器的触感。那感觉……平静得怪异。你几乎忘记了自己的痛。

然后是强光，让人震惊的光，射在你不知道已经闭合的眼睑上。你睁不开它们。附近有人咒骂，靠近，很多手把你按住，这险些让你慌了神，因为整个神经系统快要爆掉的时候，你是用不了原基力的。但随后，有人把刀从你的胳膊上拔出来。那感觉就像你体内的地震警报突然被解除。你解脱地瘫倒，现在只剩下普通的疼痛，然后睁开眼睛，因为你又能控制自己的肌肉了。

勒拿在那儿。你是在他房间的地板上，光线来自他的晶体墙，他手拿那把小刀，俯视你。在他身后，霍亚用祈求的姿势站立，这一定是针对勒拿的。他的两眼转向你，尽管没有费力调整站姿。

"我×，这群败类。"你一半是呻吟，一半是叹息地叫道。然后，因为现在已经知道此前一定发生了什么，你补充说："谢谢。"对霍亚说的。他把你拖入地底，带走了，抢在守护者能够杀死你之前。从未料到你会为这种事情道谢。

勒拿放下那把刀，走开去寻找绷带。你流血并不多；那把刀竖向刺入，跟肌腱平行，而不是横切截断，而且貌似错过了大动脉。在你两只手仍在颤抖时，并不容易看得太清楚；惊慌。但勒拿并没有来去如风，用病人生命垂危时快得几乎非人的速度忙碌，你因此感到些许慰藉。

勒拿背向你，准备材料时说："我猜，你的谈判尝试并未成功。"

最近这段时间，你和他的关系有些尴尬。他已经清楚地表明了自己的态度，你却没有做出相应的反应。但你也没有拒绝他，所以才尴尬。几周前的某天，埃勒巴斯特曾咕哝说，你早该带那孩子滚滚床单了，因为你欲火难平时，脾气总是更坏。你骂他混蛋，然后改变了话题，但说真的——正是因为埃勒巴斯特的这番表态，你才对这件事考

299

虑更多。

但是，你也总是想到埃勒巴斯特。这是哀悼吗？你恨过他，爱过他，曾经多年想念他，迫使自己忘掉了他，然后又一次遇见他，又一次爱上他，还杀死了他。这份哀恸，不像你对小仔的那种，也不像对考伦达姆，或者艾诺恩。那些都是你灵魂中的伤口，至今仍在流血。而失去埃勒巴斯特这件事更简单……只是你本体的一次削弱。

也许，现在并不是考虑你灾难型爱情生活的时候。

"没成功。"你说。你褪下外衣，下面只穿了件无袖衬衫，适合凯斯特瑞玛这种闷热环境。勒拿回来，蹲下，开始用一块软布揩拭血污。"你是对的，我不该上去。他们有个守护者。"

勒拿抬眼与你对视，然后又垂下眼睛看伤口："我听说，他们可以阻止原基力。"

"这个甚至都不用那样做。那把该死的刀子就替她做到了。"你感觉自己知道这是为什么，同时想起了艾诺恩。那个守护者也没有抵消他的原基力。也许那种身体接触的邪招儿，只有对原基力活跃中的基贼才有效。那就是她打算杀死你的方式。但勒拿闭紧了嘴巴，你觉得，他或许并不需要了解这些。

"事先不知道那名守护者的事。"霍亚突然说，"我很抱歉。"

你看了他一眼："我并没指望食岩人无所不知。"

"我说过我要保护你。"他的声音显得更少平仄，自从抛弃了人类肉身之后。或许他的声音一直没变，你现在感觉他声调很平，只是因为他没有肢体语言来配合。尽管如此，他听起来……像在生气。可能在生自己的气。

"你的确说过。"你显出苦相，勒拿开始用绷带绑紧你的胳膊。但是没用缝针，所以这也是好迹象。"我并不想要被拖到地底，但你的时机把握得很好啊。"

第十九章 你，撼天动地

"你受伤了。"绝对在生自己的气。这是他第一次在声音里显出孩子气，就像他之前那么长时间在你面前显示出的面貌一样。他是同类里面较为年轻的吗？心态年轻？也许他是过于坦率真诚，所以实际上就是个孩子。

"我活下来了。这才是最重要的。"

他安静下来。勒拿默默忙碌。两人都在发散某种程度的不满，让你不由自主感觉到几分内疚。

之后你离开勒拿住处，去了平顶台，依卡在那儿设立了自己的作战指挥中心。有人把她家里的其他沙发也都搬了来，她把这些长沙发大致摆成一个半圆，基本相当于把她的参谋组搬到露天里。有鉴于此，加卡四肢张开躺在其中一条沙发上，像她习惯的那样，手枕在一只拳头上，把整个沙发全占据，谁也没办法坐在上面，而汤基就在半圆形中央徘徊。周围还有其他人，或焦急，或无聊，有人带了他们自己的椅子，或者就坐在坚硬的晶石地面上，但还是没有你预料的那么多。整个社群非常忙碌，你在赶往平顶台的路上察觉：你途经的一个房间里有人在给箭支粘上羽毛，另一个房间里则在制造十字弩。在地面层，你可以看到一帮人，像是在上长剑课；一名身材苗条的年轻男子，在教大约三十个人如何上下交替地劈砍。观景台那里有些创新者，像是正在布设落石陷阱。

不过，当你和勒拿走上平顶台时，围观者都有些得意，这可真有趣。每个人都知道，你是自告奋勇上去传达凯斯特瑞玛给雷纳尼斯的回复。你这样做，部分是为了公开表明自己并没有夺权；依卡仍然是老大。每个人看似都因此断定你疯了，但至少是他们这一边的疯子。他们眼里曾有过那么强烈的希望！希望却很快破灭，你回来了，一只胳膊上绑了带血的绷带，这情形不会让任何人安心。

汤基正在激动地抱怨什么。就连她都已经准备好作战，把她的裙子换成了宽松的灯笼裤，还把头发乱糟糟地绑在了头顶，大腿两侧各配一把玻钢刀。她看上去还有点儿威风，然后你注意到她正在讲的内容。"第三次必须特别小心。压力差异导致刮风，明白吧？只要让温度产生差异，应该就能让风吹起，因为气压降低了。但这个必须发生得足够快。而且不要有地震。我们反正都是要失去森林的，但地震只会让它们原地潜藏不动。我们需要它们活动起来。"

"我可以做到那些。"依卡说，尽管她看起来有点儿犯愁，"至少，我能处理其中一部分。"

"不行，这个必须全部同时完成。"汤基停下来，瞪着她说，"这他妈不能讨价还价。"她随后看到你，住了口，眼睛马上盯在你胳膊上的绷带上。

依卡转身来看，眼睛也瞪大了："可恶。"

你疲惫地摇头："我同意，这主意值得一试。而现在我们知道，他们不可理喻。"

然后你坐下来，平顶台上的人们全都安静了，听你讲这次上去观察到的情况。一大帮冗余人口占据了地表的房子，有个将军名叫丹尼尔，至少一名守护者。把这些跟你们已知的情况相加——对方有食岩人相助，他们还有一整座城市的人作为后盾，在赤道区的某地——这前景看似很不乐观。但最让人担心的，还是未知的部分。

"他们是怎么知道我们缺少肉食的？"看上去，没人因为灰色食岩人的爆料反对依卡，或者至少是现在没说，尽管他们知道，依卡曾有这种事瞒着大家。女首领本来就是要做这种抉择的。"他们又是怎么找到该死的通风口的？"

"只要有足够的人力，就不难找到。"你开口猜测，但她打断了你。

"还是很难找。我们用种种方式使用这颗晶体球，已经有五十年了。我们对当地极为熟悉，但还是花了好几年才找到那些通风口。其中一个，在沿河更远处的一片泥炭土沼泽里，那儿臭气熏天，时不时还会着火。"她坐着向前探身，两手撑着膝盖叹气。"他们怎么知道我们在这里的呢？就连我们的贸易伙伴，也只见过凯斯特瑞玛－上城。"

"也许他们也有原基人合作伙伴呢。"勒拿说，这么多星期都经常听人说"基贼"，他这个礼貌的"原基人"听起来特别扭，也做作。"他们可以——"

"不会。"依卡说，她这时看着你。"凯斯特瑞玛很大。你当初来到这里时，有没有察觉地底有个大洞呢？"你吃惊地眨眼。她在你回答之前点头，因为你的表情已经坦白了一切。"是的，你本来应该有感觉，但这个地方的某种物质就是能……我说不好。反射走原基力似的。一旦你进来，当然就相反了；晶体球摄取我们的力量充当动力源。但下次你到地面，我是说没人要杀死你的时候，可以试试隐知这个地方。就会明白我在说什么了。"她摇头。"即便他们豢养了某些原基人当宠物，也不应该知道我们在这儿。"

加卡叹口气，翻身变成躺着的姿势，低声嘀咕。汤基露出牙齿，这坏习惯估计也是跟加卡学的。"这个不重要。"汤基说。

"这只是因为你不爱听，宝贝。"加卡说，"并不意味着它不对。你喜欢整齐有序的东西，而生活本身并不整齐。"

"是你喜欢混乱吧。"

"依卡喜欢凡事都解释清楚。"依卡没好气地说。

汤基犹豫了一下，加卡叹口气说："我已经不是第一次想到了，或许我们的社群里有个间谍。"

哦，可恶。周围听到的人已经开始议论和躁动。勒拿瞪着她。"这样说毫无道理。"他说道，"我们没有任何理由背叛凯斯特瑞玛。任何被接收进这个社群的人，都是无处可去的。"

"你那样说不对。"加卡翻身坐直，微笑，露出一嘴尖牙。"比如说我,本来可以加入我妈出生的社群。她去我出生的社群之前,是那里的领导者阶层——老家太多竞争,她又想当真正的首领。我离开自己社群的原因,却是不想继任她成为首领。那社群好多混蛋。但我绝对没打算在一个地底洞穴里度过余生。"她看看依卡。

依卡长叹一声,显然已经被她这种态度折磨很久了:"我真不能想象,你还在因为我没有驱逐你耿耿于怀。我早跟你说过了,我需要你的帮助。"

"对啊。但我只是想说:如果当时你让我有机会选择,我是不会留下的。"

"你宁愿加入某个人口过剩的赤道社群,自以为是旧桑泽帝国再世那种吗?"勒拿皱眉问道。

"我不会。"加卡耸肩,"我现在喜欢这个地方。但我的意思是说,或许有其他人更喜欢雷纳尼斯。喜欢到愿意出卖我们,以换取在那个社群里的位置。"

"我们需要找出这个间谍!"有个站在绳梯附近的人喊道。

"不。"你当时严厉地说。这是你当老师时期的语调,所有人都吓了一跳,看着你。"丹尼尔自己说,她希望凯斯特瑞玛能自己内讧,分崩离析。我们不能在此地发动追讨基贼的行动。"这个俗语有两重含义,但你并不是要卖弄小聪明。你完全清楚,大家之所以带着显而易见的敬畏看你,就是因为你的讲课腔调。尖晶石碑仍然悬浮在你身后,它跟随你从地底潜回来了。

依卡揉揉眼睛:"你得改改这个动辄威胁别人的态度了,伊茜,我知道你在支点学院长大,所以不懂人情世故,但……这种行为在社群里并不受欢迎。"

你眨眨眼,有点儿意外,很受伤害。但……她是对的。社群的存续,信赖于信任和恐惧的微妙平衡。你的不耐烦,正在让平衡状态大大偏离。

"好吧。"你说。所有人都放松了一点点,欣慰地发现依卡仍然能说服你,现场甚至有几声紧张的讪笑。"但我还是觉得,现在讨论内部是否有间谍的事并不合宜。如果有的话,雷纳尼斯也已经知道了他们想知道的事情。我们应该做的,只能是想出一个出其不意的计划。"

汤基指着你,瞪了下加卡,无声地表示:看看,这样才对嘛!

加卡向前探身坐定,一只手按在膝盖上,瞪着你们所有人。她通常不会争执太多——那是卡特生前的习惯——但你现在从她下巴的位置就能看出那份固执。"要是间谍还在这里,这事就他妈的重要。你们怎么指望敌人料不到呢,要是——"

骚动从观景台开始。从平顶台这里看不清楚,但有人在叫依卡。她马上站起来,向那个方向赶去,她还没穿过离开平顶台的主要绳桥,就有个小小的身影——社群里充当传令兵的小孩之———沿路飞跑过来靠近她。"上层隧道传来消息!"那孩子还没停步,就大声喊道,"说雷纳尼斯人已经开始用攻城槌强攻了!"

依卡看看汤基。汤基干脆地点头:"穆拉特说,炸药已经放好了。"

"等等,什么?"你问。

依卡没理你。她对那孩子说:"告诉他们,撤离,按原计划行事。快去。"男孩转身跑走,但只是赶到能看清观景台的位置,然后他举起一只手,攥拳,接着展开手指。整个社群想起几波口哨声,信号不断传递下去,好一通忙乱,几队人聚集起来进入隧道。你认出了其中一些:壮工和创新者。你完全不知道他们在搞什么。

依卡转向面对你时特别冷静。"待会儿需要你帮忙。"她轻声说,"他们在用攻城槌,这是好现象;他们没有基贼帮忙。但如果他们真心想要强攻下来,堵塞隧道就只是权宜之计,只能挡他们一时。而且我也不喜欢被困在地底的想法。你能帮我建造一条逃生隧道吗?"

你倒退一步,很是震惊。让隧道塌方?但当然,这是唯一合理的战略选择。凯斯特瑞玛无法击退人数更多、装备更强,食岩人和守护者盟友更多的军队。"然后我们怎么办,逃走吗?"

依卡耸耸肩。你现在明白她为什么看上去如此疲惫了——并不只是要应对这个险些对基贼成员翻脸的社群,还要担忧未来。"这是以防万一。我已经派人把重要物资带入附属洞穴,这事忙了好几天了。我们当然不可能全部带走,甚至无法带走大部分。但如果我们离开此地,藏身别处——你不用问,我们早就有地方了,几英里外的一个储藏库——那样即便是雷纳尼斯人闯进来,他们也只能找到一个黑乎乎、无价值的空社群,如果待太久,就会被窒息在这里。他们会带走能携带的战利品,然后撤离。也许我们可以等他们走后再返回。"

所以她才适合当首领啊:当你被困在自己的狗血剧情里,依卡却做好了所有这些准备。但是……"哪怕他们中间有一名原基人,晶体球就将正常运转。也将属于他们。我们就无家可归了。"

"是啊。作为应急计划,它的确有漏洞,你说的没错。"依卡叹气,"所以我想试试汤基的计划。"

加卡看上去很生气:"我他妈早就跟你说过,我根本就不想做首领,依克。"

依卡翻了个白眼:"你宁愿失去社群吗?闭嘴吧你。"

你看看她,再看汤基,再看她,感觉完全摸不着头脑。汤基很崩溃地叹了口气,但还是迫使自己开始解释。

"精细控制的原基力。"她说,"在地表发动几波持续降温,环绕这个区域,但一步步收窄范围,以社群为圆心。这将让那些煮水虫进入暴走状态。其他创新者花了好几周时间研究它们的习性。"她微微甩手,也许下意识地感觉这种研究太微不足道。"这办法应该管用,但必须做得很快,由某个精确度和耐力足够的人来施行。否则,那些虫子只会挖洞潜入地底，进入休眠。"

你突然明白了过来。这计划太变态。它也可能会拯救凯斯特瑞玛。但是——你看看依卡，依卡耸耸肩。你觉得，她的肩膀绷得很紧。

你之前从未理解，依卡如何用原基力做到她的那些招数。她是野生的。理论上，她可以做到你能做的任何事；一个专心的自学者，可以借助天赋掌握基础技能，然后不断完善自身。但大多数自学的基贼就是……学不会。你曾隐知到施法中的依卡，显然，如果在支点学院，她也能赢得戒指，不过只有两三枚。她可以移动一块巨石，却无法精确移动鹅卵石。

但是。她却能用某种办法，把方圆百英里内的基贼都吸引到凯斯特瑞玛。她能对卡特做出那种操作。她还有一份牢靠、稳定又强大的感觉，就连你都无法解释，这让你质疑自己对她做出的学院式的评价。一个两戒或者三戒新手，不可能是这种感觉。

但是。原基力就是原基力。隐知盘就是隐知盘。肉体总有承受限度。

"那支军队不光住满了凯斯特瑞玛-上城，还分布在森林盆地里，"你说，"你只要冻结半个这样大的圆圈，就会晕倒的。"

"或许吧。"

"是一定会！"

依卡翻了个白眼。"我明白现在要做的事，因为以前我就做过。我知道一种方法。你就是要——"她说不下去了。你下定决心，要是你们能活着熬过此劫，一定要让凯斯特瑞玛的原基人学会用语言讨论他们在做的事情。依卡自己丧气地叹息，就像听到了你的内心独白一样。"也许这是你们学院式的一种技能？当你跟其他基贼一起行动，让所有人都用同样步调，使用最弱者的技能，但利用最强者的耐力……？"

你眨眨眼……然后觉得浑身掠过一阵寒意。"地火啊，生锈的烂桶子啊。你居然懂得怎样去——"埃勒巴斯特对你用过这招儿，两次，很久以前，一次是为了封闭岩浆热点，一次是为了给他自己解毒。"平行并联？"

"你们是这样称呼它的吗？好吧，反正呢，等你们结成一个小组，平行发力，布成……一张网……吧，之前我可以跟卡特还有特梅尔一起……反正，我现在还能那样做。利用其他原基人，甚至孩子们都可以帮忙。"她叹了口气。你已经猜到下面要说什么了。"问题是，那个把其他人维系在一起的人……"那块轫铁，你想，回忆起很久以前你跟埃勒巴斯特的愤怒对话。"将是第一个油尽灯枯的人。她不得不，呃，承受那些……那些磨损。否则的话，网络里的所有人就只能互相抵消。然后什么都做不成。"

油尽灯枯。那就是死了呗。"依卡。"你的技能比她高出上百倍，也比她更精准。你还可以运用方尖碑。

她摇头，神色黯然。"你以前，呃，有没有跟其他人连接过？我跟你说过了，这个需要练习。而且你有其他任务要完成。"她的视线很有穿透力。"我听说你在病房的朋友终于蹬腿了。他死前，教过你该怎样做了吧？"

你看着别处，嘴里全是苦涩，因为你能掌握单个方尖碑的证明，恰恰是用其中一块杀死了他。但你完全没有接近学会如何打开那道门。你还不知道如何同步使用众多方尖碑。

首先是一个网络，然后是那道门。不要搞砸了，伊松。

哦，地啊。噢，你真是笨得可以。你想。这个笨，既是说你，也是丢给埃勒巴斯特的负面评价。

"教我怎样建立一个……网格，跟你一起。"你激动地对依卡说，"一个网络。我们称之为一个网络就好。"

她皱眉看着你:"我刚刚才跟你说过——"

"那就是他想让我去做的事!我 ×,真可恶!"你转身,开始来回踱步,同时感到兴奋、恐惧和愤怒。每个人都在瞪着你看。"不是建立原基力之网,而是——"那么多次,他让你去研究他体内的魔力线,你自己体内的魔力线,理解它们如何联通,如何流转。"当然,他这个混蛋才不会直截了当告诉我,他怎么可能做出这么清醒理智的事?"

"伊松。"汤基对你侧目而视,一脸忧愁。"你现在说话,已经开始像我了。"

你对她大笑,尽管在你对巴斯特做出那件事之后,一直以为自己再也不会笑了。"埃勒巴斯特,"你说,"病房里的那个人。我的朋友。他生前是个十戒原基人。他也是那个击碎整座大陆的人,裂口在北方。"

这句话之后好多人低声议论。面包师特利诺说:"一个支点学院培养的基贼?他来自学院,却做出了这种事?"

你无视他。"他是有原因的。"复仇,还有创造一个新世界的机会,一个更适合考鲁生存的世界,尽管考鲁已经不在人世。也许他们需要了解月亮的事?算了,没时间,说了也只会让大家困惑,正如这么多头绪曾让你困惑一样。"我一直都不明白他是怎样做到的,直到现在。'先是一个网络,然后是一道门。'我需要学会方法,了解你将要做的那件事,依卡。你教会我之前都不能去死。"

某种东西让周围微微摇晃。跟地震相比,这幅度很小,范围也小。你和依卡,还有平顶台上的所有其他原基人马上转身抬头看,确定了它的方位。一次爆炸。有人引爆了小包炸药,封堵了一段通往凯斯特瑞玛的隧道。片刻之后,观景台传来喊叫声。你眯眼看那个方向,看到一帮壮工——你去跟丹尼尔和其他雷纳尼斯人谈判时,守着入口的那帮人——减速停步，呼哧喘气，一脸焦急……而且满身灰土。他们逃走时炸塌了隧道。

依卡摇头说："那么，我们一起建造逃生通道吧。希望在此过程中没有同归于尽。"

她招手，你跟随，你俩一起，半走半跑，前往晶体球另一侧。这件事发生于无言的默契；你俩都本能地觉出，最适合刺穿晶体球的位置在哪儿。绕过两座平台，穿过两道悬桥，然后晶体球远端墙体就在面前，掩埋在短粗的晶体后面，这里容不下任何房间。很好。

依卡举起双手，做成方形，这让你觉得困惑，直到你隐知到她的原基力突然增强，在四个点穿透晶体球墙面。这真是让人着迷。此前你曾观察过她使用原基力的状况，但这是她第一次试图精确地做好一件事。而且——情况跟你预想的完全不同。她的确无法移动鹅卵石，但她可以削出精准的角度和线条，最终结果像是机器切割而成。这比你能做到的还要更好，你突然意识到：她无法移动鹅卵石的原因可能是……移动个鹅卵石有什么鸟用？那只是支点学院用来测试精准度的方式。依卡的方式却是简单直接地做到精准，只在需要的场合这样做。也许她在你的测试中挫败的原因，仅仅是测试项目不对。

现在她停顿下来，你隐知到她的"手"伸向你。你们站在环绕一根晶体柱的平台上，这根柱子太细，放不下住人的房间，所以安排了储藏室和一间小小的工房。平台是近期建造的，所以栏杆是木质，你不太愿意把生命拖付给它。但你还是抓住栏杆，闭上眼睛，用原基力伸向她提供的连接点。

她抓住了你。如果你不是从埃勒巴斯特那里习惯了这种情形，一定会被吓坏的，但这次的情况跟之前一样：依卡的原基力像是跟你的融合在一起，将你的力量吞没。你放松，让她接管控制权，因为你马上意识到自己比她更强大，能够，而且应该掌握控制权，但眼下你是学徒,而她是老师,所以你收敛,静心学习。

这是一场舞蹈,某种意义上是。她的原基力就像……一条河,带着细小波纹,卷舒,涌流,水面有固定的流动模式和速度。你的更快,更深,更直接,也更强大,但她极为有效地调整着你,因为两股水流混到一起。你的流速变慢,更加放松。她的流动变快,利用你的深度来加强自身力量。有一会儿,你睁开眼睛,看到她靠在晶体柱上,缓缓滑下,蹲在地上,这样就不必在凝神施法的过程中在意身体平衡……然后你们就已经进入晶体球内部,穿过它的硬壳,掘入周围岩层中。你跟依卡一起周游,感觉如此轻易,让你甚为意外。埃勒巴斯特要比这次更粗暴,但也许他跟你做这种尝试时,还不习惯这种方式。依卡却跟别人做过同样的事,而且她是你见过最好的老师。

但是——

但是。哦!你现在那么容易就看透了真相。

魔法。现在有丝丝缕缕的魔法,正跟依卡的流动交杂起来。当她表现弱于你时支持她,强化她的动力,并让你们之间的接触面变和缓。这些都是从哪里来的呢?她把这些东西从岩石本身吸出,这又是一个意外,因为直到现在,你都不知道岩石里面本来就有魔力。但它的确存在,闪烁在极小的硅离子和钙离子之间,就像在埃勒巴斯特骨骼成分之间的跃动一样自如。等等。不对。尤其是在钙离子之间,然后才会触及硅离子。它是被钙成分产生出来的,而这些又存在于石头里的石灰岩部分。在某个时间点,数百万乃至数十亿年前,你猜想,这一整片地区都是海底,或者就是内陆湖。无数世代的海洋生物在此地出生,生活,然后死亡,然后沉入海底,结层,再被压缩。你看到的那些,会是冰川刮痕吗?很难说。你不是测地学家。

但你突然明白的是:魔力起源于生命——那些当前活着,曾经活过,甚至是在那么久远的时代之前活过,现在已经化为异物的东西。

突然之间，这份感悟让你感知中的某种东西发生了转移，然后

然后

然后

你突然看到了它：那魔法网络。一张由银线组成的巨网，贯穿着整个大地，渗入岩石，甚至是岩石下面的岩浆，像成串的宝石一样，闪耀在森林、成为化石的珊瑚礁、储油层之间。贯穿空中，透过小小跳蛛结成了网格。云中也有魔法线贯穿，尽管很细，连接在小水珠里的微生物之间。线条延续到你的知觉可及的最大高度，接近空中星辰。

而在它们接触方尖碑的地方，这些银线就完全变成另外一种东西。对那些在你知觉地图上飘浮的方尖碑而言——这范围突然变得极大，千里万里，你的感知渠道突然远远不止有隐知盘——每块都浮在数千条，数百万条，乃至数万亿条银线的结点。这就是让它们保持飘浮状态的动力源。每块方尖碑都泛着银白色光芒，不停闪耀搏动；邪恶的大地啊，这就是方尖碑不真实状态下的样子。它们飘浮，它们闪烁，实体变成魔法，再变成实体，而在另一个存在位面上，你敬畏地深吸一口气，赞叹它们的美。

然后你再次吸气，注意到就在附近——

依卡的控制力拉扯着你，你为时已晚地意识到，在你走神期间，她一直在运用你的力量。现在已经有一条新的隧道，斜穿过多层沉积岩和火成岩。其中还有一条阶梯，由宽阔、平缓的台阶组成，径直向上，只是偶尔有宽大规整的平台。为开辟这些台阶，并没有挖出任何东西以腾出空间；相反，依卡只是让岩石变形，让出空间，将原有石料压入墙壁和地板，组成台阶，并增加四壁密度，对抗周围岩层带来的压力。但在接近地面的位置，她让隧道戛然而止，现在她把你从网络里解放出来（又是那个词）。你眨眨眼，转身看她，马上明白了她

的用意。

"你可以做完它。"依卡说。她从平台上起身，拍拍屁股。她现在已经显出疲态，这一定让她累坏了，试图平复你在惊异中的状态起伏。她无法完成自己选择了要做的那件事。她冻不了半条山谷，就会油尽灯枯。

但她现在已经无须去做。"不用。我来解决你那件事吧。"

依卡揉揉眼睛："伊茜。"

你微笑。这一次，这个昵称并没有让你生气。然后你运用她刚刚教你的本领，像曾经的埃勒巴斯特一样抓住她，也抓住了全社群的每一位原基人。（你这样做时，所有人都很紧张。他们习惯了被依卡这样对待，但是当一具新的轭铁出现时，他们还是能隐知到。你还没有像她那样，赢得所有人的信赖。）依卡身体绷紧，但你什么都没做，只是抓住了她，现在很明显了：你真的可以胜任。

然后你搞定局面，开始连接尖晶石碑。它就在你身后，你隐知到那个精准的瞬间，趁它停止闪烁，并且发出低沉的、撼动地面的搏动时出手。预备，你觉得它像是在说。就像它会说话。

依卡的眼睛突然瞪大，当她隐知到尖碑的催化力……充电激活了？唤醒了？应该是唤醒了基贼的网络。这是因为你正做过去六个月来埃勒巴斯特试图教你的东西：将原基力和魔力共同使用，用它们可以互相支持、互相加强的那种方式，让整体更为强劲。然后将它整合进入一个原基人组成的网络，向同一个目标努力，所有人加在一起，强于每一位单独成员，再把这份力量接入方尖碑，将其威力扩大很多倍。这感觉非常神奇。

埃勒巴斯特没能教会你，因为他跟你相似——接受学院训练，也受到学院的局限，被灌输的结果，是仅仅从能量、等式和几何图形的角度看待力量。他掌握了魔法，是因为有这份天资，但他并没有完全理解。你也一样，甚至是现在。依卡，因为她是野生自学，反而没有任何需要忘掉的负担，她一直都是解决问题的关键。要是你之前不是那样傲慢的话……

好吧。还是不行。你还是不能说，那样埃勒巴斯特就会依然活着。他使用方尖碑之门将整个大陆撕成两半的那一刻，就已经死了。那些烧伤在慢慢夺去他的生命；你结束这个过程，其实也是一种恩惠。最终，你会相信这个结论。

依卡眨眨眼，皱起眉头："你没事吧？"

她了解你的魔力，因而也能尝到你的悲戚。你咽下口水，想缓解如鲠在喉的感觉——怀着小心，紧紧把握着封闭在你体内的力量。"没事。"你撒谎说。

依卡那眼神，显然是知道太多。她叹气说："跟你说哦……要是我们都能活过这一劫，我在一座仓库里存了些尤迈尼斯产的赛雷蒂酒。想喝醉吗？"

你绷紧的喉咙突然放松，大笑出声。赛雷蒂酒是一种蒸馏出来的烈酒，用同名水果做原料酿成，是尤迈尼斯郊外山麓的特产。那种果树在其他任何地方都很难生长，所以依卡的存货有可能是整个安宁洲的最后一批。"那是无价之宝啊，还要喝醉？"

"醉到人事不知。"她的微笑很疲惫，但也很真诚。

你喜欢这个提议。"如果我们能活过这一劫。"但你现在很确定自己能做到。原基人网络加上尖晶石碑，蓄积的力量已经绰绰有余。你将会让凯斯特瑞玛转危为安，保住所有哑炮、基贼和其他站在你们一边的事物。没有人需要去死，除非他们与你为敌。

就这样，你转身，抬起双手，十指张开，而你的原基力——和魔力一起——向前延伸。

你感觉到凯斯特瑞玛：上城，下城，还有上下城之间的一切。现

第十九章 你，撼天动地

在，雷纳尼斯的军队已经展现在你面前，数百个热能和魔力组成的小点，在你脑中的地图上，有些聚集在不属于他们的房子里，其他人聚集在通往地下社群的三条隧道入口，在其中两条隧道，他们已经突破了凯斯特瑞玛原基人布设的挡路石。在其中一条隧道，有石头掉落在通道中，有些士兵已死，他们的尸体正在变凉。其他士兵正忙于清除障碍。你能看出，这至少要花费几天时间。

但在第三条隧道——真是*可恶*——他们已经找到并拆除了爆炸物。你品尝到未爆发的化学物品发出的酸涩味，还有嗜血的汗臭味道。他们正畅通无阻地冲向凯斯特瑞玛 - 下城，走完了通向观景台距离的一半以上。再过几分钟，他们的先头部队，数十名壮工，手持长刀、十字弩、掷石带和长矛，就将与社群守卫者发生冲突。数百名增援部队，正在他们身后赶来。

你知道你必须做什么。

你退出这个近景视角。现在，凯斯特瑞玛周边的森林展现在你下方。更宽的视角。你尝到了凯斯特瑞玛平原边际的气息，还有近处的低陷处，那是森林盆地。现在显然可以看出，这里曾经是一片海，再早时期曾有冰川，及其他更多事物。同样明显的，是成团的光点和火焰，它们组成了本区域所有的生物，散布在林中各处。数量要比你想象得更多，尽管有很多都在冬眠，或隐藏，或用其他方式应对第五季的侵袭。河边光线很亮：煮水虫布满河道两旁，在平原和盆地中，也多有分布。

于是你从河道开始动手，小心翼翼，沿河冻结土壤、空气和岩石。你一波一波进行冰冻，动手，变冷，再动手，变更冷一点点。你让变冷圈中的气压变低，让风向里面吹，吹向凯斯特瑞玛。这是诱惑加警告的手法：*动起来，你们就能存活。留在原地，我就把你们这些小杂种冻灭绝。*

那些煮水虫开始了行动。你感知到它们，组成一波明亮的热流，冲出地下巢穴和笼罩近期受害者的地上腐食堆——数百巢穴，数百万煮水虫，你原本完全不知道，凯斯特瑞玛周围树林里居然有这么多这种东西。汤基关于肉食短缺的警告毫无意义，而且太晚；你们永远也不可能跟如此成功的肉食动物竞争。你们一直以来，都只有习惯人肉味道这一条路。

这且不去考虑。凯斯特瑞玛周围的冷气圈已经合围，你把能量一波波向中央输送，催促，引导。那些虫子爬行得好快——而且，我的天，它们还能飞啊。你已经忘记那翅膀壳了。

然后……哦，火烧的大地啊。突然之间，你很高兴自己只能隐知到地表状况，而不能听见看见。

你能接收到的信号，全都显现为压力、热能、化学物和魔法。这里的一团亮闪闪的雷纳尼斯士兵，聚在木头和砖石空间里，然后有一波烫热的煮水虫光点到达此地。透过房子地基你隐知到沉重的脚步声，门被摔上，然后是更肉感的身体互撞声，地板上慌乱的微型地震。随着虫子就位，开始用餐，士兵们的形状亮度暂时加大，沸腾，冒烟。

凯斯特瑞玛的猎人特忒斯的确不幸，但也仅有几只煮水虫咬到了他，所以他才没有因此当场死亡。但这次，每一名士兵都会遭遇数十只煮水虫的攻击，覆盖每一寸能被触及的身体，而这也算一种恩惠吧。你的敌人，他们不必挣扎太久，一座接一座，凯斯特瑞玛 – 上城的房子接连归于沉寂。

（你控制下的整个原基人网络都在战栗。其他人也没有一个喜欢这样的情形。但你坚定地驾驭大家，让他们继续完成任务。现在绝不能手下留情。）

现在，虫群开始进入地下，扑在那里聚集的士兵们身上，并且找

第十九章 你，撼天动地

到了通往凯斯特瑞玛-下城的隐秘通道。你在这里更加仰赖尖晶石碑的力量，努力甄别隧道中的哪些亮点是雷纳尼斯士兵，哪些是守卫凯斯特瑞玛的战士。他们聚集成堆，正在搏杀。你必须帮助你们的人。

啊——可恶——倒霉。依卡在你的控制下挣扎，尽管你忙于维护网络，听不到她说的具体内容，但你知道大致意思。

你知道你必须做什么。

于是你从隧道围墙上揪出大块岩石，用它们封闭了全部隧道。有些凯斯特瑞玛的壮工和创新者们被堵在了煮水虫一侧。也有些雷纳尼斯士兵在安全的一侧。没有人能得到他们想要的一切。透过隧道中的石块，你不由自主地隐知到惨叫声带来的震荡。

但你还没有来得及迫使自己无视这个，就又听到另一声惨叫，就在附近，这震动是你用耳鼓听到，而不是隐知盘。你愣住，开始拆解网络——但你不够快，远远不够，早有人在拉扯你的束缚。切断了它，将你和其他基贼全都丢得东倒西歪，互相消除对方的聚力螺旋，队伍一时全乱。可恶，怎么回事？有某种东西把你们的两名同伴扯走了。

你睁开眼睛，发现自己趴在木头平台上，一只胳膊被拧着压在身下，剧痛，你的脸被挤靠在一口储物箱上。你头脑混乱，呻吟着——你感到两膝发软，充当轭具可是真难——你推地起身。"依卡？这到底是……？"

箱子后面有声音，先是一声惊叫。然后是你脚下的木料在悲鸣，因为某种重得不可思议的东西正在考验它的承受力。然后是石头碎裂声，响亮得如此骇人，让你不由得心惊，尽管同时想到，自己以前也听过这样的声响。你抓住箱边和栏杆，拉自己单膝跪起。这已经足够让你看到：

霍亚，那姿势让你马上半自觉地命名为武士姿态，站在那里单臂伸长。手中悬着一颗头颅。一颗食岩人的头颅，发式卷曲，发色为祖母绿，上唇以下的脸部都不见了。那个食岩人剩余的部分，从下巴往下那些，还站在霍亚面前，冻结在伸手取物形态。你可以看到霍亚的一部分侧脸。它没有移动或者咀嚼，但在他线条细致的黑色大理石唇边，的确粘了些灰色石粉。对面食岩人的残躯上，颈后的确也有一处咬伤。然后是熟悉的石头挤碎声。

瞬间之后，那名食岩人的身躯碎裂，你意识到霍亚的姿势发生过改变，一拳击穿了对方躯干。然后他的眼睛滑向你所在的方向。你没看到他做吞咽动作，但话说回来，他说话反正又不用动嘴巴。"雷纳尼斯的食岩人，正赶来攻击凯斯特瑞玛的原基人。"

哦，邪恶的大地啊。你迫使自己站起来，尽管感觉头重脚轻，立足不稳。"有多少？"

"够多。"一闪眼间，霍亚的头已经转向别处，朝着观景台。你看过去，发现那里打斗很激烈——凯斯特瑞玛人正在抗击冲出隧道的雷纳尼斯人。你发现丹尼尔也在攻击者队伍中，手持两把长剑，对搞两名壮工，而就在近处，埃斯尼大喊着要人再给她一把十字弩。她的卡住了。她放下那件无用的武器，拔出一把刻制的玛瑙剑，白光闪耀，扑向丹尼尔。

然后你的注意力集中在更近处，贲蒂被缠在一座绳桥上。你看得出缘由：就在她身后的金属平台上，站着又一个奇怪的食岩人，这个整体是柠檬黄色，只有嘴唇附近是云母白。它一只手伸出站在那里，手指弯成召唤状。贲蒂离你很远，也许有五十英尺，但你仍可以看见那女孩泪流满面，挣扎着想要摆脱绳子。她的一只手无用的垂在身旁。骨折了。

她的手骨被折断，这让你感觉全身不舒服。"霍亚。"

背后木板一声闷响，他丢下敌人那颗头："伊松。"

第十九章 你，撼天动地

"我需要快速赶到地面上。"你可以隐知到它，就在头顶那里，充满魔力，威严，巨大。它一直都在这里，但你回避着它。对你之前的需求而言，它过于强大。现在却正好是你需要的。

"上面是爬虫的天下了，伊茜。除了煮水虫，什么都没有。"依卡还勉强站着，身体倚靠着晶体柱外墙。你想要警告她——食岩人是可以穿过晶体柱出现的——但你没有时间。如果你动作太慢，他们无论如何都能抓住她。

你摇头，踉踉跄跄走向霍亚。他不能来到你身旁，他太重了，这个木架到现在没倒，已经堪称奇迹。他的姿势又变过一次，现在又有一名食岩人成了他周围的碎块。现在他已经移开，一只手按在晶体墙上，尽管他身体的其他部分朝着你的方向。他向你伸出另外一只手，手掌摊开，貌似邀请。你记得有一天在河边，霍亚摔到泥坑里之后，你伸手要拉他起来，尚不知他的钻石骨骼和一肚皮古老传说的分量。他拒绝了你，以便保守他的秘密，你当时感觉受到了伤害，尽管努力不那样。

现在，跟凯斯特瑞玛的炎热相比，他的手显得比较凉爽。实实在在——尽管他隐知起来不太像石头，你短时为此纳罕。他的肌肉有一种奇怪的质感。被你的手指握住之后，还会微微收缩。他还有指纹。这个让你大吃一惊。

然后你抬头看他的脸。他已经让自己的表情发生过改变，不再是刚刚消灭敌人时的那份冷酷。现在，他唇边带有微笑。"我当然是要帮你的。"他说。他还是那样孩子气，你几乎要报之以微笑了。

但没有时间思量这些，因为突然一下，凯斯特瑞玛就化成你周围的一片白，然后是黑暗，大地深处的浓黑。不过霍亚仍然拉着你的手，所以你并没有害怕。

之后你就站在了凯斯特瑞玛－上城的凉亭前，身处死者和垂死者之间。在你周围,步道上和亭中石板上,躺着雷纳尼斯的士兵,他们身体扭曲,有些已经不可能看清样子,被密集成毯子一样的昆虫覆盖,还有极少数仍在爬行、尖叫。丹尼尔曾经用来计划进攻的桌子翻倒在一旁;桌面上爬满甲虫。又是那种气味,像盐水里泡过的烤肉。空气中到处是飞行的煮水虫,还有你制造的低气压微风。

有只甲虫向你快速冲来,你吓得直哆嗦。瞬间以后,霍亚的手出现在甲虫原先的位置,热水滴落,那东西被捻碎时发出的水壶一样的声响渐渐平息。"你很可能需要升起一个聚力螺旋。"他建议。该死的,当然应该这样。你开始远离他,以便安全进行这件事,他却握紧你的手,稍稍更用力一点点。"原基力伤不到我。"

你能运使的并不只有原基力,但他也知道这个,所以那就没有问题啦。你升起一个高高的、致密的聚力螺旋,围绕自己,把周围的湿气转化成飞舞的雪花,煮水虫们马上开始回避你。也许它们寻找猎物的方式是侦测体热。现在都不重要了。

然后你抬头看,看那团黑影,它遮住了天。

缟玛瑙碑与众不同,跟你以前见过的所有方尖碑都不一样。其他石碑,多数是晶体片的形状——两头尖的六棱柱或者八棱柱——尽管你也见过一些形状不规则,或者两端不平整的。这一块,却是半卵圆形。收到你的召唤后,它缓缓穿过云层下落,之前已经在那里潜藏了足足几个星期。你无法猜想它的大小,但当你仰头去看凯斯特瑞玛-上城的天穹,发现缟玛瑙碑已经快把整个天空填满,从南到北,从灰云密布的地平线,到对面、反射红光的另一端。它本身不反射任何东西,也不发光。当你仰视它——这样做而又不战栗的难度大得出奇——只有它边界处的云团让你知道,它其实还在凯斯特瑞玛上空很高处。看上去,它比实际距离更接近。就在你头顶上。你只要举起一只手……但你心里,有几分害怕这样做。

第十九章 你，撼天动地

　　一声撼动地壳的巨响，你身后的尖晶石碑颓然落地，就像是在更强大的事物面前臣服。或者只是，因为现在有了缟玛瑙碑，它不断吸引你，拉扯你，吸收你向上——

　　——哦，地啊，它吸收你的速度好快——

　　——你已经什么都没剩下，无法再命令任何一块其他方尖碑。你已经无力旁骛。你在跌失，飞入一片虚空，它甚至不是在招引你，而是直接将你吸入。从其他方尖碑那里，你学会了顺应它们的能量流向，但现在，这里，你马上知道绝不能那样做。缟玛瑙碑能够把你整体吞噬。但你又不能拒斥它，那样，它会把你撕成碎片。

　　你能做出的最佳选择，就是一种微妙的平衡，你一面努力与它保持距离，一面在它力量的间隙中随之漂流。而它的力量已经有太多注入你的身体，太多太多。你需要利用这份力量，否则，否则，但，不行，情况不对，有东西在偏离平衡态，突然就有一份轻微的束缚感，绕住你的身体，你意识到自己已经被缠绕在上万亿，上万亿亿亿根魔力线之中，而它们都在渐渐收紧。

　　在另一个存在层面上的你尖声惨叫。这是个错误。它在吞噬你，这极端可怕。埃勒巴斯特错了。宁可让食岩人杀死凯斯特瑞玛的所有基贼、毁灭全社群，也胜过这样死去。宁愿让霍亚把你嚼碎，用它美丽的牙齿，至少你还喜欢他

　　爱他

　　爱-爱-爱-爱

　　魔力像鞭子一样抽紧，来自上千个不同方向。光线组成的网格倏然闪亮，突然间显现于黑暗背景之上。你看到了。这超出你平常的感知阈限太多，以至于几乎无法理解。你看到安宁洲，整个大陆。你感觉到行星这一侧的整个地壳，也品尝到另一侧的气息。这太过雄浑——地下的魔火啊，你就是个白痴。埃勒巴斯特早就跟你说过：先

找到网络，然后是方尖碑之门。你无法独自成功；你需要一个小的网络，来缓解大网的冲击。你再次建筑凯斯特瑞玛的原基人，却无法把握住他们。现在，他们的人数已经减少，而且也受了太大惊吓，即便是你，也无法把他们拉拢过来。

但那里，就在你身旁，还有一座小山一样的力量之源：霍亚。你甚至没有试过向他求助，因为那股力量太陌生，太可怕，他却主动接近你。让你稳定下来。紧紧把握住你。

这让你终于得以想起：缟玛瑙是一把钥匙。

这钥匙可以打开一扇门。

那扇门又能激活一个网络——

突然之间，缟玛瑙碑开始搏动，深及岩浆，重如大地，环绕你的全身。

哦，地啊，不是原基人组成的网络他说的实际上是由……

尖晶石是第一个，就在那里，原模原样。然后是黄玉碑，它的亮黄色力量如此轻易地服从了你。

烟石英。紫石英，你的老友，曾追随你到特雷诺的那个。紫辉石，绿翡翠。

噢

玛瑙碑。碧玉碑，蛋白石碑，黄水晶碑……

你张口尖啸，却听不到自己的声音。

红宝石锂辉石蓝晶石橄榄石还有

"已经太多了！"你不知道自己是在叫嚷这句话，还是在心里默念。"太多了！"

你身边那座山说道："他们需要你，伊松。"

然后一切变得如此清晰。是的。方尖碑之门，但凡打开，必有其目的。

向下。晶体球外墙。闪烁的原始魔法之柱；这是凯斯特瑞玛的组成成分。你隐知-感觉-知晓这座建筑中的污染物。那些你容许在其表面活动的人。

（依卡、贲蒂，所有其他原基人，还有依靠他们让社群维持的哑炮们。他们都需要你。）

但那里还有那些干扰晶体网格的东西，沿着它的物质和魔力线奔走，隐藏在晶体球外壳里，像寄生虫一样试图隐藏的。他们也是山峦——却是不属于你的群山。

招惹了惹不起的基贼，霍亚提到自己的禁闭时，曾经这样说。是啊，这些敌方食岩人，的确也犯了同样的错误。

你再次呼吼，但这回是在发力，是在攻击。**啪**，你截断网格和魔力线，按自己的意愿将其重新连接。**砰**，你举起整根晶体柱，将它当作标枪掷向敌人，把它们戳到粉身碎骨。你寻找灰石人，那个伤害过霍亚的食岩人，但他不在威胁你家园的外敌之中。这些只是他的喽啰。好。你会给他捎个口信，写在这些喽啰的恐惧里。

等你停手时，至少已经封印了五名敌方食岩人在晶体中。实际上很简单，因为他们愚蠢到在你的注视下试图穿过晶柱。他们化身成晶体状态；你只要简单地取消化身能力，冻结他们，像昆虫被定在琥珀里。其他敌人在逃。

有些逃向北方。不可接受，而现在，距离对你已经不成问题。你上升，转向，再俯瞰，下面就是雷纳尼斯城，盘踞在它的维护站之间，像蜘蛛藏身于被捆绑、被吸干的猎物中。这道门的用途，是做出行星尺度的事情。因而对你来说，轻易就能把力量向下推出，像对待可能打死贲蒂的那女人一样，照样处置雷纳尼斯的所有居民。恶棍就是恶棍。那么简单，就能扭曲他们细胞之间闪耀的银线，直到细胞静滞，硬化。成为石头。事情做完，凯斯特瑞玛的战争获胜。全都发生在瞬息之间。

现在局面很危险。你心里清楚：如果掌握了方尖碑网络的力量，却没有一个目标，自己就会成为它的目标，然后死掉。现在明智的做法，在凯斯特瑞玛安全之后，就是赶在被它摧毁之前，拆解那道能量之门，退出网络。

但是。除了凯斯特瑞玛的安全之外，你还想要得到别的。

你知道，那道门就像原基力。没有明确的意愿掌控时，它会把所有的欲望，都当成毁灭世界的意愿看待。而你不会控制这心愿。你也做不到。对你而言，这愿望铭心刻骨，就像你的过去，你多疑的个性和你多次碎裂的心。

奈松。

你的意念在旋转。向南。搜寻。

奈松。

有干扰。很痛。珍珠碑钻石碑和

蓝宝石碑。它们拒绝被拉进方尖碑之门网络。之前你几乎没有感觉，因为你被数十块，数百块方尖碑压得喘不过气来，现在你却有了知觉因为

奈松

这是她

是你的女儿，是奈松。你了解她内心顽强的个性，就像了解自己的心和灵魂，这是她，写满了整座方尖碑。而你已经找到了她，她还活着。

它的（你的）目标达成，门自动开始拆解。其他方尖碑接连断开；缟玛瑙碑最后才将你释放，尽管带有一丝冷淡的不情愿。下次再见。

当你身体软瘫，倒向一侧，因为有东西突然把你撞得失去平衡，这时却出现几只手，把你扶了起来。你几乎难以抬头。你的身体感觉

第十九章 你，撼天动地

遥远，沉重，就像被困在石头里。你已经数小时没有吃过东西，但不觉饥饿。你知道，你的体力消耗远超自身负荷，却感觉不到疲劳。

你的周围有几座山。"休息吧，伊松。"其中你爱的那座山说，"我来照顾你。"

你点头，感觉脑袋重得像石头。然后又有新的成员出现，吸引你的注意力，你迫使自己最后一次抬头看。

安提莫妮站在你面前，一如既往地面无表情，但她的出现，还是让你有几分安全感。你本能地知道，她不是你的敌人。

在她旁边，站着另外一个食岩人：高，瘦，身上那套"衣服"有点儿古怪。全身雪白，尽管五官是东海岸人的形状：丰满的嘴唇，长长的鼻子，高颧骨，还有细细雕刻出来的一头鬈发。只有它的那双眼睛是黑的，尽管它看你的样子，只有一点点似曾相识，带着困惑和一丝应该是（但又不太可能是）记忆的东西……那双眼睛，的确有几分熟悉。

真讽刺。这是你第一次看到这样的食岩人，全身质料都是雪花白石，那个词，读作埃勒巴斯特。

然后你就失去了知觉。

· · ✺ · ·

要是它没死，那又将怎样？

——迪巴尔斯的创新者里多写给第七大学的信，由信使从埃利亚方镇同名城市出发送出，写信时，榴石色方尖碑刚刚升出水面，信件到达之前三个月，世人已经通过电报得知埃利亚城被毁灭的消息。资料来源不详。

插　曲

你跌入我的臂膀，我带你去了安全的地方。

安全总是相对的。你已经赶走了我那些不受欢迎的兄弟，我那些想要杀死你的同类，只因为他们无法控制你。但当我下到凯斯特瑞玛，并出现在我熟悉的安静所在，却在空气中闻到钢铁的气息，混杂在粪便、污浊空气和其他肉体气味与浓烟之中。钢铁气息，其实也是肉体的气味之一：那种铁元素也出现在血液里。外面，步道和阶梯上都有尸体。甚至还有一具悬在缆车上。但战斗基本上结束了，因为两个原因。首先，侵略者意识到他们已经被困，一面是虫子肆虐的地表，一面是敌人，因为攻击者大半已死，守方占据了人数优势。那些还想活下去的人已经投降；那些害怕死得更惨的人，选择了投身白刃，或者穿死在凯斯特瑞玛的晶体柱上。

第二个促使战斗结束的原因，是晶体球遭到严重破坏这个不容否认的事实。整个社群，曾经一直放光的晶体柱，现在都明灭不定。有一根较长的柱子还从墙面上脱落，并且折断，它变成的粉末和碎块洒满晶球底部。在地面层，温水不再流入公共浴池，尽管时不时还会喷涌出一些。社群中有几根晶体柱完全变黑，死亡，开裂——但在每根柱子里，都能看到更加浓黑的身影，被固定，困入其中。略呈人形。

白痴们。这就是你们招惹我的基贼应得的下场。

我把你放在一张床上，确保周围有食物和饮水。喂你会比较困难，毕竟我已经蜕去了那层更为灵便的皮囊，此前为了跟你成为朋友而变成的模样，但很有可能，在我被迫尝试之前，就会有其他人到场。我们在勒拿的住处。我把你放在他的床上。他应该喜欢这样的安排，我觉得。你也会喜欢的，一旦等你想要找回做人的感觉。

我不会嫉妒到不允许你建立这种纽带。你需要它们。

（我不会嫉妒到不允许你建立这种纽带。你需要它们。）

但我小心地把你放好，确保你会感到舒适。而且我把你的胳膊放在被子上面，这样你一旦醒来，就会知道自己必须做出选择。

你的左臂，它已经变成一团异物，棕色，坚实，由密集的魔法凝成。这里没有任何粗暴之处。你的肌肉纯粹，完美，而且完整。每个原子都在理应处在的位置，魔法的网络精准又强大。我抚摸过它一次，很短时间，尽管我的手指几乎感觉不到那份压力。那是对我不久前仍然披戴的肉身仅存的向往。我会克服它的。

你被石化的手紧握成拳。它的背后有一道裂隙，跟手骨方向垂直。即便在魔法让你变形时，你也在反抗。（你反抗。所以你才必定成为今天的模样。你一直都在反抗。）

哦，我有些多愁善感了。才恢复肉身几个星期，我就已经忘乎所以。

我就这样等着。几小时或者几天以后，当勒拿回到自己的住处，带着别人的血腥和自己的疲倦，他看到我在他的客厅中守候，愕然呆立。

他静了一会儿："她在哪儿？"

是。他配得上你。

"卧室。"他马上去了那里。我没必要跟着，他会回来的。

一段时间之后——几分钟或者几小时，我知道这两个词，但它们的区别太小了——他回到客厅，我站着的地方。他沉重地坐下来，揉搓自己的脸。

"她会活下去。"我多此一举地说。

"是啊。"他知道你只是昏迷，他会照料你，等你醒来。片刻之后，他放下两手，盯着我。"你并没有，呃，"他舔舔嘴唇，"她的胳膊。"

我完全清楚他的意思："得到她的允许之前，不会。"

他面容扭曲。我略微感到些反感，然后才想起，直到不久以前，我也是这样持续地，湿漉漉地，做各种动作。很高兴那段时间结束了。"你还真是高尚呢。"勒拿说，那语调，很可能是想要传达讽刺的意味。

无所谓高尚，这个决定，本质上跟他不吃你另外一只胳膊的决定一样。有些事，只是简单的原则而已。

一段时间之后，很可能不是几年后，因为他都没动弹，也许是几小时后，他看起来的确很累。"我不知道我们现在该怎么办。凯斯特瑞玛在渐渐死亡。"像是为了强调这些话，我们周围的晶体停止闪光了一会儿，让我们浸入黑暗里，只有外面的光刺眼地照进来。然后光线恢复。勒拿嘘出一口气；他的气息里有恐惧的恶臭味，像乙醛。"我们都成了无社群者。"

并不值得向他指出，如果他们的敌人得手，成功杀死了伊松和其他原基人，他们也会成为无社群者。他早晚会明白的，以他绕圈子的，汗津津的方式。但因为还有一件事他不了解，所以我还是说了出来。

"雷纳尼斯死了。"我说，"伊松杀死了它。"

"什么？"

他听到了我的话，只是不相信自己的耳朵。

"你是说……她冰冻了那座城？从这里？"

不是，她使用了魔法，但最重要的是："它的城墙范围内，所有人都已经死了。"

他考虑这件事,简直没完没了,或者仅有几秒钟。"一座赤道城市,一定有巨大的物资储备。足以让我们支撑多年。"然后他又蹙起眉头。"但是要赶到那里,再把那么多东西搬回来,这可是好大一件事呢。"

他并不是个愚蠢的人。我回顾往事,由他去想办法。到他惊叫时,我再注意听。

"雷纳尼斯已经是一座空城。"他瞪着我,然后站起身,大踏步满屋奔走。"邪恶的大地——霍亚,你说的就是这个!完整的城墙,原样的房舍,还有储备物资……而且我们还用跟谁抢吗?现在这时节,没有一个正常人会去往北方。我们可以在那里**生活**。"

终于明白了。我回到自己的冥想状态,他还在自言自语,喋喋不休,来回踱步,最后放声大笑。但再之后,勒拿停住脚步,瞪着我,眼睛怀疑地眯了起来。

"你平时都不管我们的。"他轻声说,"只为她效力。你现在为什么会告诉我这些?"

我让自己唇角上翘,换来他一个恶心的表情。真不该费这份心。"伊松想要一个安全的地方,给奈松。"我说。

静默,或许一小时,或许一会儿:"她并不知道奈松在哪儿。"

"方尖碑之门可以让感知力足够精准。"

畏缩。我记得那些表示人类动作的词:畏缩,吸气,咽口水,面有苦色。"地火啊,那么——"他清醒过来,看着卧室门帘。

是的。等你醒来,你将会想要去找你的女儿。我眼看着这份感悟让勒拿的表情变得漠然,减轻了他肌肉的紧绷程度,让他显得无精打采。我完全不懂所有这些变化意味着什么。

"为什么?"我像是花了一年时间,才知道他在对我说话,而不是自言自语。等到我明白过来，他已经问完了整个问题。"你为什么跟她待在一起？难道你只是……肚子饿吗？"

我抑制住想要捏扁他脑壳的冲动。"当然是因为我爱她。"很好，我设法做出了和蔼的语调。

"当然。"勒拿的声音也变得柔和了。

当然。

然后他离开，把我给他的消息传达给整个社群的其他头领。之后有一个世纪，或者一个星期的忙碌，社群中的其他人收拾行装，准备上路，积攒力量，为了那段漫长、艰险，而且（对一部分人来说）致命的旅程。但他们别无选择。在第五季，生活就是这样子。

睡吧，我的爱人。好起来吧。我会站在这里守护你，等你再次出发时陪伴你。当然。死亡是一种选择。我会绝对确保你有机会去选，为了你。

（但又由不得你。）

第二十章

奈松，棱角分明

但此外……

我透过大地倾听。我听到那些波动。一枚新的钥匙正在削制成功，她的尖角终于打磨完毕，砥砺到足以连接方尖碑，令它们歌唱，我们都知晓这件事。我们中那些仍然……怀有希望的人……正在寻找那名歌人。我们被永远禁止自己转动那把钥匙，但我们可以影响它的方向。每当一块方尖碑发出回响，你都能确信有我们中的一个在附近潜藏。我们之间会谈话。所以我会通晓世事。

❋

奈松在深夜醒来。营房里还很黑，所以她很小心，穿鞋、穿衣、悄悄出门时，都避免踩到声音较响的地板条。其他人没动弹，就算他们醒来后有所察觉也很可能都以为她只是想上厕所。

外面一片寂静。天空刚刚开始放亮，东方出现曙光，尽管现在灰云密布，没有那么容易辨认。她走到下山道路的起点，看到脚下的杰基蒂村有几点灯光闪烁。有些农夫和渔夫已经起床。但在寻月居，还是鸦雀无声。

是什么在拉扯她的意念？这感觉很让人心烦，黏糊糊的，就像某种东西粘在头发上，需要硬扯下来似的。这感觉的中心是她的隐知盘——不对。更深。这拉力扯动的，是她脊柱中的光亮，是她细胞之间的银色纽带，是把她捆绑住的诸多线条，通往大地、寻月居、沙法，还有杰基蒂村上空的蓝宝石碑，云层散开一点儿的情况下，它时不时会显形。那个讨厌的东西是……它是……北方。

北方发生了什么事。

奈松转身，追随那份感觉的来向，爬上山坡，到了熔炉的地砖上面，停在正中央，风吹动她的头发。在高处这里，她能看到杰基蒂村周围的森林，像一张地图一样在她面前展开：圆圆的树冠，还有时不时冒出的玄武岩带。她意识的一角可以感知到力量的变化，共振的线条，还有连接，强化机制。但这都是些什么？为了什么？某件重大的事情。

"你现在感知到的，是方尖碑之门被打开。"灰铁说。他突然出现，站到女孩身边，奈松并不觉得意外。

"不止一座方尖碑？"奈松问，因为这就是她隐知到的情况。有很多。

"这半边大陆上部署的每一块。那个伟大机制的上百个组件重新开始工作，像它们最初被设计出来的那样工作。"灰铁的嗓子是极为悦耳的男中音，那个瞬间像是莫名向往。奈松发觉自己很好奇，对他的生活，他的过去，他是否也跟自己一样，曾经是个孩子。最后那个貌似不可能。"那么多的力量。就连这颗行星的心脏，都可以通过那道门来输出……而她却用来满足那么微不足道的愿望。"一声轻微的叹息。"话说回来，最早制造它们的原基人也一样，我估计。"

不知为什么，奈松知道灰铁口中的那个"她"，就是指自己的妈妈。妈妈还活着，而且生了气，还有那么强大的力量。

"什么目的呢？"奈松迫使自己问。

第二十章 奈松，棱角分明

灰铁的眼睛滑向她。她没有明说，自己追问的是哪个人的目的：她妈妈的，还是最早制作并且部署方尖碑的那些古人的。"毁灭某人的敌人，当然是的。一个渺小又自私的目标，当时却让人感觉很伟大——尽管这些事都会带来恶果。"

奈松综合考虑她得知的种种情况，还有隐知到的，从另外两名守护者死气沉沉的笑容里亲眼看到的。"大地父亲还击了。"她说。

"正常反应，任谁都会这样反击试图奴役自己的人。这可以理解，不是吗？"

奈松闭上眼睛。是的。这太可以理解了，真的，如果她考虑这件事的话。这个世界的现实，并不是简单的弱肉强食，而是弱者欺骗并毒害强者，在强者耳边进谗言，直到强者也变弱。然后只剩下被打断的手骨，还有银线被编织成的绳索，妈妈们可以挪动大地毁灭她们的对手，却无力挽救一个小男孩。

（或女孩。）

世上从没有人来拯救奈松。她的妈妈警告过她，说以后也不会有。如果奈松想要有一天免于恐惧，她别无选择，只有为自己铸造自由。

于是她转身，缓缓转身，面对她的父亲，他正默默地站在她背后。

"小宝贝。"他说。这是他通常用来跟她对话的语调，但她知道，父亲此刻并不真诚。他的眼睛像冰一样冷，一如数日之前她冰结过的父亲的房间。他的下巴紧绷，身体微微颤抖。她向下瞅了一眼父亲握紧的拳头。他手里有把刀子——很漂亮的一把刀，用红色蛋白石做成，父亲近期的作品里，她最为喜欢的一件。它微微放光，光晕柔和，完全掩盖了它的刀刃像剃刀一样锋利的事实。

"嗨，爸爸。"她说。她朝灰铁方向扫了一眼，后者显然也明白杰嘎的企图。但那名灰色食岩人没有从黎明的森林景观那里移开视线,或者就是在遥望北方的天空,那里有那么多改变大地的事件正在发生。

好吧。她再次面对父亲:"妈妈还活着,爸爸。"

如果这话对他有任何意义的话,他也没有表现出来。他只是继续站在那儿,看着她。尤其看着她的眼睛。那双眼一直都像妈妈。

突然之间,这些都不再重要。奈松叹口气,两手揉搓面庞,那种疲惫感,一定跟那么久远的仇恨折磨后的大地父亲一样吧。仇恨真的好累人。虚无主义更容易点儿,尽管她并不知道这个词,以后几年内也不会知道。但她还是有这种感觉:极为强烈的,一切都没有意义的那种感觉。

"我觉得,我知道你为什么恨我们。"她对自己的父亲说,两手垂到身侧。"我的确做过些坏事,爸爸,就像是你很可能认定我会做的那些。我不知道怎样才能不做那些事。这就好像所有人都在期待我变坏,所以我别无选择。"奈松犹豫了一下,然后说出了那句在她心里憋了好几个月的话。她觉得,自己应该没有其他机会说这句话了。"我还是希望你可以爱我,尽管我的确很坏。"

她说这句话时,却想到了沙法。沙法,不管怎样都会爱她,就像一个父亲应该做到的那样。

杰嘎只是继续瞪着她。寂静中,在其他地方,在另一个感知位面,被隐知能力、魔法,或者随便什么其他东西占据的那个层次上,奈松感到,她的母亲倒下了。具体来说,她感觉到她妈妈对那些变化的、闪亮的方尖碑网络的影响突然停止。尽管那网络从来都没能扩展到她的蓝宝石碑。

"对不起,爸爸。"奈松最后终于说,"我试过一直爱您,但是,这样太难了。"

父亲的块头比她大好多。还有武器,而她没有。当他开始行动,就像一座山那样气势惊人，首先是肩膀和整个躯干，缓慢的蓄势化为不可阻挡的高速度。奈松体重不到一百磅。她一点儿机会都没有。

但就在她感觉到父亲肌肉抽动的一瞬间，微小的震动涉及地面和空气，她将意识传向空中，仅下了一条响亮的命令。

蓝宝石碑的移位瞬间完成。它导致空气迅速涌入来填补真空，在空中激荡。由此发出的声音，是奈松听过最响亮的惊雷。杰嘎正在扑来的中途，愣住，打了个踉跄，抬头向上看。片刻之后，蓝宝石碑砸入奈松面前的地面，击碎了熔炉中央的石头地砖，还有她周围半径六尺的地面。

这不是她一直以来看到的蓝宝石碑，尽管两者之间的相似性超过了形状这种层次。当她伸出手来，抓住这把长长的、闪耀的蓝色石头长剑，她有几分掉落其中。向上，飞过水色的光芒和阴影。进入，潜入地层。再飞出，远离，掠过这个整体的其他部分，曾经组成方尖碑之门的那些。她手中的那件东西还是那样巨大，重如山峦，是银色动力的强大源泉，一如既往。还是原来那件工具，只不过现在更为适用。

杰嘎瞪着它，然后瞪女儿。有个瞬间，他动摇过。如果他转身逃走……他曾经是奈松的父亲。他还记得那段时间吗？她想要他记得。两人之间再也不会像从前，但她想要那段往昔有点儿意义。

但没有。杰嘎再次向她扑来，一面喊叫，一面举刀。

于是奈松将蓝宝石剑举起。它几乎跟奈松的身体一样长，但没有重量；蓝宝石碑毕竟原本就可以飘浮。它现在只是浮在奈松面前，而不是在天上。严格来讲，她也没有举起它。而只是让它移动到新位置，它照办了。到她面前。挡在她和杰嘎之间，这样，当杰嘎转过身来，想要刺死她的时候，就只能身不由己撞上蓝宝石碑。这样，奈松的力量就轻易地，不可避免地施加到他的身上。

她没有用冰杀死他。大多数日子，奈松都宁可选择银线，而不是原基力。杰嘎肌肉的转化，要比她上次对埃兹做过的更加有序，很大程度上是因为她现在明白自己在做什么，也因为这次是有意而为。杰嘎开始转化为石头，从他与方尖碑接触的点开始。

奈松没有考虑到的，是惯性，它让杰嘎继续向前，即便当他从蓝宝石碑上滑开，扭身，看到自己身体的变化，吸气，并且想要惊呼时，还在向前。他没能完成那次吸气，肺部就已经固化。但他的确完成了这次前扑，尽管失去了平衡，没有了控制力，现在更像是跌倒，而不像攻击。毕竟，这是一次以刀尖为焦点的跌倒，于是那把刀还是划到了奈松的肩膀。他本来瞄准的是心脏。

那一击带来的痛苦突然又剧烈，马上打破了奈松的凝神状态。这很糟糕，因为在她的痛觉爆发时，蓝宝石碑也开始闪亮，进入半真实状态，然后又恢复，她吸气，踉跄后退。这件事瞬间了结了杰嘎，将他完全变成了石像，长有烟水晶色鬈发，红赭石色脸膛，还有深蓝盐硅硼钙石色的衣服——他为了要跟踪女儿，还换上了深色衣服。但这石像只竖立了很短时间——然后蓝宝石碑的闪动把一波能量输入他体内，把他像破钟一样击碎。跟某位守护者向一个名叫艾诺恩的男人用过的招数不无相似。

杰嘎也像那样碎裂。只不过没有那样潮湿。他是易碎物，脆弱，做工粗劣。他的碎块悄悄滚落到奈松脚边。

奈松长久地，悲痛地看着父亲的遗体。在她身后，在寻月居和杰基蒂村，都有灯光亮起。每个人都被蓝宝石碑发出的雷鸣声惊醒。当时有混乱，人们大声对话，疯狂地隐知，试探地底。

灰铁现在跟她一道，低头看杰嘎。"这永远不会结束。"他说，"永远不会好转。"

奈松什么都没说。灰铁的话进入她的耳朵，就像石头沉入水底，她的心里毫无波澜。

"最终,你将杀死你爱过的一切。你妈妈。沙法。还有你在寻月居这里的全部朋友。根本没办法回避。"

她闭上眼睛。

"办法……只有一个。"一次小心的,计划周密的停顿。"要我告诉你那个办法吗?"

沙法正在赶来。她可以隐知到他,他带来的嗡嗡声,他脑子里持续存在的那份折磨,不肯让奈松移除的那个。沙法,那个爱她的男人。

最终,你将杀死你爱过的一切。

"是的,"她强迫自己说,"告诉我怎样才能不去……"她没能说完。她不能说伤害他们,因为她伤害过那么多人。她是个怪物。但世上一定有办法,让她的怪物属性得到抑制。让一名原基人的威胁不复存在。

"月亮正在回来,奈松。它是那么久之前被遗失的,像根弹性绳上的小球一样被甩开——但绳子又把它拉了回来。如果任由它自己行动,它会掠过地球,再度飞走。它以前也这样做过,已经好几次了。"

她可以看到父亲的一只眼睛,在他的一块脸上,从杂乱的石头堆里向上看着她。他的眼睛是绿色的,现在成了美丽的、带烟痕的绿橄榄石。

"但有了方尖碑之门,你就可以……推它一下。只一点点。调整它的轨——"一个轻柔的,自嘲的声响。"就是让它回到月亮通常的路线上。而不是再次离开,迷失,到处流浪,带它回家。大地父亲一直都在想念它。带它直接返回这里,让他们有一次重聚的机会。"

哦,哦。她突然明白了,为什么大地父亲想让她死。

"这将是件可怕的事。"灰铁轻声说,几乎是对着她的耳朵,因为他现在挪到很近的地方。"它将结束所有第五季。终结任何灾季。但是……你现在的这种感觉,就再也不用经历了。没有人再需要受苦。"

奈松转身,盯着灰铁。他向奈松的方向弯着腰,脸上刻着几乎有些滑稽的狡猾表情。

然后沙法大步赶来,停在他们面前。他瞪着杰嘎留下的那一片狼藉,在他意识到真相时,奈松看到了沙法脸上掠过的那波冲击。他的冰白眼眸抬起来,看着她。而奈松也在他的表情里搜寻,腹部绷紧,防备着马上就要袭来的痛。

他的脸上只有痛苦。为她担心,为她难过,为她流血的肩膀担心。警觉,还有保护性的愤怒,当他盯紧灰铁时。他还是她的沙法。杰嘎带来的心痛,在沙法的关切面前消退。沙法会永远爱她,不管她变成什么。

于是奈松转身,面向灰铁,说:"那么告诉我,怎样才能让月亮回家。"

附录一

一份完整的第五季档案，
覆盖桑泽赤道联盟成立前后全部记录，从最初到最近时期

窒息季：帝国纪元 2714—2719

可能成因：火山喷发

地点：德弗特里斯附近的南极地区，阿考克火山喷发，导致半径五百英里范围内飘满细灰组成的云团，吸入人体后可以在肺部和黏膜处结块。南半球五年没有阳光。尽管北半球受灾较轻（仅两年）。

酸季：帝国纪元 2322—2329

可能成因：十级以上强烈地震

地点：未知；远海

突然的板块漂移，导致一系列火山喷发，地点与一条主要喷流[①]重合。这条喷流因火山成分影响而变为酸性，流向西海岸，并最终环绕过安宁洲大部分。多数沿海社群都在最初海啸中被毁灭；剩余社群或者解体，或者被迫搬迁，因其舰队和港口设施被腐蚀，渔业资源枯竭。云层导致的大气成分锢囚现象持续数年。沿海 pH 不适合人类生活的状况持续至灾季后多年。

---

① 围绕大地的一条强而窄的高速气流带，集中在对流层顶或平流层，在中高纬西风带内或低纬度地区都可能出现。其水平长度达上万公里，宽数百公里，厚数公里。——译者注

沸腾季：帝国纪元 1842—1845

可能成因：大湖区水底的岩浆溢出

地点：南中纬，泰卡里斯湖联区

岩浆溢出导致上百万加仑水蒸气和颗粒物进入大气层，进而导致大陆南半部酸雨和大气层锢闭现象。但北半部未受负面影响，所以，该时期是否可算是真正的灾季，考古术师之间存有争论。

毒气季：帝国纪元 1689—1798

可能成因：采矿事故

地点，北中纬地区，赛斯特方镇

一场完全人为导致的灾季，触发事件为北中纬东北角煤矿工引致的地下火灾。相对温和的灾季，偶尔会有阳光照射，除局部地区外，未出现酸雨和灰雨现象。仅有少数社群宣布实行灾季法。赫尔汀城约有一千四百万人死于最初的天然气喷发和快速扩展的火热地陷，直至帝国原基人成功平息并封闭大火，令其不再延烧。剩余部分只能被孤立起来，并继续燃烧长达一百二十年。大火产生的烟灰沿主要风向传播后，导致呼吸问题，以及偶然的区域性窒息死亡事件，持续数十年。北中纬地区失去煤矿资源后的连锁反应，使地热和水电取暖方法更为普及。导致了匠师认证局的设立。

獠牙季：帝国纪元 1553—1566

可能成因：海底地震导致超级火山爆发

地点：北极裂谷

一场海底地震的余震导致北极点附近此前未知的岩浆热点撕裂。随之引发超强火山爆发。亲历者声称，远至南极地区都能听到爆炸声。灰尘进入大气层上部，很快飞遍全球各地，尽管北极地区受灾最重。由于上次灾季已经过去大约九百年，部分社群准备不足，导致灾季损失加重；当时社会的主流见解，以为灾季不过是传说。吃人的传闻，从北方一直到赤道区都曾出现。这次灾季结束时，支点学院设立于尤迈尼斯城，并在北极和南极设立分支机构。

菌灾季： 帝国纪元 602 年

可能成因：火山喷发

地点：赤道西部

东赤道地区季风雨季发生一系列火山喷发，导致该地区湿度上升，并在大陆百分之二十的区域内阻断阳光长达六个月之久。尽管与其他灾季相比，这次还算温和，但其发生的时间，给菌类繁殖创造了完美的外部条件，菌类爆发式生长，从赤道一直扩展到南北中纬地区，让当时充当主食的摩罗奇（此物种当前已灭绝）全部绝收。由此造成的饥荒被载入官方测地学纪录中，将这次灾季延长到四年（菌灾两年后结束，又过两年，农业生产和食品流通体制也得以恢复）。几乎所有受灾社群都能依靠自有存粮维持生存，由此证明了帝国改革及灾季应对计划的效果。灾后，北中纬及南中纬地区的更多社群自愿并入帝国。开启了帝国的黄金时代。

疯狂季： 帝国纪元前 3 年—纪元后 7 年

可能成因：火山喷发

地点：基亚希低地

一座古老超级火山的多个岩浆活跃点喷发（同样的事件也导致了双连季，据信发生于大约一万年前），导致大量橄榄石和其他深色火成碎屑进入空中。因此形成的十年黑暗，不只像平常的其他灾季一样带来严重破坏，也导致大大高于正常比例的精神病症。赤道区桑泽联盟（通常被称为桑泽帝国）就诞生于本次灾季期间。桑泽军阀首领瓦里瑟通过使用心理战术，征服了众多积弱的社群。（参见《疯狂的艺术》，多人合著，第六大学出版社）第一缕阳光重现时，她被加冕为皇帝。

方尖碑之门
THE OBELISK GATE

[编者按：桑泽联盟建立之前灾季的很多信息，都存在互相矛盾或有待确证之处。以下是2532年第七大学考古大会认同的灾季]

浪游季：帝国纪元前大约800年

可能成因：磁极偏移

地点：未知

这次灾季导致当时几种主流农作物灭绝，以及长达二十年的饥荒，因为地磁北极位置移动之后，很多传粉动物都陷入了混乱。

易风季：帝国纪元前大约1900年

可能成因：不可确知

出于未知原因，季风方向都出现了偏转，持续多年后才恢复正常。人们公认这是一次灾季，尽管缺乏大气锢闭现象，因为只有规模巨大（并可能发生在远洋地区）的地质事件，才可能导致这种现象。

重金属季：帝国纪元前大约4200年

可能成因：火山喷发

地点：南中纬近海地区

一次火山喷发（据信为伊尔夏山）导致十年的大气锢闭，安宁洲东部大范围的水银污染使情况雪上加霜。

黄海季：帝国纪元前大约9200年

可能成因：未知

地点：东部和西部沿海，以及南至南极的近海地区

这场灾季的相关情况完全来自赤道地区文化遗迹中的书面记录。出于未知原因，一次大范围的细菌爆发，导致几乎所有近海生物中毒，并造成沿海地区遭受长达数十年的饥荒。

双连季：帝国纪元前大约9800年

可能成因：火山喷发

地点：南中纬

根据那个时代流传下来的谣曲和口述历史材料所示,一座火山喷发导致长达三年的大气锢闭。正当这场灾害影响开始消除时,另一座火山口又随后喷发,导致大气锢闭延长三十年之久。

附录二

安宁洲全部方镇通用词汇简表

南极，南极人（Antarctics）：大陆最南端高纬度地区。也指来自该地区社群的人。

北极，北极人（Arctics）：大陆最北端高纬度地区。也指来自该地区社群的人。

灰吹发（Ashblow Hair）：一种明显的桑泽血统特征，在当前繁育者职阶的标准体系中被认为有正面作用，有此特征者被优先选择。灰吹发明显更加粗糙稠密，通常呈向上喷涌状；长度足够时，发丝会下垂到脸部周围和肩膀上。这种发质耐酸蚀，浸水后保水量少，在极端情况下，被证实具有灰尘过滤能力。在多数社群，繁育者标准只强调发质；但在赤道地区，繁育者通常还要求天然的"灰烬型"发色（铅灰色到白色之间，以出生时为准），才能得到认可。

杂种（Bastard）：出生时没有职阶的人，只有父亲身份不明的男孩才可能沦入此类。那些表现优异的人，可能在社群命名时，获准使用他们母亲的职阶。

喷射口（Blow）：一座火山。在某些沿海语言中，也被称为火焰之山。

地热点（Boil）：地热喷泉、温泉，或水蒸气喷射口。

繁育者（Breeder）：七大常见职阶之一。繁育者是因为良好健康状况和身体特征被优选出来的个人。在灾季，他们负责维护血统健康，并通过选择方法改良社群或种族。生为繁育者，而又未能达到社群职阶要求的人，可以在社群命名时选用一位近亲的职阶。

储藏库（Cache）：用于储存食物和其他补给品。社群随时保留储藏库，配置警卫并上锁，以备第五季来临。只有得到认可的社群正式成员才有资格分享储藏库中的物资，尽管成年人可以用他的份额养育未获得认可的孩童或其他人等。单个家族经常也维护他们自己的家族储藏库，同样严加看护，不给非家族成员使用。

切拜基人（Cebaki）：切拜基族人。切拜克曾是一个民族国家（桑泽帝国时代之前的政治系统，如今已经被废弃），位于南中纬地区，尽管在多个世纪之前被桑泽帝国征服之后，其领土已经重组为方镇治理结构。

沿海人（Coaster）：沿海社群成员。很少有沿海社群有钱雇用帝国原基人抬升岛礁，或用其他方式保护社群不受海啸威胁，所以沿海城市总是需要不断重建，因而比较容易缺乏各种资源。大陆西海岸人常常皮肤苍白，直发，有时双眼长有内眦褶。而东海岸居民更多皮肤黝黑，鬈发，有时双眼长有内眦褶。

社群（Comm）：社会群体。帝国统治系统中最小的社会政治单位，通常对应一座城市或者村镇，尽管很大的城市可能包括几个社群。社群中得到认可的成员，是那些有权获得藏库份额，享受保护的人，他们相应地通过纳税等形式向社群做贡献。

无社群者（Commless）：罪犯及其他未能得到任何社群接纳的人。

社群名（Comm Name）：多数帝国公民名字的第三个部分，表明他们的社群归属和权益。这个名字通常在青春期授予，作为长大成人的标志，表明此人已经被认可为社群中有价值的一员。新加入社群的移民可以要求改用新的社群名；如被接受，新社群名就将成为其名字

345

的一部分。

童园（Creche）：因年幼而无法工作的孩童受照顾的场所，以便成人可以为社群完成必要工作。条件允许时，也是学习场所。

赤道地区，赤道人（Equatorials）：靠近并包括赤道在内的低纬度地区，沿海地带除外。也代指赤道地区社群成员。由于气候舒适，大陆板块相对稳定，赤道地区社群往往繁荣富庶，政治影响力强大。赤道地区一度是旧桑泽帝国的核心。

断层（Fault）：岩层破裂较为频繁，严重地震和火山喷发较常见的地区。

第五季（Fifth Season）：特别漫长的冬季（按帝国标准，持续时间要达到六个月以上），因地质灾害活动，或其他环境剧变而引起。也简称为灾季。

支点学院（Fulcrum）：旧桑泽帝国人建立的半军事组织，成立于獠牙季之后（帝国纪元1560年）。支点学院总部位于尤迈尼斯城，尽管在南北两极还有两座分院，以便覆盖尽可能广阔的地域。支点学院训练出的原基人（或称为"帝国原基人"）能够合法使用原基力，过程受到该组织严格规约，并有守护者严密监视；而通常来讲，这种行为是被禁止的。支点学院自主管理，自给自足。帝国原基人身着标志性的黑色制服，俗称"黑衫客"。

地工师（Geneer）：词源为"地学工程"。指从事土木项目的工程师——地热设备、隧道、地下基础设施、采矿等。

测地学家（Geomest）：研究自然界中的岩石及其分布问题的学者，有时也泛指科学家。狭义的测地学家研究岩性学、化学和地理学，这些在安宁洲都不被看作单独学科。少数测地学家专门研究原基力学——对原基力及其影响的研究。

绿地（Greenland）：多数社群保有的一片休耕地，通常在城镇围墙以内，或墙外的近处，《石经》建议设置的区域。社群绿地在任何时期都可以用来进行农业生产或牲畜养殖，或者在非灾季充当公园，闲置休耕等。个体家族也经常维持他们自己的家庭绿地或花园。

料石生（Grits）：支点学院名词，指尚未获得戒指，仍在进行基础训练的原基人儿童。

守护者（Guardian）：某组织成员，据说该组织诞生于支点学院之前。在安宁洲，守护者负责追踪、保护、制约和指导原基人。

帝国大道（Imperial Road）：旧桑泽帝国最伟大的创新之一，是一个公共道路网（有路基的大路，适合步行或乘马）连接所有主要社群和绝大多数较大方镇。公路由地工师和帝国原基人协作建造，原基人在地质活动剧烈的地区选择最稳固的路线（或者平息地质活动，如果没有稳定路线可选）。然后地工师将水源和其他资源集中在道路近处，以方便灾季旅行。

创新者（Innovator）：七大常见职阶之一。创新者是富于创意，善于用智慧解决实际问题的人，在灾季负责解决技术和物流等问题。

克库萨（Kirkhusa）：一种体形中等的哺乳动物，有时被当作宠物豢养，或用于看家、畜牧等。通常为植食性；在灾季变成肉食动物。

工匠（Knapper）：制作小型工具的人，原料包括石材、玻璃、兽骨等。在大型社群，工匠可能会使用机械设备或批量生产技术。加工金属的工匠通常能力低下，俗称"修补匠"。

讲经人（Lorist）：研习《石经》和历史传说的人。

硬皮瓜（Mela）：中纬度地区植物，跟赤道气候下的甜瓜接近。硬皮瓜是贴地生长的藤蔓植物，果实通常在地上。但在灾季，果实会在地下长成球根状。有些种类的硬皮瓜的花朵会捕食昆虫。

冶金术（Metallore）：跟炼金术和天文术一样，都是臭名昭著的伪科学，被第七大学的专家们斥责过。

中纬区，中纬人（Midlats）：大陆上纬度"中等"的地区，那些赤道区与北极、南极地带之间的部分。也指来自中纬区的人（有时也称为"中纬居民"）。这些地区被看作安宁洲的偏远地带，尽管那里出产全世界大部分食物、原料和其他重要资源。共有两个中纬区：北方（北中纬区）和南方（南中纬区）。

新社群（Newcomm）：对上次灾季结束后新兴起社群的俗称。至少熬过一次灾季的社群被认为更适合生活，因为已经证明了他们的效率和强大。

维护站（Nodes）：帝国在安宁洲各地设立的维护网络，用于平息地质事件。由于支点学院训练出的原基人相对稀少，维护站主要集中在赤道地区。

原基人（Orogene）：拥有原基力的人，无论是否经过训练。

贬义词：基贼。

原基力（Orogeny）：运用热能、动能或其他形式的能量控制地质活动的能力。

方镇（Quartent）：帝国政府体系的中层。四个地理位置接受的社群组成一个方镇，每个方镇有一位行政长官，管辖单个社群头领，而行政长官又向上级地区长官负责。每个方镇最大的社群就是它的主城；大型方镇的主城之间，有帝国道路网络连接。

地区（Region）：帝国政府系统的最上层。帝国认可的地区包括北极区、北中纬区、西海岸区、东海岸区、赤道区、南中纬区和南极区。每个地区都有一位地区长官，管辖所有本区方镇行政长官。地区长官由皇帝正式任命，尽管在实际生活中，它们往往由尤迈尼斯领导者挑选，或直接来自尤迈尼斯领导者阶层。

抗灾者（Resistant）：七大常见职阶之一。抗灾者是在饥荒与疾病威胁下拥有强大生存能力的人。在灾季，他们负责照料病弱者，以及处理尸体。

戒指（Rings）：用于在帝国原基人内部表示等级。未定级的受训者必须通过一系列考验，才能记得他们的首枚戒指。十戒是一名原基人能够达到的最高等级。每枚戒指都是用打磨过的半珍贵宝石制成。

驿站（Roadhouse）：每条帝国大道和很多稍低等级道路沿线都有的站点。所有驿站都有一个水源，而且靠近可耕种的土地、森林或其他资源。很多驿站位于地震活动最少的地区。

逃生包（Runny-sack）：一个易于携带的小包，内有补给品，多数人在家中常备，以防发生地震和其他紧急状况。

安全茶（Safe）：一种饮料，传统上被用于谈判、潜在敌对各方的首次相遇，以及其他正式商讨场合。其中含有一种植物提取液，会对任何其他添加物的存在做出反应。

桑泽（Sanze）：最早是赤道区的一个民族国家（番国——帝国时代之前存在的政治体系，目前已消失）；桑泽人的发源地。疯狂季结束后（帝国季7年），桑泽国被解散，取而代之的是桑泽人赤道联盟，包括六个以桑泽人为主体的社群，由尤迈尼斯的领导者瓦里瑟皇帝统治。联盟在灾后迅速扩张，到帝国纪元800年，最终统一了安宁洲所有地区。在獠牙季前后，联盟开始被俗称为"旧桑泽帝国"，简称"旧桑泽"。后根据帝国纪元1850年的希尔汀协定，联盟正式宣布解体，因为本地控制（在尤迈尼斯领导者阶层的指导下）被认为更能有效应对灾季。事实上，多数社群仍奉行帝国原有的政府、财政、教育及更多其他体系，多数地区长官也依然向尤迈尼斯纳税。

桑泽人（Sanzed）：桑泽种族成员。按照尤迈尼斯繁育者标准要求，理想型的桑泽人是古铜色皮肤，灰吹发，体格为健壮型或丰满型，成人身高不低于六英尺。

桑泽标准语（Sanze-mat）：桑泽族使用的一种语言，也是旧帝国的官方语言。现在是整个安宁洲的通用语。

灾季法（Seasonal Law）：军事化管理法，可以由任何一位社群首领、方镇长官、地区长官或受到认可的尤迈尼斯领导者宣布开始施行。在灾季法实施期间，方镇和地区管理职能暂停，社群作为独立的社会政治实体运行，尽管依据帝国政策，与本地其他社群间的合作是被大力倡导的。

第七大学（Seventh University）：一所著名大学，以测地学和《石经》研究见长，目前由帝国资助，坐落于赤道城市迪巴尔斯。这所大学的前身曾为私立，或接受团体管理；值得一提的有阿姆－伊莱特的第三大学（大约帝国纪元前 3000 年），当时被视为一个主权番国。较小的地区性大学和方镇设立的学院向第七大学缴纳贡金，以换取专业指导和其他资源。

隐知力（Sesuna）：对大地运动的感知能力。与此机能对应的器官叫作隐知盘，位于脑干位置。动词形式：隐知。

地震（Shake）：一种地质活动。

破碎之地（Shatterland）：常被严重的和（或）非常近期地质灾害扰动的地区。

哑炮人（Stillheads）：一个贬义词，原基人用来称呼缺乏原基力的人，通常减缩为"哑炮"。

食岩人（Stone Eaters）：一种罕见的人形智能物种，其肌肉、毛发等部位都像石头。人类对他们的禀性所知甚少。

壮工（Strongback）：七大常见职阶之一。壮工是以体力强壮见长的人，平时负责重体力劳动，灾季时负责安全。

职阶名（Use Name）：多数居民名字的第二个部分，表示此人所属的职阶。世上共有二十个被认可的职阶,尽管只有七种最为常见,并在当前和旧帝国时期通用。每个人都继承父母中同性别一方的职阶,理论依据是,有用的特性常常通过这种方式遗传。

致　谢

拜这套三部曲所赐，我现在更加敬重那些动辄写出百万字长篇，作品长达五卷、七卷，甚至十卷的作者了。不管你喜欢与否，听到这种事的反应是"好"或"差"，不管是在什么时候听说这种事，请允许我告诉你：诸位，讲一个又长又头绪复杂的故事真的很难。在此，向多卷本作家疯狂致敬。

我要特别感谢我的日间工作老板，这位给我榨取到一份灵活的工作时间表，让一年完成这本书的计划成为可能；感谢我的代理人和编辑，像从前一样，两位还是要承受我动辄一小时的漫长电话，喋喋不休讲"一切都是错的，而且永远好不了"；感谢轨迹社（Orbit）出版人埃伦·怀特，她耐心地忍受我随便什么都会忘记告诉她的行为（假期别再看工作邮箱了，埃伦）；感谢好伙伴艾特雷德·弗鲁迪安和医学顾问丹尼埃尔·弗里德曼，他们能在时间紧迫的情况下完成光速审读；感谢另一位好伙伴弗鲁迪安·克里斯·戴克曼，他帮我设计建造了自己的特色火山（说来话长）；感谢布鲁克林区的沃德书店，他们允许我免费使用空间，举办魔法地震学启动派对；感谢我老爸，他命令我放慢速度喘息一下；感谢屋大维娅项目中的女孩们，她们让我想起自己已经走了多远，以及这一切真正是为了什么；感谢我的医生；最后，感谢我荒谬绝伦的猫奥兹曼迪亚斯王，它看似已经把那一招儿练到炉火纯青：每当我需要停下休息时，就能从书架直接空降到我的膝盖上。